AGNÈS ABÉCASSIS

LES TRIBULATIONS D'UNE JEUNE DIVORCÉE

Fleuve Noir

ISBN : 2-265-07803-4

Remerciements

A la mémoire de mes grands-parents.

Une pensée en particulier pour ma grand-mère Lydia ; ses mots doux me manquent.

A mes merveilleuses Lisa et Megan avec tout mon amour, à ma mère adorée, à mon père chéri, à ma pétillante Léa, à Stéphane mon héros, ma lumière, à la douce Rachel, à ma tendre Yvette, au gentil Michel, à mon cher Régis, à Linda ma poulette, à Maria mi querida, à Edith ma chouette, à la petite Capucine qui vient d'éclore. Sans oublier Mme Joujou, Catherine M., Charlotte G., Ariane C., Mustapha D., Martine M., Christophe R., Maria A., Nadine D., Anne B., Nathalie L., Vicky L., Irène A., Raphaël M., Dr Berkane, affectueusement.

Je dédie également cet ouvrage à mon frère et à mon ex-mari qui, je veux le souligner, ne m'ont pas inspiré les détestables personnages de Jonathan et de Jean-Louis !

Enfin, à Jean-Claude Dubost, Béatrice Duval, Anne-France Hubau, Roxane Azimi, et Estelle Revelant, merci pour tout.

CHAPITRE 1

L'INTRUS

Odeur des pieds : signe de santé.
GUSTAVE FLAUBERT

Il se tenait là, devant moi, me fixant d'un air de défi.

Je l'avais dérangé en me levant au beau milieu de la nuit, pour boire. Il ne m'avait pas entendue venir, car je m'étais déplacée sans faire de bruit, afin de ne pas réveiller mes filles qui dormaient paisiblement dans la chambre d'à côté. J'avais avancé pieds nus, en pilotage automatique dans le noir, priant pour ne pas m'incruster un de leurs micro-jouets Kinder Surprise dans la plante des pieds. Lorsque soudain, je perçus un mouvement dans la pièce. J'allumai brusquement la lumière du salon. Mon sixième sens ne m'avait pas trahie.

L'intrus s'immobilisa.

Je fis un immense effort pour m'empêcher de crier.

J'étais divorcée à présent. Et la seule adulte de la maison à pouvoir gérer une situation pareille : celle de se retrouver face à un inconnu dans son appartement à deux heures du matin. Je ne pouvais compter que sur moi-même. Hurler ne servirait à rien, sinon à affoler mes enfants.

Mais avant de continuer ce récit, permettez-moi d'abord de me présenter.

Je m'appelle Déborah Assouline, ex-Déborah de Montmarchay, car mon divorce d'avec Jean-Louis a été officiellement prononcé il y a quelques mois. J'ai vingt-huit ans, et je suis la maman comblée de deux petits microbes de quatre et deux ans, Héloïse et Margot. Je suis brune, de taille moyenne, pas trop moche (un peu poilue, peut-être), et je compte parmi les quelques femmes à ne pas pouvoir, même sous la torture, regarder Fort Boyard, à cause de l'ignoblissime épreuve de la main dans le bocal des insectes. Je convulse de répulsion à la simple vision d'un extrait de cette séquence dans une bande-annonce.

Une place de choix aurait pu m'être réservée dans *Psychologie Magazine*, à l'intérieur d'un article ayant pour thème : « Ces gens aux névroses bizarres », entre le Breton qui faisait éclore des poussins en gardant les œufs au chaud dans son caleçon boxer, et la Savoyarde qui croquait des cailloux après chaque repas pour se récurer l'estomac. Moi, j'étais la Parisienne qui se figeait net, tétanisée d'horreur à la seule vue d'un moustique tournoyant autour d'une ampoule, incapable de bouger de peur qu'il ne la repère et fonce sur elle, son aiguille démesurée prête à lui percer avidement l'artère carotide. C'était moi également, la femme qui disposait l'équivalent de trois rouleaux de papier toilette dans la cuvette des W.-C., de crainte qu'une mygale n'en sorte après avoir nagé à travers les canalisations, apparaissant sournoisement entre ses jambes au moment où elle serait en train de faire pipi.

Et cette nuit-là, voilà que je me retrouvais face à mon plus terrible ennemi, le « Cafardéus Répugnantus Mochus », plus connu sous le nom commun de « OH PUTAIN UN CAFAAAARD !! »

C'est dans ces moments que l'on réalisait pleinement à quel point un homme pouvait se révéler utile, parfois. On se mettait alors à penser avec nostalgie au doux temps, pas si lointain, où l'on possédait la meilleure arme anti-cafards possible à la maison. Celle avec de grandes pattes poilues, une tignasse ébouriffée et une fonction « râlage continu ». Cet outil invincible que l'on pouvait tirer du lit au son de nos piaillements suraigus, le traînant par la main avant de se cacher derrière ses fesses en lui désignant d'un doigt terrifié l'endroit où l'on avait repéré l'abject animal. Attendant de lui qu'il l'assassine d'un coup de talon héroïque ou d'un Kleenex vengeur, qu'il noierait ensuite dans la cuvette des toilettes, scellant ainsi sa victoire d'un glorieux tirage de chasse. Mais là, manque de pot, j'avais beau regarder autour de moi, je n'avais aucun homme sous la main.

J'envisageai, l'espace d'un fugace instant, d'aller supplier à genoux mon voisin de palier de venir m'aider.

Mais un bref éclair de lucidité me retint d'aller tambouriner à sa porte, de réveiller ses deux gosses et sa femme, pour l'implorer de venir chez moi trucider mon intrus, gigotante d'hystérie contenue dans ma petite nuisette courte. Le ridicule ne tue pas, certes, sauf peut-être les relations de bon voisinage (surtout avec sa voisine).

Il allait donc falloir que j'agisse seule.

Rien qu'à cette idée, mes tripes se tordirent de dégoût et je fus prise d'une brusque nausée.

De toute façon, je n'avais pas le choix : soit je faisais quelque chose, soit je faisais comme si je n'avais rien vu, j'éteignais la lumière et j'allais me recoucher.

Non, impossible.

J'aurais vécu les jours suivants dans l'angoisse étouffante de voir réapparaître mon squatter au détour d'un déplacement de meuble, à scruter les murs, le sol, le plafond, à sursauter au moindre mouvement d'ombre, à développer une nervosité incontrôlable et un stress permanent. Bref : à tourner gravement maboule.

Il fallait que je le tue tout de suite, sans perdre une seconde.

Je me mis à trembler de rage, autant que de résignation.

Ma respiration, d'abord emballée, se fit plus régulière tandis que mes yeux exorbités fixaient l'immonde créature. Je sentis monter en moi une froide détermination. Exactement comme si je m'étais retrouvée face à Sandra (une des maîtresses de Jean-

Louis), ronflant profondément dans notre lit conjugal, son opulente chevelure rousse étalée sur l'oreiller, tandis que je me serais avancée, furieuse mais silencieuse, une paire de ciseaux à la main, prête à lui offrir un relooking sauvage façon Sinead O'Connor.

Mon adversaire, lui, semblait me narguer en remuant ironiquement ses petites antennes dans ma direction. « Je vais te faire la peau, gringo, prépare-toi à rejoindre le territoire de tes ancêtres », maugréais-je entre mes dents serrées.

Tandis que nous nous défiions du regard lui et moi, je calculais mentalement le temps qu'il me faudrait pour bondir sur le placard situé sous l'évier de la cuisine, faire sauter d'un coup sec le cadenas spécial « protection enfant », farfouiller fébrilement au milieu des sacs en plastique, des bouteilles d'eau de Javel et des sprays anti-calcaire pour retrouver ma vieille bombe d'insecticide, l'attraper en veillant bien à ce que le petit trou du viseur ne soit pas dirigé vers mon œil droit, poser mon doigt sur la détente, retourner en trois enjambées dans la salle à manger, viser, puis tirer.

Le temps de fignoler les détails de ma stratégie de combat, mon ami le cafard cessa de me regarder en souriant bêtement, et décida qu'il était finalement plus prudent pour lui de prendre la fuite.

« Non, mais ça va pas bien ?!? Hors de question de te tirer comme ça, espèce de lâche !! »

Je me ruai à toute allure sur le placard de la cuisine, fis voler en éclats le cadenas en plastique, plongeai mes mains dans le fourbi sans nom qui me tenait lieu d'entrepôt à produits toxiques, en retirai ma bombe géante d'insecticide, filai dans la salle à manger, et là, tous mes sens en éveil, je me figeai. Retenant ma respiration, le cheveu fou et l'œil en alerte, balayant toute la surface de la pièce d'un regard au laser, je calculais à toute allure la trajectoire du petit être immonde qui, parti du point A, à la vitesse X de ses sales petites pattes de cafard laid, arriverait très probablement au point B qui, vu le nombre de miettes de biscuits par terre, devrait se trouver dans cette zone et... je localisai la bête.

S'engagea alors une lutte à mort, un affrontement sans merci, bref, une tuerie sanglante. Ames sensibles, abstenez-vous du passage qui va suivre, et défenseurs de la cause animale, pardonnez-moi, mais il s'agissait d'un cas de légitime défense. Les cafards véhiculent le typhus, le paludisme et la gastro-entérite, et mes vaccins n'étaient plus à jour depuis longtemps.

Je me jetai sur lui avec l'énergie du désespoir, poussant un cri guttural, du fond des tripes, un cri venu d'un autre âge. J'appuyai sur la bombe d'insecticide de toute la force de mon index droit, j'appuyai, j'appuyai encore, il suffoquait, il mourait tandis que je lui déversais mon jet fétide entre les deux yeux, j'appuyais toujours jusqu'à ce que son abjecte petite carcasse d'insecte hideux soit toute disloquée et que ma bombe, vidée, n'expulse plus que du vent. Pas question de courir le risque qu'il me fasse comme dans ces films américains où, une fois que vous aviez bien tué le type, il vous sautait dessus en hurlant au moment où vous vous y attendiez le moins. Après, il fallait que vous lui tranchiez la tête pour être sûre qu'il était vraiment mort, cette fois. Beuark.

Bon, maintenant que mon ennemi était terrassé, la maison puait un max. Je fus donc obligée d'ouvrir toutes les fenêtres du salon, en pleine nuit, pour aérer. Mon appareil respiratoire hésita entre succomber à une intoxication aux produits chimiques, ou bien à une pneumonie foudroyante, due au refroidissement brutal de la température de la pièce. Le choix étant difficile, peut-être mon système immunitaire allait-il se laisser tenter par un ex æquo ? Mais peu importait, car ma raison me dictait de ne pas laisser les petits poumons tout neufs de mes mini-moi en contact avec cette odeur nauséabonde. Alors, j'ouvris en grand.

Etaient-ce les prémices d'un brusque empoisonnement au propoxur ? Mais je me mis soudain à penser au chemin parcouru pour en arriver là. A cette situation absurde qui était la mienne actuellement, vivant de petits boulots d'intérimaire et élevant seule mes deux jeunes enfants.

Moi, la fille qui, lorsqu'elle était adolescente, rêvait d'être repérée par hasard, au détour d'une rue, par un directeur de casting qui flasherait sur elle et la supplierait d'incarner sur grand écran la nouvelle Angélique, marquise des Anges (version brune volcanique).

Alors que mes copines se nouaient des bandanas autour du cou, peignaient leurs ongles rongés avec du vernis fluo, portaient des T-shirts Waïkiki et arboraient des dizaines de bracelets en caoutchouc pour singer Madonna, moi je m'imaginais débutant une carrière au cinéma dans un rôle super-romantique. Le genre de rôle où les scènes de sexe étaient seulement suggérées par des gros plans sur le visage extatique de l'héroïne, avant de se finir dans un flou artistique, sur un air de violon.

Tout en laissant régulièrement mes coordonnées en réponse à des petites annonces recherchant des figurants (perte de temps : on ne m'appelait jamais), je m'entraînais chaque soir devant le miroir de la grande armoire de ma chambre, à prendre des poses alanguies, colériques, étonnées, séductrices et autres mimiques machiavéliques, histoire de travailler au mieux mon jeu d'actrice. Juste après avoir, bien sûr, inspecté soigneusement chaque recoin de ma tanière, et veillé à ce que mon jeune frère Jonathan ne se soit pas planqué, le ventre rentré pour effacer sa silhouette rondouillarde, derrière la porte d'un placard.

L'inspection minutieuse de mon territoire avant de jouer se révélait être une sage précaution. En souvenir de la fois où ce nabot, caché en embuscade sous mon lit, avait pris un polaroïd de moi tandis que je déclamais le texte d'une scène tirée de « Pas de printemps pour Marnie », le port altier et la narine au vent (surtout photographiée en contre-plongée). Me faisant ensuite chanter en menaçant de photocopier ce cliché atroce sur de petites affichettes, qu'il avait l'intention de punaiser dans tous les commerces du coin. Avec, en bas, la mention : « Recherche heures de ménage, annonce urgente : j'ai besoin d'argent pour me faire refaire le nez, comme vous pouvez le constater. » Ma vie sociale étant en jeu, j'acceptai de devenir son esclave pour qu'il me rende le pola. J'avais dû faire son lit à sa place, le laisser zapper sans broncher pendant la diffusion quotidienne de Santa Barbara, et ramasser ses chaussettes puantes des jours durant, avant de réussir à mettre la main sur cette photo. Photo qu'il avait habilement dissimulée entre les pages d'un dictionnaire (dernier objet que je l'imaginais utiliser), à la lettre R comme Rat. Oui, parce qu'il écrivait mon prénom « des beaux rats » (le sens du désopilant chez ce sale gosse frôlait le génie d'envergure planétaire, avouons-le).

Et puis un jour, en cours de sciences physiques, tandis que je mâchouillais le capuchon de mon stylo plume en laissant mes pensées vagabonder à travers mes nombreux problèmes existentiels (tels que me dénicher un agenda agrémenté des plus belles photos du groupe A-ha, ou bien trouver un prétexte en béton pour réussir à me faire dispenser de gym cette année), j'aperçus la silhouette de Jean-Louis, franchissant le seuil de la salle 316.

A l'instant où je croisai son regard, détaillant au passage sa taille haute, ses jambes arquées, ses cheveux blond cendré et sa petite cicatrice à la lèvre, je compris que je venais de rencontrer mon Geoffrey de Peyrac. Après s'être fait renvoyer de tous les lycées de son secteur pour cause de séchages de cours à répétition, Jean-Louis avait atterri dans mon établissement, intégrant par un fabuleux hasard ma très respectable classe de seconde B. En le voyant se diriger vers son pupitre et s'affaler lourdement sur sa chaise, fixant le prof d'un œil atone, moi, pourtant si timide et si farouche avec les garçons, je pris à cette minute la décision de tout faire pour attirer son attention.

Et que faisait une ado de dix-sept ans un peu gauche, abonnée aux pulls larges, aux jeans informes et aux cheveux sobrement attachés en queue-de-cheval basse, quand elle s'était mise en tête de séduire le garçon de ses rêves ?

Elle découvrait soudain l'usage des minijupes et des coiffures excentriques, avec des accroche-cœurs façonnés au gel et plein de barrettes colorées. Et puis elle inaugurait son premier « tourbillon » (l'ancêtre du brushing), assise des heures à la maison sous un casque chauffant, avec des centaines de pinces sur la tête pour raidir ses mèches plaquées vers la droite, puis vers la gauche, après avoir été préalablement détendues par des bigoudis. Et puis aussi, elle attaquait les essais maquillage en farfouillant dans celui de sa mère, jusqu'à obtenir sur son minois un résultat lui permettant de se montrer en public sans (trop) avoir l'air de Boy George.

Et puis encore elle essayait de jouer les grandes en fumant pour la première fois de sa vie.

Adossée à la grille du lycée, elle tenait gracieusement le bâtonnet de nicotine entre l'index et le majeur, les yeux perdus dans le vague, l'air inspiré en tirant chaque bouffée, laissant flotter sur son visage l'impression d'une réflexion sur les grands sujets de la vie : philosophiques, métaphysiques, arithmétiques... Et puis enfin elle arrêtait la clope, une demi-heure après l'avoir commencée. Jurant de ne plus jamais toucher à un briquet de sa vie, lorsque, troublée, elle avait malencontreusement mis le feu à une de ses mèches de cheveux, tandis que passait près d'elle le beau Jean-Louis, hilare.

Constatant, non sans une certaine lucidité, que le look « femme fatale » n'était finalement pas fait pour moi – bien que m'ayant permis d'ensorceler Cyril, un petit élève de 4e que je croisais dans les couloirs, copie presque conforme de Richard Gotainer –, je décidai de revenir à une approche plus raisonnable de mes techniques de séduction. En commençant soft : pour débuter, j'allais juste être la bonne copine de Jean-Louis. Peu à peu, en apprenant à mieux me connaître, il verrait forcément au-delà de ma frange trop lourde, de mes vêtements trop couvrants et de mes quelques boutons d'acné.

Quoique moi au moins, je pouvais bénéficier de l'aide inestimable du fond de teint pour sauvegarder un embryon de popularité. Lui ne devait compter que sur le charisme que lui octroyait la guitare sèche dont il jouait parfois après les cours, assis sur les marches du parvis du lycée, hypnotisant un fan-club de jeunes pouliches en transe, qui parvenaient ainsi à ne plus percevoir sur son beau visage sa colonie de petits boutons surinfectés et gorgés de Biactol.

Quelques mois plus tard, j'avais laissé tomber.

J'avais découvert que Jean-Louis sortait depuis longtemps avec Frédérique, élève au lycée Henri IV, fille d'un avocat réputé et, comme si cela ne suffisait pas, sosie (avec un petit peu moins de poitrine, quand même) de Kim Wilde. Et à part peut-être Kim Wilde elle-même, je ne voyais vraiment pas qui aurait pu rivaliser avec une telle perfection. Certainement pas moi, en tout cas.

Qu'importe, cela ne m'empêchait pas de rêver dans mon coin.

Je m'inventais chaque nuit des scénarios héroïques, romantiques, ou même carrément fantastiques, dans lesquels je tenais bien évidemment le rôle principal...

Mon préféré étant celui dans lequel la Terre était envahie par des ovnis.

Je m'imaginais qu'un immense engin avait atterri à Paris, sur le grand parvis en dalles blanches de mon lycée Bergson, pendant que je m'ennuyais solidement en griffonnant des combinaisons (totalement fausses) de chiffres et de lettres sur la feuille de mon interro de maths.

Les réactions à l'apparition de l'engin dans le ciel étaient assez variées : des gens hurlaient, d'autres s'évanouissaient, certains galopaient chez eux pour se mettre en sécurité sous leur canapé, d'autres encore contemplaient le spectacle, tétanisés par la vision de ce vaisseau merveilleux qui brillait de mille lumières clignotantes.

Moi, incrédule mais calme, je sortais du lycée. Une brise soulevait mes cheveux détachés, et les faisait voleter autour de mon visage visiblement éclairé par une force intérieure. Je balayais la scène d'un long regard pénétrant.

Comme c'était dans un rêve, je n'avais pas besoin de plisser les yeux puisque je voyais parfaitement, n'ayant aucune utilité des grosses lunettes de taupe myope en écaille que je planquais honteusement au fond de mon sac à dos U.S. Lunettes que, dans la vraie vie, je ne posais sur mon nez qu'à l'intérieur des salles de classe, préférant vivre dans un brouillard perpétuel plutôt que de renoncer à faire des touches avec les garçons, sans doute sublimes, que je croisais dans les couloirs du lycée. (La déception fut rude, le jour où j'ai enfin porté ma première paire de verres de contact semi-rigides. Mais cela est une autre histoire.)

Frédérique était là, attendant Jean-Louis près de la grille du bahut, complètement paniquée dans sa petite jupe serrée et ses bottes en daim à talons.

Les lycéens étaient tous sortis de leurs classes respectives. Mêlés aux journalistes déchaînés, qui filmaient cet événement historique à grand renfort de projecteurs braqués vers l'objet gigantesque, les élèves formaient une masse agitée et compacte devant le bâtiment.

Je regardais Frédérique, collée contre un Jean-Louis hagard, repoussant vertement de ses doigts manucurés les importuns qui avaient l'outrecuidance de piétiner ses bottes de luxe.

Soudain, la porte du vaisseau s'ouvrait.

Tout le monde s'immobilisait alors, fixant avec terreur ce qui allait en sortir.

J'étais, bien sûr, la seule personne à ne pas avoir peur. Car Jean-Louis était là, et je savais qu'au nom de notre amitié, il me sauverait si la situation dégénérait. Il ne me laisserait pas tomber. Pas moi. Pas la fille qui l'aidait à rédiger ses dissertations, ou qui lui prêtait régulièrement son épaule pour le consoler de sa énième rupture-réconciliation-rupture avec sa chère Frédérique.

Un long cri monta depuis la foule qui m'entourait.

Je levai les yeux et aperçus une silhouette surgie de la porte ouverte du vaisseau, venant lentement à notre rencontre. Pendant que les cameramen se disputaient le meilleur angle de prise de vues, les gens avaient tous reculé de quelques pas.

L'extraterrestre qui se tenait face à nous avait une allure très humaine. Je dirais même plutôt beau gosse, pour un E.T.

Son apparence était celle d'un homme d'une trentaine d'années, grand, mince, les cheveux clairs et, ce qui ne gâtait rien, incroyablement séduisant. L'homme de l'espace sourit d'un air avenant, semblant chercher quelque chose parmi les lycéens amassés devant lui. Puis il ouvrit la bouche pour parler, et le silence se fit instantanément.

L'étranger s'apprêtait à prononcer des paroles qui allaient compter parmi les plus importantes de l'histoire de l'humanité. Nous allions assister au premier contact entre des êtres humains et des extraterrestres (je veux dire, à part Alf.) Les mots qui allaient être dits maintenant resteraient gravés à jamais dans l'Histoire, tels les fameux : « Eurêka, j'ai trouvé ! » d'Archimède, « Et pourtant, elle tourne... » de Galilée et autres « J'ai parfois l'impression d'avoir épousé un moine » d'Aliénor d'Aquitaine.

« Y a-t-il ici une jeune fille nommée Déborah Assouline ? » fit l'alien en posant ses poings sur ses hanches.

Des murmures, puis des cris d'étonnement s'élevèrent.

Je ne fus pas la dernière à en pousser un (de cri), vu que c'était moi, Déborah Assouline.

Aussitôt, la rumeur de mon identification circula comme une traînée de poudre, et des dizaines de paires d'yeux se tournèrent dans ma direction. Certains regards reflétaient le respect, d'autres la stupéfaction, d'autres encore la fascination, l'envie ou la terreur.

Estomaquée, je vis Jean-Louis lâcher la taille de Frédérique et courir vers moi. Fendant la foule à coups de coudes rageurs, il m'attrapa par les épaules, me tint serrée contre lui et murmura dans mes cheveux : « N'y va pas, surtout reste là. »

Bon. J'avais le choix entre plusieurs options :

1) Ne pas y aller, et rester blottie dans les bras de Jean-Louis (humm... tentant).

2) Y aller, et servir de cobaye d'expérimentation officiel dans un deal Terrestro-Martien. Du genre « puisque vous vous êtes permis de charcuter un de nos plus grands physiciens – que vous appelez bêtement chez vous "extraterrestre de Roswell" – offrez-nous cette jeune fille en échange, afin que nous puissions

la charcuter aussi. Ainsi, nous serons quittes. Sinon, nous détruirons votre misérable petite planète, qui pue le poisson dans toute la galaxie ».

3) Y aller, et devenir l'ambassadrice de la Terre en ce monde inconnu. Leur expliquer ce que je sais des sciences, des mathématiques, de la botanique et de la génétique, afin de coupler les connaissances de mon monde aux connaissances du leur. Et faire qu'ainsi ils se désintéressent de la Terre, la croyant primitive lorsqu'ils me verront faire du calcul mental en comptant sur mes doigts.

Relevant vaillamment le menton, je décidai de faire face, et de voir ce que l'on attendait de moi. Histoire d'impressionner Jean-Louis par contraste avec la Frédérique qui, n'ayant plus personne à la veste de qui s'accrocher, se tenait dans ses propres bras, l'air d'une dinde terrifiée qui vient de prendre brusquement conscience qu'aujourd'hui c'est Thanksgiving.

Après avoir inspiré un bon coup, je m'avançai de quelques pas en direction du vaisseau spatial et de son charmant occupant. « Je suis Déborah Assouline. Et si vous me laissez fouiller cinq minutes dans mon sac pour retrouver ma carte de cantine, je peux le prouver. »

« C'est inutile », répondit l'homme (?) en s'inclinant devant moi. « Je vous aurais reconnue entre toutes. Ainsi, je vous rencontre enfin. C'est pour moi un grand honneur, sachez-le. »

A ces mots, je perdis le peu de prestance que j'avais tenté de conserver. Je ne sus rien faire d'autre que de bredouiller un bête « pardon ? », les épaules affaissées et les yeux écarquillés dans une expression de totale stupéfaction, qui diminua considérablement l'impact de mon légendaire sex-appeal.

« Amis Terriens, énonça l'extraterrestre en s'adressant à la foule en général et aux cameramen devant lui en particulier, compte tenu de l'invraisemblable désordre politique qui règne dans votre monde, le Grand Conseil des Sages Des Nations Unies Intergalactiques a décidé de mettre en place un seul et unique gouverneur à la tête de votre planète tout entière. Pour ce faire, nous avons analysé au scanner neuronal les qualités morales, émotionnelles et intellectuelles de millions de vos semblables. Après moult tergiversations, nous pensons avoir sélectionné la personne la plus apte à remplir le rôle que nous allons lui attribuer. Elle se trouve là, parmi vous. Je suis aujourd'hui venu vous présenter votre nouvelle souveraine : mademoiselle Déborah Assouline. »

Un lourd silence tomba sur nos têtes comme une chape de plomb.

Certains devaient se dire : « Comment ? C'est cette fille que la prof a chopée avec son anti-sèche en histoire-géo qui a été sélectionnée pour sauver la Terre ? » D'autres devaient penser : « Pourquoi, oui, pourquoi ai-je snobé cette nana parce qu'elle n'écoutait pas The Cure ? Peut-être suis-je passée à côté d'un poste de Premier ministre, à cause de ce groupe à la con... » Je lisais dans le regard d'autres encore : « Mais elle sort avec qui, déjà ?... Quelle chance il doit avoir... Ooh, si j'avais su... »

Dans ces rêveries, j'étais une fille exceptionnelle qui allait sauver le monde, et surtout pas une adolescente introvertie, complexée et un peu godiche. Tout le monde m'adulait, la Terre entière voulait s'attirer mes faveurs. Jean-Louis ne se souvenait même plus de l'existence de Frédérique et, fou de passion, m'implorait à genoux de sortir avec lui. Moi, je réfléchissais en examinant mes ongles, et je lui répondais : « On verra, peut-être, j'en sais trop rien... la concurrence est rude, tu sais, en ce moment. Ecoute, coco, on s'téléphone et on en parle, O.K. ? Allez bye, hein ! »

Le bonheur.

Des délires mégalos de ce style, je m'en faisais quotidiennement.

Certes, tout cela n'était sans doute qu'une conséquence des vapeurs nocives que j'inhalais chaque soir. Dans la mesure où je partageais la même chambre que mon frère Jonathan, j'étais malgré moi tributaire des effets secondaires provoqués par son abominable odeur de pieds. Une pure infection. Des effluves de rance et de moisi qui, lorsqu'il retirait ses chaussettes et qu'ils envahissaient sournoisement la pièce, provoquaient chez moi de profondes hallucinations mentales. C'était ainsi. Malgré une hygiène irréprochable (pour ne pas dire désespérée), la totalité des glandes sudoripares de Jonathan s'étaient trouvées regroupées dans ses plantes de pieds, fonctionnant à plein régime. S'il avait été moins stupide, ce garçon aurait confortablement pu gagner sa vie en vendant aux fabricants de sprays défensifs les extraits des remugles atroces qu'il produisait. Voilà une arme à l'efficacité redoutable pour neutraliser sans pitié un éventuel agresseur. Un pschitt de cette sueur pestilentielle dans la tronche, et l'attaquant part en hurlant et en s'arrachant la peau du visage. J'avais d'ailleurs observé un phénomène stupéfiant : à quelques centimètres autour des baskets de mon frère, tout était stérile. Plus rien ne vivait. Même les microbes avaient préféré succomber.

Aussi, la nuit sur mon oreiller, étourdie, non, assommée par ces fumets ignobles, je sombrais dans une bienfaisante inconscience, et m'imaginais la vie la plus palpitante que l'on puisse s'inventer. Diamétralement opposée à celle que je vivais dans la journée.

Et puis un jour, j'ai rencontré Samuel.

C'était une de ces rares fois où je m'étais rendue à la piscine du quartier. Entraînée de force par ma copine Efrat, une athlète capable de nager trois heures cinquante sans s'arrêter (au moins). Ce qui fait qu'elle possédait la plus belle plaquette d'abdominaux que j'aie jamais vue de ma vie chez un être humain non corrigé par retouche photo.

Mon petit bidon dodu et moi-même nous étions donc retrouvés à enchaîner gaiement des séries de brasse papillon, au milieu de gamins déchaînés qui sautaient dans l'eau en éclaboussant tout le monde, tels des missiles meurtriers largués au hasard sur de pauvres civils qui voulaient juste se détendre. A la fin de ma troisième longueur de bassin, je décidai de sortir avant de me faire couler par le petit gros au bonnet de bain rouge, particulièrement redoutable lors de ses plongeons impromptus.

J'avisai un endroit désert au bout du bassin où je pourrais me reposer en regardant Efrat terminer ses longueurs. Tandis que je me dirigeais vers cette place vide, je me rendis compte que le maître nageur était en train de me mater. Mon réflexe immédiat, toute en maillot une pièce que j'étais, fut de rentrer le ventre, de me donner l'air inspiré et d'avancer d'une démarche ondulante et aussi naturelle que possible. Concentrée à peaufiner au maximum mon attitude de bêcheuse, je ne regardais plus où je mettais les pieds. Je ne pus donc pas éviter la petite flaque d'eau, vestige d'un des sauts du petit gros au bonnet de bain rouge, qui propulsa mon pied gauche à la hauteur de mon nez, entraînant avec lui le reste de mon corps.

Tentant, dans un ultime réflexe, de sauvegarder ma dignité en me rétablissant debout plutôt que de chuter lourdement, je dirigeai mon pied droit vers le sol pour qu'il me réceptionne.

Mais ne défie pas impunément les lois de l'attraction terrestre qui veut.

Ainsi, ce ne fut pas mon pied qui toucha le sol en premier, mais mon avant-dernier orteil droit, qui dut supporter à lui tout seul le poids de mes cinquante-sept kilos et, sous le choc, se rompit net.

Le maître nageur, qui avait fini de se rincer l'œil en regardant mes fesses, s'était enfin décidé à faire son métier en longeant le bassin, sifflant furieusement en direction de mon ami à bonnet rouge, qui venait de faire une nouvelle victime parmi les baigneurs.

Quant à moi, je gisais sur le sol, les membres enchevêtrés dans une position absurde, tentant piteusement de me relever en retenant mes larmes. C'est alors qu'une large main brune se tendit dans ma direction. Dans son prolongement se trouvait un bras, finement musclé, relié à un tronc athlétique, surmonté d'une tête à la tignasse brune en pétard. Un visage d'ange m'apparut soudain devant les yeux, orné d'un sourire craquant et d'un regard enjoué.

Il s'appelait Samuel, il avait dix-neuf ans et il allait m'aider à rentrer chez moi à cloche-pied, avant qu'Efrat, qui nageait toujours, ne se rende compte de quoi que ce soit.

Les jours qui suivirent, Samuel vint régulièrement m'attendre après les cours, à la sortie du lycée. Nous prîmes l'habitude de passer de longues heures, assis au café d'en face, à nous raconter nos vies devant un Fanta orange.

Mes copines, toujours à l'affût pour la chasse aux garçons, l'avaient bien évidemment remarqué. Excitées, gesticulantes et riant trop fort, elles masquaient leur trouble comme elles pouvaient (et elles pouvaient peu) dès qu'elles l'apercevaient, appuyé nonchalamment contre la grille, rythmant d'un léger mouvement de tête la musique qui fusait de son walkman.

Je ne voulais pas m'avouer que je le trouvais mignon, car je n'étais pas tout à fait certaine de l'intéresser. N'ayant pas foi en mes capacités de séduction, que j'imaginais très éloignées de celles des filles que je trouvais jolies, je finis par me persuader que nous n'étions qu'un duo de super-copains qui rigolaient bien ensemble.

Pourtant un soir, en me raccompagnant, Samuel a attrapé mon visage et m'a tendrement embrassée sur les lèvres, interrompant mes railleries sur la pâtée que je venais de lui mettre au baby-foot.

Notre nouvelle complicité ne tarda pas à se savoir, au grand dam des filles de ma classe qui se consumaient d'envie et de jalousie. Mais peu importait, elles n'existaient pas car nous étions seuls au monde. Devant les grilles du lycée, au café ou sur les trottoirs alentour, ce ne furent que baisers passionnés, qu'éclats de rire tonitruants, que mots d'amour déclamés devant les profs à la mine bougonne que nous croisions par hasard, et que nous ignorions superbement.

Je finis par complètement oublier Jean-Louis et ses airs de starlette de cours de récré, lui souhaitant bonne chance avec sa capricieuse petite copine trop gâtée.

Mais le garçon sut se rappeler à mon bon souvenir.

Par des vannes, d'abord, dont je ne comprenais pas l'origine soudaine. Gentiment ironiques pour commencer, elles devinrent de plus en plus acides à mesure que le temps passait. Puis il attaqua les réflexions désagréables, sur ma tenue dès qu'elle se décolletait légèrement, sur ma coiffure si elle tentait de sortir de l'ordinaire avec un peu de gel. Pendant les cours, au self ou par téléphone, il ne manquait jamais une occasion de médire sur le dos de Samuel, me rapportant des ragots inventés le concernant, qu'heureusement je ne croyais jamais. Son attitude fielleuse et immature me laissait perplexe, mais ne faisait que renforcer mon attachement envers Sam.

Puis il y eut une catastrophe. En plein milieu de l'année scolaire, les parents de Samuel se séparèrent, et sa mère décida d'aller refaire sa vie au Canada, proposant à son fils de la suivre. Il accepta. Nous nous quittâmes en nous jurant, les yeux noyés de larmes, de nous écrire tous les jours et de ne pas perdre le contact. Samuel m'envoya quelques lettres les premières semaines, où il me racontait sa nouvelle vie et combien je lui manquais. Puis ses missives se firent de moins en moins nombreuses, avant de cesser totalement au bout de quelques mois.

Son départ me laissa inconsolable, triste et abattue.

Mais, par chance, Super Jean-Louis était là.

Le Hulk destructeur de ces dernières semaines était redevenu un gentil petit Bruce Banner, tendre, plein de compassion, à la solide épaule toute offerte pour consoler mon petit visage reniflant. Plus la moindre trace de vannes à l'horizon, chacun des mots qui sortait de ses lèvres n'était que douceur, chuchotement et caresse.

Je remarquai que Frédérique et sa bouche de mérou peinte en rose nacré n'apparaissaient plus aux abords du lycée. Un jour, Jean-Louis me confia qu'ils avaient cette fois définitivement rompu. Il l'avait quittée. Lui, l'amoureux exalté. Il l'avait larguée comme on se débarrasse d'un chewing-gum trop mastiqué qui se colle encore au talon de notre basket. La belle (enfin, quand je dis « belle »...) avait, paraît-il, tellement souffert dans son ego de ne pas être à l'origine de leur 283e séparation, qu'elle s'était vengée en sortant immédiatement avec son jeune prof de tennis, espérant ainsi lui infliger une terrible leçon.

Manque de pot, Jean-Louis s'en fichait royalement.

Il venait d'avoir une révélation : sous son T-shirt d'AC/DC, son cœur battait pour moi.

Aussi me déclara-t-il un jour ses sentiments, en les gribouillant sur un petit papier qu'il glissa dans ma paume pendant un interclasse. Le déchiffrage de ses pattes de mouche fut ardu, et lorsque j'y parvins, je ne sus que lui répondre. Quelques mois plus tôt, j'aurais accueilli son tendre aveu en défilant dans la rue à la tête d'une équipe de pom-pom girls pour clamer mon allégresse. Mais là, curieusement, non.

Samuel était passé par là. Et avec lui j'avais découvert l'effet que pouvait procurer une vraie complicité, lorsqu'elle n'était pas fantasmée. Après notre histoire, Jean-Louis faisait figure d'ex-comédien vedette dans un film has been.

Et puis tant pis pour lui. C'est toujours en faisant une démonstration du bonheur que l'on apporte aux autres que l'on devient intéressante. Il aurait dû m'aimer avant, au lieu de s'accrocher à une fille qui n'aimait qu'elle. Maintenant, c'était trop tard. Le charisme de sa guitare sèche et de son air rebelle n'avait plus aucun effet sur moi.

Pourtant, comme j'avais besoin d'une épaule plus solide que la clavicule hypocrite que me tendaient certaines de mes copines, frustrées d'avoir vu Samuel leur échapper, je le laissais me consoler. Il ne m'attirait plus, mais sa sollicitude à mon égard faisait du bien à mon pauvre petit cœur endolori. Et puis au fond, c'était si agréable d'inverser les rôles...

Ainsi, je laissai longtemps Jean-Louis mariner dans son désir pour moi. Le voir mépriser une Frédérique qui tentait de revenir vers lui par des moyens aussi détournés que pathétiques, me procurait une douce jubilation.

Je profitais avec délices de ses tentatives de conquête et de séduction à mon endroit ; j'observais, amusée, ses pitreries, sa façon maladroite d'attirer mon attention, de se mettre en valeur, d'essayer de m'épater. Il ne m'impressionnait plus, mais il réussit tout de même à m'attendrir. Son entêtement et son acharnement effacèrent progressivement ma mélancolie.

Et un jour, évidemment, nous sortîmes ensemble.

Nous échangeâmes classiquement notre premier baiser dans une salle de cinéma, devant un film qui comportait notamment une tumultueuse scène d'amour. Gênée, j'avais pudiquement détourné les yeux pour ne pas m'attarder sur la séquence, tandis que son expression hypnotique en contemplant l'écran m'indiquait que lui, au contraire, semblait la vivre en temps réel.

Pendant que je scrutais intensément le plafond et les murs de la salle en me demandant où étaient placés les haut-parleurs, à quoi servait exactement le projectionniste une fois que la bande était enclenchée (a-t-on besoin d'un technicien qui surveille son magnétoscope pour regarder une cassette vidéo ?), si les ouvreuses étaient réellement rétribuées par leurs pourboires, si elles avaient au moins droit à des glaces gratuites, etc., je sentis sa main s'aventurer sur mon épaule.

Je me figeai, pensant : « Ça y est, il va m'embrasser. Me suis-je bien brossé les dents, ce matin ? Oui, ouf. Sauf qu'à midi j'ai avalé un hamburger avec des beignets d'oignons frits. Merde ! Vite, un chewing-gum ! »

Trop tard. Je l'aperçus, du coin de l'œil, qui ne regardait plus l'écran, mais qui fixait intensément mon profil. N'osant pas tourner la tête vers lui, je faisais celle qui, d'un seul coup, se trouvait happée par l'intrigue palpitante du film. Même si, en réalité, les acteurs étaient juste en train de se rhabiller.

Jean-Louis se mit à me malaxer doucement le biceps, histoire sans doute d'exciter mon bras droit. Mon estomac était si noué que je me sentais flotter dans mon jean. « Alleeez..., pensais-je, agacée, pourquoi est-ce que ça dure des heures ? Qu'on en finisse ! Quelle angoisse ! Qu'est-ce qu'il attend pour m'embrasser ? »

Mais Jean-Louis avait décidé de prendre tout son temps. Il me couvait d'un long regard torve qui se voulait séducteur, voire même, il faut le croire, carrément irrésistible.

J'eus soudain très envie d'aller faire pipi. Ou bien d'aller m'acheter une glace. « Tiens, excellente idée, me dis-je, faisons une bonne action, aidons les ouvreuses à vivre. »

Je me tournai vers lui pour lui proposer un cône ou un esquimau, quand je découvris, horrifiée, que son visage s'était dangereusement rapproché du mien.

Hou là, ça y est, le moment était venu : il allait m'embrasser.

Enfin, normalement.

Pour l'instant, il se contentait juste de m'asphyxier avec son après-rasage, sans bouger, ravi de me sentir attendre le divin baiser dont il n'allait pas manquer de m'honorer.

Je compris qu'il fallait que j'agisse, pour accélérer le mouvement.

Baissant les yeux d'un air timide et gauche, je les relevai en le regardant droit dans les prunelles, façon « moi aussi, j'ai envie que tu m'embrasses. Vas-y, lance-toi », le tout accompagné d'une méchante série de battements de cils. Bingo. Il s'approcha encore et nous unîmes tendrement nos lèvres en un baiser profond. Lui faisant de son mieux pour tourner sa langue dans le bon sens, moi surtout concentrée à lui transmettre le moins de ma salive possible (dans la mesure où elle était sauvagement parfumée à l'oignon).

Voilà, c'était fait. Un grand pas venait d'être franchi dans l'histoire de l'humanité : je sortais officiellement avec Jean-Louis de Montmarchay, mon héros démodé.

Entre nous, ce ne fut pas la passion que j'avais connue avec Samuel, mais plutôt une autre forme de relation, moins fusionnelle, plus ludique. Plus immature, aussi.

Notre amourette, légèrement chaotique au début, évolua doucement vers une petite histoire gentille, confortable, bien que parfois un chouïa monotone.

Jean-Louis, qui perdait un peu plus de son acné chaque semaine et devenait donc de plus en plus séduisant, m'aima platoniquement pendant de longs mois. Il dut se résigner à attendre, car j'étais jeune, effroyablement romantique, et mon intérêt pour les joies du sexe se limitait à la lecture des illustrations copulatives des personnages déjantés publiés dans *Fluide Glacial.* C'est dire.

Je ne ressentais nulle envie pressante d'offrir ma vertu à quiconque. D'autant que mes copines, qui perdaient leur virginité les unes après les autres, venaient ensuite relater à mes chastes oreilles les récits terrifiants de leur « première fois ». Et cela ressemblait au type d'histoires effrayantes que l'on se raconte la nuit pour se faire peur, assises autour d'un feu de camp, avec des chouettes qui hululent au loin et des buissons qui craquent.

La première à y passer fut Emilie, la sœur de ma copine Ariane Paniakopoulos.

C'était une fille grande, un peu dodue, avec un visage saupoudré de taches de rousseur et de jolis yeux lavande. Elle avait franchi le pas dans les bras d'un charmant garçon de sa classe prénommé François, avec lequel elle sortait depuis plusieurs mois. Devenir femme ne lui avait pas posé de problème, mais le cadeau Bonux qui accompagnait ce nouveau statut, si. La surprise fut de découvrir que son amoureux avait la fâcheuse et déroutante habitude de s'adresser à son pénis pour l'encourager pendant l'action. Il avait même donné un prénom à son extrémité : pour une obscure raison, il l'appelait Max.

Ainsi, lorsque Emilie faisait l'amour avec François et son phallus, elle avait le sentiment de coucher avec deux personnes en même temps. « Vas-y, Max... allez, mon gars, montre-nous ce que tu sais faire, allez... hein, mon Emilie, que tu aimes ce qu'on te fait, Max et moi... ? » haletait-il au-dessus d'elle, le visage congestionné et le front en sueur.

Impression au demeurant fort désagréable. Elle quitta François peu de temps après, lorsqu'il entreprit de baptiser ses seins Starsky et Hutch.

Il y avait eu aussi cette histoire avec Maria, une brunette pulpeuse et sexy, qui était par ailleurs remarquablement douée pour imiter de façon saisissante la voix de tous les profs de notre classe. Un jour où nous déjeunions ensemble au self, Maria me confia l'histoire de sa première fois avec Flavien, le meilleur ami de son grand frère.

Flavien était un type fou du film *Neuf semaines et demie*, qu'il avait dû voir en boucle au moins une bonne vingtaine de fois. Elle et lui étaient tombés amoureux dès le premier regard, et n'avaient pas tardé à flirter en cachette, amusés de dissimuler leur relation au frère de Maria, qui ne se doutait de rien.

Après quelques semaines de marivaudage, la passion avait fait son apparition, et avec elle l'envie pressante de se livrer à d'autres sortes de jeux. Un samedi après-midi, prétextant une révision d'interro chez une copine, Maria se rendit chez Flavien, dont les parents avaient déserté l'appartement pour le week-end. A peine arrivés dans sa chambre, il la déshabilla délicatement et l'invita à s'allonger sur son lit. Puis il lui proposa, pour faire comme dans son film fétiche, de jouer avec de la nourriture. Confiante, elle accepta. Son amoureux accourut donc tout excité depuis la cuisine, tenant dans ses mains un large plateau chargé de victuailles.

Puis il entreprit de la tartiner allègrement.

Il étala lascivement du miel sur ses pieds et ses jambes, enduisit ses cuisses de Nutella, déposa des rondelles de concombre sur son ventre, quelques tranches de saucisson sur ses seins, et finit par lui badigeonner amoureusement le visage de mayonnaise.

Puis, il lécha, mangea, suçota, grignota tout ce qui se trouvait sur le corps de l'infortunée Maria, qui demeurait figée, pétrifiée d'horreur et de dégoût, se faisant l'effet d'un sandwich grec vivant en train d'être englouti. Flavien lui fit après tendrement l'amour. A sa grande surprise, elle n'eut pas mal lorsqu'il la déflora (grâce au Nutella ?).

Maria passa ensuite une longue demi-heure sous la douche à récurer sa peau poisseuse et collante. Lorsqu'elle en sortit, emmitouflée dans une serviette, son bel amant avait disparu.

Elle le chercha dans toute la maison, avant d'être attirée par des gémissements qui provenaient des toilettes. Manifestement, Flavien semblait souffrir de quelques douloureux problèmes gastriques. Mon amie ne sut jamais qui, de l'ingestion massive de tous ces aliments, ou bien de la date de péremption très largement dépassée sur le pot de mayonnaise retrouvé près du lit, fut responsable de la colossale diarrhée de son amoureux.

Le fait est que, depuis, elle s'est débarrassée de toutes les crèmes hydratantes dont elle aimait à s'oindre le corps avant, et dont le simple contact aujourd'hui lui fait horreur.

Comme ultime première fois traumatisante, je me dois de mentionner cette expérience marquante qu'a vécue ma meilleure amie de l'époque, Séverine Lemoinion.

Cette blonde délurée, âgée de dix-huit ans, étudiante en terminale, avait eu l'idée surprenante de s'éprendre follement du remplaçant de la vieille prof de gym dont elle suivait les cours.

A sa décharge, et pour avoir aperçu le gars en question, je dois reconnaître qu'il était vraiment beau gosse : grand, jeune, la silhouette athlétique et la mèche rebelle. Une sorte de Chippendale en jogging Adidas.

Séverine, qui avait un vrai corps de femme et très envie de se débarrasser de son encombrant pucelage, lui fit un rentre-dedans monumental, qui ne tarda pas à produire l'effet escompté. Ainsi un jour, après un cours particulièrement éprouvant à monter à la corde raide (d'où la majorité des élèves faisant plus de soixante-cinq kilos sortirent avec les paumes brûlées au deuxième degré), il l'invita à dîner. Elle accepta avec une joie à peine contenue (suivie d'une mini-crise d'hystérie bondissante dans les vestiaires du gymnase), et courut fêter la nouvelle avec sa bande de copines au café d'en face, prenant tout juste le temps de faire ensuite un saut chez elle pour se doucher, changer de culotte et se remettre une triple couche de mascara.

La soirée avec son jeune prof fut délicieuse. Si bien que, comme elle l'espérait, ils la finirent dans le petit studio du bel éphèbe.

Seulement voilà. L'Apollon n'avait pas compris qu'elle était vierge (ou alors il avait confondu l'information avec son signe astrologique). Aussi, le moment venu, lui fit-il, avec un enthousiasme débordant, une démonstration détaillée de toutes les positions qu'il connaissait, depuis les plus audacieuses jusqu'à celles exigeant le plus de souplesse. La balançoire sournoise, le casse-noisettes péruvien, la chienne vrillée... toutes sortes d'acrobaties qui ne se justifient que lorsqu'elles sont pratiquées par des contorsionnistes expérimentés. Au bas mot.

Ce fut, me raconta Séverine, comme un cours de gym qui se serait déroulé dans *Shining*.

Elle qui n'avait même pas assez d'agilité pour monter sur une poutre sans l'aide de deux personnes, s'est vue ce soir-là accomplir des prouesses proches de la cascade dans les bras puissants d'un homme au corps certes remarquablement ciselé, mais aux neurones bien roussis par le produit décapant de ses mèches blondes. La pauvre fille ressortit de chez son amant percluse de courbatures, boitant légèrement, et avec un sérieux début de lombalgie.

Depuis, je ne l'ai jamais vue sortir qu'avec de petits gros rondouillards, pour qui la seule activité physique qu'ils aient jamais pratiquée consistait en un entraînement intensif de leur appareil masticatoire.

Quant à moi, j'avais tenu très exactement dix mois, sept jours, vingt-deux heures, dix-huit minutes et cinquante-cinq secondes.

Pendant dix mois, sept jours, vingt-deux heures, dix-huit minutes et cinquante-cinq secondes, ma relation avec Jean-Louis était restée vertueuse, n'allant pas plus loin que de tendres baisers et de chastes étreintes tout habillés.

J'étais devenue une professionnelle de la redirection des mains égarées. Une championne du monde en rabaissage de pull-over. Une experte en ressaisissement, quand survenait un risque de perte de contrôle. Jusqu'au jour où...

Jean-Louis et moi avions eu notre bac du premier coup (de bol).

Pour célébrer l'événement, il avait organisé une grande fête dans son immense appartement des Buttes Chaumont. Ce soir-là, je fis la connaissance de sa mère.

Catherine de Montmarchay, sa génitrice, était une femme qui vivait seule avec son fils depuis toujours. J'avais cru comprendre que son mari, bigame découvert, avait été chassé de la maison lorsque Jean-Louis avait cinq ans. Pendant des années, ce riche homme d'affaires avait entretenu une liaison avec la directrice de la communication de son entreprise. Relation qui tenait plus de la double vie que de l'histoire de fesses, dans la mesure où il lui avait fait deux enfants. Longtemps, il s'était partagé entre les deux foyers, prétextant de fréquents voyages d'affaires, qui lui permettaient ainsi de passer de son épouse officielle à sa femme clandestine, les doigts dans le nez. Un jour, la mère de Jean-Louis reçut une magnifique paire de boucles d'oreilles en émeraudes pour son anniversaire, accompagnée d'un mot tendre écrit de la main de son mari. Au lieu de se réjouir, elle engagea sur-le-champ un détective privé pour faire suivre l'auteur du cadeau, dans la mesure où son anniversaire tombait en novembre, soit dans sept mois et cinq jours approximativement. Lorsque l'enquêteur lui révéla la double vie du père de son enfant, elle demanda immédiatement le divorce, et interdit dès ce moment à quiconque, même au petit, de prononcer en sa présence le nom de celui qui l'avait bafouée.

La maman de Jean-Louis, qui avait toujours vécu à la charge de son mari, ne put se résoudre à aller travailler. Sans ressources, ni expérience professionnelle, et avec son petit garçon à nourrir, elle se vit alors contrainte de faire ce que les femmes faisaient depuis la nuit des temps pour pouvoir subsister : elle appela son père et le supplia de l'aider.

Son brave banquier de papa alloua illico une confortable rente à sa fille, lui permettant ainsi d'élever dignement son petit-fils, et de ne jamais connaître la faim.

Sans doute aigrie par cette trahison, la jeune femme gomma chez elle toute trace de féminité. De cette époque date sa coupe de cheveux courte, aujourd'hui d'un gris presque blanc car jamais teints. Elle sélectionna des vêtements austères, au col toujours boutonné haut, accompagnés de chaussures plates. Sa peau resta nue, sans la moindre trace de maquillage. Et de ma vie, je ne la connus jamais portant de jupe.

Déjà, à la base, Catherine de Montmarchay était une femme sévère et guindée. Plus le temps passait, et plus ses sourires se faisaient aussi rares qu'une lueur de spiritualité dans l'œil d'un lombric. Mais son esprit, d'une redoutable acuité, n'avait pas son égal pour trouver la faille chez l'autre, la cicatrice douloureusement mal refermée, et y passer allègrement ses doigts trempés de sel.

Dès le premier regard que nous échangeâmes, je compris que cette femme venait de donner un but à sa vie : me haïr. Les raisons à cela étaient innombrables.

Dans le désordre : j'étais trop brune, trop typée, j'étais coiffée la raie à droite et non à gauche, mes ongles se dédoublaient, mes pointes étaient sèches, j'avais choisi anglais et non allemand en première langue, je ne savais pas ce que je voulais faire plus tard (actrice n'étant pas un vrai métier selon elle), je portais des baskets roses ridicules, mon nom de famille était non seulement dénué de toute trace de particule, mais possédait en outre une consonance épouvantablement juive... etc., etc., etc.

Et puis décidément, la petite Frédérique lui manquait trop.

Fille aînée de l'une de ses amies intimes, dont le père était un avocat célèbre – détail qu'elle ne manquait pas de placer lors de ses parties de bridge hebdomadaires avec ses vieilles copines à coiffures laquées. Jeune fille prometteuse qui se destinait à la même carrière que son père. Le parti idéal.

Pourtant, je ne me formalisais pas plus que ça de son accueil glacial à mon endroit. Après tout, nous n'étions pas destinées à nous revoir, et encore moins à nous fréquenter.

Du moins le croyais-je.

CHAPITRE 2

MON TOUT DEUXIÈME

> L'on m'a dit que vous vous fardiez. Fort bien ! Dieu vous a donné un visage, et vous vous en fabriquez un autre.
>
> WILLIAM SHAKESPEARE, extrait de *Hamlet*

Plus que cinq heures avant le grand rendez-vous (de ma vie) de ce soir.

J'avais tellement de choses à faire pour retrouver apparence humaine après mes deux grossesses, que je ne savais pas par où commencer. Assise en pyjama sur le rebord de ma baignoire, je cogitais fébrilement.

A mon avis, de quelle façon valait-il mieux que je m'épile ? Tandis que je parcourais du regard le mobilier de ma salle de bains, cette question me taraudait. Devais-je utiliser mon rasoir comme d'habitude, ou était-il raisonnable d'envisager de me lancer toute seule dans l'épilation de mon maillot à la cire, sans aucune formation d'esthéticienne (ni d'anesthésiste) au préalable ? Je laissais de côté l'éventualité de tenter un désherbage de mes poils à l'aide d'une crème à épiler. La seule et unique fois où j'en avais étalé une sur cette zone, de petites touffes avaient vaillamment résisté, et je m'étais retrouvée avec un maillot comme atteint de pelade. Obligée d'attraper un rasoir pour finir le travail à la hache. Une horreur.

Plongée dans ces réflexions d'une intensité dramatique, je farfouillais dans mes mèches pour y débusquer mes cheveux blancs et les arracher d'un coup sec. A seulement vingt-huit ans, je m'en fabriquais des kilomètres. En particulier ces derniers temps.

Normal. C'est terrible, pour les nerfs, une rupture.

Tenez, moi, par exemple. Il y a à peine huit mois, je demandais mon mari en divorce.

Je pensais que tout se passerait simplement. Et effectivement, ce fut le cas.

Du moins au début.

« Je veux divorcer », lui avais-je déclaré un soir, coupant la parole à Claire Chazal qui monologuait toute seule dans un coin du salon. Assise face à Jean-Louis, les doigts croisés sous mon menton, les coudes posés sur la table où nous étions en train de dîner, je ne le quittais pas du regard. Le souffle court, je guettais sa réaction.

C'était la première fois que je lui proposais de divorcer, et j'espérais au fond de moi qu'il ne m'en voudrait pas d'avoir été si peu imaginative dans l'énoncé de ma déclaration. Pour le souvenir de ce moment unique dans nos vies, peut-être aurais-je dû lui jeter mon alliance à la figure ? Ou bien encore mettre un genou à terre et le supplier de dire « oui », en lui expliquant qu'il devait accepter car je pouvais très bien vivre sans lui ? Peut-être aurait-il fallu l'inviter dans un restaurant où j'aurais payé deux violonistes pour venir près de notre table jouer « Tout, tout, tout est fini entre nous », le tube planétaire de Lara Fabian ?

Jean-Louis a posé sur moi ses grands yeux bruns étonnés, sans répondre.

Au début, je me suis même demandé s'il avait bien compris. Pendant qu'il terminait lentement de mastiquer sa bouchée, j'ai fini par réaliser : il ne me croyait tout simplement pas. « Arrête, tu déconnes, là », a-t-il lâché, blasé. « J'ai l'air ? » lui ai-je rétorqué.

Il a levé les yeux au ciel, et a caché sa bouche derrière sa main avant de se mettre à parler. Où avais-je lu que placer sa main de cette manière était le signe que l'on allait proférer un mensonge ? Sûrement dans un article psycho de *Télé 7 Jours*. Je souris donc et j'attendis sa réponse.

« Hou là ! toi je sens que tu vas encore me ressortir cette vieille histoire avec Sandra ! C'est fini entre nous, on ne va pas en reparler cent sept ans ! C'était juste une erreur : une seule putain de nuit... »

Tout en l'écoutant, je pris l'air parfaitement captivé par son discours débile. Si j'avais essayé de sembler plus ironique, je me serais froissé un muscle de la joue. « Ecoute... », m'a-t-il dit en attrapant ma main par-dessus le pot de moutarde Amora. « On ne va pas s'engueuler encore pour ça, d'accord ? On est des adultes tous les deux, je t'aime, tu m'aimes, et tu es un peu bouleversée parce que tu ne vas pas tarder à avoir tes règles. Tiens, peux-tu aller me resservir un peu de dinde ? Tu vois que tu sais cuisiner, quand tu t'en donnes la peine... »

J'ai attrapé son assiette et je me suis levée. Tout en me dirigeant vers la cuisine, je me suis demandé comment j'avais fait pour épouser un minable pareil. Et surtout, pourquoi je ne le réalisais que maintenant.

De toute façon, il fallait être lucide. J'avais épousé un copain de lycée. Depuis le début, ce mariage avait très peu de chances de fonctionner. Il y avait eu des millions d'indices qui auraient dû me mettre la puce à l'oreille, mais ils ne m'apparaissaient clairement que maintenant.

Jean-Louis s'était unilatéralement octroyé, au prétexte de sa jeunesse perdue en m'épousant, quelques brèves aventures. La dernière en date, sans doute plus longue que les autres, avait eu lieu avec Sandra, un boudin marié qui travaillait dans la même boîte que lui. Elle avait été la goutte d'eau qui avait fait déborder le vase de ma patience. Il ne s'agissait plus de présomptions dont je n'avais pu apporter concrètement la preuve irréfutable. Non. Cette fois, le doute n'était plus possible.

Un jour où je m'apprêtais à laver son pantalon, je vérifiai ses poches, comme d'habitude, pour y recueillir la monnaie oubliée. Laquelle avait la fâcheuse tendance, lorsque j'omettais de le faire, d'abîmer le tambour de la machine à laver. Je ne trouvai pas de pièces, mais à la place le ticket de caisse du Monoprix d'en bas de la rue, daté du week-end dernier, alors qu'il était supposé être ce jour-là à Lyon pour affaires. Le ticket indiquait qu'il avait acheté une bouteille de champagne, une boîte de préservatifs, et un ensemble string dentelle et caraco. Je restai pétrifiée. Il ne m'avait pas offert cet ensemble. De toute façon, je ne porte jamais de string. Et si lui se baladait avec un caraco sous sa chemise, c'était très préoccupant. Dès que je pus à nouveau respirer, je me suis ruée dans son bureau et j'y ai mis un bordel monstre. Ses papiers volèrent dans tous les sens, je parcourus ses classeurs, ses archives, en larmes, je cherchai une trace de l'existence de la roulure qui se baladait avec la ficelle dans le fondement offerte par mon mari. Je ne trouvai rien. A bout de nerfs, je me suis jetée sur son ordinateur portable. J'ai cliqué partout, et même, sans le faire exprès, sur l'icône où était marqué « virus récupérés, dangereux ». Horrifiée, je me suis attendue à la perte de toutes ses données professionnelles, et à la scène monstrueuse qui allait en résulter. Mais pas du tout. A la place une photo apparut. C'était une grande rousse qui rigolait, prenant la pose sur une chaise, en string dentelle et caraco.

Le soir, quand mon mari rentra, il me trouva blême, assise sur le canapé, les yeux rougis, les bras croisés. Je me levai, lui dis que je savais tout, et courus dans son bureau. Il m'y suivit, inquiet. Je tournai l'écran vers lui qui affichait toujours le cliché, lui montrai le ticket de caisse, et je me suis mise à pleurer convulsivement. Jean-Louis fut si surpris qu'il oublia carrément de nier. Il me supplia de lui pardonner, m'expliquant pour se justifier que c'était elle qui lui avait sauté dessus, qu'il l'avait d'abord repoussée, mais qu'après tout il n'était qu'un homme et qu'entre eux ça n'avait été qu'une histoire de fesses. C'était moi qu'il aimait, il l'avait d'ailleurs plaquée tout de suite après l'avoir culbutée, cette fille ne m'arrivait pas à la cheville, il n'y avait pas photo (si, justement, couillon). Il précisa même qu'elle bêlait en faisant l'amour, et qu'elle avait une quantité stupéfiante d'énormes taches de rousseur, lui donnant l'allure d'un dalmatien. Il croyait me faire sourire en la ridiculisant. Loupé.

Les murs de notre maison résonnèrent pendant des jours de mes violentes crises de jalousie. La peur de me retrouver seule aidant, je finis toutefois par me calmer. Poussant même l'abnégation jusqu'à faire semblant de lui pardonner, tout en ruminant mon chagrin. Qu'aurais-je pu faire d'autre ? Me jeter dans les bras de son meilleur ami, Roger, trente-huit ans, champion de France de récitation de l'alphabet en rotant ? Non. La vengeance est une perte de temps et d'énergie, et je ne suis pas le genre de femme hystérique. Je suis plutôt du genre calme. Alors à l'époque, j'ai calmement ouvert son placard à chaussures, j'ai sorti et aligné devant moi ses cinq paires de Weston, Aubercy et John Lobb bien-aimées, cirées et lustrées avec un soin de maniaque, je me suis accroupie au-dessus, et j'ai fait pipi dedans.

Et comme j'ai estimé que ce n'était pas suffisant, je suis allée, toujours très calmement, nettoyer ses CD et DVD préférés avec un tampon à récurer en inox.

Je ne fis rien d'autre. Ah, si ! Je me fis un ulcère. Et peu à peu, j'ouvris les yeux sur tout ce qui, dans notre couple, ne me rendait plus heureuse depuis bien longtemps :

— Jean-Louis, sous prétexte que je ne travaillais pas (dans un bureau, je veux dire), me laissait gérer toute seule les courses, le ménage, la paperasse et l'élevage complet clés en main de deux bébés tigresses. Attendant de moi que le repas soit servi à heures fixes, et que je récolte sans broncher les fringues sales qu'il disséminait dans toutes les pièces de notre appartement. En contrepartie, lorsqu'il était à la maison, eh bien, rien. Je devais tout autant garder son territoire nickel, voire même le servir deux fois mieux, car môssieur, qui avait un « vrai travail, lui », détenait en conséquence le droit absolu et inaliénable de se reposer.

— Jean-Louis avait des orteils horribles. Je détestais ses

immenses panards avec ses longs doigts de pied qui partaient dans tous les sens. Je rêvais d'enrouler sous la couette mes jolis petons autour de pieds plus esthétiques. Certes, je n'ignorais pas que ce n'était pas un motif de divorce. Mais si lui était obsédé par les femmes à gros nichons, moi j'aurais juste désiré un homme avec des pieds moins monstrueux. A chacun ses fantasmes.

— Jean-Louis n'avait jamais de gestes tendres, ne m'offrait jamais de fleurs, oubliait systématiquement mon anniversaire, et considérait que je devais être à sa disposition quand il voulait soulager ses ardeurs. Trouvant en outre que son arrogance perpétuelle, son côté macho beau gosse (haha) lui donnaient un « genre » (ouais, genre Fonzie.) Sa phrase fétiche étant : « Avec le caractère que tu as, ma grande, tu ne connais pas ton bonheur d'être mariée avec un type comme moi ! » Le pire étant peut-être qu'il avait réussi à m'en convaincre.

Ma belle-mère, une aristocrate fortunée, veillait farouchement sur son fils unique. Elle s'était mis en tête que j'avais épousé son rejeton uniquement pour son argent, et avait donc décidé de me le faire payer très cher. Le problème, c'est que je n'avais pas les moyens de m'acquitter de cette dette imaginaire. Aussi avais-je parfois demandé le crédit de mon mari pour me défendre, mais devant sa mère il s'écrasait, complètement à découvert. Pauvre type.

Les relations entre cette femme et moi étaient tendues. Je devais supporter sans broncher ses roucoulades mielleuses quand elle parlait à son « grand garçon » et ses piques fielleuses quand elle s'adressait à la guenon qui le lui avait honteusement chapardé.

— Jean-Louis et moi n'avions aucun goût en commun. Pour lui plaire, je m'étais sentie obligée d'aimer les plats qu'il appréciait, les émissions qu'il regardait, les gens qu'il fréquentait, tout en me déconnectant de mes préférences personnelles. Lui, par contre, n'avait jamais songé à me rendre la pareille. Remarquez, c'est normal : je n'exigeais rien.

Bien sûr, dans ce mariage il y avait eu aussi des aspects positifs :

— Jean-Louis avait son permis de conduire et moi pas. Utile pour aller faire nos courses à Carrefour.

— Je ne l'avais jamais entendu péter au lit. Jamais. Respect total pour les intestins de ce type.

— Il était relativement doué pour monter les meubles que j'entassais lors de mes frénésies d'achats compulsifs chez Ikéa.

— Il n'avait pas peur de tuer les cafards. Les cafards, c'était ma phobie absolue. Cet homme m'avait sauvé la vie de nombreuses fois.

Tout bien réfléchi, je choisis le rasoir.

J'ouvris les robinets de la baignoire, ajustai la température de l'eau et y balançai un galet effervescent, relaxant et schlinguant vaguement la tisane.

Le regard fixé sur le miroir devant moi, je commençai à retirer la veste de mon pyjama en bougeant mon bassin façon strip-tease sensuel. J'avais choisi ce pyjama en taille 44 pour être à l'aise, et, bonheur suprême, me sentir flotter dedans. La glace s'arrêtait juste avant mon nombril, et ce n'était pas dommage parce que si je redressais les épaules, si je rentrais le ventre et si je ne baissais pas les yeux sur mes cuisses, je gardais encore l'illusion d'avoir un joli corps. Bon, mes seins tombaient un peu, mais ça c'était normal après deux allaitements.

Est-ce qu'on pouvait glisser ça négligemment, dans une conversation avec un homme, qu'on avait allaité ses enfants ? Juste histoire de le préparer au spectacle, au cas où...

Boah, allez, non. Qui me disait que mon interlocuteur n'était pas le détenteur embarrassé d'une circoncision ratée, ou d'un dérèglement glandulaire fou lui ayant octroyé la pilosité ventrale d'un ours polaire ? Le moment venu, je n'aurais qu'à faire comme ces filles qui se bourrent le soutien-gorge de Kleenex : assumer.

Et l'autre crétin de Jean-Louis qui était passé chercher les poupées ce matin (puisque c'était son week-end de garde) et qui m'avait demandé d'un air soupçonneux pourquoi je m'étais épilé les sourcils aussi fin, si c'était parce que j'avais rencontré un homme, et le cas échéant qui était-il, d'où venait-il, et que voulait-il de moi à part m'utiliser comme fille de joie gratis et me refiler des MST ?

Je l'avais regardé droit dans les yeux et je lui avais éclaté de rire à la face.

Moi. Sortir avec un homme. Non, mais ça va pas bien, la tête ? Il savait parfaitement qu'il avait été pour moi le seul et unique partenaire sexuel depuis le commencement de ma puberté boutonneuse, et que, depuis notre divorce, les hommes me faisaient affreusement peur.

Onze ans passés avec un type qui ne savait pas faire la différence entre un sein et un klaxon dans un embouteillage auraient pu me dégoûter à tout jamais de ses semblables.

Manque de pot, cela n'avait pas été le cas. Et j'avais rendez-vous ce soir avec un homme sublime aux côtés de qui mon ex-époux faisait figure de doublure son dans un boys band.

« Au fait, puisque tu es là, rends-toi utile, lui avais-je lancé sans répondre à ses questions mitraillette, mais en affichant mon sourire le plus avenant. Tu peux me dire grosso modo dans quel sens ça s'agrafe, un porte-jarretelles ? »

Jean-Louis, furieux, s'était mis à maugréer des injures dans sa barbe en me fusillant de son regard le plus noir. Avant que ses invectives ne deviennent franchement audibles par de petites oreilles innocentes, j'avais fait un tendre bisou et un monstrueux câlin à mes poulettes, et lui avais fermé la porte au nez.

Non, mais de quoi je me mêle ?

Est-ce que je lui demandais, moi, des nouvelles de sa vie sentimentale ?

Non. Pas besoin, les petites m'en donnaient.

Je savais donc qu'il sortait depuis quelque temps avec une fille qui s'appelait Carole.

Tiens, d'ailleurs, n'était-ce pas le prénom de la petite stagiaire qui travaillait dans sa boîte l'année dernière, « Carole » ? Mais si... Une fille qui, m'avait-il raconté avec un petit rire flatté, le draguait insolemment malgré ses vaines protestations. Coïncidence, probablement. La fille en question, une gamine âgée à peine d'une vingtaine d'années (et pourvue d'un QI d'huître, m'avait-il assurée), possédait le charme obscur et fascinant d'une mouche bleue. Jean-Louis me l'avait décrite succinctement : elle avait des cheveux mous et plats ornés de rayures délavées qui avaient dû être autrefois des mèches, des petits boutons rouges décoraient la surface de son visage façon damier, en alternant avec les petites boules argentées de ses piercings, et elle portait des vêtements moulants, dont le moins qu'on pût dire était qu'ils ne mettaient pas ses bourrelets en valeur. Pour finir de me rassurer (si j'avais été encore jalouse), Jean-Louis avait ajouté qu'elle sortait de toute manière avec un des mecs de la boîte.

En apprenant l'existence de sa nouvelle fiancée, je m'étais permis de noter au passage qu'il n'avait pas perdu de temps. Au lieu de tenter de me reconquérir à tout prix, en me couvrant de fleurs, de week-ends à Prague et de promesses de fidélité éternelle, par exemple, mon tendre époux avait choisi « Vive la liberté ! » et les soirées en boîte avec des blondes trop maquillées qui dansaient en bougeant leurs cheveux et en faisant tanguer leur silicone. Même si, dans mon souvenir, lui se trémoussait sur une piste de danse avec la grâce d'un chat coincé dans un micro-ondes.

En attendant, cette pauvre Carole avait quand même atterri dans les bras d'un homme qui, tout brillant architecte qu'il soit, croyait que le comble de la sensualité était de se déshabiller en pliant soigneusement ses affaires sur une chaise. Pourvu que jamais, oh non, jamais je n'en arrive à un tel degré de solitude que je me voie contrainte d'accepter l'invitation à dîner d'un blondin à petites lunettes rondes, qui porte un prénom composé et qui parle la bouche pleine.

De toute façon, ce n'était pas le cas aujourd'hui.

Ce soir, je sortais avec un homme élégant, sensible et intelligent – bref, une créature sublime aux jolies fesses potelées qui s'appelait Vincent. De longues mèches dorées (artificielles, mais qu'importe) lui tombaient sur les yeux, son prénom se ronronnait plus qu'il ne se prononçait, et il n'allait probablement pas avoir l'occasion de garder la bouche ouverte bien longtemps, vu que je comptais la lui remplir avec ma langue.

Héhéhé... qu'est-ce que je pouvais être folle, moi, on aurait dit que j'avais quatorze ans !

Tiens, bonne question d'ailleurs : pouvait-on s'embrasser ou pas, dès le premier soir ? Je veux dire que bon, d'un autre côté, je n'avais plus quatorze ans.

D'un autre-autre côté, si je cédais trop rapidement, il allait pouvoir s'en vanter auprès de ses copains, il allait me mépriser, il allait écrire « Déborah est une fille facile » au gros feutre rouge sur le mur des toilettes de son bureau, et il ne me rappellerait plus jamais.

C'était ma mère qui m'avait raconté ça, quand je lui avais téléphoné ce matin.

Je réalisai brusquement qu'elle n'avait pas trop changé de discours depuis mon adolescence.

Bon, cas de force majeure, il me fallait appeler d'urgence ma copine Daphné.

Tandis que je composais son numéro sur mon portable, je sentis doucement le stress m'envahir. Mon tout premier rendez-vous avec un autre homme que mon mari... Quelle angoisse...

Daphné éclata de rire quand je lui racontai les premiers symptômes de panique qui venaient d'apparaître chez moi. Mon air anxieux, mon teint livide, ma voix trop aiguë et mes doigts hyperactifs qui devaient impérativement triturer quelque chose (sourcils, cheveux, cuticules, n'importe quoi pourvu qu'on puisse tirer dessus).

« Mais pourquoi t'es pas à la maison avec moi, pour m'aider ? Qu'est-ce que tu fous quand j'ai besoin de toi ? » trépignai-je, hilare, en attrapant un tube de crème à l'argile que je m'appliquai sur le visage, le portable collé contre mon épaule.

« Heu... je bosse, madame. Ça te va comme raison ? J'aurais

adoré être avec toi pour te rappeler de ne pas porter de sous-vêtements dépareillés, mais figure-toi que j'ai une réunion qui commence dans une demi-heure. On échange ? »

Je me marrais.

« Même pas en rêve ! Et sinon, tu penses que ça va bien se passer, à ton avis ? »

« Ma réunion ? Oui, je pense, parce que... »

« Non, mon rendez-vous ! J'ai super-peur ! Je viens de réaliser avec horreur que j'ai des cuisses énormes. Et des rides qui apparaissent quand je plisse les yeux (je plissai les yeux devant miroir pour me prouver à quel point j'avais raison). Je crois que je ne vais pas y aller, finalement. »

Daphné s'esclaffa à l'autre bout du fil et poussa un soupir de contentement. Un peu sur le ton de la fille qui s'installe confortablement dans son canapé moelleux, un paquet de pop-corn sans sucre dans une main, un Orangina light dans l'autre, pour regarder un épisode de sa série préférée.

« Mais si, allez, ça va bien se passer ! Tu vas te coiffer comment ? »

« Les cheveux relevés en chignon, je pense, avec des petites mèches qui pendouillent le long de mon visage d'une façon tout à fait romantique... »

« Mouais. T'as pas oublié de te faire les jambes ? »

« Elles sont tellement bien faites qu'on croirait presque que je suis une fausse brune. Cheville droite écorchée par le rasoir, comme d'hab. Je sais pas toi, mais moi je rate toujours ma malléole, et du coup... »

« Le maillot ? »

« Nickel. »

« La moustache ? »

« Attends, tu rigoles, je ne m'épile pas la mous... »

« La moustache ? »

« Faite. »

« Les préservatifs dans ton sac ? »

« HAAAN, mais ça va pas ? Non, mais attends, arrête là, attends, je peux pas, pas si vite, pas ce soir, pas déjà. Bon... Tu sais quoi ? Je vais tout annuler, finalement. Et puis je sais même pas comment ça se place, ces machins, j'en ai jamais utilisé !! Daphné, je vais annuler ce rendez-vous, il le faut. Je suis super pas prête. QUELLE ANGOISSE !!! »

« Mais t'es pas prête à quoi ? Attends, je veux savoir. Tu veux dire que t'es toujours vierge, malgré tes deux minettes ? Non, mais tu sais qu'après un divorce, tu as le droit d'arrêter d'être fidèle ? Le juge ne t'a pas prévenue ? »

« Vas-y, moque-toi. »

Je tentai de sourire malgré le masque durci qui avait séché sur ma figure, et qui figeait mon expression tel un lifting trop serré.

« Sérieusement, repris-je, je ne peux quand même pas coucher avec lui pour de vrai : c'est mon patron ! »

« Comment, c'est ton patron ? Déborah, permets-moi de te rappeler que tu es en intérim, et que ton contrat se termine dans une semaine. Donc dans à peine sept jours, tu travailleras dans une autre boîte et tu ne le reverras plus jamais. Et puis franchement, il te plaît ? »

« ... »

« Il te plaît, oui ou non ? »

« Ben, tu sais... il est très grand, un peu costaud, il est bourré de charme pour un mec de trente-cinq ans... ses blagues sont ringardes, mais elles me font rire quand même... il est tout le contraire de Jean-Louis, et effectivement... heu... il me plaît grave. »

« Alors FONCE ! »

« D'accord. Mais... j'oserai jamais aller acheter des... »

Rire de hyène de Daphné.

« Débo, Débo, Débo... aaah, mon innocente et naïve petite Déborah... C'est trop bon, tes débuts dans le monde merveilleux de la vie sentimentale des adultes ! Je sens qu'on va bien s'amuser ! Alors écoute-moi attentivement : je veux tout savoir de ce qui va se passer ce soir. Jure de tout me raconter, sans oublier le moindre détail, d'accord ? »

« Promis. Heu... quoi, tout ? "Tout", genre y compris les trucs "hum-hum" ? »

« Tu plaisantes ? Surtout, les trucs les plus croustillants, à savoir nombre de rounds, durée du match, et portrait du monstre dévêtu, avec inventaire minutieux de ses particularités, depuis les plus admirables jusqu'aux plus ridicules ! »

Nous raccrochâmes toutes les deux en nous esclaffant.

Maintenant s'annonçait pour moi la tâche la plus rude de toutes : choisir quels vêtements j'allais porter ce soir. Pour cela, il me restait trois petites heures avant mon rendez-vous.

Je n'allais jamais avoir le temps.

Il était 19 h 30, et j'étais finalement prête.

Je portais une longue jupe bordeaux qui me couvrait entièrement les jambes (pas sexy), avec un pull noir moulant au décolleté en V (sexy), surmonté d'un parka matelassé et fermé jusque sous le menton (pas sexy), et des escarpins à talons hauts avec une ravissante bride sur le dessus (sexy). Décente mais audacieuse en même temps. Insolente tout en restant pudique. Limite religieuse, mais presque dévergondée. Exactement comme mon état d'esprit du moment : je ne savais pas du tout ce que je voulais.

Mon maquillage soigné et tout à fait naturel avait nécessité des heures de boulot, et je patientais comme je pouvais en faisant des grimaces devant le miroir du couloir de l'entrée, alternant les œillades comico-sensuelles avec de faux éclats de rire où j'exhibais mes dents.

J'étais allée faire pipi quatre fois, j'avais laissé trois messages désespérés sur le répondeur de Daphné, et je me trouvais là, piaffant d'impatience devant ma porte, en me retenant de toutes mes forces de partir maintenant.

Je risquais trop d'arriver à l'heure.

Aujourd'hui, j'avais le droit... que disais-je le droit ? J'avais le DEVOIR d'arriver en retard à ce rendez-vous avec mon patron... Mais non ! Merdoum ! Pas avec mon patron ! Ce soir, c'était juste Vincent... hum... grrr... Vinceeeeent (je prononçais son prénom en le miaulant)... et je voulais qu'il crève de désir pour moi en m'attendant.

Je voulais qu'il regarde la porte d'entrée du restaurant avec un mélange de nervosité et d'excitation. Puis qu'il consulte impatiemment sa montre. Ensuite qu'il jette encore un coup d'œil à la porte pour guetter fébrilement mon arrivée...

Copyright la méthode tirée du livre : « Les techniques de séduction du siècle passé » que m'avait enseignée ma mère. Mais ce n'était pas grave. C'était toujours mieux que « la drague pour les nuls », que lisait mon frère.

Donc, en bonne stratège machiavélique que j'étais, je me rendis au restaurant à pied, fis trois fois le tour du pâté de maisons, puis poussai la porte de la pizzeria où il m'avait donné rendez-vous, avec vingt bonnes minutes de retard.

Je cherchais Vincent des yeux avec un grand sourire confus, prête à m'excuser pour mon arrivée tardive, lorsque... je réalisai brusquement qu'il n'était pas là.

Ah non, pas ça. LA HONTE !

Il était encore temps d'agir. Aussi entamai-je une discrète marche arrière pour me sauver avant qu'il ne fasse son entrée. Mais le serveur me repéra et me guida, tout souriant, vers la table que Vincent avait réservée pour nous deux.

Après m'être assise en tentant de dissimuler ma colère, je me mis à farfouiller au fond de mon sac pour attraper mon portable et le consulter, au cas où il m'aurait laissé un message. Mais l'écran était vide. Je me plongeai alors dans la contemplation du menu posé sur la table, avec autant d'intérêt que si je découvrais un des manuscrits de la mer Morte.

J'en profitai pour passer ma rage sur un gressin, en me demandant si je ne devais pas voir dans l'extrême finesse de son diamètre un signe prémonitoire. J'espérais au moins que ce butor avait une excuse valable pour me faire attendre ainsi.

Par « valable », j'entendais une double crise cardiaque avec rupture du myocarde et claquage pulmonaire, nécessitant une intervention qui serait pratiquée, à sa demande, juste après le dîner. Là, je pourrais lui pardonner. A la rigueur, je pouvais tolérer qu'il m'explique que son chauffeur de taxi s'était fait attaquer par une nuée de moineaux qui lui avaient crevé l'œil. Et que du coup, planqué à l'arrière sous son attaché case, il avait dû attendre l'ambulance. Mais dans ce cas, je voulais un mot de l'ambulance.

Dix minutes plus tard, Vincent poussa enfin la porte du restaurant.

Dès que je l'aperçus, je baissai le visage et me concentrai sur mon agenda électronique en pianotant dessus avec la plus grande dextérité. Il avait une demi-heure de retard. Le sale cloporte.

Vincent s'approcha de moi et me salua gentiment.

Faisant mine d'être surprise, je levai les yeux vers lui, et fondis sous son regard brun si doux.

Il s'assit près de moi et s'excusa pour son retard impardonnable, m'expliquant qu'il avait eu un achat à faire de toute urgence. Il me montra un sachet, duquel il extirpa un écrin. Il l'ouvrit : c'était un ravissant pendentif en forme de petite tortue bleue.

Haaaaan ! Incroyable !

Mon visage s'orna de mon plus beau sourire (celui à trente-deux dents visibles), tandis que je battais si fort des cils que la serviette en papier devant moi faillit s'envoler.

« Oooh... Vincent... comme c'est joliiiii... »

« Ça te plaît ? Eh bien, j'espère que ça va lui plaire aussi... c'est pour ma mère. Demain, c'est son anniversaire, et comme le dimanche toutes les boutiques sont fermées... »

Mon sourire mutin se glaça en un rictus figé.

Je fus partagée entre l'envie brutale de lui enfoncer deux gressins dans les trous de nez, et celle d'attendre un peu pour lui emplâtrer le visage dans sa pizza brûlante.

Zeeeeeen. Je croisai les orteils dans mes chaussures en position du lotus pour retrouver mon calme. Gressins ou pizza, quelle que soit l'option que je choisirais, inutile d'envisager une sortie théâtrale après, vu que j'allais être lundi à nouveau sous ses ordres au bureau.

Je me concentrai alors sur son menton à fossette que je rêvais de mordiller depuis des semaines, et sur ses mains si fines qui seraient du plus bel effet posées sur mon décolleté.

La magie opéra assez vite. Aidée en cela par l'envie pressante d'avoir autre chose à raconter à mes copines que le résumé du dernier roman d'épouvante que j'étais en train de lire.

Le dîner se déroula sereinement. Nous mastiquâmes nos tartes à la tomate en nous racontant nos vies, le plus classiquement du monde. Attentionné, je remarquai qu'il ne cessait de remplir mon verre de vin, sitôt que je l'avais porté à ma bouche.

S'il pouvait juste éviter de me lancer ces regards lubriques...

Alors que je passais ma langue sur les lèvres pour retirer un peu de la sauce tomate qui s'était égarée dans les commissures, je le vis s'affoler.

— Oh.... ohohoh... Déborah... oh...

— Oh quoi, Vincent ? lui demandai-je, étonnée.

— Ton pied ! Héhéhé... petite chipie...

— Quoi, mon pied ?

Mon pied était sagement posé au sol. Mon autre pied (parce que j'avais un autre pied) était lui gentiment croisé un peu au-dessus, en train de caresser machinalement le pied de la table.

Oups. Un doute me prit.

En regardant Vincent et son sourire niais, je compris instantanément qu'il ne s'agissait pas du pied de la table.

— Ah non, mais heu... c'est pas du tout ce que tu crois..., balbutiai-je misérablement, tandis qu'il se tapotait la bouche avec un coin de sa serviette, l'air de dire « mais oui, mais oui... »

— Déborah, au fait, juste par curiosité... je ne voudrais pas être indiscret, mais...

— Oui ?

Je fixais ses yeux sombres, tout en triturant nerveusement un champignon grisâtre du bout de ma fourchette.

— C'est marrant, mais je m'étais demandé, en vous voyant tous les deux au bureau, s'il n'y avait pas un truc entre Yann et toi...

J'ouvris la bouche sans comprendre. J'en laissai même retomber ma fourchette sur la nappe à carreaux. Puis j'attrapai une mèche de cheveux que je commençai à tortiller, signe d'intense concentration intellectuelle.

— Yann ? le commercial de la boîte ? (Beurk !) Qu'est-ce qui a pu te faire croire une chose pareille ?

— Ben, je ne sais pas, répondit Vincent en faisant doucement rouler les glaçons dans son verre. Il me semblait que vous rigoliez beaucoup ensemble...

Il me faisait quoi, là ? Une scène de jalousie ? Lui ? Le tombeur de ces dames ? Le type devant lequel toutes les filles de la boîte frétillaient de la croupe lorsqu'il passait ? Il osait ?

C'était trop de bonheur.

— Hum... mmoui, il est marrant, effectivement, lâchai-je d'un ton laconique.

Puis je me mis à découper pensivement un bout de pizza, que je pris le temps de mâcher soigneusement avant de l'avaler.

— J'avoue qu'il est plutôt mignon (pour un troll) et qu'il a une conversation intéressante (si on aime parler soupapes, injections et moteurs diesel). Mais... tu sais, je suis encore un peu fragilisée par mon divorce (regard de biche éperdue avec mèche placée timidement derrière l'oreille en inclinant délicatement le visage sur lc côté), et Yann est juste un ami, un confident (qui m'évite de déjeuner seule le midi au self), rien de plus.

— Ah...

Le visage de Vincent s'illumina d'un sourire triomphant, qu'il tenta maladroitement de dissimuler.

— Tiens, puisqu'on en est aux confidences, dis-je, après que nous avions échangé un long regard plein de sous-entendus, dont certains peut-être que je n'avais pas compris. Shirley et toi, c'est fini alors ?

Vincent renversa la tête en arrière, et éclata d'un rire franc.

— Shirley ? La fille du service compta ? Ahahaha... Mais on n'a jamais été ensemble... Remarque, j'admets qu'elle a un joli petit derrière, et, qui sait, si un jour elle me proposait de...

— Tu veux peut-être que je te laisse dîner en tête à tête avec tes fantasmes ? J'ai l'impression que je dérange, là.

Il ignorait que j'avais renversé rageusement des verres de vin sur la cravate de Jean-Louis pour bien moins que ça.

— Voyons, Déborah, me dit-il, formant une moue rigolote avec ses lèvres ourlées, Shirley travaille pour moi, et j'ai pour habitude de ne jamais avoir de liaison avec mes employées.

Ah, d'accord. La claque dans la gueule.

Ça valait bien la peine que je m'intoxique les neurones à l'acétone pour me peindre les orteils en Vermillon Polisson.

Mais comment avais-je pu être assez stupide pour croire que ce type brillant, mignon et célibataire pouvait tomber amoureux de moi ?

De toute façon, j'aurais dû m'en douter. Avec tout le fric qu'il gagnait, s'il avait voulu me séduire, il ne m'aurait jamais emmenée dans ce petit resto minable à 7,50 euros la pizza.

Et puis il aurait porté autre chose que ce vieux pull immonde, qui devait dater de son adolescence, tout effiloché sur la manche. Et puis il...

Vincent attrapa ma main.

— ... même si, parfois, je tombe amoureux malgré moi, murmura-t-il en plantant son regard de braise dans mes paupières clignotantes.

Je sentis mes capillaires se dilater, et le débit sanguin accentuer la carnation de mon visage, jusqu'à ce qu'elle atteigne la couleur d'une peau de rouquin en plein désert. Qu'est-ce que je disais à propos de son pull, déjà ? Il était un peu élimé, soit, mais après tout, l'usure du tissu donnait au vêtement un côté rassurant contre lequel on avait envie de se blottir.

Quant au restaurant, j'étais au fond ravie qu'il n'ait pas cherché à m'impressionner. Il avait sans doute perçu que je n'étais pas une de ces filles futiles et superficielles qui ne se pâment que si on les emmène dans des endroits chic et à la mode.

En attendant, sa façon de me caresser la main me donnait la chair de poule.

— Tiens, je crois qu'on a raté la séance du film, on ira une autre fois, qu'est-ce que tu en dis ? me demanda-t-il en jetant un coup d'œil à sa montre, sans cesser de jouer avec mes doigts.

— Oui, oui, bien sûr... pas grave... une prochaine fois...

Je souris la bouche fermée, de peur de lui exposer une incisive ornée d'un inélégant morceau de persil.

— On se prend un dessert ?

— Heu... si tu veux...

Je sortis discrètement mon miroir de poche, et fis mine de chercher une poussière dans mon œil gauche. Vincent pivota pour faire signe au serveur ; j'en profitai vite pour retrousser mes lèvres, vérifier mes dents, mon nez, ma frange et ranger le boîtier tandis qu'il se tournait à nouveau vers moi.

— D'un autre côté, on pourrait peut-être aussi....

— Oui ? dis-je en lui lançant un éblouissant sourire « ultra-bright ».

— ... prendre juste un café ?

— Oui, un café... c'est bien aussi, les cafés...

Certes, notre conversation était si passionnante qu'un café n'aurait pas été de trop pour me tenir éveillée. Car enfin, cela devait bien faire un quart d'heure qu'il triturait ma main. Et j'attendais l'étape suivante avec l'impatience d'une cliente qui espère la prochaine bande de cire chaude que lui appliquera son esthéticienne, nourrie de sentiments contradictoires : envie qu'elle en finisse, envie qu'elle s'arrête là, envie de voir le résultat.

Mais Vincent, pensif, continuait à faire des dessins avec son pouce dans la paume de ma main. Pas pressé. Il m'enflammait tellement que j'étais au bord de l'électrocution neuronale, pendant que lui se croyait à un concours de Pictionnary.

Ah ? Je le vis entrouvrir les lèvres... ça y est, il allait m'embrasser... le troisième premier baiser de ma vie... quelle angoisse !!... ça y est, ses lèvres se rapprochaient...

Ah ben non, il parla.

— Ecoute, Déborah, avant tout, il faut que tu saches quelque chose.

Et allez. C'était trop beau pour être vrai.

Le premier rendez-vous que j'acceptais (bon, qu'on me proposait) depuis mon divorce, avec un type au pouce si doué que je me demandais avec crainte si j'allais survivre à la caresse de ses neuf autres doigts, et ce type-là allait m'apprendre quelque chose. Quelque chose qu'il voulait que je sache avant qu'il ne m'embrasse.

Fantastique.

Eh bien, allons-y... de quoi s'agissait-il ?

Il était transsexuel ? Il avait une mycose ? Un micropénis, peut-être ? Ou bien il avait des aphtes ? Oui, ça devait être ça, des aphtes. Pourvu que ce ne soient seulement que des aphtes.

Vincent caressait toujours ma main, qui brillait presque tellement il l'avait polie. Je le vis hésiter, chercher ses mots, tandis que j'étais suspendue à ses lèvres.

Le temps s'était arrêté, mon souffle était devenu imperceptible, mes lentilles s'étaient desséchées, prêtes à tomber, parce que je ne clignais plus des yeux depuis vingt bonnes secondes.

— Je travaille beaucoup, commença-t-il, beaucoup trop depuis sept ans. La boîte que j'ai créée est mon bébé, et je ne peux pas me consacrer à autre chose. Tu comprends, Deb, en ce moment j'enchaîne les contrats...

— Oui, je compr...

— ... et ça, mes copines ne veulent pas l'admettre. Je ne suis pas vraiment disponible pour les sorties le week-end, les dîners en tête à tête...

— ... ah ben, ça tombe bien parce que moi...

— ... et je n'ai le temps de rien faire entre les rendez-vous avec les investisseurs et les clients, je mène une vie de dingue, je dors même parfois au bureau, il faut que tu le saches...

— ... oui, mais...

— ... et je sais que tu as deux enfants, je ne peux pas m'engager plus, Déborah, pas maintenant, j'ai trop de responsabilités avec mon travail, pourtant...

— ... non, non, attends, je ne veux...

— ... je suis très attiré par toi, ça il faut aussi que tu le saches, je suis vraiment heureux que tu aies accepté mon invitation ce soir parce que j'avais un peu peur que tu refuses, et...

— ... VINCENT !!!!!

— Quoi ?

— Tu vas la boucler cinq minutes ?

Et, sans lui laisser le temps de répondre, je collai mes lèvres aux siennes et lui donnai un bref baiser. Sa bouche était si douce que je rebondis dessus. Je crus lire une lueur de surprise dans ses yeux. Ou peut-être étaient-ce juste les miens qui se reflétaient dans ses prunelles obscures.

Alors là, non mais alors là, je réalisai tout à coup que j'étais vraiment une chaudasse.

Même Daphné, j'en étais sûre, aurait eu plus de retenue ! (... Même Daphné !!)

Regardez-moi ça, mais pour qui allait-il me prendre ? Moi, la fille qui avait mis des semaines... que dis-je, des semaines... des mois avant de laisser Jean-Louis l'attraper par l'épaule. La fille qui devenait cramoisie quand ce même Jean-Louis lui effleurait la joue au lycée. Qu'est-ce que Vincent allait penser de moi, maintenant, hein ?

Rien.

Vincent ne pensa rien. Vincent avait éteint son cerveau, allumé sa libido et enfin pris les choses en main. Il m'embrassa avec fougue, n'interrompant son long baiser que lorsqu'il dut régler le serveur, me laissant alors m'écrouler contre le dossier de mon siège, le corps secoué de soubresauts ressemblant à des spasmes épileptiques de bonheur. Ma chair de poule était telle qu'on aurait pu croire la peau de mes bras incrustée de Smarties.

C'est bizarre. Je ne me souvenais pas avoir jamais éprouvé une sensation aussi intense quand Jean-Louis appuyait ses lèvres contre les miennes. Tiens, il allait falloir que je pense à parler de ça à Daphné. Elle qui avait connu un nombre considérable d'hommes pourrait sans doute m'expliquer ce curieux phénomène. Je le notai dans le seul recoin de mon cerveau qui n'était pas encore violemment shooté aux endorphines : autrement dit, la prochaine fois que j'irais faire pipi se déstockerait dans ma mémoire l'envie pressante de raconter mes histoires de baisers à Daphné.

Nous reprîmes notre furieuse bataille salivaire à coups d'escrime linguale, dès les premiers pas hors du restaurant. J'échappai de peu au torticolis lorsqu'il souleva enfin mon mètre soixante-sept pour le porter à la hauteur de son mètre quatre-vingt-cinq.

Hou ! Qu'il était bon de me sentir légère comme une plume dans les bras d'un homme grand et fort ! Je notai qu'il me reposa bien vite, mais enfin c'était quand même bon de m'être sentie légère comme une plume dans les bras d'un homme grand et fort.

Plongeant ses yeux dans les miens, Vincent caressa mon visage.

Je me concentrais pour faire le vide dans mon esprit et oublier qu'il était à deux centimètres de mon nez alors que : 1) mes lèvres, un peu gercées, manquaient cruellement de gloss, 2) mon chignon romantique n'était plus qu'un brouillon de chignon informe écroulé dans ma nuque, 3) mon fond de teint avait probablement disparu tellement il m'avait frotté la figure avec sa barbe naissante, donc il avait mes boutons devant lui en gros plan.

Puis il me susurra d'une voix de basse :

— Bon, Déborah, je te ramène chez toi, O.K. ?

— Hhh... (Je ne pouvais plus parler, j'avais des crampes à la langue.)

— Mais avant, je dois passer chez moi donner à manger à mon chien. Ça ne t'embête pas de m'accompagner ?

Léger non de la tête, pas trop rapide pour ne pas faire tomber la dernière épingle qui restait accrochée à mon absence de coiffure.

Il s'approcha du trottoir, et fit signe à un taxi qui se gara à notre hauteur.

Nous nous y engouffrâmes en nous pelotonnant l'un contre l'autre au fond du siège. Quelques doux frôlements du bout du nez, et nous reprîmes là où nous nous étions arrêtés trois minutes cinquante-sept secondes plus tôt. Vincent articula péniblement son adresse à l'intention du chauffeur avec ma langue dans sa bouche. Soudain, folle de désir, je lui avalais brusquement les amygdales.

N'était-ce pas Jean-Louis qui me traitait de frigo lorsque nous étions mariés ? Ah-ah.

Nous arrivâmes enfin devant l'immeuble de Vincent, dont le visage avait pris une teinte légèrement cyanosée à cause de tout l'oxygène dont je l'avais privé. Moi par contre, j'étais en hyperventilation d'avoir respiré pour deux. Un peu dégrisée, je le suivis, ma main dans la sienne, jusqu'à son petit appartement. Après tout, ce n'était pas un inconnu. Je le fréquentais depuis des semaines au bureau. Et puis il allait juste nourrir son chien, de toute façon. Et puis Jean-Louis m'avait appris deux ou trois notions de karaté. Et puis merde, j'étais divorcée à présent !

Arrivée chez lui, je découvris un trois pièces luxueux, meublé avec goût.

J'aperçus dans son salon un buffet en bois précieux, un canapé en cuir brun, un tapis chatoyant et quelques reproductions de peintures qui ornaient les murs.

Je remarquai aussi un petit cadre dans le couloir, avec la photo en noir et blanc d'une femme plutôt austère et habillée de façon vieillotte. Sa mère probablement.

Sans me laisser le temps d'explorer mieux sa tanière, il m'entraîna vers sa chambre, contre le mur de laquelle il me plaqua avec son corps, le temps d'un baiser voluptueux. Puis il se recula et retira ses chaussures en secouant les pieds. J'esquivai de justesse une de ses grosses godasses qui avait failli m'atteindre au genou. Y a pas à dire, pour se déshabiller, il avait la classe.

Moi, par contre, c'était un peu l'inverse : je venais de prendre la ferme décision qu'il n'était pas question d'enlever mes vêtements devant lui. Il me manquait encore huit kilos à perdre depuis ma dernière grossesse, aussi allait-il devoir patienter avant de me voir toute nue.

Je rusais pour détourner ses doigts du crochet de mon soutien-gorge en gigotant comme une anguille. Pour gagner du temps, je tentai de lui retirer son pull hideux en le tirant vers le haut. Il se débattit la tête coincée dedans pendant quelques secondes, et j'en profitai pour découvrir son torse velu, dans la fourrure duquel je laissai se perdre mes doigts.

C'était dégueulasse.

Les mecs avaient le droit de garder des kilos de poils sur tout le corps, tandis qu'ils ne nous pardonnaient pas le moindre petit duvet apparent. C'était pas leur soutien-gorge que les féministes auraient dû brûler. C'était leur Epilady. Personnellement, ça m'aurait arrangée.

Vincent, qui s'était enfin dégagé de sa prison de laine, s'attaqua à ma jupe, et là, je pris peur. Il allait voir mon ventre. Ma brioche, ma bedaine, mon bidon, avec les petites vergetures roses qu'il me restait sous le nombril, tel un tatouage-souvenir de mes deux maternités. Oh ! là, là, entre ça et mes seins qu'il allait falloir que je retienne d'une manière ou d'une autre quand mon soutien-gorge irait valdinguer... je sentais qu'il allait être déçu, hou là, je le sentais.

Mais même pas. Il me déshabilla sans cesser de m'embrasser, et m'allongea sur son lit en prenant soin de rentrer discrètement le ventre. Si, si, je vis parfaitement son ventre se contracter ! Je trouvai ce mouvement si attendrissant que j'en oubliai mes mensurations de Miss Häagen-Dasz et me laissai complètement aller à ses caresses.

Soudain, j'entendis une voix sortir de mes cheveux :

— T'en as ?

— Heu... non, moi tu sais, je ne fume pas...

— Non, non, je veux parler de préservatifs...

— Pardon ?? Parce que toi, t'en as pas ??

— Ben... heu... je crois bien que j'ai fini la boîte, je pensais que tu en aurais sur toi...

— Figure-toi, attends, tu vas rire, mais figure-toi que non, je n'en ai pas sur moi.

— Ben alors, qu'est-ce qu'on fait ?

— Il est deux heures du matin. Un Scrabble ?

— J'ai pas de Scrabble.

— Bon, ben, bonne nuit alors. Au fait, tu ronfles ?

— Heu... oui, un peu.

— Et merde...

Vincent s'assit face à moi. Ses longues mèches en bataille et son air renfrogné pendant qu'il fixait ses pieds aux orteils ciselés m'incitaient à penser qu'il était en train de réfléchir.

— Attends... je crois qu'il y a un distributeur, près de la pharmacie au coin de la rue. Tu m'attends une minute ? Je vais en chercher et je reviens. Je fais super-vite, ne bouge surtout pas.

Trop romantique. J'aurais préféré qu'il aille me chercher une corbeille de pétales de roses pour en inonder les draps où j'étais allongée, mais bon, on n'allait pas chipoter pour si peu.

Vincent attrapa son jean et mit ses baskets sans même prendre le temps d'enfiler ses chaussettes. Couchée dans son lit, je lui fis un petit signe de la main, le drap pudiquement relevé sous le menton. J'attendis d'entendre la porte claquer pour rejeter ce drap et me ruer hors de la chambre, afin d'explorer tout à mon aise l'appartement de mon nouveau petit ami.

Car c'était plus fort que moi : j'adorais fouiller. J'étais très forte pour regarder partout en remettant exactement les objets à leur place au millimètre près. Cela datait de mon enfance, lorsque je m'entraînais à être une espionne.

Dans les films, les espions se faisaient toujours démasquer parce qu'ils avaient manipulé un objet qu'ils n'avaient pas reposé à la bonne place. Les imbéciles.

Alors je visitai son salon, regardai dans la cuisine, le frigo, jetai un œil dans un placard, sans vraiment savoir ce que je cherchais.

Je finis pourtant par tomber dessus : une photo de mariage, retournée et posée à la hâte contre la moquette, de l'autre côté du canapé. Elle le représentait lui et sa femme, une petite nana assez jolie, engoncée dans une robe couleur crème plutôt banale. Elle tenait un bouquet entre les mains, et un voile court ornait ses cheveux longs et ondulés. Je réalisai soudain : la photo dans le couloir, ce n'était pas la mère de Vincent, c'était elle. Je courus dans la chambre et regardai autour de moi. Il y avait une petite porte, dissimulée derrière une tapisserie indienne. Je l'ouvris. Il s'agissait d'un cagibi dans lequel se trouvait une penderie. Des vêtements de femme côtoyaient ceux de Vincent.

Bien, bien, bien, elle vivait toujours ici, donc... En fouillant rapidement dans ses vêtements, je tombai sur un uniforme. Non... pas possible...

C'était une hôtesse de l'air.

Je refermai soigneusement la porte du cagibi et me jetai au fond du lit en entendant sa clé tourner dans la serrure. Vincent accourut dans la chambre, essoufflé, et sourit de me voir toujours au même endroit. Légèrement endormie, même (quelle bonne comédienne je faisais, moi, c'était pas croyable). Il avait rapporté une boîte de capotes en couleurs. Quel intérêt de ne pas en avoir pris des transparentes ? Sûrement pour lui servir de stabilo-sguègue, au cas où il ne retrouverait pas son ridicule pénis de sale menteur d'homme marié.

Il se déshabilla et, soupirant d'aise, vint sous le drap se coller contre moi. Mais je n'étais plus totalement nue. Une sorte d'écran de chasteté froid et métallique faisait désormais obstacle entre son bassin et le mien. Il frissonna, surpris, et se recroquevilla (surtout du bas). Je sortis en souriant le cadre photo métallique de sous le drap, et le lui plantai sous le nez.

Et c'est ainsi que j'ajoutais une nuit supplémentaire à mes onze mois d'abstinence, et que démarrait ma toute nouvelle vie de célibataire : au chômage.

CHAPITRE 3

LA FOIRE AUX PIRES EX

> Coucher avec un vieux, quelle horreur !
> Mais avec un jeune, quel travail !
>
> ALICE SAPRITCH

J'avais hâte qu'elles arrivent.

Cette soirée mensuelle avec mes copines, instaurée depuis peu, était devenue hautement nécessaire à mon équilibre. Quel bonheur que de se retrouver entre filles de temps en temps, pour se soulager de nos existences compliquées en mangeant des bonbons et des glaces comme quand on avait treize ans.

Ce n'est pas parce qu'on ne rentrait plus dans nos soutiens-gorges de l'époque (pour celles qui avaient la chance d'en porter un) que les soirées pyjama devaient être révolues.

Et puis l'ambiance n'était pas la même lorsqu'on se lâchait aux confidences, aux commérages et aux éclats de rire sans son homme dans les parages. Lesquels, lorsqu'ils étaient présents, avaient la fâcheuse tendance de surveiller du coin de l'oreille que l'on ne dévoile pas trop de détails de notre (sa) vie privée. Ces fourbes.

Mais qu'ils étaient étouffants, ces hommes... Tiens, j'étais bien contente d'avoir quitté le mien – me dis-je en tentant d'oublier les violents moments de solitude qui m'assaillaient parfois, tard le soir. Aussi, pour positiver lorsque la tristesse me nouait le ventre, je pensais à la joie qui m'étreignait de ne plus tomber dans la cuvette des toilettes, quand la lunette avait été relevée après un pipi debout.

Voilà, tout était paré pour recevoir les trois follasses qui s'apprêtaient à débarquer chez moi d'une minute à l'autre. Les petites étaient couchées, j'étrennais un nouveau pyjama, et les munitions étaient prêtes : plusieurs pots de Ben and Jerry's dormaient bien au froid, dans mon congélateur.

L'interphone tinta.

Je sursautai et allai ouvrir en gambadant, tout excitée. Guettant le bruit de l'ascenseur arrivant sur le palier, je scrutais la venue de la copine number one à travers l'œil de bœuf. C'était Daphné. Je vis sa silhouette s'approcher, et sa tête immense se placer face à ma porte. Elle sonna.

Je reculai de quelques pas sur la pointe des pieds, filai mettre mes chaussons – ceux qui claquaient sur le parquet – et revins en grandes enjambées bien bruyantes. Personne ne devait savoir que j'étais si impatiente que j'attendais mes invitées planquée en embuscade derrière la porte. « Ouiiii ?? »

J'ouvris. Daphné était là, munie d'un sac à dos rempli de ses affaires pour la nuit. Arrivant directement du bureau, elle me tendit une énorme quiche au chèvre et au cresson qu'elle avait prise chez le traiteur en bas. Je l'enfournai immédiatement au frigo, en attendant les autres.

« Ça va, pas trop crevée de ta journée ? » lui demandai-je, tandis que nous nous plantions réciproquement quatre bises sonores sur les joues. Elle n'eut pas le temps de me répondre que jaillit, depuis la chambre de mes filles : « Mamaaaan ! Tu peux nous lire une histoire, s'il te plaaaît ? » C'était la voix d'Héloïse. Je soupirai. Mes filles ne dormaient pas encore, alors qu'elles étaient au lit depuis une bonne demi-heure. Résignée, je laissai Daphné s'installer dans le salon, et me dirigeai vers la chambre de mes microbes.

Il y régnait un bordel monstre, composé pour l'essentiel de montagnes de jouets, de peluches éparpillées un peu partout, et de piles de livres dont la présence comblait les rares espaces encore libres sur le sol. Leurs deux lits, de part et d'autre de la petite pièce, me laissaient à peine moins d'un mètre pour me faufiler entre.

Je m'assis sur celui d'Héloïse. Elle me fixa de ses grands yeux presque verts, minauda une grimace rigolote, et me tendit deux bouquins. A moi de choisir celui que j'allais lui lire. Je tentai de lui expliquer que ce soir mes amies étaient là, et qu'il fallait qu'elle dorme tout de suite, mais elle attaqua un concert de : « S'te plaît, s'te plaît, mamaaan, allez, une toute petite dernière histoiiire... », en duo avec Margot que je croyais endormie, me faisant abdiquer toute tentative de protestation. J'attrapai alors lâchement le livre qui contenait le récit le plus court.

Après dix minutes de lecture, je distribuai quelques bisous, ramenai la couette sous leur menton, croquai les orteils qui sortaient de sous la couverture (surtout les petits en forme de cornichon d'Héloïse), et filai en fermant doucement la porte.

Aaaaahhh... ma soirée entre filles célibataires allait pouvoir commencer. Enfin, à part Roxane, qui n'était pas célibataire vu qu'elle était toujours mariée et n'avait aucunement l'intention de divorcer. Mais sinon, c'était quand même une soirée entre filles.

D'ailleurs, la belle Roxane venait d'arriver, accompagnée de sa copine Octavia.

Je n'adorais pas Octavia, que je trouvais froide, condescendante et un brin vexante dans le genre « je sais tout mieux que vous, alors bouclez-la ». Mais maintenant qu'elle était là, je fis mine de l'accueillir chaleureusement.

Le salon résonna pendant trente bonnes secondes du bruit des bises qui s'échangeaient. Dans la mesure où les lèvres en entonnoir de l'une touchaient à peine la joue tendue de l'autre pour ne pas y apposer de rouge à lèvres, il fallait bien que le volume sonore justifie le mouvement des têtes qui se croisaient.

Le temps que les nouvelles venues se mettent à l'aise, je disposai sur la table les salades qu'elles avaient apportées. Voilà encore une des choses que je préférais, dans ces soirées pyjama : ne pas avoir de repas à préparer. Je me chargeais du dessert et des boissons, les autres arrivaient chacune avec quelque chose, et nous festoyions ensuite, avachies devant la télé, telles des petites filles faisant la dînette en chemises de nuit.

Roxane dégaina de son sac la vidéo de « Quand Harry rencontre Sally ». Je poussai un petit cri : c'était un de mes films favoris. Daphné se mit à commenter les passages qu'elle préférait, tout en retirant ses chaussures à talons.

Je distribuai des assiettes en carton, car je faisais aussi la grève de la vaisselle quand mes copines étaient là. Nous allions commencer à nous servir pendant les bandes annonces, lorsque j'entendis une petite voix qui m'appelait depuis la chambre des enfants : « Mamaaaan... »

Je levai les yeux au ciel. Mes filles mettaient toujours des heures à s'endormir. Et la tradition voulait que je ne puisse pas moi-même aller me coucher avant de m'être levée au moins trois cents fois, afin de leur apporter un verre d'eau, une peluche et une collection de tétines. Mais jamais tout en même temps, sinon ce serait trop facile.

Cette fois-ci, c'était Margot qui m'appelait. Elle m'expliqua qu'elle avait perdu sa noisette dans le noir, et qu'elle ne la retrouvait pas.

Moi : (m'asseyant sur son lit, pendant qu'Héloïse, dans le lit d'à côté, faisait semblant de dormir) – De quelle noisette parles-tu ?

Margot : (petite voix de bébé avec sa tétine dans la bouche) – De la noisette que je mets sous mon oreiller et qu'on m'a donnée à l'école.

Moi : (caressant ses petits cheveux bouclés) – Et pourquoi est-ce que tu mets une noisette sous ton oreiller, ma chérie ?

Margot : (retirant sa tétine pour parler) – Pour pas avoir de cauchemars, et pour que je fasse de beaux rêves.

Moi – Et ça a marché, tu as fait de jolis rêves, jusqu'à présent ?

Margot – Oui.

Moi – Et de quoi as-tu rêvé ?

Margot – De ma noisette.

Je pouffai de rire, et me mis à la recherche du petit fruit égaré. Je ne tardai pas à le retrouver au fond de son lit. Je le replaçai sous son oreiller, mangeai les joues d'une micro-Margot ravie et d'une coquine-Héloïse qui, malgré ses paupières frémissantes et le sourire qu'elle tentait de contenir, faisait toujours semblant de dormir. Puis je refermai la porte de leur chambre.

Sur le seuil du salon, j'aperçus Octavia en train de distribuer les couverts en plastique. Octavia Tessier était une femme grande et maigre, sous ses amples vêtements à la mode dans les années soixante-dix. Elle avouait moins d'une quarantaine d'années, mais en paraissait beaucoup plus. Seule Roxane, son amie d'enfance, connaissait sa date de naissance exacte (si ça intéressait quelqu'un).

Octavia dirigeait un salon de toilettage pour chiens. Elle adorait les animaux, en particulier les grenouilles exotiques, qu'elle collectionnait avec passion. C'était tout ce qu'on savait d'elle. Sa vie sentimentale était d'une opacité totale. Personne ne savait très bien qui fréquentait cette célibataire endurcie. Peut-être s'entraînait-elle simplement à embrasser ses crapauds en espérant qu'un miracle se produirait ? Elle n'était pas vilaine, pourtant. Du moins physiquement.

Daphné Schwarz, par contre, était l'inverse absolu d'Octavia. Frôlant à peine le mètre soixante, elle ressemblait à un sex-symbol au corps remarquablement proportionné. Cette jeune trentenaire, executive woman à la tête d'une agence de communication, était particulièrement soucieuse de son apparence. Séances de gym régulières pour entretenir sa silhouette irréprochable, fréquentation assidue des instituts de beauté pour mettre en valeur sa courte chevelure châtain et sa peau brunie par les U.V. Daphné m'impressionnait un peu, car elle consommait les hommes à la vitesse où moi je descendais mes paquets de Pim's.

Cela s'expliquant sans doute par le fait que son fiancé la plaqua le jour même de leur mariage, il y avait six ans de cela. Elle s'était juré depuis de ne plus jamais laisser un homme la meurtrir. Sa carrière et son plaisir immédiat étant désormais les seules choses qui lui importaient, tout le reste n'était qu'accessoire.

Roxane Leroy se trouvait être, et de loin, la plus belle de toutes mes copines. Ce qui était un peu normal, dans la mesure où son emploi précédent consistait à faire des bonds devant un objectif en foulant l'écume d'une mer turquoise, vêtue d'un simple bikini.

Certes, elle avait essentiellement travaillé pour les catalogues La Redoute et les 3 Suisses, mais ses clichés étaient toujours plus valorisants que la seule photo de moi que je pouvais me targuer d'avoir montré à un large public. A savoir celle, shootée par un Photomaton, figurant sur ma carte d'identité.

A la fin de sa carrière, c'est-à-dire lorsqu'elle eut vingt-cinq ans, elle rencontra un riche homme d'affaires qui ne tarda pas à lui passer la bague (deux carats, quand même) au doigt. Comblée par son nouveau statut d'épouse, elle lui offrit trois descendants, sacrifiant généreusement au passage sa taille 36 pour se stabiliser autour d'un opulent 44. Ce qui n'enleva rien à son charme saisissant. Aujourd'hui, malgré son poids et ses trente-cinq ans, c'était toujours vers elle que se tournaient les regards lorsqu'elle pénétrait dans une pièce. Splendidement haute de son mètre soixante-seize, ses longs cheveux blonds mousseux glissant sur ses épaules, elle avait une démarche que n'aurait pas reniée une pin up dans un dessin animé de Tex Avery.

Le hic était que si elle adorait son mari et ses petits poulets – Aurélien, six ans, Tristan, quatre ans, et Ernestine, deux ans –, elle s'ennuyait ferme à la maison. Reconvertie dans l'élevage de marmots à temps plein, Roxane ne pouvait s'empêcher de ressasser l'époque de sa gloire passée. Du temps où elle n'avait pas de vergetures, et où elle paradait au bras d'hommes aussi musclés que narcissiques (mais qu'importe, puisqu'ils étaient musclés).

La belle avait mené une vie de princesse, tout en rêvant secrètement à une existence paisible, dans laquelle elle aurait fondé un foyer avec un homme gentil (et riche) qui l'aurait vénérée. Son vœu exaucé, elle tournait désormais en rond comme une lionne en cage, entre le ménage, les bavardages avec la concierge, et les otites, bronchiolites et autres rhino-pharyngites de ses miniatures.

Assises sur le tapis près de la table basse du salon, nous picorions dans nos assiettes en regardant l'écran de la télé.

Roxane : (pianotant sur son portable) – Désolée, les filles, je vous quitte une minute. J'ai juste un coup de fil à passer pour contrôler le degré d'anarchie à la maison. Mon mari est seul avec trois guérilleros dont une qui porte encore des couches, et je veux vérifier qu'il est bien toujours en vie. (Elle s'éloigne.)

Moi : (absorbée par l'intrigue du film) – Vous ne trouvez pas que Meg Ryan a des mains immenses et une toute petite tête disproportionnée ?

Daphné : (retirant soigneusement le gruyère qui recouvre sa quiche) – Ouais, j'avais pas remarqué, mais maintenant que tu le dis... j'adore sa couleur de cheveux, par contre. J'aimerais bien essayer de me faire la même.

Moi : (qui n'oserais jamais changer ma couleur de cheveux) – Oui, oui, essaie !

Octavia : (vêtue d'un pyjama psychédélique d'inspiration Woodstock) – Regardez, quand ils marchent côte à côte, Billy Cristal fait deux têtes de moins qu'elle...

Roxane : (qui a raccroché et qui est revenue dans la pièce) – Ce minus me rappelle un de mes ex... Attendez... Comment il s'appelait, déjà ? Ah oui, Diego ! Un photographe qui commençait à être connu, quand j'ai débuté. Un des pires coups de ma vie. Il avait exactement cette même petite tête de fouine...

Daphné : (les yeux qui pétillent) – Le pire coup de ta vie ? Vas-y, raconte !

Roxane : (ravie de se replonger dans ses innombrables souvenirs) – Hum... Que je me souvienne... Ça fait si longtemps, tout ça... Je devais avoir dix-huit ans. Ou peut-être dix-neuf, je ne sais plus. Lui avait une bonne trentaine d'années. En apparence, c'était un type adorable. Classe, marrant, beau mec dans le genre ténébreux, vous voyez... Un brin exigeant, peut-être, dans sa façon de parler. Mais je me disais que ça devait venir de son habitude de donner des ordres aux mannequins qui posaient pour lui. Il me sortait dans les boîtes les plus sélectes, m'emmenait dîner dans les meilleurs restaurants...

Daphné : (hilare) – Et c'est là que tu as découvert qu'il mangeait discrètement ses crottes de nez en guise d'entrée...

Roxane : (haussant les épaules, amusée) – Non, madame !

Octavia : (se rappelant l'anecdote qu'elle connaissait déjà) – Ah oui, le Diego, ahaha...

Moi (impatiente) – Alors ?

Roxane : (se délectant de l'intérêt provoqué par son histoire) – On a longtemps flirté ensemble sans qu'il se passe rien. Je croyais être tombée sur un type un peu romantique, ce qui n'était pas désagréable, pour une fois. Jusqu'à un soir, où il me propose de venir chez lui prendre un dernier verre. J'accepte tout de suite, vous pensez bien. Depuis le temps que j'attendais qu'il me le demande !

Moi : (brandissant la bouteille de Schweppes light) – Quelqu'un veut encore de la limonade, ou bien j'ouvre une autre bouteille de vin ?

Daphné : (suspendue aux lèvres de Roxane) – Pas pour moi, merci... Et puis ?

Roxane : (parlant lentement pour entretenir le suspense) – Il faisait sombre, j'avais un peu trop bu, et je ne voyais pas clairement la déco de son appartement. J'ai pénétré dans son salon pendant qu'il allumait des bougies sur la table pour créer une ambiance feutrée. Puis, tandis que je m'installais sur son canapé, il est allé nous chercher deux verres de vin. Nous les avons sirotés lentement, assis à quelques centimètres l'un de l'autre, nous dévorant du regard à la lueur des flammes. C'était... si sensuel, si...

Daphné : (surexcitée) – Ahahaha... génial... et puis ? Attends, laisse-moi deviner ! Vous avez commencé à vous déshabiller sur le canapé. Et pendant qu'il te mangeait le sein gauche, une petite vieille est entrée dans la pièce en lui disant : « Tu as des préservatifs sur toi, j'espère, pas comme la dernière fois ? » Et là tu as réalisé qu'il vivait toujours chez sa mère. J'ai bon ?

Moi : (débarrassant la table) – Meuh non ! A tous les coups, c'était juste un... heu... un de ces types trop émotifs qui n'a pas pu... enfin, un truc comme ça...

Roxane : (souriante, secouant sa main pour nous faire taire)

– Que dalle ! C'était pire. Bien pire. Diego, tout en m'embrassant – assez tièdement, je dois le dire –, m'a allongée sur le sofa. Puis, il a effectivement commencé à me déshabiller. Il me baisait le menton, puis le cou, il est passé très brièvement au-dessus de mes seins, a un peu voleté autour de mon ventre, puis est descendu sur ma cuisse, et là, les baisers sont devenus plus appuyés. Il descendait toujours. Sur le genou, ils étaient brûlants. A la cheville, ils étaient carrément passionnés. Mais alors quand il est arrivé à mon pied... Il a saisi mon pied droit, enserré dans un escarpin Prada à onze centimètres de talon. Il l'a longuement contemplé, exactement comme s'il regardait une pure œuvre d'art, limite si les larmes ne lui sont pas montées aux yeux d'émotion. Puis, avec une infinie délicatesse – il n'aurait pas été plus précautionneux en désamorçant une bombe –, il a retiré mon soulier. Et là... Tenez-vous bien... Il a collé son nez contre ma plante de pied et l'a respirée intensément – si ! Alors que j'avais mariné dedans toute la journée, hein ! Puis il s'est mis en devoir de lécher voluptueusement mes orteils un à un.

Daphné et moi : (pas Octavia, qui ricanait dans son coin)
– AAAAAAHHH !!

Roxane : (fière du petit effet produit par son histoire)
– Inutile de préciser que je n'en menais pas large. J'ai tenté de retirer ma jambe, qu'il tenait fermement, mais il a serré mon pied contre son visage en me suppliant de ne pas le lui enlever. Il était excité comme un fou, avec la sueur qui perlait sur son front et un regard de dément. Puis il m'a demandé de ne surtout pas bouger, il allait dans sa chambre et il revenait tout de suite. Tu parles que je ne l'ai pas écouté. J'ai commencé à vite ramasser mes affaires et j'ai allumé la lumière du salon pour voir où j'avais posé mon sac. J'ai ainsi pu découvrir toute une galerie de photos sur les murs, qui m'ont fait sursauter d'horreur. Il ne s'agissait pas de portraits, ou de photos de filles sublimes comme il en prenait toute la journée. Non, c'étaient des photos de pieds. Juste des pieds. Il y en avait des centaines. On se serait crus dans un thriller. Et puis, Diego est revenu dans le salon. Il s'était changé. Il semblait nu sous un peignoir en satin. Il était chaussé uniquement d'une immense paire d'escarpins à talons

aiguilles à sa pointure, du style 45... Pourrais-je arriver précisément à vous décrire à quelle vitesse j'ai déguerpi ?

Moi : (depuis la cuisine, ouvrant la porte du frigo) – Sinon j'ai du maroilles, du munster, ou du gorgonzola, pour celles qui souhaiteraient plonger dans la réalité odorante du récit qui vient de nous être fait...

Daphné : (les commissures des lèvres étirées vers le bas au maximum) – Ça y est, mon estomac bouge dans tous les sens, je vais gerber.

Ecroulée de rire, je revins au salon avec un plateau sur lequel se trouvaient quatre pots de Ben and Jerry's et quatre cuillères à soupe. Harry et Sally continuaient à l'écran leur incessant chassé-croisé amoureux, mais leurs voix ne nous servaient plus que de fond sonore. Aucune de nous quatre ne regardait vraiment le film. De toute façon, on le connaissait déjà par cœur.

Daphné, qui léchait sa cuillère remplie de Karamel Sutra, semblait pensive.

Daphné – Mon pire coup à moi, j'aurais du mal à l'oublier. C'était le mec que j'ai connu juste après Arnaud.

Roxane et moi nous lançâmes un regard entendu et compatissant.

Arnaud était le type qui avait plaqué Daphné, quelques heures avant que le couple ne passe devant monsieur le maire. Parti en lune de miel avec la strip-teaseuse rencontrée lors de la soirée d'enterrement de sa vie de garçon. Non pas que ç'eût été le coup de foudre du siècle entre la dénudée et le futur marié, mais plutôt une brusque et insurmontable crise d'angoisse devant ce beau morceau de chair ondulante, à l'idée de jurer fidélité à sa copine de fac et colocataire depuis quatre ans.

Dire que Daphné avait mal vécu cette rupture serait un euphémisme.

Echouée chez une amie, elle avait d'abord tenté de s'ouvrir les veines avec son rasoir, ne réussissant qu'à s'égratigner très légèrement l'intérieur du poignet, sauvée par les grilles de protection de son Lady Wilkinson. Puis elle écrivit une lettre d'adieu, et avala sans s'émouvoir les trois quarts des médicaments contenus dans l'armoire à pharmacie de sa copine, qui heureusement renfermait essentiellement des vitamines, des pansements gastriques et quelques désinfectants alcoolisés. Ce qui lui valut les troubles intestinaux que l'on peut imaginer, auxquels elle avait très vaillamment, quoique douloureusement, survécu.

A bout de forces, elle était retournée vivre chez ses parents. Où elle avait traîné des mois durant en pyjama, ne sortant pratiquement jamais de sa chambre de jeune fille, se lavant une fois par semaine, et prenant une bonne quinzaine de kilos. Elle noyait sa tristesse dans les raviolis et le pâté de campagne, qu'elle engloutissait entre deux crises de larmes à raison de quatre à cinq assiettes par jour.

Daphné ne vivait que dans l'attente d'un hypothétique appel téléphonique d'Arnaud. Il allait forcément finir par se manifester, il ne pouvait en être autrement. Eh bien, si. Un jour, elle tomba sans le faire exprès sur la vidéo du vingtième anniversaire de mariage de ses parents. Elle se découvrit dans une élégante robe du soir, valsant dans les bras de son fiancé. Lequel matait lubriquement ses cousines par-dessus son épaule. Pour Daphné, ce fut le déclic.

Au lieu de l'immense vague de nostalgie sous laquelle elle avait craint d'être submergée, elle contempla, fascinée, le vrai visage de « l'homme de sa vie ». Constatant froidement qu'il avait le dos voûté, des doigts noueux, un début de calvitie prononcé et un regard fuyant. Très loin de l'image qu'elle gardait de lui d'un garçon à l'allure sexy avec ses mains de pianiste, son front intelligent et son regard énigmatique. Elle, par contre, constata quelle jolie fille elle avait été, si svelte et pleine d'allure. Il ne la méritait pas.

Daphné courut dans sa chambre, se déshabilla devant le miroir, et contempla ce qu'elle était devenue. Son ventre boursouflé, ses cuisses grasses, la culotte de cheval qui déformait les lignes de son pantalon. Alors, elle pleura intensément. Une dernière fois.

Au terme de cette violente crise de larmes, naquit une

nouvelle Daphné. Lavée de sa peine, déterminée à ne plus jamais sombrer aussi bas. Elle fit sienne cette fameuse maxime de Nietzsche : « Ce qui ne me tue pas me rend plus fort », et se la répéta aussi souvent qu'il le fallut pour qu'elle l'assimile de toutes les fibres de sa chair.

Elle entama un régime, fit du sport avec une implacable régularité, et fondit à vue d'œil. Elle trouva un emploi dans une petite agence de presse, acquit l'expérience nécessaire pour apprendre les bases de son métier, piqua quelques clients et créa sa propre boîte.

Mais avant d'entamer sereinement cette nouvelle partie de sa vie, il lui avait fallu clôturer définitivement son histoire avec Arnaud. Depuis le jour de son mariage avorté, elle n'avait plus jamais eu de ses nouvelles. Quatre ans passés ensemble qu'il avait lâchement effacés d'un revers de la main. Daphné s'était mise alors à rêver à une action d'éclat, qui l'aurait rendue aussi inoubliable qu'il l'avait été pour elle.

Elle avait conservé un double des clés de leur ancien appartement. Elle pria pour qu'il n'ait pas changé les serrures. Grâce à la négligence chronique qu'elle lui connaissait, ses craintes se révélèrent vaines.

Postée un matin en embuscade près de son domicile, prostrée dans sa petite voiture, elle attendit de le voir sortir. Après l'avoir longuement regardé s'éloigner, elle fonça dans son immeuble, munie de tout un attirail d'outils et d'instruments planqués dans une besace qu'elle portait sur son dos.

Elle sonna, pour s'assurer qu'aucune remplaçante n'était restée faire la grasse matinée dans son lit. Rassurée par le silence qui lui répondit, elle glissa ses clés dans la serrure et franchit le pas de la porte. Sans perdre de temps, elle alluma toutes les lumières de la maison, coupa le disjoncteur, et désencastra à l'aide d'un tournevis les interrupteurs qu'elle jeta dans sa sacoche. Elle colmata les trous avec du plastique, afin d'éviter qu'Arnaud ne s'électrocute, puis elle remit le courant. Le petit appartement fut illuminé de toutes parts sans aucun moyen d'éteindre les lumières. Elle débrancha ensuite le téléphone qu'elle enfourna dans son sac, et alluma tout ce qu'elle put trouver : télévision, séchoir, chaîne hi-fi, mixeur... Tous ces appareils faisant déjà un boucan monstre, elle régla ceux qui pouvaient l'être au volume maximum.

Vite, elle récupéra l'essentiel de ses affaires parquées dans une malle sous le lit, les objets auxquels elle tenait, quelques livres et divers papiers administratifs. Elle lui laissa toutes les photos. Puis elle sortit un tube de colle super-glu. Le petit salon était en bordel, ce qui était normal, Arnaud ayant toujours considéré le ménage comme une occupation strictement féminine dont il devait se préserver. Eh bien, s'il aimait son foutoir, il allait pouvoir en profiter à tout jamais.

Diverses assiettes sales étaient éparpillées sur une petite table basse vitrée, sur un tabouret en bois, et sur la moquette. Quelques canettes vides jonchaient le sol, entre de vieux prospectus et des paquets de cigarettes vides. Chacun de ces éléments fut soigneusement fixé à l'endroit précis où il se trouvait.

Arnaud avait dans sa chambre une petite bibliothèque, constituée de trois rayons d'ouvrages. Désormais, il ne possédait plus que trois livres : chacune des couvertures venait d'être soudée à l'autre. S'il voulait prendre un bouquin, ça allait être tout le rayonnage qui viendrait à lui en un seul bloc.

Daphné prépara une ultime surprise, symbolique, tel le petit couple de mariés en plastique sur la pièce montée de sa punition. Puis elle se faufila hors de l'appartement de l'homme qu'elle avait aimé au point d'avoir voulu être sienne pour la vie.

Le surlendemain, la mère d'Arnaud lui téléphona. Son fils, qui avait retrouvé son appartement saccagé, était venu se réfugier dans le giron familial. Hors de lui, il voulait porter plainte contre son ancienne fiancée, mais sa mère l'en avait dissuadé.

Les deux femmes eurent une longue explication. D'abord fâchée, l'ex belle-mère admit au fond qu'elle avait été touchée par le traumatisme subi par la jeune femme. Elle avait même secrètement admiré le sang-froid et l'imagination de sa bru. Belle-maman, sous l'emprise d'une brusque poussée de solidarité féminine (son mari la trompait depuis de nombreuses années, mais elle n'avait jamais trouvé le courage de riposter), lui confia en détail ce qui advint lorsque Arnaud rentra chez lui, ce soir-là.

D'abord, sa concierge sortit de sa loge et l'engueula copieusement pour le vacarme assourdissant qui provenait de chez lui. Ignorant de quoi elle parlait, il monta les étages quatre à quatre, croisant la petite vieille du deuxième étage qui faisait tournoyer sa canne, au cri de : « Voyou, avec ta musique de sauvage ! » et qui menaçait d'appeler la police.

Franchissant affolé le seuil de chez lui, son premier geste fut de vouloir éteindre la lumière du couloir inexplicablement allumée. Sa main rencontra le vide. Il se jeta sur le téléviseur, dont le volume était à son maximum, et voulut l'éteindre. Mais l'interrupteur était coincé par de la super-glu. Il tenta de débrancher la prise, mais elle aussi se trouvait figée par de la colle. Idem pour la chaîne hi-fi, qui passait en boucle et à tue-tête l'album des Musclés, ainsi que pour tout le reste de ses appareils électroménagers, prisonniers pour l'éternité en position « on ». Il s'arracha les cheveux, croyant devenir fou, et se précipita sur le téléphone pour appeler à l'aide... mais il ne le trouva pas. Alors il fit la seule chose qui lui restait à faire en attendant l'aube : il coupa le disjoncteur et alluma des bougies.

Exténué par cette folle soirée, il se dirigea dans le noir vers sa chambre, et s'effondra sur son lit. C'est alors qu'il entendit « craaac... », et une innommable odeur d'œufs pourris envahit la pièce. Son matelas imbibé jusqu'au sommier d'une atroce boule puante, et l'air fétide de la chambre devenu irrespirable, il tenta un repli, toutes fenêtres ouvertes, vers le canapé du salon. A peine s'y était-il allongé qu'il entendit à nouveau « craaac... ».

Daphné – Il s'appelait Philippe, je crois... c'est dingue, je ne suis même plus certaine de son prénom...

Moi : (candide) – C'est normal, tu as connu tellement de mecs !

Daphné : (un peu vexée) – Non, non, pas tant que ça... à raison d'un type tous les deux mois en moyenne, depuis six ans... non, cinq ans en fait, parce que j'ai un peu attendu, après Arnaud...

Moi : (comptant discrètement sur mes doigts) – ... Wow... Ça veut dire que tu as eu une bonne trentaine d'amants ?

Daphné : (absorbée par la contemplation d'un cuticule sur son pouce) – Ah oui, tant que ça ?

Moi : (enfilant ma panoplie d'ethnologue) – Comment est-il possible de tomber amoureuse aussi souvent ? Moi, je ne pourrais pas...

Daphné : (narquoise) – Qui a dit qu'il fallait être amoureuse, pour coucher avec quelqu'un ?

Roxane : (curieuse, me laissant de côté avec ma bouche ouverte) – Allez, Daphné, raconte-nous, pour Philippe !

Daphné : (souriant dans le vague en léchant sa cuillère) – Philippe... Philippe... quelle horreur... Bon. Alors c'est un type qui travaillait dans l'agence où j'étais employée. Un coursier... Non, ne vous marrez pas, les filles, c'était un très beau mec ! Il était étudiant en archéologie et bossait pour nous quelques jours par semaine. Qu'est-ce que vous voulez que je vous raconte, au juste ?

Octavia : (chipotant son pot de Cherry Garcia) – En quoi a-t-il été le pire coup de ta vie ?

Daphné : (songeuse) – Eh bien, en fait, il n'a pas vraiment été le pire coup de ma vie. J'en ai eu d'autres ! Mais celui-là m'a marquée car il a été le premier après Arnaud. Déjà, ça n'a pas du tout été évident pour moi de sortir avec lui. J'ai mis beaucoup de temps à accepter de franchir le pas, terrorisée à l'idée de me déshabiller devant un homme, je me sentais inhibée, mal à l'aise...

Moi : (les yeux ronds) – Qui ça, toi ? L'Attila du sexe ? Là où tu passes, le souvenir des autres femmes trépasse !

Daphné : (éclatant de rire) – Oui, moi ! Je ne savais même pas comment refaire les gestes de l'amour avec quelqu'un d'autre que mon fiancé. Arnaud et moi nous connaissions depuis si longtemps, alors qu'avec Philippe, il fallait tout réapprendre vite fait... Et puis je n'arrêtais pas de faire mentalement des comparaisons avec Arnaud. Notre histoire avait duré quatre ans, on était sur le point de se marier, ce n'est pas rien...

Roxane : (grivoise et lourde) – Et donc, la première nuit avec Philippe...

Daphné : (un peu gênée) – Honnêtement ? J'ai retiré mes vêtements dans le noir, à toute vitesse, et je me suis glissée sous la couette.

Moi : (soudainement intéressée) – Et puis ?

Daphné – Et puis ? Il a laissé la lumière éteinte, et il est venu me rejoindre.

Roxane et moi – Et puis ?

Daphné : (étouffant un sourire) – Et puis nous avons fait l'amour.

Octavia, Roxane et moi : (pouffant) – Et puis ???

Daphné – Et puis, pendant qu'il était là, allongé sur moi en train de me souffler son haleine chargée de bière dans les narines, j'ai commencé à passer mes mains sur son dos. Là, je me suis figée d'horreur. Il avait le dos... brrr, rien que ce souvenir me donne la nausée... il avait quelques boutons d'acné sur la peau du dos. Je les sentais sous mes doigts, certains étaient mûrs à souhait... Enfin, j'imagine, vu qu'il faisait noir. Mais à un moment, son étreinte s'est faite plus violente et je l'ai fermement attrapé par les omoplates. Seulement un de ses bubons m'a explosé sous les doigts. Ça m'a tellement dégoûtée, que je n'ai plus pensé qu'à ça. Impossible de me concentrer sur autre chose que sur la substance visqueuse que je sentais sur mon majeur et mon annulaire gauche...

Roxane : (criant) – AAAHHH ! C'est dégueulasse !

Moi : (le doigt sur la bouche) – Chuuut, doucement, tu vas réveiller les petites...

Roxane : (parlant plus bas) – Pardon... et alors, qu'est-ce que tu as fait ?

Daphné – J'ai braillé très vite, les yeux révulsés, pour me débarrasser de lui, en le félicitant d'avoir été aussi doué. Puis je me suis précipitée dans la salle de bains en tenant mes mains loin de moi, j'ai attrapé un flacon d'alcool dans la pharmacie que j'ai dévissé avec mes coudes, j'en ai copieusement aspergé mes doigts au-dessus du lavabo, et je suis allée prendre une douche.

Moi : (objective) – Chouette soirée...

Daphné : (raclant machinalement son pot de glace avec sa cuillère) – Tu m'étonnes...

Moi : (enfilant ma panoplie de Mireille Dumas) – Et toi, Octavia, tu dois bien avoir aussi une histoire sordide à nous raconter ?

Octavia réfléchit un instant, pendant que Roxane enroulait quelques mèches de ses longs cheveux autour de bigoudis multicolores. Daphné, quant à elle, avait sorti de son sac un petit flacon bleu pailleté. Munie de cotons entre les doigts de pied, elle se vernissait consciencieusement les ongles des orteils.

De mon côté, j'étais étendue sur le canapé, le T-shirt relevé jusque sous ma poitrine, me massant rêveusement le ventre en une longue caresse apaisante qui tournait dans le sens des aiguilles d'une montre. Si l'épilation de mes mollets était quelque peu approximative, cela n'avait aucune sorte d'importance. Cela ne choquait pas mes copines, qui elles aussi se permettaient de laisser leurs cuissots en jachère de temps en temps.

Octavia : (feuilletant un magazine qui traînait sur la table basse) – Ma catastrophe à moi s'appelait Enzo. C'était un bel Italien d'une quarantaine d'années. Grand, les tempes grisonnantes, soigné, habillé en complet veston. Un type cultivé, qui adorait la musique classique. Nous nous étions rencontrés dans une file d'attente au cinéma. Lui et moi étions seuls, je lui avais demandé une cigarette, il m'avait répondu qu'il ne fumait pas. M'expliquant, avec un grand sourire, que cela nuisait aux performances sexuelles. Je lui avais répondu que, pour certains hommes, on ne voyait pas la différence. Il me proposa d'aller boire un verre et de laisser tomber le film, me glissant que de toute façon le héros mourait à la fin... J'ai accepté. Nous nous sommes revus plusieurs fois, en amis. Au début, je trouvais assez étrange qu'il me donne toujours rendez-vous l'après-midi pour une balade et éventuellement un café, ou bien le soir après dîner. Ensuite, bien sûr, j'ai compris : il économisait à chaque fois une invitation au restaurant.

Daphné : (écroulée de rire) – Non, attends, tu déconnes...

Moi : (arrêtant soudain de me masser le ventre) – Ça m'étonne pas, tous des rats !

Octavia : (reposant le magazine people pour feuilleter le programme télé) – Un soir, dans sa voiture, il m'embrasse. Après avoir beaucoup hésité, il me propose de passer la nuit avec lui à l'hôtel. Me faisant comprendre au passage que j'avais une chance folle, ses précédentes petites amies ayant dû se contenter du siège de la banquette arrière. Mon appartement était en travaux, à cette époque. Chez lui, il vivait, à ce qu'il disait, avec sa vieille « mama Josepha », donc pas question d'aller faire craccrac sous le nez de la mamie. J'accepte, même si la situation me semble un peu bizarre, d'aller dans ce que je croyais être le petit trois étoiles du coin. Savez-vous où est-ce qu'on a atterri ? Dans un hôtel Formule 1 (petit déjeuner non inclus, évidemment). Une fois dans notre microscopique chambre de rêve, je lâche qu'on pourrait peut-être aller dîner, car il était vingt heures et je mourais de faim. Le bonhomme blêmit, se décompose et propose... d'aller me chercher un Mars au distributeur automatique situé dans le hall de l'hôtel.

Daphné : (qui rigole) – Arrête, je te crois pas...

Moi : (les yeux écarquillés) – Et moi qui croyais que Picsou était un canard...

Octavia : (imperturbable) – Là je trouve qu'il y va un peu fort. Je lui réponds avec humour : « Jamais avant d'aller manger, ça risquerait de me couper l'appétit. » Nous sortons, et dehors nous hésitons devant plusieurs établissements. A chaque fois, il me propose ceux ayant des formules à sept ou neuf euros par personne, alors que moi je voudrais prendre le temps de détailler les cartes. Nous finissons par tomber d'accord sur une petite brasserie sympathique, non loin de l'hôtel. Assis à table, je remarque que mon bel Enzo est nerveux et se mordille la pulpe du doigt. La serveuse arrive et nous commandons. Je choisis une entrée et un plat tellement je suis affamée. Lui se prend une omelette nature qui est, à ce que je constate, le plat le moins cher de la carte. Il demande également une carafe d'eau pour nous deux. Là, je suis consternée, je l'avoue. A ce stade, il n'y a qu'une alternative possible : soit il a momentanément un problème d'argent, soit c'est un avare de la pire espèce. Pour en avoir le cœur net, je propose de l'inviter. Son regard s'illumine alors. Eperdu de reconnaissance, il accepte avec joie, sans me laisser le temps d'insister. Du coup, le voilà qui commande à la serveuse une demi-douzaine d'huîtres en entrée, suivies d'un tournedos aux cèpes, et choisit d'accompagner le tout d'une bonne bouteille de bordeaux. Je suis stupéfaite, mais je ne dis rien. S'il a des problèmes d'argent, alors il se conduit comme un rustre. S'il est juste pingre, alors il bat tous les records dans sa catégorie. Malgré tout, j'ai envie de passer une bonne soirée, et effectivement, la soirée se déroule à merveille. Enzo est comme transformé. Il bavarde, fait des blagues, me raconte sa vie, m'inonde de compliments... et n'oublie pas de commander en fin de repas un dessert, un café et même un digestif. Vient le moment de l'addition, et là, je me dis que, quand même, il va faire un geste, il va au moins faire mine de sortir son portefeuille. Effectivement, il fait un geste. A peine la serveuse a-t-elle posé la note sur la table, qu'il fonce et disparaît aux toilettes. En fait, il me fait presque rire tellement il est pathétique. Lorsqu'il revient, nous enfilons nos manteaux et, en remarquant les deux euros de pourboire posés sur la table, il s'indigne de ma façon outrancière de jeter l'argent par les fenêtres, précisant que lui ne laisse jamais rien. Normal, vu qu'il ne doit pas payer souvent. Nous filons à l'hôtel. Il ne me propose ni d'aller boire un verre quelque part, ni d'aller danser, non, ce seraient des frais en plus... Bref, nous voilà dans la chambre à nous embrasser... Je remarque qu'il a une façon très particulière de donner et de recevoir caresses et baisers. Il ne donne rien, mais il prend tout. Collant ma bouche contre son cou, guidant mes mains le long de son corps... j'ai l'impression d'être uniquement l'instrument de son propre plaisir. Au moment où il sort un préservatif de sa poche, je le lui prends des mains et je l'examine. L'emballage semble usé, abîmé. En réalité, sa capote est très largement périmée. Et il n'a que ça sur lui, soi-disant qu'il n'a pas eu le temps d'en acheter d'autres (depuis vingt-cinq ans). Heureusement, j'en ai toujours une ou deux qui traînent dans mon sac. Après... (elle sourit à cette évocation) la nuit que nous passons ensemble est fabuleuse. Pour lui, je veux dire. En ce qui me concerne, tout ce que je peux en dire est que j'ai ressenti un brusque élan de solidarité envers les poupées gonflables. Au petit matin, arrive le moment de régler la note d'hôtel. A la réception, il fouille dans les poches de son veston, l'air paniqué. Il ne peut que constater avoir oublié son portefeuille chez lui, et me demande d'une petite voix gênée si je peux le dépanner, précisant qu'il me remboursera. Evidemment, j'attends toujours...

Nous étions toutes les trois tordues de rire. Voilà le genre d'histoire qui donnait envie de rester mariée. C'était probablement ce que Roxane était en train de se dire, au vu du sourire pleinement serein qu'elle affichait.

Octavia : (se tournant vers moi) – La seule qui n'ait encore rien raconté, c'est Déborah. Vas-y, ma grande, on t'écoute...

Moi : (inspirée) – Heu... c'était avec Mr Spock, le vulcain de la série Star Trek. Nous étions passionnément amoureux. J'étais sur le point de me donner à lui, lorsque je me suis rendu compte que son sexe était en réalité un tampon hygiénique...

Octavia : (sévère) – Non, Déborah. Un rêve érotique, ça compte pas.

Moi : (un peu embarrassée) – C'est-à-dire qu'en fait de vraie histoire... heu...

Daphné : (volant à mon secours) – Attendez ! Est-ce que je vous ai déjà parlé de Niels ? Un Scandinave beau comme un dieu, prof de fitness. Grand, une superbe crinière blonde, musclé au possible... d'un côté, je me disais que, pour qu'il soit encore célibataire avec tous ces atouts-là, c'est qu'il devait y avoir forcément quelque chose qui clochait chez lui, mais d'un autre côté...

Moi : (l'air de rien) – Note qu'il y a des gens très bien qui sont toujours célibataires, juste parce qu'ils sont exigeants sur la qualité de la relation qu'ils recherchent, hein...

Daphné : (s'assombrissant) – A quoi bon être si exigeante et attendre un hypothétique Prince Charmant, qui ne viendra pas de toute façon puisqu'il a d'autres strip-teaseuses à fouetter ?

Moi : (attrapant un des coussins du canapé pour le placer

sous ma tête) – Tu as sans doute raison, ma poulette. Mais tant pis, j'ai envie d'y croire malgré tout.

Octavia : (me fixant gravement) – Tu sais, Déborah, je pense sincèrement que tu devrais apprendre à enchaîner les aventures l'esprit léger, tu resterais moins souvent célibataire. Pourquoi te prendre la tête et vouloir à tout prix reconstruire une vie de couple ? Ça fait, il me semble, plus d'un an que tu es seule et divorcée. Crois-tu que les hommes se posent autant de questions, eux ? Non, ils profitent de l'instant présent et des histoires de cul qui passent à leur portée. Et à mon avis, tu devrais faire exactement la même chose.

Moi : (agacée, me redressant sur un coude) – Octavia, j'ai peut-être divorcé de Jean-Louis, mais je n'ai jamais eu comme aspiration d'élever seule mes enfants. C'est même une chose qui m'angoisse terriblement. Je tiens à ce qu'elles grandissent au sein d'une famille, aussi je voudrais en reconstruire une. Et puis les histoires d'une nuit, c'est pas trop ma tasse de thé. Chacune son truc, hein, moi je ne juge personne, toi tu fais ce que tu...

Octavia : (tranchante) – Tu crois que les gens aiment voguer de partenaire en partenaire ? Tu crois que tu es la seule à chercher le grand amour ? C'est la vie, Déborah. On ne peut pas la passer à attendre l'homme invisible.

Moi : (« non mais, je fais ce que je veux, ho ») – Certes, mais je n'ai pas non plus voulu me retrouver seule pour vivre une succession d'histoires éphémères. C'est mon choix, comme dirait Evelyne Thomas.

Octavia : (méprisante) – Alors tu n'avais qu'à ne pas divorcer, si tu flippes tant que ça de tomber sur quelqu'un qui voudrait te palper sans t'épouser ensuite.

Daphné : (« ne nous fâchons pas ») – Bon, la suite de mon histoire avec Niels, ça vous intéresse ou pas ?

Moi : (« ça y est, elle m'a gavée ») – Octavia, ma chérie, en tant qu'arrangeuse de mariages entre chiens, tu dois être excellente. Mais vois-tu, et je sais combien tu n'en as plus l'habitude, les relations entre humains sont un tout petit peu plus compliquées...

Roxane : (lançant un méchant coup d'œil à Octavia pour la

faire taire) – Allez, Daphné, raconte ton histoire, je sens qu'un combat de catch dans la boue se prépare...

Daphné : (retirant son soutien-gorge en le faisant passer par les manches de son pyjama) – Niels, donc, était un mâle sublime à qui j'ai fait un rentre-dedans vigoureux afin de lui offrir le poste de mon précédent esclave sexuel. La façon dont il a accueilli mes avances laisse à croire qu'il m'avait déjà remarquée depuis longtemps... (Elle éclate de rire toute seule.) Un soir il m'invite à dîner dans un restaurant mexicain. Musique, lumière tamisée, tout était parfait jusqu'à ce que je découvre Niels en train de manger. C'était... Comment dire... pour vous donner une idée, ça ressemblait aux photos des filles de Déborah, à dix-huit mois, laissées seules avec un yaourt à la fraise et une cuillère. Il y en avait partout. Il mordait dans ses fajitas avec l'ardeur d'une fille au régime en pleine crise d'hypoglycémie. Des morceaux de poulet tombaient sur ses genoux, mais il s'en fichait. Il n'avait pas fini une bouchée qu'il en attaquait déjà une autre. Sa bouche, son menton, ses doigts, et même, je n'en revenais pas, quelques mèches de ses cheveux étaient maculés de sauce. A un moment, tandis qu'il se léchait les babines d'un large coup de langue rosâtre, il a regardé tendrement mon visage horrifié à l'idée qu'il vienne me manger la bouche, s'est essuyé deux centimètres de la main droite sur sa serviette en papier, et m'a attirée contre lui pour me donner un baiser, détruisant au passage mon chemisier Jean-Paul Gaultier d'une énorme trace de sauce huileuse...

Octavia : (pas calmée) – Allez, Déborah, maintenant à ton tour, on t'écoute.

Moi : (pas calmée non plus) – Je n'ai aucune anecdote glauque à raconter, dans la mesure où le seul homme avec lequel j'ai fait l'amour jusqu'à présent, c'est Jean-Louis.

Octavia : (qui ricane) – Eh bien, eh bien, eh bien...

Moi : (levant très haut mon sourcil droit parfaitement épilé) – « Eh bien » quoi ?

Daphné : (zigzaguant entre nous avec un rameau d'olivier dans le bec) – Mais si, il y a eu Vincent !

Moi : (fixant Octavia, en souriant ironiquement) – Il n'y a pas eu coït, avec Vincent.

Octavia : (perfide) – Remarque, je dois admettre que tu as raison. Après tout, ne sortir avec personne te permet de ne pas courir de risques. Ça a de bons côtés, finalement, d'être austère et coincée...

Un portable se mit à sonner.

C'était celui d'Octavia. Le collant immédiatement à son oreille, elle fila s'isoler dans la cuisine, refermant la porte derrière elle pour que personne ne l'entende.

Roxane : (se tournant vers moi) – Je ne sais pas quoi dire... Je m'excuse pour son comportement, ne lui en veux pas, en ce moment elle ne va pas bien du tout, je ne sais pas pourquoi...

Moi : (« tu parles si je lui en veux, à cette conne ! ») – Mais non, laisse, c'est pas grave...

Le ton montait dans la cuisine. Des bribes de voix nous parvenaient. Nous nous regardâmes toutes les trois, en nous demandant avec qui elle pouvait bien s'engueuler à onze heures du soir.

Roxane : (voyant sa copine ressortir) – Alors, c'était qui ?

Octavia : (bouleversée et un peu émue) – Heu... personne. Enfin si, une amie qui a besoin de moi. Tout de suite. Il faut que j'aille la voir tout de suite. Le temps de m'habiller et d'appeler un taxi, et je fonce.

Octavia courut dans la salle de bains retirer son pyjama et remettre ses vêtements baba cool. Nous étions toutes silencieuses. A la seconde où la porte d'entrée se referma, les discussions reprirent.

Daphné : (irritée, s'adressant à Roxane) – Mais pourquoi tu l'as amenée, toi aussi ? C'est une pure emmerdeuse, à chaque fois qu'on la voit, il faut qu'elle prenne la tête à quelqu'un...

Roxane : (embarrassée) – C'est mon amie, elle n'a que moi. Je sais qu'elle n'a pas toujours un caractère facile, mais quand on la connaît bien, c'est une fille formidable...

Moi : (soudain pensive) – J'ai une anecdote.

Roxane – Je croyais que tu n'avais connu qu'un seul homme ?

Moi – C'est exact, même si l'anecdote en question ne rentre pas dans la catégorie « pire coup d'une nuit », mais « coup déterminant d'une vie », ce qui est nettement mieux.

Daphné : (fleur bleue) – Allez, ma brunasse, fais péter ton histoire !

Moi – Très bien (je respire un grand coup et je souris). C'était ma toute première fois avec Jean-Louis. Ça s'est passé au lendemain des résultats du bac. Il avait organisé une fête dans son grand appartement, pour célébrer nos réussites à l'examen. Nous avions bu du champagne, si je me souviens bien... oui, j'étais un peu ivre, c'est ça. Nous nous sommes retrouvés dans sa chambre, où nous avons fait l'amour pour la première fois. Il n'avait pas de préservatifs sur lui. Moi non plus... Je suis tombée enceinte. Voilà.

Roxane : (attendrie) – Je comprends pourquoi tu l'as épousé, maintenant. Vous étiez si différents l'un de l'autre... et puis tu t'es mariée tellement jeune...

Moi : (triturant pensivement une mèche de cheveux) – C'est vrai, mais je ne regrette rien. Il m'a donné deux enfants merveilleux, et surtout, il reste un très bon père. Et puis il s'est bien comporté, je trouve. Après tout, c'était un gamin lui aussi. Il aurait pu s'enfuir en courant lorsqu'il a vu le test positif. Mais pas du tout. Nous sommes allés, main dans la main, l'annoncer à mes parents. Ma mère était catastrophée. Mon père, lui, était furieux. Il nous a d'abord traités d'irresponsables, s'est emporté, a clamé qu'il avait honte de moi. Puis il s'est calmé lorsque Jean-Louis lui a affirmé que ce qui était fait était fait, et qu'il avait l'intention de m'épouser. Le choc passé, mes parents ont promis de faire tout leur possible pour nous aider. La réaction la plus dure a été celle de la mère de Jean-Louis. Elle s'est déchaînée. Elle a pleuré de rage, elle a fracassé par terre un vase en porcelaine, s'est mise à tempêter qu'elle n'accepterait jamais ce mariage, qu'elle allait renier son fils s'il m'épousait, que nous n'obtiendrions pas un seul centime d'elle...

Il a fallu que Jean-Louis lui explique calmement que si elle ne changeait pas d'attitude à mon égard, il ne la reverrait plus jamais. A ce moment-là seulement, elle a ravalé ses larmes, prête à toutes les concessions pour ne pas perdre son fils unique. Mais moi, par contre, j'allais le payer (je soupirai). J'ai fait une fausse couche quelques jours après notre mariage, organisé dans l'urgence. Mais au fond, nous nous aimions, Jean-Louis et moi. Alors nous avons décidé de rester soudés. Et mariés. Chouette histoire, non ?

Roxane : (m'enlaçant par les épaules) – Aaaah, ma poulette... Dis-toi que tu es jeune et belle, tu as le temps de refaire ta vie. Avec un homme qui ne te négligera pas, cette fois.

Daphné : (rigolant) – Et si tu n'es pas trop exigeante, je dois pouvoir te retrouver le numéro de Niels...

Moi : (machiavélique) – Ouiii, fais donc ça ! Comme ça je lui organiserai un rendez-vous avec Octavia, histoire d'aider cette peste à retrouver le sourire.

CHAPITRE 4

LES JOIES DU CÉLIBAT

> Entre une mauvaise cuisinière et une empoisonneuse, il n'y a qu'une différence d'intention.
>
> PIERRE DESPROGES

Aujourd'hui, de bon matin, j'ai attrapé mon papa par les lunettes, pour qu'il me conduise en voiture dans un grand magasin de meubles nordiques en banlieue parisienne. Dans la mesure où je n'ai pas mon permis, ni même assez de biscottos pour pouvoir porter des cartons d'un poids supérieur à celui d'une brique de lait, il me paraissait nécessaire d'être aidée par un homme.

Et pour arriver à dénicher un étui de testostérone disponible un dimanche matin, prêt à vous aider gratuitement et sans contrepartie, mieux valait se rendre à l'évidence : il n'y en avait pas. Ou alors éventuellement mon frère, Jonathan, le type qui, le week-end, n'ouvrait pas les yeux avant trois heures de l'après-midi, et n'émergeait pas de sous sa couette avant quatre. Donc non, vraiment, il n'y en avait pas.

Il devenait alors inévitable de basculer sur le programme « allô papa au secours. »

Ce programme consistait à culpabiliser l'auteur de vos jours en lui racontant les aléas de votre vie quotidienne, afin qu'il vole à votre rescousse. Lui dire combien les hommes que vous rencontriez ne lui arrivaient décidément pas à la cheville, combien vous vous désespériez de trouver un jour un travail correct qui vous permette de vivre décemment, et autres complaintes à propos de votre inaptitude chronique à vous en sortir toute seule.

Pour parfaire le tout, il ne fallait pas hésiter à ponctuer généreusement chacune de vos phrases de la mention : « Alors que je suis seule avec deux enfants. »

Cas pratique :

Comparez l'impact de la phrase « je suis fatiguée », avec celui de la phrase « je suis fatiguée, parce que je suis toute seule avec deux enfants ».

Dans le premier cas, tout le monde vous prendra pour une grosse feignasse qui se plaint.

Dans le second cas, vous attirerez la sollicitude empressée de votre famille, vos amis, et tout votre entourage. Vous verrez votre frigo se remplir miraculeusement de petits plats préparés par votre maman, qui en profitera également pour venir vous faire régulièrement le ménage afin de vous soulager. Votre papa vous proposera de vous conduire faire vos courses en voiture – ne vous laissant évidemment pas les payer. Et même ce lourdaud de Jonathan insistera pour vous faire (gratuitement) du baby-sitting, histoire que vous puissiez sortir rencontrer quelqu'un, si possible ayant une jeune sœur à balconnet bien garni.

Attention toutefois à ne pas utiliser cette formule magique de façon excessive et surtout inopportune. Mal employée, elle pourrait tout aussi bien provoquer l'effet inverse à celui escompté.

Ainsi, annoncer à un homme, lors d'une conversation en tête à tête : « Je suis seule », peut suffire à stimuler considérablement son envie de mettre fin à votre célibat (ainsi qu'à votre abstinence).

Mais lui dire : « Je suis seule avec deux enfants », ce qui, comme vous pouvez le constater, veut dire grosso modo sensiblement la même chose (si !) pourra le conduire à fuir votre présence, avec la frénésie d'un chat poursuivi par un pitbull.

Mais nous y reviendrons plus tard.

En attendant, mon petit papa chéri et moi-même étions en train de nous promener dans les rayons bigarrés et design de l'immense magasin suédois. Je l'avais traîné là-dedans, car il me fallait impérativement acheter pour mes filles deux lits superposés.

Ma nouvelle vie se devait d'être assortie à un nouveau décor, j'en ressentais l'irrépressible besoin. Sans tout vouloir changer dans la maison, mes moyens ne me le permettant pas, j'avais envie de me réapproprier mon espace vital. Faire de mon lieu de vie un petit nid douillet, aménagé à mon goût, dénué des concessions décoratives que j'avais dû faire au début de mon mariage. Quand, exaltée par la perspective de ce beau volume blanc et vide que nous allions devoir meubler, je m'étais retenue de toutes mes forces d'y apporter mes touches d'ornement personnelles, qui auraient mis à mal la virilité de l'homme qui vivait en ces murs.

Tels des rideaux en broderie anglaise, des accessoires de salle de bains roses pailletés, une couette lilas avec des petits volants sur les côtés, ou encore des coussins imprimés de fillettes Sarah Kay, toutes en robes champêtres et bottines lacées. Pas sûr qu'en les découvrant sur le canapé, les copains de Jean-Louis auraient été sous le charme.

Oui, bon, d'accord, les coussins Sarah Kay, c'était peut-être un peu too much, mais Jean-Louis m'imposait bien son affreuse peluche Nestor (le pingouin) tout abîmée, qu'il faisait trôner sur le couvre-lit bleu, basique et neutre qu'il avait lui-même choisi. Cette peluche était un cadeau de son père, érigé en relique, auquel je n'avais pas le droit de toucher.

Nous étions si jeunes...

Aujourd'hui, heureusement, mes goûts avaient évolué.

Aussi, après avoir, dans un fol accès de boulimie dépensière, cassé mon plan d'épargne logement, je m'étais offert tout un ensemble d'accessoires décoratifs rigolos et absolument superflus qui me mettaient en joie lorsque je les regardais. Et j'avais bien l'intention de continuer en libérant de la place dans la chambre des petites avec ces lits superposés.

C'est pourquoi, avec l'aide de mon papounet, j'avais démonté leurs lits de bébé très tôt ce matin, et les avais offerts à la voisine du dessous enceinte de jumeaux. En attendant de monter leurs nouveaux lits qui, j'en étais sûre, allaient être pour elles une magnifique surprise lorsqu'elles les découvriraient au retour de la semaine de vacances passée chez Jean-Louis et sa tendre amie Carole.

Samedi matin, d'ailleurs, j'avais incidemment fait la connaissance de la nouvelle moitié de mon ex-moitié, devant l'école des petiotes.

On s'étaient pourtant bien mis d'accord, Jean-Louis et moi : il devait passer chercher les filles à la maison à 12 h 30. Il y avait eu manifestement cafouillage dans la transmission des informations. Un bégaiement, un postillon, je ne sais pas, quelque chose qui avait interféré, et l'avait empêché de comprendre le lieu et l'heure de notre rendez-vous. Peut-être ce quelque chose était juste de m'avoir entendue, quelque temps auparavant, rigoler au téléphone avec un certain Jérémie.

Le Jérémie en question n'étant rien d'autre que mon coiffeur (marié et père de cinq enfants, nés de cinq mères différentes, certes), qui me confirmait chaleureusement mon rendez-vous du lendemain. Oui, parce que je venais de commencer à me teindre les cheveux dans ma couleur d'origine, ayant finalement renoncé à m'épiler la moitié du crâne pour en extraire mes désormais trop nombreux cheveux blancs.

La curiosité de mon ex-mari serait-elle allée jusqu'à vouloir nous surprendre, mon galant et moi-même, attendant les petites à la sortie de l'école ? Naaaaan.... (quoique).

Toujours est-il que je m'étais donc retrouvée nez à nez avec une superbe et très jeune fille, à un moment où je ne m'y étais pas préparée.

La donzelle possédait de longs cheveux châtains qui frisaient magnifiquement sur ses épaules, était vêtue d'un petit top moulant, d'une veste en cuir courte, d'un treillis militaire resserré à la cheville, et de mules à talons hauts. Une pure beauté, la chienne.

Et comme par hasard, moi d'habitude tirée à quatre épingles, il avait fallu que je fasse relâche ce jour-là.

Pas n'importe quel jour, non, juste le seul jour de ma vie où j'aurais dû être éblouissante, pour soutenir la comparaison avec cette petite sotte, et l'éclipser de tout le rayonnement de mon incroyable charisme, au point que mon ex-mari reparte de là le ventre tenaillé par une méchante crampe de nostalgie. Laissant derrière lui une superbe jeune femme promise à des bras plus chanceux, tandis que lui devrait se contenter d'une insipide et médiocre petite imitation de Cocogirl.

Voilà. Donc moi, ce jour-là, à côté d'elle, j'avais l'allure d'une femme de ménage qui vient de terminer sa journée.

Mes cheveux étaient attachés en queue-de-cheval avec un des élastiques de Margot (orné d'un petit hippopotame vert). Et puisque je n'étais pas maquillée, mon visage, piqueté de quelques boutons d'acné, dévoilait à la face du monde le déchaînement hormonal qui s'agitait sous mon épiderme en cette veille de ragnagnas.

A quoi bon me farder, puisque à part Jean-Louis, je n'avais l'intention de voir personne aujourd'hui. Et j'aurais pu me présenter devant lui avec un masque à l'avocat orné de rondelles de concombre sur la figure, ou bien un patch anticernes sous les yeux, sans que cela me pose des problèmes existentiels.

Niveau vêtements, ça allait : j'étais vêtue d'un large pull moche, accompagné d'un caleçon à fleurs qui bâillait aux genoux (super-confortable), MAIS HEUREUSEMENT, le tout était habilement dissimulé sous une large gabardine. Et donc les seules choses que l'on pouvait apercevoir étaient mes vieilles tennis trouées.

Je respirai très fort en accrochant un sourire forcé à mon visage lorsque le jeune couple s'approcha de moi.

Jean-Louis : (méprisant) – Salut, Déborah, les petites sont sorties ou pas encore ?

Moi : (toujours avec mon sourire forcé, toisant Carole de haut en bas) – Tu vois bien que non (crétin).

Carole : (d'une petite voix timide de gamine) – Bonjoûûûr !

Moi : (essayant de me rappeler que c'est moi qui ai plaqué mon mari, et donc que je n'ai pas le droit d'être dégoûtée qu'il se soit consolé dans les bras d'une aussi jolie fille alors que je végète chez moi à essayer de séduire le livreur de pizzas) – Bonjour ! (Puis, m'adressant à Jean-Louis :) Tu ne nous présentes pas ?

Jean-Louis : (bougon comme d'hab) – Déborah-Carole-Carole-Déborah.

Carole : (gentille) – J'ai beaucoup entendu parler de vous... heu... par vos filles. Elles sont si mignonnes !

Moi : (gentille aussi, montrons-nous civilisée pour le jour où Jean-Louis rencontrera l'un de mes nombreux amants, c'est-à-dire lorsque je les aurai rencontrés moi-même) – Mmm... Héloïse et Margot semblent beaucoup vous aimer... (Voilà. Là je suis au maximum de ma capacité de civilisitude.)

Carole : (souriante) – Oui... je les aime beaucoup aussi... elles sont si chou ! On s'entend très bien, elles et moi, vous savez...

Moi : (normal, pauvre gourde, vous avez le même âge mental) – Effectivement, *mes* filles sont adorables. Je le sais, c'est *moi* qui les ai faites, ahaha (rire faux)... (Me tournant vers Jean-Louis :) Tu as pensé à... (mouvement des sourcils et léger hochement de tête signifiant « le chèque de la pension »).

Jean-Louis : (gêné devant sa copine) – Oui, bon, j'ai un peu de retard, tu ne vas pas faire un drame non plus pour quelques sous...

Moi : (ironiquc) – Nooooon, bien sûr, tu penses... qu'est-ce que c'est, quelques sous, quand on vit seule avec deux enfants...

Jean-Louis : (profitant de ce que Carole se soit éloignée pour répondre à un appel sur son portable. Changeant brusquement de ton et me fusillant du regard) – Dis donc, Cosette, ne viens surtout pas te plaindre de la qualité de ton train de vie. Je te rappelle que c'est TOI qui as voulu divorcer...

Moi : (sentant la moutarde me monter au nez, et m'apprêtant à l'accompagner d'un bon steak d'ex-mari bien saignant) – Non seulement je ne l'oublie pas, mais je m'en félicite chaque jour, espèce de...

Carole : (qui revient, radieuse) – Chéri, c'était le bureau ! Il faut ab-so-lu-ment que tu rappelles David, il a une nouvelle fantastique à t'annoncer.

Moi : (« pardon ? ») – Heu... « le bureau » ? Vous voulez dire que vous travaillez ensemble ?

Carole : (étonnée) – Eh bien oui, depuis déjà presque deux ans. En réalité, je ne suis pas vraiment architecte, vous savez (elle fait un petit mouvement de la main, comme si elle allait me raconter quelque chose d'intéressant). J'ai commencé comme stagiaire au cabinet, et aujourd'hui (elle annonce sa fonction avec la fierté de celle qui exhibe sa Légion d'honneur) je travaille en tant qu'assistante personnelle de Jean-Louis.

Moi : (« clicketic-clicketic » font les rouages de mon cerveau, lent mais acharné) – Ah... Vous voulez dire que c'était VOUS, la fameuse Carole dont Jean-Louis me parlait quand nous étions encore mariés ? La petite stagiaire à micro-nichons qui le draguait comme une hystérique en période ovulatoire ? Mais... il m'avait dit que vous vous habilliez comme un épouvantail ! Force est de constater qu'il a vraiment exagéré. J'aime beaucoup votre petit haut...

Jean-Louis : (livide) – Bon, eh bien moi, il faut que je rappelle David, hein...

Mon regard venait d'être magnétiquement attiré par un superbe lit à deux places, posé en présentation sur une estrade, à l'entrée du magasin. Grand, en métal laqué blanc, avec des espèces de barres au-dessus qui lui donnaient un petit je-ne-sais-quoi du paquebot de « La Croisière s'amuse ». Coup de foudre immédiat. Non pas parce que j'étais folle amoureuse de Gopher quand j'étais petite, mais pour le prix hallucinant : quarante-cinq euros. Qu'est-ce que c'est, quarante-cinq euros ? Il en valait cent soixante avant d'être soldé !!

J'achète.

Et puis qui disait nouvelle vie, disait aussi nouveau lit. Ça, c'était pour le prétexte.

Mon papa, qui voyait sa fille en train de sautiller comme un cabri autour de son futur nouveau lit, ne me posa aucune question. C'est un homme plein d'expérience, mon papa. Il sait que les femmes sont dotées d'un cerveau génétiquement configuré pour trouver un prétexte en béton avant même d'avoir fini de prononcer le mot « j'achète ». Les hommes ne pouvaient pas lutter. Certains fous tentaient parfois de discuter, mais les plus sages avaient compris que pour gagner du temps, mieux valait regarder autre part le temps que l'épouse, la compagne, la fille ou la mère franchisse, d'un pas allègre, la démarcation entre découvert autorisé et retrait de la carte bleue.

Nous avançâmes à l'intérieur du dédale des allées qui constituaient le magasin, peuplé d'innombrables petits gadgets totalement inutiles, mais si attirants avec leurs couleurs vives et leur prix riquiqui, qu'on se disait que bon, allez, après tout... Et hop ! Englouti dans les profondeurs de son immense sac en plastique jaune.

Lorsque soudain, je tombai en arrêt devant une ravissante petite bibliothèque bleu tendre, au prix tout à fait dérisoire, qui irait à la perfection dans la chambre de mes follettes.

Peu importait que je n'aie pas pris les mesures de ladite chambre, je trouverais bien quelque chose à virer à la place. Elles possédaient trop de livres qui traînaient partout, donc elles avaient besoin de cette bibliothèque, on a toujours besoin d'une bibliothèque dans sa chambre, blablabla-blablabla, je ne m'écoutais même plus penser, j'étais déjà, avec mon microscopique crayon en bois, en train de griffonner sur un carnet le nom de ce meuble sublime.

Je finis par arriver tant bien que mal au rayon des lits pour enfants, après un arrêt au rayon canapés (que j'essayai tous en rebondissant dessus) et au rayon cuisine (où j'embarquai une multitude de petits accessoires pratiques dans mon sac jaune sans fond, même si, depuis que Jean-Louis était parti, les deux ustensiles que j'utilisais essentiellement étaient le congélateur et le micro-ondes).

Après un furtif scannage visuel des lieux, je repérai immédiatement les lits-superposés-de-mes-filles-de-mes-rêves. Hauteur parfaite, agencement idéal, couleur rêvée, petite échelle bien comme il faut, c'était le seul modèle qui ressemblait exactement à ce que j'avais très précisément en tête, aucun doute possible. Je les veux, je les veux, je les veux, qu'est-ce qu'ils sont trop jolis, c'est vraiment ceux-là que je veux, je les veux, je les prends, j'achète, adjugé, ils sont miens. (Calme-toi, Déborah, ils vont pas s'envoler, hein.)

Je saisis donc un vendeur par l'épaule puis, royale, désignai les lits-superposés-de-mes-filles-de-mes-rêves, exigeant d'une voix haute et claire :

Moi – Bonjour, jeune homme (il est plus vieux que moi, mais soyons folle, aujourd'hui je suis de bonne humeur), je voudrais ces lits, là (je palpe les lits en question, au cas où il n'aurait pas bien compris de quels lits je parle, bien que je sois assise dessus).

Le vendeur : (l'air navré) – Désolé, madame, mais ça ne va pas être possible. Nous sommes en rupture de stock sur ce modèle, en ce moment.

Moi : (la voix étranglée et le pouls subissant une accélération subite) – Non, c'est pas vrai. Dites-moi que c'est une blague, là.

Le vendeur : (jetant un coup d'œil lassé à la file des gens qui commencent à s'attrouper derrière moi pour être servis) – Non.

Moi : (résignée) – Bon... hum... quand en recevrez-vous de nouveaux, dans ce cas ?

Le vendeur : (consultant l'écran de son ordinateur) – Dans un mois, pas avant.

Moi : (me levant brusquement et manquant de me fêler le crâne sur le lit du haut, une brutale montée d'adrénaline faisant pâlir mes pommettes) – Mais j'ai jeté les vieux lits de mes filles pour avoir la place de monter leurs nouveaux lits, je fais comment, moi, maintenant ?

Le vendeur : (logique) – Heu... vous attendez un mois ?

Moi : (faisant la respiration du petit chien pour me calmer) – Très bien. Dans ce cas, je vais déjà commander cette petite bibliothèque bleue dont j'ai noté le nom (je lui tends mon carnet pour qu'il le lise)... c'est assez imprononçable, hein, enfin je veux dire pour ceux qui, comme moi, n'ont pas pris suédois en première langue... et puis aussi ce lit, dont j'ai noté le nom là, en forme de paquebot de « La Croisière s'amuse ».

Le vendeur : (voulant détendre l'atmosphère, et ne voyant pas d'homme à mes côtés) – Ah ça ! Je suis sûr que dans ce lit, il n'y a pas que la croisière qui va s'amuser...

Moi : (consternée) – Dans la mesure où ce sont mes filles qui vont devoir profiter de ce lit, grâce à votre dynamique sens de la gestion des stocks, je vous serais reconnaissante de bien vouloir m'épargner votre humour à la Jean Lefebvre. Personnellement, je vais me déformer les vertèbres en dormant sur mon petit canapé deux places pendant ce mois. Vous me permettrez donc de modérer mon enthousiasme.

Le vendeur : (tentant de parodier un homme intelligent) – Alors pourquoi ne choisissez-vous pas d'autres lits pour enfants ? Nous avons de nombreux modèles, vous pourriez...

Moi : (l'interrompant) – Parce que je veux ceux-là.

Je pris la petite feuille de commande qu'il me tendait, et partis rejoindre mon père, que je retrouvai en plein examen de mobilier de bureau.

Aujourd'hui était un grand jour pour moi. Aujourd'hui, j'avais eu le choix et j'avais décidé seule de ce qui était bon pour mes filles. Si Jean-Louis avait été là, il aurait probablement choisi un autre modèle pour se débarrasser de la corvée d'achat et ne pas avoir à revenir. Et moi je me serais effacée derrière sa décision, comme d'habitude. Mais aujourd'hui les choses avaient changé. J'étais la seule décisionnaire, et je voulais le meilleur pour mes enfants. Même si je devais passer pour cela par quelques sacrifices.

Alors ce n'était certainement pas un petit plaisantin aux dents cariées, tout « homme » qu'il soit, qui allait imposer son point de vue à la « brave ménagère » qu'il croyait avoir en face de lui.

— Papaaaaa... Tu pourras revenir m'accompagner ici dans un mois, s'il te plaît ? Ça te dérange pas, hein ? Il va falloir que je vienne récupérer les lits des petites que j'ai commandés. Ils sont en rupture de stock et...

— Pourquoi est-ce que tu n'en as pas pris d'autres ? me demanda mon père en réajustant ses lunettes.

— Mais arrête, toi aussi, de vouloir sans cesse te mêler de ma vie ! Qu'est-ce que vous avez, tous ? fulminai-je, telle une ado ingrate, en m'éloignant vers la caisse.

Nous récupérâmes les éléments emballés de mon lit et de la bibliothèque, que nous transportâmes sur une sorte de chariot plat, jusqu'à la voiture. Ai-je besoin de raconter les efforts démesurés que mon père dut fournir pour caler mon lit paquebot dans son véhicule ?

Heureusement, j'étais là pour l'aider.

J'expliquai poliment aux conducteurs qui attendaient pour avoir notre place que mon papa en aurait sans doute pour un bon moment avant de réussir à faire rentrer mon nouveau lit dans son auto. Et que donc il valait mieux qu'ils n'attendent pas.

De retour chez moi, je me retrouvai face à la chambre de mes filles vide, sans aucun lit à leur monter, alors que ma chambre à moi se voyait pourvue de deux grands lits, avec seulement assez de place pour un.

Il fallut donc désassembler entièrement mon vieux lit, descendre ses planches dans les poubelles en bas de l'immeuble, remonter une à une chaque lourde pièce du cadre de lit neuf, puis assembler soigneusement le tout. Temps écoulé pour effectuer la totalité de ces opérations : environ trois bonnes heures (mon père n'étant plus tout jeune...).

Alors qu'il s'épongeait le front, j'en profitai pour lui demander d'une petite voix flûtée s'il ne pouvait pas, maintenant qu'il avait fini, me monter (en cinq minutes) la petite bibliothèque des poulettes. Il me répondit, poliment mais fermement, par un claquement de porte.

Pff. Même pas peur.

J'allais la monter moi-même, cette petite bibliothèque bleue. Ce n'était pas parce que mes filles n'avaient pas où dormir pendant quelques jours, que l'on pourrait raconter que leurs livres n'étaient pas bien rangés. Ça ne devait pas être si compliqué que ça à monter, un meuble avec une notice en suédois. Et puis je venais d'appeler l'auteur de mes jours sur son portable pour le supplier une dernière fois, mais il m'avait répondu que « non, pas aujourd'hui », alors je n'insistai pas.

Procédons par ordre (si Jean-Louis avait pu le faire, avec la grosse bibliothèque du salon, je pouvais le faire aussi) :

Phase 1 – Déballer les planches et les étaler consciencieusement devant soi.

Phase 2 – Jeter un coup d'œil sur le plan, mettre de côté les petites vis, trouver le bidule qui tient lieu de tournevis, et inspirer un grand coup.

Phase 3 – Lire attentivement le plan, le comprendre, et s'en féliciter.

Phase 4 – Commencer à joindre une planche à une autre.

Phase 5 – La démonter, puis la remonter à l'endroit.

Phase 6 – Perdre son calme en constatant que, selon le schéma, ces petites vis ne servent à rien, ne relient rien à rien. Et que donc l'ingénieur qui a conçu ce meuble avait sans doute bu trop de liqueur de Stimorol ce jour-là.

Phase 7 – Ne pas se décourager.

Phase 8 – Pester contre son idiot de frère, que l'on vient d'avoir au téléphone, qui préfère se curer les dents devant *Vidéo Gag* plutôt que de venir nous aider.

Phase 9 – Envisager l'éventualité de rester pendant des semaines avec toutes ces planches étalées dans le salon.

Phase 10 – Paniquer.

Phase 11 – Pester contre ses compulsions de fièvre acheteuse, qui calment nos angoisses mais ruinent notre compte en banque (et la décoration de notre salon).

Phase 12 – Renoncer à appeler sa mère, le frère de sa copine Daphné, son voisin, et le mari de sa gardienne, par crainte du ridicule. Se jurer d'y arriver toute seule. Se donner du courage en allant se chercher une petite bière (sans alcool, parce que ça fait grossir).

Phase 13 – Réussir à monter le bas de la bibliothèque. Jubiler, avec précaution, parce que l'ensemble vacille relativement beaucoup. Constater d'un œil technique qu'il aurait fallu des vis pour consolider les rivets en bois qui maintiennent le tout. Mais qu'il n'y a, justement, aucun endroit pour placer ces vis.

Phase 14 – Envisager sérieusement d'employer un marteau et des clous pour renforcer l'édifice.

Phase 15 – Retenir un cri d'horreur lorsque les quelques planches assemblées s'effondrent, après un frôlement, dans un fracas assourdissant.

Phase 16 – Déployer tout l'arsenal des injures que l'on possède, pour qualifier ce qui vient de se produire. Ne pas hésiter à piocher aussi dans le vocabulaire étranger, lorsqu'on commence à se trouver à court de munitions.

Phase 17 – Hurler de joie, après un examen scrupuleux du plan, en comprenant où était son erreur. Il fallait placer les vis là où nous avions posé les rivets. Maudire jusqu'à la quinzième génération l'homme qui a illustré ce plan. Confirmer que sur le schéma, les vis avaient vraiment des tronches de rivets.

Phase 18 – Réussir à monter, lentement mais sûrement, le meuble tout entier. Trembler à la moindre oscillation. Rajouter fébrilement des vis un peu partout. Observer que ce n'était pas si difficile que ça, finalement.

Phase 19 – Reculer, puis contempler son œuvre.

Phase 20 – Pousser le petit meuble jusqu'à la chambre de ses bébés, trouver par miracle une place entre deux coffres à jouets, s'applaudir, éperdue d'admiration pour soi-même, puis aller s'effondrer de fatigue dans son nouveau lit.

Quelques jours plus tard, j'avais invité à peu près tout mon carnet d'adresses à prendre un café à la maison, leur faisant admirer – puisqu'ils étaient là – la petite bibliothèque de mes filles que j'avais montée moi-même, de mes blanches mains et à la sueur de mon front.

Ma fierté quant à ma façon de me débrouiller toute seule sans l'aide d'un homme (à part mon papa, je veux dire) n'eut rapidement plus de limites.

Des années passées à me reposer sur mon mari m'avaient

laissée gravement dépourvue lorsque je dus tout assumer. Vouloir divorcer était une chose, arriver à reconstruire ce qui, en moi, avait été endommagé par la rupture ou effacé par la vie de couple, en était une autre.

Bien sûr, je mesurais ma chance à côté d'histoires comme celle qu'avait vécue Mitsuko, une ancienne collègue de bureau, âgée d'une quarantaine d'années, dont j'avais fait la connaissance lors d'une de mes courtes missions d'intérim.

Mitsuko était une très belle femme, cadre, mère de deux jumelles, qui dirigeait tout un service dans l'entreprise où je devais rester deux semaines. Douce en apparence, c'était une personne terriblement blessée, qui m'avait abreuvée de conseils un jour où nous nous étions raconté nos déboires conjugaux respectifs. Autour d'une salade, elle m'avait confié la vie qu'elle avait menée auprès d'un ingénieur français, rencontré au Japon lorsqu'elle avait dix-neuf ans.

Dix années d'écart n'avaient pas été un obstacle à la passion qui les avait consumés. Aussi le bel ingénieur l'avait-il enlevée à son pays pour l'épouser en France.

Mais le père de Mitsuko, humilié par la fuite de sa fille unique avec cet étranger, ne voulut plus jamais entendre parler d'elle. Sa mère, par contre, lui écrivit en cachette pendant des années. Exutoire bien insuffisant pour combler le vide affectif de la jeune fille.

Mitsuko s'était retrouvée sans famille, isolée dans un pays dont elle parlait mal la langue, et dont il lui fallait apprendre les coutumes. Ce qu'elle fit, avec un grand dévouement, et la volonté farouche d'être toujours digne de la confiance de son mari adoré.

Après la naissance de ses jumelles, le comportement de son homme changea.

Benoît se révéla moins tendre, plus distant. Il s'absentait souvent. Mais surtout, elle lui découvrit un caractère ombrageux qu'elle n'avait jamais soupçonné jusque-là. Quand leurs disputes s'envenimaient, il n'était pas rare qu'il se montre violent.

Lui si mesuré laissait alors libre cours à ses pulsions, lui envoyant des claques, parfois des coups de poing. Toujours donnés sur des endroits cachés par les vêtements : ventre, dos, cuisses, épaules.

Personne ne voyait rien. De toutes les façons, elle ne voyait personne.

Après chacune de ses crises, il la couvrait de cadeaux. Parfums, bijoux, rien n'était trop beau pour elle. C'était sa manière à lui de se racheter.

Elle avait tenté, un jour, un peu honteusement, de s'en ouvrir aux parents de son mari. Surprise : ils l'avaient sermonnée vertement, lui expliquant qu'elle était chanceuse d'avoir épousé un homme si bon avec elle, et que tous les couples traversaient parfois des moments un peu difficiles. On voyait bien que ce n'étaient pas eux qui dormaient dans son lit.

Lorsque Benoît commença à la tromper, elle préféra fermer les yeux sur ses incartades plutôt que d'admettre avoir fait une erreur et retourner, déshonorée, au Japon.

Et puis comme il ne l'avait jamais laissée travailler, elle était financièrement dépendante de lui.

Bientôt, il oublia de rentrer dormir chez lui le soir. Mitsuko s'en accommoda en silence. Une protestation de sa part aurait équivalu à une gifle.

Un jour, il la quitta.

C'était une bonne chose. Tout doucement, elle s'était laissée remonter à la surface, reprenant, à son rythme, le dessus sur sa vie.

A trente-huit ans, après dix-huit ans de mariage, Mitsuko dut se résoudre à se trouver un emploi pour la première fois depuis son arrivée en France. La jeune femme s'était aussi résolue à reprendre contact avec ses vieux parents. Rien que l'idée d'aller leur rendre visite au Japon, pour des retrouvailles qui promettaient d'être aussi intenses qu'émouvantes, en particulier pour ses enfants, lui donnait un but qui éclairait sa vie.

Courageuse, elle mit sa timidité de côté et entreprit de nouer des relations avec le plus de gens possible autour d'elle. Echangeant quelques mots avec sa boulangère. Ne disant jamais non à l'appel d'une voisine octogénaire qui l'invitait à prendre le thé. Faisant preuve d'une humeur toujours aimable sur son lieu de travail, où elle triait le courrier.

Et comme aucun bâtiment neuf ne pouvait s'élever sur un terrain où les fondations de l'ancien n'étaient pas d'abord rasées, pour se reconstruire, elle demanda le divorce d'avec son mari absent, et entra dans l'enfer de la procédure. Laquelle dura des années.

Sa voisine octogénaire lui présenta sa petite fille, une divorcée du même âge qu'elle, qui devint une amie avec laquelle sortir, puis une confidente avec qui partager ses moments de doute et ses instants de victoire. Une de ses collègues au bureau, un cadre avec qui elle déjeunait souvent, eut l'idée de réunir plusieurs autres femmes qui désiraient, comme elle, apprendre le japonais, et demanda si Mitsuko voulait bien leur donner des cours. Ravie, elle accepta. Au cours de ces séances hebdomadaires, des amitiés naquirent, des expériences s'échangèrent, des idées fusèrent, et plusieurs des participantes envisagèrent de mettre en commun leurs compétences et leurs économies pour créer leur propre entreprise d'import-export. Mitsuko fut désignée pour chapeauter le département en relation avec le Japon qui allait être mis en place. Elle quitta son emploi lorsque le projet aboutit, et devint cadre à son tour, dans la société où je l'avais rencontrée.

Quant à la boulangère avec laquelle elle discutait chaque matin, elle lui présenta un charmant monsieur de sa clientèle, célibataire de sa personne, avec lequel elle discutait chaque matin aussi. Vous devinez la suite...

Aussi, dans mes moments de découragement, je pensais à la vaillante Mitsuko.

Après tout, c'était moi qui avais choisi de mettre un grand coup de pied aux fesses de Jean-Louis pour le bouter hors de ma vie, ce mari qui se complaisait dans sa petite existence égocentrique et qui ne me rendait plus du tout heureuse. En même temps, je n'avais pas à guérir de telles blessures.

Certes, j'avais dû comprendre le fonctionnement d'un certain nombre de choses qui ne m'avaient jamais intéressée jusqu'alors, puisque je disposais de l'autre moitié de mon couple pour s'en charger.

Remplir une feuille d'impôts, par exemple.

La première dont je dus m'acquitter me plongea dans une consternation proche de la panique. Toutes ces innombrables petites cases blanches, ces chiffres, ces calculs, associés à la crainte d'une punition divine par le fisc si je commettais la moindre erreur, tout cela me donnait le vertige. J'envisageai d'y joindre une lettre, afin de demander au brave fonctionnaire des impôts qu'il me fasse don de toute son indulgence, à moi, pauvre femme divorcée seule avec deux enfants, qui n'avait pas l'habitude de se livrer à ce type de correspondance.

Et pourtant, il avait bien fallu que je les remplisse toute seule, ces fichues déclarations.

Refaisant trente fois mes calculs en pianotant compulsivement sur ma petite calculatrice solaire, oubliant à chaque fois d'y intégrer un paramètre.

Lorsque par miracle j'arrivais à un résultat qui se reproduisait deux fois de suite, je l'inscrivais sur les bordereaux, glissais dans une enveloppe celui des deux exemplaires qui comportait le moins de Tipp-Ex, et l'expédiais, triomphante, vers sa destinée de feuille d'impôts au sommet d'une pile de milliers d'autres.

Autre expérience amusante : faire ses courses sans un homme pour les porter.

C'était une chose de remplir pensivement un caddie en arpentant les rayons d'un grand supermarché, pour ensuite aller charger le coffre de sa spacieuse voiture, avant de se faire déposer chez soi. Puis, en arrivant, se remplir les bras d'essuie-tout, pendant que notre tendre moitié se coltinera les produits lourds, mille sacs en plastique suspendus à chacune de ses mains (« pas besoin de faire un aller-retour », décide-t-il virilement) qu'il montera sans broncher (mais tout rouge) jusqu'à l'appartement.

C'en était une autre que de devoir quotidiennement s'arracher les bras en portant six gros sacs en plastique qui se déchirent en chemin, semant au passage un tiers de nos commissions, y compris la bouteille d'huile d'olive qui explosera sur le palier, en sortant de l'ascenseur, devant notre mine stupéfaite.

Sans parler de ces petits tracas dont on bénéficiait gracieusement en faisant les courses avec ses enfants. Introduisant, dans le rôle principal, la caissière crevée qui décidait de passer sa frustration sur les clients qui lui semblaient le plus vulnérables (allez, au hasard : nous). Scannant nos articles à une vitesse folle, comme si ça pouvait lui permettre de finir sa journée plus vite, pendant qu'on tentait péniblement de les ranger dans nos sacs en adoptant son rythme. Tâche laborieuse, dans la mesure où d'un œil il fallait surveiller les enfants qui touchaient à tout, et de l'autre vérifier qu'elle ne cassait pas les œufs ou les yaourts en les balançant dans notre direction.

Avec, comme toujours, l'inévitable petite vieille collée à nos fesses, qui tentait de s'insinuer à notre place pour emballer sa plaquette de beurre et son paquet de biscuits, alors même que l'on n'avait pas eu le temps de dégainer notre porte-monnaie pour payer.

Deux solutions s'offraient à nous :

1) Soit on cessait d'emballer nos achats, on payait, et la caissière pouvait ainsi commencer à scanner les articles de la petite vieille, qui nous bousculerait pour emballer les siens avec les sacs en plastique qu'on n'avait pas encore utilisés (de peur qu'elle ne soit victime, pile à ce moment-là, d'une rupture de stock mondiale de sacs en plastique, par exemple).

2) Soit on finissait de ranger nos commissions en prenant tout son temps, sous les regards agacés de la caissière et de sa prochaine cliente. Et seulement ensuite, on réglait. Ce qui nous valait généralement la petite réflexion désagréable (celle qui mettait de bonne humeur pour la journée) de la part de la mamie que l'on avait fait attendre vingt-cinq secondes de trop.

Détail amusant : cela n'arrivait jamais quand notre homme était dans les parages.

Peut-être parce que la caissière était trop occupée à essayer de l'aguicher en lui lançant des sourires en biais, pendant qu'on se débattait avec nos purées de sacs en plastique trop petits.

Je me disais que je ne m'en sortirais jamais. Que sans voiture, point de salut.

Bien fait pour moi, qui n'avais jamais estimé nécessaire de me fatiguer à passer mon permis de conduire, dans la mesure où j'avais toujours disposé d'un chauffeur particulier en la personne de Jean-Louis.

Et puis un jour, enfin, je trouvai une utilité à Jonathan.

Mon brave petit frère eut pitié de sa pauvre grande sœur qui se débrouillait toute seule (avec deux enfants), et décida de lui faire une surprise, en lui installant le Net sur son ordinateur.

A moins que ce ne soit simplement pour ne pas s'ennuyer lorsque, une soirée par mois, il avait la bonté de venir garder ses nièces à la maison. C'est vrai, quoi. Que seraient devenues Lola78, BananaGirl et autres Pupuce3 sans leur précieux GoldOdOrak, toujours prêt à perdre son temps à leur envoyer des abréviations débiles sur un chat, en rigolant devant son écran comme un demeuré. Y compris pendant que ses nièces étaient en train de faire du coloriage dans leur chambre, toujours pas couchées à dix heures et demie passées.

Je devais reconnaître que (bon d'accord, sans le vouloir, mais on ne va pas chipoter pour si peu) Jonathan m'enleva une sérieuse épine du pied en me faisant découvrir le Net et les joies des courses livrées à domicile.

Pourtant, si j'avais dû me résoudre à comprendre le mode d'emploi de toute une partie de ma vie dont je ne m'étais que très peu occupée, je jouissais également d'un certain nombre de privilèges retrouvés avec bonheur, depuis mon divorce.

L'un d'entre eux était que je n'étais plus obligée de mettre chaque soir une jolie nappe sur la table, une serviette convenablement pliée dans chaque assiette, et de m'asseoir avec mon mari et mes enfants, afin que nous dînions tous en famille.

Désormais, à la maison, l'ambiance, c'était plutôt « Koh Lanta ».

Fini le Jean-Louis qui m'assaillait de réflexions acerbes concernant mes spécialités au carbone, ou mon absence de rigueur quant à la disposition des couverts, toujours placés dans le mauvais sens.

Aujourd'hui seul maître à bord, j'étais libre de retourner à l'état sauvage si je le voulais. Nous nourrissant, mes filles et moi, d'aliments vite préparés, les savourant sans stress, les pieds sur le canapé, et la « Nounou d'Enfer » en fond sonore. Pas le moindre tyran en vue pour me rabâcher, le sourcil gauche aussi baissé que le droit était levé, l'importance capitale de la logorrhée de PPDA, et à quel point j'étais futile de ne m'intéresser qu'à des séries débiles.

Aujourd'hui, la télécommande m'appartenait corps et âme.

Autre sujet de satisfaction : je pouvais désormais utiliser autant de papier toilette que je le désirais. Car Jean-Louis, pour une raison que je ne m'expliquais pas, faisait une fixette sur le papier hygiénique. Prétextant que j'en consommais des kilomètres, là où une ou deux petites feuilles auraient dû suffire à l'usage que je lui destinais. Certes, je devais admettre que je ne lésinais pas sur la quantité – le mouvement d'enroulement du papier sur ma main ayant tendance à m'hypnotiser – mais après tout, il n'avait qu'à s'occuper de ses fesses (je veux dire, les siennes à lui).

Depuis notre séparation, j'avais fait des économies sur tout : liquide vaisselle, sacs-poubelles et mouchoirs en papier provenaient de la marque la moins chère. Mais parallèlement, j'avais mis un point d'honneur à n'utiliser que du papier toilette parfumé, coloré, aux micro-gouttelettes de lait hydratant intégrées et, comble du luxe, j'en finissais avec délices un plein rouleau par jour. Les araignées dans les canalisations ne passeront pas, c'était une chose sûre.

Quelle femme n'avait jamais rêvé de pouvoir passer des heures au téléphone, sans être interrompue par un homme gesticulant devant elle, dont les signes désordonnés et nerveux voulaient dire : (doigts joints faisant des allers-retours devant sa bouche) « dépêche-toi d'aller préparer à bouffer, j'ai faim » ; (index tapotant rageusement sa montre avec air féroce) « magne-toi, ça fait plus de dix minutes que tu es en ligne, occupe-toi de ta maison, au lieu de raconter des conneries au téléphone » ; ou bien encore : (mains qui s'agitent en faisant des « coucous » devant lui) « ne lui dis pas que je suis là, hein, je suis pas là » – même si, globalement, personne ne voulait lui parler.

Voilà.

Malgré tous les petits tracas de ma vie quotidienne, je ne regrettais rien.

A part, bien sûr, d'avoir fait supporter à mes filles un divorce houleux et déstabilisant.

Je me consolais en me disant que toute souffrance était guérissable, et que c'était sur elle que les enfants se construisaient : en apprenant à la surmonter.

Enfin, je l'espérais de tout mon cœur.

CHAPITRE 5

HEUREUSES SONT LES FEMMES ENTRETENUES

> L'argent est plus utile que la pauvreté, ne serait-ce que pour des raisons financières.
>
> WOODY ALLEN

Moi : (embarrassée) – Excusez-moi, mais vous venez juste de me demander de classer ces dossiers. Alors moi, je classe ces dossiers. J'ignorais que je devais également m'occuper de réactualiser le fichier aujourd'hui...

Mon patron : (sec) – Mais qu'est-ce que vous croyez, que vous allez être payée à ne rien faire ? Je veux qu'aujourd'hui vous ayez – prenez des notes, je vous prie – filtré mes appels (pour mes deux ex-femmes et mon banquier : je suis en rendez-vous), saisi cette liasse de commandes en retard, fini de vous occuper du fichier, fait partir tous les colis, tapé et mis au propre ces quatorze brouillons de lettres, traité toute la facturation. Et puis je veux un gobelet de café chaud, sucré, sans lait, déposé chaque matin sur mon bureau, dès mon arrivée. Que je n'aie pas besoin de vous le demander à chaque fois.

Moi : (perdue) – Heu... je dois aussi m'occuper de la facturation ? C'est-à-dire que je n'ai jamais fait de comptabilité. J'ignore comment on procède pour...

Mon patron : (me postillonnant à la figure) – Vous voulez

garder votre place ? Alors débrouillez-vous pour comprendre comment fonctionne la facturation. Au besoin, demandez qu'on vous l'explique, ce n'est pas mon problème.

Moi : (la voix blanche) – Mais, je... Enfin, c'est beaucoup de choses à gérer, bien plus que ce qui était convenu lors de mon entretien d'embauche... Et si je puis me permettre, sur mon contrat de travail il y a écrit standardiste, pas comptable....

Mon patron : (d'une voix fielleuse) – Ma petite Déborah, je vous trouve bien capricieuse, pour quelqu'un dans votre situation.

Moi, dans ma tête : « Note pour la prochaine fois : penser à ne plus JAMAIS mentionner sur mon CV que je suis divorcée avec deux enfants. »

Mon patron : (hargneux) – D'ailleurs, dès que vous aurez fini d'effectuer les tâches qui vous incombent au sein de cette entreprise, vous viendrez me voir dans mon bureau.

Sur ce, il me tourna le dos et claqua la porte, me laissant tétanisée d'effroi dans la grande salle que je partageais avec mes collègues Evelyne et Chantal.

Je venais d'être embauchée comme standardiste dans une société de vente par correspondance de bijoux fantaisie qui employait quatre salariés – moi y compris. Une entreprise au chiffre d'affaires si ridicule, que je me demandais comment ils parvenaient à accumuler assez de trésorerie pour régler mon salaire à la fin du mois. Peut-être l'explication était-elle dans le fait que ma rémunération avait été établie selon les barèmes appliqués dans les pays du tiers-monde ?

Je râlais, je râlais, mais j'avais été bien contente de le dénicher, ce job.

Cela faisait des mois que j'évoluais de mission d'intérim en mission d'intérim, sans jamais parvenir à stabiliser ma vie professionnelle. Pourtant, depuis mon divorce, ce n'était pas faute d'avoir essayé. Mes exigences en ce domaine étaient si peu élevées, que j'étais prête à brader mes innombrables talents, pour peu que je réussisse à collecter trois fiches de paye successives, avec la mention « CDI » dessus. Mon sésame pour pouvoir accéder à la recherche d'un nouvel appartement. Celui où nous vivions, mes poulettes et moi, devenant trop onéreux pour mes faibles moyens.

Le problème était que mon cruel manque d'expérience n'intéressait pas les chasseurs de têtes, avides de débaucher des cadres compétitifs, rentables, et ne raccrochant pas au nez de leur interlocuteur en voulant prendre une autre ligne. Sans compter que mes références, pourtant solides, en matière de dépoussiérage de meubles, d'allaitement au sein et de mijotage de surgelés chauds ne faisaient pas rêver les foules.

Il a suffi d'un coup de fil, pour que Roxane parvienne à retourner cette situation à mon avantage.

Ma fidèle copine connaissait parfaitement la sœur de la voisine de la mère d'Alain Lerideau (mon patron), qui venait de temps en temps faire le ménage chez elle. Elle manœuvra donc habilement pour me permettre d'obtenir un rendez-vous dans cette société.

Oui.

Oui, je l'avoue honteusement, j'ai été pistonnée.

A l'heure où des gens surqualifiés pointent au chômage, à l'heure où des jeunes surdiplômés se tournent les pouces, j'ai traîtreusement œuvré dans l'ombre en faisant jouer mes contacts pour obtenir ce poste à hautes responsabilités téléphoniques.

Voici l'histoire de ma rencontre avec un homme, qui a probablement été un psychopathe dans ses trois dernières vies antérieures, et à qui il en est vraisemblablement resté quelque chose.

Alain Lerideau (que je surnommais dans son dos « Alain L'Air-Idiot »), mon patron, naquit il y a de cela une bonne cinquantaine d'années. Malgré qu'il eût l'âge de mon père, je devais lui reconnaître une certaine allure. Il aurait même pu être bel homme, s'il n'avait pas arboré cette perpétuelle mine antipathique et ces ignobles touffes de poils gris qui jaillissaient gaiement de ses oreilles. Divorcé, il n'avait pas eu d'enfants (reconnus, du moins).

Ça, c'était pour l'inventaire de ses qualités. Passons maintenant aux défauts.

Alain Lerideau était un homme rustre, grivois, pervers et irascible. Il dirigeait sa petite entreprise avec l'aplomb d'un souverain. Et encore, pas dans le genre roi des petits lutins, mais plutôt dans le style Napoléon sous amphétamines.

Tout lui appartenait, y compris le personnel, qu'il « s'offrait » pour l'aider à gérer les affaires de son royaume. En conséquence de quoi, il considérait pouvoir disposer de tout et de tout le monde à sa guise, et cela transparaissait profondément dans son attitude.

Lorsqu'il s'adressait à l'une d'entre nous pour lui dire bonjour le matin, on pouvait lire dans son regard : « Baise, en signe d'allégeance, la moquette que je viens de fouler, femelle servile. » Lorsque malencontreusement il donnait un coup de pied dans la corbeille à papier, il maugréait dans sa barbe : « T'aimes ça, hein, s... »

Aux côtés du monarque officiaient Evelyne, Chantal, et puis Guillaume, son neveu.

Un jeune crétin arrogant âgé de dix-neuf ans, qui laissait pousser son duvet sublabial pour se donner l'air d'avoir six mois de plus. Bombardé « sous-directeur » par son oncle de patron, Guillaume, malgré ses pitoyables efforts pour paraître crédible à ce poste, se savait deviné par les femmes d'expérience que nous étions. Il n'y avait qu'à l'entendre parler, pour appréhender ses carences en matière de vocabulaire, et même d'idées (mais puisqu'il n'avait, de toute façon, pas le vocabulaire suffisant pour les exprimer, c'était moins grave).

Chacune de ses phrases, qui se résumaient à quelques onomatopées éructées l'air pensif, reflétait l'inconsistance de son moi profond. Plutôt que d'avoir passé des matinées à assortir soigneusement son pull Ralph Lauren à son jean Calvin Klein, Guillaume aurait mieux fait de bien travailler à l'école. Il aurait gagné en légitimité lorsque je relisais ses notes, truffées de fautes d'orthographe comme seul un élève assidu à la fabrication de boulettes en papier pouvait en faire.

Quant à mes collègues Evelyne et Chantal, elles étaient... comment les définir ?

Deux personnes de sexe féminin, dont les joies existentielles consistaient en un commérage intarissable et permanent au sujet de la vie sentimentale, sexuelle, voire même privée de tout individu pénétrant dans leur espace vital. C'est-à-dire coursier, facteur, femme de ménage ou moi.

Chantal avait une petite soixantaine d'années, mais en paraissait quatre de moins grâce à ses injections régulières de toxine botulique. Mariée avec un retraité de la SNCF, elle était mère de deux grands garçons de trente et trente-deux ans. Ces derniers avaient quitté très récemment le foyer familial, pour vivre de nouvelles aventures au pays de la vie active – s'installant notamment dans la région de l'ANPE, et plus précisément dans le département des ASSEDIC.

Consommatrice assidue de fards en tout genre, le visage de Chantal avait la pâleur d'une évanouie, et sa bouche le cramoisi des lèvres d'un vampire après ripailles. Ses paupières, soulignées d'un épais trait d'eye-liner violet foncé, donnaient à son regard turquoise l'air dur et cruel. Et comme ce n'était pas encore suffisant, elle gainait ses cils d'une couche impressionnante de mascara bleu marine.

Fascinée par les mouvements répétitifs de la petite brosse sur son œil exorbité, je pouvais la regarder des minutes entières s'appliquer son mascara. Encore et encore et encore, jusqu'à ce que le moindre de ses cils soit tendu, épaissi à l'extrême, et rigidifié par la cire.

Evelyne, qui avait la trentaine largement dépassée, semblait presque de la même génération que Chantal. Essentiellement à cause de son look, plus en vogue dans des séries comme *Pause-Café* ou *Châteauvallon* que dans les rayonnages des boutiques tendance du quartier. Elle ne se maquillait pas, ses larges plaques de couperose bien visibles témoignant de son goût pour le naturel, et sa coiffure permanentée avait un petit je-ne-sais-quoi de canin.

Elle avait toutefois un gros avantage sur sa petite camarade de pauses-café au lait interminables : elle ne fumait pas.

Depuis mon arrivée dans cette société, j'avais dû me battre un nombre incalculable de fois contre Chantal, car nous partagions le même bureau – et par conséquent le même air – toutes les trois. Impossible de lui faire comprendre que les cinq milliards de cigarettes qu'elle expirait quotidiennement sous mon nez m'asphyxiaient les bronches, au point que j'en sois arrivée à envisager de me les faire ramoner pour pouvoir respirer comme avant.

Qu'il y ait, ou pas, une loi anti-tabac dans les lieux publics, Chantal s'en fichait comme de sa première paire de mi-bas de contention. Elle savait bien qu'aucun inspecteur de la Brigade Anti-Fumage n'allait venir l'arrêter, et l'inculper de clopage intensif avec intention de tirer sa bouffée.

Au début de notre collaboration, j'avais commencé soft en toussant discrètement dans mon poing à chaque fois que je la voyais sortir son paquet de cigarettes.

Je pensais que nous nous trouvions entre personnes civilisées, et qu'elle ne manquerait pas de comprendre ma discrète quoique persistante allusion négative aux fumées qu'elle exhalait.

Percevant rapidement l'inutilité de mes efforts, je passai alors à la vitesse supérieure.

Mon plan B consistait à ne perdre aucune occasion de lui détailler d'un ton badin la liste la plus exhaustive possible des ravages de la nicotine sur l'organisme.

Sans craindre d'insister lourdement.

Elle glissait une épingle dans son chignon banane ? Je lui demandais si elle savait que la cigarette pouvait être à l'origine de la nécrose du follicule pileux, et qu'elle risquait de se retrouver sévèrement dégarnie des golfes frontaux avant d'atteindre sa soixante-cinquième année.

Elle arborait une nouvelle teinte de blush ? Je me félicitais de ne pas fumer, et m'enthousiasmais à l'idée de garder une peau préservée d'un flétrissement multiplié par vingt-quatre sous nicotine.

Elle se mettait du vernis à ongles ? Je lui conseillais de se choisir une couleur plus foncée, le rouge vif déposé sur ses ongles jaunis rendant une détestable nuance orange.

Souvent, lorsqu'en parcourant un magazine je tombais sur un article montrant des photos de malades hospitalisés, je le laissais, page ouverte, bien en évidence sur mon bureau. Espérant que le regard de Chantal se poserait dessus, et qu'un fulgurant éclair de lucidité viendrait s'abattre sur son pauvre esprit embrumé par les vapeurs cancérigènes.

Il n'en était rien, bien entendu, car elle continuait, inlassablement, à embaumer la pièce, mes vêtements, et mes cheveux, de son odeur fétide.

A bout de nerfs, je ne me résignais pourtant pas à me noyer chaque matin sous un hectolitre de pschitt au patchouli. La fragrance nicotinesque dont ma peau était désormais imprégnée faisait même fuir les types qui, d'habitude, m'offraient spontanément des fleurs dans la rue, à cause de l'effet magique de mon déodorant.

Un matin, après une quinte de toux mémorable (et, cette fois, non simulée), je me résolus à demander à Chantal d'un ton ferme et sans réplique de bien vouloir aller cloper dehors.

Surprise, elle s'exécuta sans broncher, et prit ensuite spontanément l'habitude d'aller griller ses bâtons qui puent hors du bureau. La métamorphose de la douce mère au foyer soumise en femme active téméraire et rugissante était désormais accomplie.

Gare à vos fesses, le monde.

Aaaah, j'adorais ce job...

C'était vraiment épatant de travailler comme standardiste dans une boîte qui n'avait pas les moyens de s'offrir aussi une assistante de direction, une secrétaire trilingue, un agenda électronique et une esclave romaine. On apprenait vite à devenir polyvalente !

D'abord, on apportait le café à son patron.

Tout en s'excusant à l'avance du jus de chaussette qu'on allait lui servir, expliquant qu'on n'avait jamais très bien su faire le café. Histoire qu'il ne vienne pas nous en demander tous les jours, dans la mesure où il n'y avait pas écrit « Moulinex » sur notre front.

Après, forcément, on avait droit à quelques petites réflexions désobligeantes de la part du monarque furieux. Mais au final, si on serrait les dents en continuant de produire sa petite mixture infâme chaque matin, on gagnait la partie.

Et puis, on répondait au téléphone.

Là, on pouvait s'amuser à faire toutes sortes de voix différentes.

Si notre interlocuteur était un homme à la voix chaude et profonde, on pouvait lui faire notre voix troublante d'hôtesse de l'air. C'était marrant. Après, les hommes à la voix chaude et profonde étaient tout contents, parce qu'ils croyaient avoir parlé au sosie de Monica Bellucci. Et nous, on s'imaginait avoir eu en ligne le frère jumeau de Richard Berry.

Or, probablement que les types à la voix chaude et profonde étaient de petits gros bedonnants avec des ongles trop longs et des gencives pleines de bridges. Et qu'ils misaient tout sur leur voix grave pour séduire les sosies de Monica Bellucci, qui tombaient bêtement dans le panneau. Mais tout cela était sans importance, au fond. Parce que après avoir raccroché, on souriait pendant un bon quart d'heure, émoustillée d'avoir parlé avec un homme aussi beau.

Parfois, lorsqu'il s'agissait de la petite voix de crécelle d'une femelle hystérique, qui couinait dans le combiné pour exiger le paiement de sa facture en retard de trois heures douze, on pouvait faire notre voix de mégère, et abréger sèchement la conversation.

Pas de pitié : c'était nous, la sentinelle du téléphone.

Et puis aussi, on tapait des lettres !

C'était super, de taper des lettres !

Certes, on s'écaillait sévèrement le vernis à ongles. Mais ce n'était pas bien grave, puisqu'en même temps, on gagnait des sous pour pouvoir se racheter de nouveaux flacons de vernis à ongles. C'était d'ailleurs à peu près tout ce que l'on pouvait s'offrir avec le fruit de notre labeur, quand on y pensait.

Non, sérieusement, j'avais vraiment un chouette boulot.

Le seul problème, c'étaient les gens qui m'entouraient.

A commencer par mon patron.

Ce jour-là, j'allai donc, comme il me l'avait si gentiment demandé, le voir dans son bureau une fois mon travail terminé. Le bureau d'Alain Lerideau, immense comparé au nôtre, était à peine meublé. Et encore, la décoration en question étant surtout constituée de vieilleries antiques et poussiéreuses, placées çà et là sans la moindre logique esthétique, d'un papier peint bariolé posé sans doute au moment de la construction de l'immeuble, et d'une large armoire, qui avait dû appartenir à ses grands-parents avant la guerre. Dans la mesure où Alain Lerideau tenait ses finances comme Harpagon gérait sa cassette, personne ne s'en étonnait. Sa devise était : « Ça coûte cher, de dépenser de l'argent », et j'étais sûre qu'en farfouillant un peu, on aurait pu la retrouver cachetée à la cire sur la plupart de ses affaires.

Ainsi devais-je supplier, voire mendier, les fournitures de bureau nécessaires à l'accomplissement de mes tâches. Et lorsque parfois il me les accordait, il ne manquait jamais de souligner la faveur qu'il venait de me faire. Au point qu'un jour, j'avais sérieusement envisagé de faire partir mes lettres sans les timbrer (dans la mesure où il n'y avait plus de timbres depuis dix jours), d'inscrire l'adresse du destinataire à même la feuille de papier (puisque le boss repoussait la commande d'enveloppes depuis une semaine), et de noter les messages sur des feuilles de papier toilette (car mon bloc était plein depuis trois jours).

Je ne l'avais évidemment pas fait.

D'une part parce qu'il n'y avait plus de papier toilette, et d'autre part parce que j'avais besoin de garder ce boulot.

A peine étais-je entrée dans la pièce qu'Alain Lerideau se leva de son fauteuil, et referma soigneusement la porte derrière moi. Puis il me fit signe de m'asseoir sur la chaise face à son bureau, glissa ses mains dans ses poches, et se tint debout à mes côtés, dans une attitude quelque peu dominatrice.

Mon patron : (secouant la tête) – Déborah, Déborah, Déborah...

à peine venez-vous d'arriver dans cette entreprise, et vous m'avez déjà déçu...

Moi : (recroquevillée sur mon siège, inquiète) – Ah bon ? Mais... je ne comprends pas...

Mon patron : (marchant lentement de long en large) – Vous avez commis une faute, ma petite Déborah. Une faute inacceptable. Vous m'avez contredit devant mes employées.

Moi : (terrifiée comme si j'avais onze ans et que je me retrouvais convoquée dans le bureau du proviseur) – Heu... vous m'en voyez désolée, monsieur.

Mon patron : (se penchant soudain vers moi) – Je voudrais être certain que cela ne se reproduira plus.

Moi : (ma dignité ne m'étant d'aucune utilité pour payer mon loyer) – Bien, monsieur. A l'avenir, je veillerai à ce que cela ne se reproduise plus.

Mon patron : (toujours debout et s'approchant légèrement de ma chaise, les mains toujours dans les poches) – Vous savez, ma petite Déborah, je crois que je vous aime bien, au fond. Vous êtes une brave fille, et je suis sûr que vous avez à cœur de vous investir dans votre travail. Je me trompe ?

Moi : (ayant soudain l'impression que mon investissement à répondre au téléphone sans bégayer pourrait changer la face du monde) – Oui, oui, c'est exact.

Mon patron : (cherchant sans doute un mouchoir dans les poches de son pantalon, car il y remue pas mal les mains, tout en balançant légèrement son bassin) – Et je suis sûr que nous pourrions faire de grandes choses, vous et moi...

Moi : (m'apprêtant à dégainer mon sac pour lui offrir un Kleenex, tellement il me fait pitié à fouiller dans ses poches comme ça) – Eh bien... heu... je pense, oui...

Mon patron : (mielleux, sortant enfin ses mains et les croisant dans le dos) – Vous savez, Déborah, Guillaume va bientôt quitter notre société. C'est un gentil gamin, mais il est trop immature pour évoluer à mes côtés. Je le gardais uniquement pour faire plaisir à ma sœur, voyez-vous. Mais les bonnes choses ont une fin, et je compte évidemment le remplacer (il me fait un clin d'œil complice). Evelyne et Chantal sont trop... dépassées pour me seconder efficacement. Elles font ce qu'elles peuvent, mais elles sont... comment dire... limitées. Elles plafonnent, quoi. J'aurai bientôt besoin de quelqu'un de jeune, d'énergique pour reprendre le poste de Guillaume. J'avais pensé à vous. Avec à la clef, bien entendu, une petite augmentation.

Moi : (sentant poindre le début d'un torticolis à lever ainsi la tête vers lui, pour éviter de me retrouver nez à nez avec sa braguette, qui semblait se rapprocher dangereusement) – Oh... heu... je, ce serait effectivement super ! Je veux dire, j'en serais ravie.

Mon patron : (une lueur lubrique dans l'œil, que j'assimile à un début de fièvre à cause de son besoin empressé de trouver un mouchoir pour s'éponger le nez) – Vous vivez seule ? Je veux dire... financièrement, vous n'avez personne pour vous aider ?

Moi : (« bip-bip » fait une alarme dans ma tête) – Eh bien...

Mon patron – Mais tout cela est bien indiscret, et ne me regarde pas. Donc, voici le deal, Déborah. Investissez-vous dans votre travail, et vous n'aurez pas affaire à un ingrat.

Moi : (aux anges, commençant déjà à choisir mentalement dans quel quartier je voudrais habiter) – Je ferai de mon mieux, monsieur, je vous le promets.

Alain Lerideau me raccompagna jusqu'à la porte de son bureau. Alors que je marchais devant lui, il lâcha : « Vous avez de jolies jambes, ma petite Déborah. Vous devriez vous mettre en jupe plus souvent. »

Devant le regard stupéfait que je lui lançai, il éclata de rire : « Je dis cela car Evelyne et Chantal sont jalouses de vous ! Profitez-en pour les faire enrager ! » Je souris. J'avais dû mal comprendre... J'étais si susceptible, parfois.

Les journées au boulot se passaient plutôt bien.

Chantal et moi allions souvent déjeuner ensemble. Elle m'avait avoué s'être bien amusée de l'acharnement que j'avais mis à lui faire abandonner la cigarette dans les bureaux. Alors que cela faisait des années qu'elle clopait impunément devant son ordi, sans qu'Evelyne bronche, même si ça la gênait autant que moi. Elle m'avait trouvée culottée, et elle avait aimé ça.

Tant mieux. Si en plus ça me permettait d'éviter de déjeuner seule le midi, alors...

Entre Evelyne et moi, les rapports étaient plus mitigés.

Plus je la connaissais, et plus je réalisais que cette femme était étrange.

D'abord, si Evelyne écoutait et posait beaucoup de questions, en revanche elle ne racontait rien de sa vie privée. Je savais par Chantal qu'elle n'était pas mariée (certes, l'absence d'alliance à son doigt aurait dû me mettre la puce à l'oreille), et qu'elle vivait avec des animaux. Deux chats, une vingtaine de poissons, presque autant d'oiseaux et tout un élevage d'escargots, qui évoluaient gaiement dans les bacs à fleurs de ses fenêtres. Sans compter les ficus, les cactus, les fougères et les philodendrons, dont les larges pots avaient envahi le petit espace de son studio, et qui recevaient d'elle les mêmes soins maternels.

Elle aurait même possédé les photos de ses « bébés » dans son portefeuille, mais nous n'étions pas encore assez intimes pour qu'elle me les ait fait admirer.

Selon la rumeur qui circulait (c'est-à-dire selon Chantal), si Evelyne n'avait pas d'homme dans sa vie, c'était parce qu'elle était secrètement amoureuse d'Alain Lerideau.

Dégoûtant, mais pas impossible, quand on y pensait.

Il est vrai qu'elle avait une façon de le regarder assez éloquente. Lorsqu'il passait près d'elle, elle fixait ses genoux, ses doigts tremblaient sur le clavier, et la couperose sur ses ailes de nez se dilatait à vue d'œil, envahissant le reste de son visage et de son cou.

Parfois, Alain L'Air-Idiot était d'humeur badine, et se laissait aller à plaisanter avec elle. Alors Evelyne se mettait à glousser, une sorte de petit rire strident et nerveux, qui faisait taire net toutes les personnes présentes dans la pièce.

Le problème, c'est qu'aux yeux du patron, Evelyne n'était qu'un meuble.

Lui préférait reluquer les filles plus jeunes et mieux roulées, toujours selon Chantal qui n'ignorait rien de la vie sexuelle de tout le monde (cette femme était une nymphomane vivant par procuration). Le Maître des Lieux possédait même un territoire de chasse bien défini : sa propre entreprise. Ainsi avait-il pour habitude de faire des avances aux petites stagiaires qu'il recrutait, et comme il n'était pas trop ignoble physiquement, il parvenait de temps à autre à conclure.

Un jour, Chantal, qui l'espionnait discrètement en faisant semblant d'aller se chercher un café (la machine était collée au mur de son bureau), l'avait entendu parler avec un ami. Dans la conversation, elle avait relevé la phrase suivante : « ... je leur apprends l'amour, à ces petites courges... », suivi d'un gros rire gras.

Depuis, lorsque nous déjeunions ensemble, avant de commencer à manger, nous nous demandions toujours avidement : « Et sinon, tu crois qu'Alain a appris l'amour à quelqu'un aujourd'hui ? », « Aujourd'hui je sais pas, mais vu les cernes qu'il a sous les yeux, ça ne m'étonnerait pas qu'il ait appris l'amour à un petit légume cette nuit... Ahaha... »

Y a pas à dire, on rigolait bien.

Evelyne, qui devait malgré elle assister au spectacle de l'homme de sa vie en train de peloter d'autres qu'elle dans les couloirs du bureau, souffrait en silence. Mais peu importait. Dans un dévouement proche de l'abnégation, elle en faisait toujours plus pour la société de celui à qui elle consacrait sa vie. Ayant trouvé là un moyen efficace de se rendre indispensable. Elle savait qu'il lui fallait être patiente, les jeunes stagiaires n'obtenaient jamais de proposition d'embauche à la fin de leur séjour ici.

Lorsque donc arrivait la fin de ces amourettes, et que l'ennemie vaincue devait quitter la place, Evelyne prenait trois kilos. De joie. Elle célébrait l'événement comme elle pouvait, la pauvre.

De mon côté, j'enchaînais les rendez-vous avec les baby-sitters au rythme régulier d'un métronome. La maman de Maeva, une petite voisine, me dépannait provisoirement en allant chercher mes poulettes à l'école, mais cela ne pouvait pas durer toute l'année.

Après avoir auditionné en vain un certain nombre de jeunes filles, qui furent toutes impitoyablement recalées parce que trop jeunes, trop sévères, trop bizarres, trop gourdes, ou encore trop en retard, je crus avoir enfin trouvé la perle rare.

Elle s'appelait Dolly, avait dix-sept ans, semblait douce, agréable et patiente. Immédiatement, mes petites semblèrent conquises par sa gentillesse, et moi par sa ponctualité et son allure dénuée de toute trace de tatouages avec marqué dessus « j'aime personne, sauf mon père ».

Le hic fut lorsqu'elle me posa ses conditions. D'une voix paisible, Dolly m'assena ses tarifs, qui constituaient grosso modo ce que j'arrivais à épargner en une année. Elle avait de l'expérience, étant l'aînée de ses cinq frères et sœurs, et elle la monnayait.

Je passai mentalement en revue le défilé des postulantes et, épouvantée, acceptai de l'embaucher. Je préférais encore manger des pâtes et des pommes de terre à tous les repas, que d'imaginer mes filles livrées à une gamine irresponsable qui oublierait d'aller les chercher, ou qui ne saurait pas quoi faire en cas de fièvre ou d'incendie.

Dolly me fut rapidement indispensable, dans la mesure où mon patron, voulant sans doute tester mon dévouement à la cause de sa société et de sa personne, instaura des réunions de fin de journée. Réunions qui se déroulaient généralement en tête à tête. Je devais m'y plier, car, comme il aimait à me le répéter, il était sur le point de me confier de grandes responsabilités. Le départ de Guillaume était imminent, aussi devais-je être capable de pouvoir pleinement le seconder.

Personnellement, je ne voyais pas très bien ce qu'il me fallait apprendre de plus que ce que je savais déjà. Dans la mesure où neuf fois sur dix, c'était Guillaume qui réclamait mon assistance pour l'aider à me donner des tâches à exécuter. Mais puisqu'il s'agissait de brasser du vent en partant une ou deux heures plus tard afin d'obtenir mes sublimes trois euros cinquante d'augmentation, j'acceptais, moi aussi, de jouer les éoliennes.

Les jours passèrent et le fournisseur principal de mon compte bancaire commença à se montrer de plus en plus familier.

Parfois, il lui arrivait de poser sa main sur mon épaule en me parlant, ou de déplacer une mèche de mes cheveux hors de mon visage. Il y avait des jours où j'avais droit à quelques compliments appuyés sur certaines parties de mon anatomie, énoncés d'un ton détaché et noyés sous un clin d'œil complice et paternel. De temps à autre, il ne s'agissait plus seulement de frôlements ambigus, il me mettait carrément une petite tape affectueuse, et sa main restait posée là juste deux ou trois secondes de trop.

Je n'y voyais rien d'offensant, à proprement parler. J'étais juste mal à l'aise sans réussir à formuler à quel point. Un jour, au détour d'une conversation, je confiai mes doutes à Chantal. Lerideau venait de me demander, pour la quatrième fois de la semaine, comment il se faisait qu'une jolie fille comme moi n'ait pas de petit ami. Sa façon de se montrer insistant sur la question commençait à sérieusement m'agacer. Dans la mesure où je n'avais besoin de personne pour me rappeler que j'étais célibataire. Ma mère, qui me harcelait sans relâche pour me présenter le fils avocat de sa voisine, s'en chargeait très bien toute seule.

Alertée par mon récit, Chantal m'expliqua qu'Alain Lerideau venait clairement de lancer une offensive contre moi. Le but de la manœuvre étant de « m'apprendre l'amour », à plus ou moins brève échéance. C'était étrange, selon elle, car il ne s'intéressait d'habitude qu'à des filles plus jeunes et inexpérimentées. Sauf si l'on considérait que le fait d'être divorcée et d'assumer financièrement une famille, me rendait en quelque sorte vulnérable à ses yeux. Car rien n'excitait plus ce vieux chacal que de sentir une femme totalement à sa merci.

Je perdis d'un coup toutes les provisions de naïveté que je collectionnais depuis des lustres. Paniquée, je me mis à réfléchir fébrilement à la façon dont j'allais pouvoir repousser ses avances. Parcourant des yeux la petite table du café où nous déjeunions, je cherchai de quoi me défendre contre lui s'il se montrait un jour trop pressant. Notamment lorsque les bureaux se vidaient, et que nous restions seuls lors de ces fameuses réunions à deux.

La poivrière ? Oui, excellent, ça, les globes oculaires cuisinés au poivre de Cayenne. Et puis j'embarquai les cure-dents, aussi. Ça pique, un cure-dent. Surtout planté dans une partie molle. Chantal éclata de rire en me voyant escamoter ces armes improvisées pour les glisser dans mon sac à dos.

Chantal : (sortant de sa poche un petit miroir en plexiglas et un tube de rouge à lèvres aux tons criards) – Laisse tomber tout ton fatras, va. J'ai mieux à te proposer, pour que L'Air-Idiot te fiche la paix. Un homme.

Moi : (faisant mine de regarder à l'intérieur de mon petit sac à dos) – Tu vas rire, mais... j'en ai pas sur moi, là, il faudrait que je passe au Monoprix m'en prendre un.

Chantal : (repassant une troisième couche de rouge sur ses lèvres fines, en débordant généreusement) – Pas besoin d'en avoir un pour de vrai, nigaude. On va l'inventer, ton bonhomme.

Moi : (intéressée) – Comment ça ?

Chantal : (pressant ses lèvres, devenues invisibles, l'une contre l'autre) – Humamm... laisse-moi faire...

L'après-midi se déroula sans encombre. Chacune de nous pianotait avec dextérité sur son ordinateur. Le boss faisait de fréquents allers-retours de son bureau au mien pour me demander mille banalités, finissant ses phrases par un sourire gentil, un coup d'œil sur mes seins et, bien sûr, une main qui s'égarait sur mon épaule, mon bras ou ma taille.

Alain Lerideau aimait à toucher ce qui, selon ses critères, lui appartenait.

Et ça commençait à me gonfler.

Le téléphone sonna sur le poste de Chantal. Elle prit la communication, tandis que Lerideau était penché très près au-dessus de mon épaule pour me relire, avant que je ne l'entende lancer, d'une voix haute et claire : « Déborah, c'est pour toi ! C'est Bruce, ton amoureux ! »

En me tendant le combiné, elle me fit un clin d'œil si prononcé que je crus que ses cils allaient rester collés, soudés par ses kilos de mascara.

Je me levai et attrapai le combiné, sur le point de m'étonner tout haut de ce qu'un individu prénommé Bruce se fasse passer pour mon chéri, quand, enfin, une lueur de compréhension traversa mon œil hébété.

Je collai le téléphone à mon oreille, et me mis à minauder en tortillant une mèche de cheveux autour de mon index : « Hooo... bonjour, mon amour ! Comment vas-tu ? Oui ? Le pain ? Que je ramène du pain ce soir en rentrant à la maison ? Mais bien sûr, mon biquet ! Oui... oui... oui, je sais... (en chuchotant fort) oui, moi aussi je t'aime... oui... oui, hihihi... d'accord, à ce soir, mon tendre ! (bruit de bisou) », et je raccrochai, folâtre.

En retournant à ma place, mon regard croisa celui de mon patron, qui n'avait pas perdu une miette du fantastique spectacle que je venais de lui offrir, grâce à mes inimitables dons de comédienne de série B. Après avoir dardé sur moi un œil stupéfait autant que mauvais, il aboya : « Déborah, voulez-vous venir me voir dans mon bureau, je vous prie ? »

Me levant, je l'y suivis, non sans avoir auparavant levé deux pouces complices en direction de Chantal. En passant près d'elle, je murmurai : « Au fait, pourquoi Bruce ? » Elle me répondit sur le même ton : « Ben, comme Bruce Lee. C'est quand même plus viril que Raymond, tu ne trouves pas ? »

Je pouffai en silence, et franchis le seuil du bureau du Maître.

Lerideau referma la porte derrière moi, s'y adossa et me contempla une longue minute sans prononcer un mot. Puis il s'avança lentement, et me demanda d'une voix neutre : « Vous en êtes où, de la facturation ? » Reculant imperceptiblement, je répondis : « Je ne l'ai pas encore commencée, puisque vous m'aviez dit hier qu'elle pouvait attendre. Je finis de m'occuper du fichier comme vous le vouliez, car j'avais cru comprendre que c'était prioritaire. »

Il ne m'avait pas invitée à m'asseoir. Je restais donc debout, les mains croisées derrière le dos comme une écolière prise en faute, tandis qu'il se rapprochait de moi, semblable à un fauve, les muscles bandés, prêt à me sauter à la gorge. Sa fureur contenue lui donnait un air curieusement impressionnant, malgré le comique des buissons gris qui lui poussaient dans les oreilles. « J'ai changé d'avis, vous allez vous occuper de cette foutue facturation, et pas plus tard que tout de suite. Vous ne quitterez pas le bureau tant que tout ne sera pas en ordre, même si vous devez y passer la nuit entière. »

Je protestai, lui expliquant que mes filles m'attendaient, et qu'il m'était impossible de faire davantage d'heures supplémentaires. Alain Lerideau se radoucit : « Pourtant j'avais cru comprendre qu'un homme se chargeait chez vous de l'intendance ? Ce soir, vos enfants attendront. La facturation, non. »

En entendant avec quelle désinvolture il parlait de mes poulettes, mon sang ne fit qu'un tour. Je serrai les poings et déclarai : « Non. Je suis désolée, monsieur, mais ce soir, je partirai à l'heure. Ecoutez, de toute façon, traiter la facturation prendra des jours, alors... »

Alain Lerideau s'approcha si près de moi que je pus distinguer chacun des pores dilatés de son nez devenu énorme en gros plan. Les dents serrées, il prononça chaque mot suivant d'une voix grondante : « Ma petite Déborah, vous n'êtes qu'une pauvre idiote incompétente, ignare et totalement remplaçable. Vous ne méritez pas le quart du salaire que je vous octroie. Votre mari a eu raison de vous envoyer paître, je me demande d'ailleurs si je ne vais pas faire la même chose. Au fait, votre augmentation, vous pouvez vous la foutre au cul. Maintenant, sortez. »

Pétrifiée par ce flot ordurier proféré à un centimètre de mon visage, je restai d'abord tétanisée. Puis je quittai la pièce presque en courant, les larmes aux yeux, sursautant au bruit du classeur qu'il lança rageusement, et qui vint s'écraser contre la porte de son bureau, que je tenais encore.

J'attrapai mon sac et gagnai la sortie, sous les regards inquisiteurs d'Evelyne et de Chantal. L'ignoble L'Air-Idiot pouvait bien taxer mon attitude « d'abandon de poste », cela m'était égal. Je ne voulais plus jamais revenir travailler ici.

En émergeant du métro, palpitante et déboussolée, je me dirigeai comme un automate vers la librairie la plus proche. Hors de question de rentrer pleurer devant mes filles, il fallait que je me calme d'abord.

Ma tension retomba sensiblement, à mesure que je m'enfonçais dans les rayonnages de ce temple dédié à la lecture. Peu à peu, mes nerfs à vif s'apaisaient, tandis que je caressais des couvertures de livres, ou feuilletais des ouvrages choisis au hasard. J'atteignis le maximum de ma zenitude au fond du magasin, dans le rayon livres pour enfants, où je passai une bonne demi-heure, assise par terre, à contempler des illustrations le regard fixe, essayant de nettoyer ma mémoire de ce que l'on venait de me dire.

Je me sentais souillée et terriblement humiliée. Je n'arrivais pas à comprendre ce qui, dans mon attitude, avait pu déclencher un tel courroux. Il me semblait que je travaillais correctement, pourtant. J'étais ponctuelle, je ne faisais pas d'erreurs, alors quoi ?

Confusément, une petite voix au fond de ma tête me soufflait que la manœuvre de mon boss avait juste pour but de casser les résistances que je pourrais lui opposer. Mais j'étais bien trop bouleversée pour l'entendre.

Je choisis un livre pour chacune de mes fillettes, ce qui me permit de repartir de là un peu calmée. Car, c'était bien connu et même scientifiquement prouvé (par des scientifiques femmes, notamment) : après le chocolat, la chose la plus réconfortante au monde en cas de stress intense était l'acte d'achat. Et pour me prouver combien j'avais raison, je filai chez l'épicier du coin m'acheter deux énormes pots de glace au chocolat et à la pistache.

Ce soir-là, une fois Héloïse et Margot couchées, je m'installai devant une rediffusion d'*Urgences*, j'ouvris les vannes et me mis à sangloter en avalant ma crème glacée.

D'abord parce que le Dr Carter venait de se faire poignarder par un malade schizophrène. Ensuite parce que Jean-Louis n'était pas là pour se moquer de moi, et de mon sens aigu de l'identification aux personnages des séries télé, que je regardais avec passion.

Je me sentais particulièrement seule, ce soir.

En plus, je ne voulais surtout pas inquiéter mes parents en leur racontant ce qui venait de se passer au bureau. Téléphoner à mes copines ne m'aurait été d'aucun secours, elles avaient bien assez de leur vie à gérer pour s'occuper des problèmes de la mienne.

J'avais choisi de divorcer, il fallait maintenant que je m'assume seule. Je repris une bouchée de glace au chocolat, et je recommençai à sangloter.

En réalité, j'avais besoin d'un homme à mes côtés, terriblement.

Un homme à qui raconter ma journée. Un homme qui m'aurait prise dans ses bras, en jurant qu'il allait casser la gueule à mon patron. (Bien sûr, je l'en aurais empêché pour lui montrer que j'étais capable de régler ce conflit toute seule. Mais d'avoir à le retenir aurait été délicieux.)

Je me levai soudain, le ventre noué à l'extrême, et allai en courant vomir au-dessus de la cuvette des toilettes, alternant spasmes et larmoiements.

En revenant dans le salon, plus calme, j'anesthésiai mon dernier neurone en état de marche devant une émission de deuxième partie de soirée. Ma conscience vagabondait quelque part, dans les limbes de mes pensées incohérentes. Des images de mon ancienne vie de couple s'affichaient dans mon esprit, en un kaléidoscope de souvenirs.

Au moins, quand Jean-Louis habitait ici, tout était plus simple. S'il avait été là, il m'aurait sans doute ordonné de quitter ce boulot. Nos moyens nous le permettaient, ce qui n'était plus le cas aujourd'hui. Et puis nous nous serions couchés. J'aurais pu me pelotonner contre lui, et le faire sursauter en plaquant mes pieds glacés contre ses mollets pour qu'il me les réchauffe. J'aimais bien quand il me servait de bouillotte. Oui, sauf qu'en réalité, cela faisait déjà un bon moment que nous dormions chacun à l'autre bout du lit.

Mais au moins (je reniflais en essayant de contenir les larmes qui roulaient sur mes joues), lui m'aurait rappelé que le Dr Carter ne s'était pas fait poignarder pour de vrai, et que l'acteur Noah Wyle avait dû bien rigoler en baignant dans toute cette sauce tomate. (Mon menton tremblait si fort que je ne le contrôlais plus. Je repris une bouchée de crème glacée.)

Sans compter que je n'aurais pas eu besoin de compenser mon absence de vie sexuelle par des kilos de cacao, qui me donnaient l'air d'une femme enceinte de quatre mois.

Je me rappelais ce jour où il avait plu, et où il m'avait soulevée dans ses bras, chevaleresque, pour traverser une flaque d'eau. Et cette fois où nous avions échangé ce long baiser, contre un mur, devant deux amis qui regardaient leur montre en nous attendant, mal à l'aise. Nous nous aimions si fort, à cette époque-là (je soupirai). Il me manquait presque.

Je regardai le téléphone en me demandant si j'allais l'appeler (je me mouchai bruyamment).

Non, ça aurait été une erreur. Les derniers temps de notre mariage, nous avions offert un spectacle lamentable à nos enfants, les faisant vivre dans un climat de rancœurs et de disputes permanentes. Un sentiment évident s'était instauré entre nous : celui de foutre les meilleures années de notre vie en l'air en formant avec l'autre un couple incompatible. C'était mieux comme ça.

Et puis après tout, je n'allais pas me plaindre. Tout à l'heure, j'allais pouvoir m'étaler de tout mon long dans mon lit à deux places, pour y dormir confortablement.

Même si je devais, avant cela, arriver à trouver le sommeil en oubliant que j'étais la seule adulte dans la maison, et que deux petits êtres reposaient sur mes épaules, pas toujours résistantes.

Je m'endormis sur le canapé, un champ de Kleenex pleins de mucus et de larmes sur la table basse, les pots de glace vides roulant par terre, et mes dernières pensées conscientes furent : « Est-ce que je vais travailler demain ? Bordel, qu'est-ce qu'il faut que je fasse ? »

Le lendemain matin, mes yeux bouffis et ma figure chiffonnée n'échappèrent pas à Héloïse et à Margot. Leurs petits regards inquiets me questionnèrent, et je m'en voulus pour ça. Ma grande me demanda si j'avais pleuré, et ma petite, derrière sa tétine, me demanda si j'étais malade. Je les rassurai comme je pus, c'est-à-dire très mal, puis je les habillai et les conduisis à l'école.

Ma décision était prise. Il n'était pas question qu'elles me voient à nouveau dans cet état-là. J'étais leur exemple, leur modèle, j'étais supposée les protéger, je n'avais pas le droit de me sauver sans me battre. « Spiterman » (comme disait Margot) aurait affronté puis terrassé le Bouffon Vert, lui.

Aujourd'hui, j'irais travailler.

Mes idées étaient claires. Ce que Lerideau m'avait fait, ce harcèlement sournois dont j'avais été l'objet depuis des semaines, cette guérilla psychologique, c'étaient des coups qui ne se voyaient pas. Mais c'étaient des coups quand même. Et ce Bouffon Vieux, j'allais me le faire.

Certains hommes étaient très forts, pour faire croire aux femmes qu'elles étaient des moins que rien. En leur martelant régulièrement qu'elles étaient folles, idiotes ou godiches. En les rabaissant, ils se rehaussaient. Plus jamais je n'accepterais qu'il me traite ainsi.

Et si cette déjection canine de Lerideau laissait encore ses mains se balader sur moi, je rattraperais d'une bonne gifle toutes les leçons d'éducation que ses parents ne lui avaient pas données.

Après tout, qu'avais-je à perdre ? Un boulot ? Ça se retrouve. Une estime de soi par contre, il fallait en prendre soin. Parce que pour retrouver la mienne, ça m'avait pris des années.

Aussi, pour la première fois depuis des semaines, je portais une jupe mi-longue, que j'avais assortie à une paire de bottes à talons hauts et à une veste cintrée. Je n'étais pas particulièrement sexy, juste féminine, et j'avais bien l'intention de recommencer à l'être. En cessant notamment de me planquer derrière des pantalons larges et de gros pulls en maille, afin d'éviter les réflexions trop fréquentes de mon patron sur les parties les plus rebondies de ma silhouette.

Comme il était facile, sous couvert d'humour, de s'extasier sur le galbe de votre arrière-train... Aujourd'hui je me sentais prête à lui assener, sur le même ton, des traits d'esprit tout aussi burlesques ciblant la petitesse de ses extrémités (était-ce congénital ? m'enquerrais-je) ou encore les ravages de l'âge sur le système pileux masculin, en particulier sur celui des oreilles, dont le cycle s'affolait, paraît-il, chez certains hommes passé la quarantaine. S'il voulait de l'humour, entre nous ça allait être la Foire du Trône.

En arrivant au bureau, je pratiquai quelques petites respirations abdominales pour me détendre et me donner le courage de franchir le seuil. J'entrai. Alain Lerideau n'était pas encore là. Evelyne expliqua qu'il était en rendez-vous à l'extérieur toute la matinée, puis elle voulut savoir pourquoi j'étais partie si bouleversée, hier. Je ne pus me résoudre à feindre l'indifférence, et je racontai tout.

Chantal était outrée. Elle me conseilla, s'il recommençait, de le menacer de lui envoyer Bruce lui dire deux mots. Evelyne demanda qui était Bruce, et nous lui révélâmes notre stratagème et la création de ce petit ami invisible. Elle nous écouta attentivement, et sans prévenir, replongea le nez dans ses papiers, exactement comme si nous n'existions pas, nous laissant, Chantal et moi, légèrement déconcertées par son attitude.

Lorsque j'aperçus mon patron quelques heures plus tard, il avait l'air frais, souriant et reposé. Plus aucune trace de l'espèce de maboul qui m'avait noyée sous ses postillons la veille. Mr Hyde avait retrouvé l'allure d'un bon vieux Dr Jekill, distribuant ses sourires et ses saluts en sifflotant. Il alla s'enfermer dans son bureau, et je ne le revis plus de la journée.

Tout au long de la semaine, l'homme se montra poli, agréable, limite prévenant.

Une attitude que personne ne lui avait connue jusqu'alors. Son comportement, selon moi, indiquait qu'il devait regretter sa conduite, car il employait en me parlant autant de respect et de tact que si j'avais été sa propre mère.

Je baissai ma garde.

Lorsqu'il estima avoir suffisamment regagné ma confiance, il passa à l'attaque.

Lerideau me convoqua un jour dans son bureau pour me dicter une lettre.

Sereine, je m'assis sur la chaise face à lui, mon bloc à la main, attendant qu'il commence. Il se leva et, tout en parlant lentement, se mit à marcher de long en large près de la table en bois qui soutenait ses grosses piles de dossiers, son téléphone et le cadre avec une photo de lui en combinaison de ski. Parfois il s'arrêtait, et venait se placer au-dessus de ma tête pour jeter un coup d'œil sur les gribouillis que j'étais la seule à pouvoir déchiffrer.

Faisant mine de me relire, il posa la main sur mon épaule, et m'expliqua que j'avais sauté un mot. Tandis que je cherchais où corriger, je sentis sa main glisser doucement, jusqu'à m'attraper un sein.

Ainsi, voilà donc ce que pouvaient ressentir les cafards qui se retrouvaient face au viseur de mon aérosol d'insecticide. Cette rigidité pétrifiée, lorsque je surgissais brusquement devant eux. Cette panique qui montait lentement, comme un souffle glacé parcourant leur microscopique échine, juste avant l'explosion d'adrénaline qui donnait à leurs petites pattes répugnantes l'énergie d'entamer une course folle.

Bon, très bien. La prochaine fois que j'en croiserais un, je l'écraserais sèchement d'un coup de talon, histoire d'abréger ses souffrances. Promis.

En attendant, je n'étais pas un cafard mais une jeune femme terrifiée, assise dans le bureau de son patron, un sein prisonnier dans sa main, et l'autre qui menaçait de se sauver du balconnet de son soutien-gorge, tellement elle respirait vite.

Si j'étais toujours, à l'instar de mon ami le cafard, tétanisée devant l'ennemi, mes petites cellules grises, plus puissantes que les siennes (toute femme que j'étais), s'agitaient fébrilement pour trouver une autre solution que la fuite.

Je n'en trouvais pas. Je me levai pour fuir.

Alain Lerideau me retint par le bras et m'attira contre lui. Nous nous défiâmes du regard, face à face, tandis que je me flagellais intérieurement de ne pas avoir emporté ces foutus cure-dents dans mon sac.

Moi : (essayant de paraître la plus calme et sûre de moi possible) – Lerideau, pour ce que vous venez de faire, sachez que mon petit ami Bruce va venir vous casser la gueule. Il est champion de France de boxe thaïe. Je n'ai qu'un mot à lui dire pour que vous perdiez, dans la minute, la totalité de vos dents de devant.

Mon patron : (me serrant encore plus fort, si bien que je sentais ses trois paquets de Kleenex contre mon bassin) – Laissez tomber, Déborah. Evelyne m'a tout dit, je sais que vous n'avez personne.

Moi : (cessant net de gigoter pour me débarrasser de son étreinte) – Comment ça, Evelyne vous a tout dit ?

Mon patron : (essayant de m'embrasser dans le cou, tandis que je repoussais des deux mains son menton vers le haut) – Allez, Déborah ! Arrêtez de faire votre mijaurée ! Je les connais, les divorcées, elles ont toutes le feu au c...

Moi : (en le projetant de toutes mes forces contre le mur) – COMMENT ÇA, Evelyne vous a tout dit ??

Mon patron : (rigolant et se jetant sur moi, persuadé qu'il s'agissait d'un jeu) – Allons, allons ! Bien sûr qu'Evelyne est venue tout me dire. Evelyne me rapporte toujours ce qui se passe dans cette société, vous n'allez pas me dire que vous ne le saviez pas ? Elle pensait que j'allais vous virer lorsque j'aurais appris que vous me mentiez. Cette grosse godiche est amoureuse de moi. Remarquez, moche comme elle est, elle doute de rien ! (Puis, la voix tremblante :) Allez, venez un peu par là... Ça vous excite, hein, de me faire courir comme ça ? Vous avez gagné, je suis en pleine érec...

Moi : (choisissant le meilleur angle de mon genou, prête à faire monter sa voix de trois octaves) – Espèce de sale petit...

Un hurlement déchira l'air.

L'Air-Idiot et moi nous tournâmes en même temps vers la bouche qui venait de le lâcher.

Il s'agissait de celle d'Evelyne, entrée en silence dans la pièce, qui nous observait depuis un temps indéterminé. Compte tenu de l'accablement peint sur ses traits, il était plus que probable qu'elle ait entendu tout le bien que l'homme de sa vie pensait d'elle.

Je n'aurais pas cru la scène qui suivit, si je ne l'avais pas vue de mes propres yeux.

Evelyne se jeta sur Alain Lerideau, soulevant au-dessus de sa tête l'épais dossier qu'elle tenait. Puis, en proie à une violente crise de larmes, elle lui en assena rageusement plusieurs coups sur le crâne, hurlant en boucle : « JE VOUS HAIS ! JE VOUS HAIS ! »

Où était passée l'Evelyne avec laquelle je travaillais il y avait encore quelques minutes ? L'Evelyne timide ? L'Evelyne sournoise ? L'Evelyne incapable de prendre la moindre initiative ? L'Evelyne pas très futée, qui demandait la permission avant d'aller aux toilettes ?

J'avais devant moi une furie échevelée, martelant mon agresseur, mue par une énergie décuplée par cinq ans de frustration, d'attente et de désirs inassouvis.

Mais quel besoin avais-je eu de m'inventer un petit ami ? Si j'avais su pouvoir bénéficier d'un garde du corps aussi zélé au sein même de cette boîte, je serais carrément venue travailler en minijupe et bustier échancré. Je veux dire, si j'avais eu huit kilos de moins.

Alain Lerideau fut sauvé in extremis de l'aplatissage complet de sa tête par Guillaume qui, délaissant un instant sa Game Boy pour venir emprunter le carnet de chèques dans le bureau de son oncle, réussit à maîtriser la déchaînée.

Le boss fut transporté à l'hôpital, où il resta plusieurs jours. Le temps de soigner quelques fêlures crâniennes, que les médecins crurent consécutives au traitement infligé par son employée, mais qui, selon moi, étaient là bien avant.

Il ne porta pas plainte contre elle, car je l'avais menacé, s'il le faisait, de porter plainte contre lui. Pauvre Evelyne, je lui devais bien ça.

Personnellement, je n'eus pas besoin de recourir à la justice.

Dans la mesure où je me pointai, un soir, au bras d'un géant musclé qui attrapa mon patron par le col de sa veste, et le souleva au-dessus du sol en l'étranglant presque. Puis il lui dit : « Ecoute-moi bien, mec. Je m'appelle Bruce, et je suis l'ami de Déborah. Retiens bien ce nom : Bruce. Comme Bruce Lee. Si jamais tu t'avises de reposer encore une seule fois tes sales pattes de blaireau sur ma copine, je t'arrange la tronche de telle façon qu'il faudra que tu mettes tes doigts dans ta bouche pour te curer les narines. Est-ce que tu m'as bien compris, minable ? »

Je pense qu'Alain Lerideau avait bien compris ce que Bruce lui avait dit. Il l'avait même si bien compris qu'une légère auréole assombrit le devant de son pantalon. Mais pour ne pas le mettre encore plus mal à l'aise, je ne rigolai pas trop fort.

Nous partîmes ensuite, Bruce et moi, enlacés, et nous tournâmes au coin de la rue.

Là, je lui tendis le billet de cinquante euros que je lui avais promis. Mais Alexis (de son vrai prénom) le refusa, m'expliquant qu'il ne s'était jamais autant marré de sa vie. Plus tard, il raconterait l'anecdote à son ami Brian, qui lui aussi rigolerait bien dans la mesure où Alexis ne supportait pas la violence. Excepté dans les films de Van Damme, à la rigueur. Et encore, il les regardait essentiellement pour mater les fesses de l'acteur, qui, je devais le reconnaître, les possédait remarquablement bien galbées.

« Et s'il t'embête encore, me dit Alexis, n'hésite pas à revenir dans la salle de gym où tu es venue me trouver : j'y suis tous les lundis, mercredis et vendredis jusqu'à vingt heures. »

Je n'eus plus besoin de refaire appel à Alexis, car Alain avait, semblait-il, parfaitement intégré le message. Les mois qui suivirent, il travailla beaucoup à l'extérieur.

Il vint de moins en moins souvent au bureau, remplacé efficacement par Guillaume, tout content qu'on lui donne enfin de vraies responsabilités pour pouvoir faire ses preuves.

Evelyne, quant à elle, donna sa démission.

Je crois qu'elle travaille aujourd'hui dans un refuge de la SPA, et qu'elle y est heureuse.

CHAPITRE 6

OÙ SONT LES HOMMES ?

> Je vais donc enfin vivre seul ! Et, déjà, je me demande avec qui.
>
> SACHA GUITRY

Au début, je ne voulus même pas en entendre parler.

En fait, j'éclatai même carrément de rire à cette pensée. Quelle sottise. Quelle idée absurde. Ridicule, même. Vraiment, n'im-por-te quoi !

Lorsque mon frère Jonathan me proposa de me présenter un de ses copains célibataires, je ne le laissai même pas finir sa phrase. Je le coupai net en lui suggérant plutôt de s'occuper de sa vie sexuelle avec son modem, précisant que, s'il concluait enfin avec sa boîte noire, il aurait peut-être moins de boutons sur la tronche.

Ce qui me valut un lancer de coussin à la tête, et un décoiffage sauvage de mon nouveau brushing extra-lisse, suivi d'une série de hurlements rageurs de ma part, tempérés par ma maman qui ne voulait pas d'esclandre avec les voisins. Y a pas à dire, mon frère et moi, c'était toujours le même grand amour que lorsque nous avions quatorze ans – sauf que lui en avait dix à l'époque, ce minus.

Les déjeuners familiaux où nous nous côtoyions, puisqu'il

habitait toujours chez nos parents à l'âge où j'étais déjà deux fois maman, étaient souvent générateurs d'un stress important chez les locataires d'à côté.

C'est pourquoi, rien que le commencement du début de l'ombre de l'idée éventuelle de sortir avec un type pouvant être ami avec mon stupide frangin, me faisait entrer dans des crises de rire proches de la convulsion. Jonathan et moi étant aussi proches et complices que pouvaient l'être un bouton de fièvre et un rendez-vous galant, je me voyais mal rouler des pelles à un gars ayant le même genre de personnalité que lui.

Et puis quoi encore ? Me croyait-on désespérée au point d'en arriver à draguer les copains de mon petit frère ? Pourquoi pas aussi les copains de classe d'Héloïse, pendant que j'y étais ?

Non, je n'étais tout de même pas tombée aussi bas. J'étais parfaitement capable de me trouver un petit ami si je le voulais, et au moment où je l'aurais décidé.

Toutefois, comme j'étais d'une nature pointilleuse et que dans la vie il ne fallait négliger aucune piste pour trouver LE grand amour – ou un type qui ne soit ni pingre, ni violent, ni fétichiste des pieds, ni marié –, j'acceptai finalement la proposition de mon frère.

D'autant qu'il m'avait alléchée en me racontant que le garçon en question – un certain Laurent Fournier – était blond, gentil, intelligent et à la recherche de la femme idéale. Qu'il imaginait brune, pétulante, sensible et indépendante. Quelle coïncidence quasi surnaturelle ! Il s'agissait de MA description à MOI !

Pourtant, le temps passait et je ne voyais rien venir.

Jonathan ne semblait pas lui avoir donné mon numéro de téléphone, et j'attendais toujours que mon petit frère – avec lequel je n'avais jamais été aussi douce et aussi patiente – nous mette en contact.

J'insistai alors un peu plus vivement. Mon frère promettait de s'en occuper, puis oubliait sitôt finie sa phrase. Obnubilé par sa romance avec Alizé28, une ravissante internaute polynésienne dont il était tombé fou amoureux, qu'il ne manquait pas d'inonder de mails enfiévrés chaque soir en rentrant du boulot. Ce qu'il racontait dans ses missives, et lors de ses furieuses séances de chat nocturnes, demeurait pour moi une énigme. De quelle façon il comptait conclure physiquement cette belle romance à 17 000 kilomètres de distance, alors qu'il avait tout juste assez d'argent pour faire de temps en temps le plein d'essence de sa vieille guimbarde, relevait également du mystère le plus opaque. Néanmoins, je laissai aux chercheurs en psychologie des végétaux le soin de tenter d'expliquer le fonctionnement du cerveau de mon frère, et concentrai mes préoccupations sur la façon de rencontrer cet être si parfait qui s'était sublimé dans mon esprit : Laurent.

Jonathan m'en avait fait une telle publicité que je le voyais maintenant comme l'icône vivante du célibataire idéal. Le mâle rêvé que toutes les filles allaient s'arracher. Le type aux qualités si rares, qu'il me fallait me jeter sur lui si je ne voulais pas passer le reste de ma vie seule, prêtant mon corps lors de brèves étreintes avec des mécréants.

Je devais rencontrer ce prince charmant en puissance. Pour cela, j'étais prête à tout. Y compris à supplier mon frère. Ce que je fis.

Alors, dans un ultime sursaut de son immense générosité, mon frère transmit à son copain mon numéro d'ICQ. Le logiciel permettant de communiquer sur Internet en temps réel qu'il avait installé sur mon PC. Bon. Il avait ainsi décidé de m'initier brutalement aux moyens de communication utilisés sur sa planète. Très bien. Laurent et moi commençâmes donc à chatter.

Nous fîmes connaissance à travers les écrans de nos ordinateurs respectifs, ponctuant nos conversations de lol et autres mdr quand ce n'étaient pas des : -) que je mis du temps à interpréter comme les « laughing out loud » (= « je me marre »), « mort de rire » (= aussi « je me marre ») et autres visages souriants vus de côté (= encore « je me marre ») qu'ils étaient (c'est vrai qu'on se marrait bien, quand même).

Rapidement, je réalisai combien il était agréable de dialoguer de cette façon. Plus besoin de s'enfermer une semaine dans sa salle de bains pour retrouver figure humaine, tout en se lamentant parce qu'on n'avait rien à se mettre.

Là, il me suffisait simplement de faire dîner les petites, de les coucher après leur avoir lu une histoire, puis de sauter sur mon ordi, où apparaissaient ses messages impatients me disant : « Toc, toc, tu es là ? » Peu importait si j'étais vêtue de ma vieille – mais ô combien confortable – chemise de nuit de grossesse un peu trouée, si je ne m'étais pas épilé les jambes, ou si je ne portais pas mes lentilles.

Virtuellement, je pouvais faire de lui ce que je voulais.

Je pouvais lui faire croire, pouffant de rire derrière mes verres triple épaisseur, que j'étais vêtue d'un déshabillé vaporeux en soie grise, et que mes cheveux (en bataille, le frisottis sauvage et fou) cascadaient sensuellement sur mes épaules en lourdes volutes impétueuses. Ou encore que demain je ne serais pas disponible pour chatter avec lui, car je sortais dîner avec l'un de mes nombreux anciens amants – alors qu'en réalité, je voulais juste être tranquille devant ma télé, pour regarder le « Ça se discute » consacré aux femmes trop belles qui n'arrivaient pourtant pas à se trouver un mari.

Sentir Laurent trembler de peur dans ses messages en me conjurant de lui rester fidèle, alors même que nous ne nous étions jamais rencontrés, me procurait mille petits frissons délicieux.

Parallèlement à cela, je harcelais mon frère au téléphone pour qu'il me dépeigne avec le maximum de précision possible à quoi ressemblait son copain.

Les explications de Jonathan étaient très claires.

Autant que pouvaient l'être des explications d'homme.

Moi : (impatiente) – Donne-moi plus de détails, pitié, dis-moi exactement de quoi il a l'air !

Jonathan : (récalcitrant) – Mais je t'ai déjà tout dit ! Qu'est-ce que tu veux que je te dise de plus ?

Moi : (frétillante) – Je ne sais pas, moi... ses cheveux, ils sont vraiment blonds ?

Jonathan : (qui hésite) – Ben... pas vraiment, en fait. Je crois qu'ils sont plutôt châtains...

Moi : (déçue) – Mais tu m'as dit qu'il était blond !

Jonathan : (énervé) – J'en sais rien, moi ! Disons qu'il a un peu la même couleur de cheveux que tata Ruth...

Moi : (hystérique) – Mais c'est pas blond, ça !! Et en plus, elle se fait des mèches !!

Jonathan : (logique) – Eh ben, voilà. Il est pas blond alors.

Moi : (agacée) – Mais tu m'as dit qu'il était blond ! Bon, et ses yeux, ils sont bleu clair ou bleu foncé ?

Jonathan : (incertain) – Heu... je t'ai dit qu'ils étaient bleus ? Peut-être... j'en sais trop rien. Possible qu'ils soient plutôt verts, en fait. Ecoute, Déborah, je m'en souviens plus. Quand on se parle, je ne le regarde pas en détail...

Moi : (furieuse) – Attends, mais c'est pas vrai, ça ! Et comment veux-tu que j'arrive à me le représenter mentalement, si tu me donnes aucune indication ? Bon, grand ou petit ?

Jonathan – Grand. Je veux dire, ma taille. Ou peut-être un tout petit peu plus petit que moi.

Moi – O.K., la prochaine fois qu'on se verra, il faudra que je mesure très exactement de combien tu me dépasses. Si tu me dépasses. Tu me dépasses ?

Jonathan – Oui, oui... d'une bonne tête...

Moi – Gros, mince, maigre ?

Jonathan – Mais j'en sais rien, moi ! Heu... mince, je crois... quoiqu'il ait peut-être un peu des grosses joues...

Moi : (retirant mes lunettes, le pouce et l'index pinçant fortement la racine de mon nez) – Attends, mais tu le vois deux fois par semaine à ton cours de karaté... Les hommes ne se regardent pas entre eux, dans les vestiaires ?

Jonathan – Tu crois que j'ai que ça à foutre ?

Moi : (mitraillette) – Bon, bon, reprenons. Les traits de son visage ? Fins, épais ? Les cheveux ? Raides, bouclés ? Il s'habille comment ? Sport, classique ?

Jonathan : (exaspéré) – J'en-sais-rien. Tu n'as qu'à lui demander tout ça à lui, au lieu de me soûler. Pourquoi vous ne vous rencontrez pas ? Vous n'avez pas encore échangé vos photos ?

Moi : (calmée) – Si, si... Enfin, j'ai reçu la sienne. Il pose au milieu de trois copains, en pleine nuit, avec un flash dans la figure. Il m'a dit que c'était la seule qu'il avait de scannée dans ses fichiers. Je dois lui en envoyer une de moi. Dès que j'aurai le temps.

Jonathan – Eh ben voilà, alors !

Moi : (hystérique) – Mais arrête ! Dis-moi au moins s'il est mignon ou pas !

Jonathan : (tapotant sur son clavier) – Mignon ? Ecoute, je suis un mec, je peux pas le juger avec mes goûts de mec. Disons que je connais une fille qui voudrait bien sortir avec lui. Donc il doit être mignon, puisqu'il plaît aux...

Moi : (en hypertension) – Qui c'est, cette fille ? Et lui, comment il se comporte avec elle ? Aaah, ça y est, je savais bien que j'avais trop attendu, elle va me le piquer, j'en suis sûre. Je suis dégoûtée...

Jonathan – Mais non ! Il ne veut pas d'elle...

Moi : (soudain méfiante) – Attends, attends. Ce mec a ton âge, il n'a jamais été marié, n'a pas d'enfants, il est beau comme un dieu avec des dizaines d'admiratrices qui se battent pour toucher ses abdos, et avec tout ça... il est toujours célibataire ? C'est quoi, ce plan ?

Jonathan – Et alors, toi t'es pas célibataire, peut-être ?

Moi : (vexée) – Oui, mais moi si je suis seule, c'est parce que je n'ai pas le temps de sortir pour rencontrer du monde. Ce n'est pas pareil...

Jonathan – Eh bien lui, c'est la même chose. Il n'a pas le temps de rencontrer des filles. Trop pris par son boulot.

Moi : (suspicieuse) – Ouais, ben aux dernières nouvelles, prof de karaté, ça n'a jamais tué une vie sociale, hein...

Jonathan : (excédé) – Bon. Tu sais que t'es chiante, à la fin ? Je crois qu'il a eu une petite amie, avec laquelle il est resté trois ou quatre ans... mais elle l'a quitté parce qu'elle voulait un bébé et lui non. Il se trouvait trop jeune pour être père... Depuis, je sais qu'il est sorti avec quelques filles, mais rien de sérieux, et aujourd'hui il a envie de se caser. Je n'en sais pas plus que ça.

Moi : (l'oreille dressée) – Bon, bon... « il a envie de se caser ». C'est bien, ça !

Jonathan – Voilà, Déborah. Maintenant, si tu veux d'autres infos, tu les lui demandes à lui.

Moi : (ironique) – Et avec ta Tahitienne, comment ça se passe ? Ça avance ? Vous comptez bientôt échanger vos fluides corporels par colis postaux ?

Jonathan – Un mot de plus, et je raconte à Laurent le jour de ma bar-mitzvah, où tu es sortie des toilettes avec ta jupe coincée dans ta culotte, et que tu as dansé la hora les fesses à l'air...

Mon téléphone – Bip... bip... bip...

Séduit par notre ébouriffante correspondance mailesque, Laurent me demanda bientôt de lui envoyer une photo de moi. Le problème, c'est que les quelques photos récentes que j'avais de disponibles sur mon ordinateur étaient celles de nos dernières vacances avec Jean-Louis, où je figurais en maillot de bain au bord d'une piscine. Autant donc considérer que je n'avais pas de photos à lui envoyer.

Je finis tout de même par dénicher un portrait mal cadré où je souriais à l'objectif, un splendide coup de soleil ayant fait doubler de volume mon nez pelé. Je préférais jouer la carte de l'honnêteté, plutôt que de le faire fantasmer avec de sublimes photos de moi en bikini à dix-sept ans – et huit kilos de moins.

Après avoir reçu l'image de mon nez rôti, Laurent me répondit que c'était marrant, mais qu'il ne me voyait pas du tout comme ça. Je préférai ne pas chercher à interpréter son commentaire, m'étonnant toutefois de son manque d'empressement à me rencontrer « dans la vraie vie ». Nos petits délires sur le Net me faisaient agréablement passer le temps, certes, mais j'avais hâte d'enchaîner sur des choses plus sérieuses. Comme des sorties au théâtre, des dîners aux chandelles, ou des après-midi à nous balader main dans la main dans des parcs jonchés de feuilles tombantes aux couleurs de feu. Des trucs vrais, quoi.

Un doux sentiment ayant commencé à s'insinuer entre nous, il me proposa finalement (alléluia) de le rencontrer au Parc Astérix.

Je trouvais le choix du lieu incongru, mais soit.

Si c'était le coup de foudre entre nous, alors cette sortie au milieu des Gaulois nous semblerait une anecdote amusante, en souvenir de notre « première rencontre ».

Dans le cas contraire, le parc était l'endroit idéal pour passer agréablement un après-midi entre potes qui ont fait leur service militaire ensemble, et qui se revoient pour parler du bon vieux temps. Rendez-vous fut pris pour le samedi suivant.

Les jours qui précédèrent notre rencontre, je me nourris presque exclusivement de thé noir, ce qui me permit de perdre vaillamment deux bons kilos. Ainsi, le jour J, je sautai allègrement dans un pantalon noir hypermoulant, enfilai un petit pull bleu hypermoulant, et choisis une petite veste en cuir noir cintrée, hypermoulante elle aussi. Mon brushing avait été réalisé avec tant d'acharnement que je m'en étais décollé les racines, à tel point que si j'avais un peu forcé sur la Terracotta, on aurait pu me confondre avec Pocahontas.

Guillerette et pimpante, je surfai entre les gouttes d'eau qui se mirent à jaillir du ciel pour m'engouffrer en chantonnant dans ma station de métro.

Une demi-heure plus tard, j'avais cessé de chantonner.

Je doutais. Sévèrement.

Mon pantalon noir me faisait un cul monstrueux – j'aurais dû mettre une jupe. Mon pull moulant me boudinait le ventre – j'aurais dû aussi supprimer le thé. Mes cheveux frisottaient méchamment façon poils de caniche, à cause de la petite pluie crispante qui gouttait sur mon nez, et que je tentais d'esquiver avec la terreur d'un Gremlin évitant une source d'eau.

Arrivée sur le quai de la station où nous avions rendez-vous, je l'attendis, le cœur battant. Tellement battant même, que je faillis avoir un malaise. En effet, depuis quelques jours, mon corps devait se contenter de survivre avec les trente-huit calories quotidiennes que je lui octroyais.

Je pesai le pour et le contre de l'éventualité de faire sa connaissance allongée sur le sol crasseux, entourée de pompiers qui tapoteraient sur ma main en me disant : « Réveillez-vous, mademoiselle ! », et je choisis finalement de croquer dans un

Mars – qui irait tout droit se loger dans mes fesses, mais bon, on n'était plus à un bourrelet près.

Une fois ma barre chocolatée engouffrée, je me mis à prendre des poses : la première impression que je lui ferais devait être la bonne.

Adossée à la colonne, le regard perdu dans le vague... Non. Plutôt à côté de la colonne, le regard tendu dans la direction opposée à celle d'où il arriverait, afin de lui présenter en premier mon meilleur profil. Non plus. Je choisis pour finir l'option planquée derrière la colonne.

Mon portable retentit.

Laurent – Tu es où ? Je viens d'arriver, je suis là !

Moi : (regardant à droite et à gauche) – Heeu... ben je suis devant une colonne... à côté du marchand de journaux...

Laurent – Ah ben, ça y est, je te vois ! Je suis derrière toi !

Oh, mon Dieu !

La première chose qu'il allait voir de moi étaient mes fesses monstrueuses !

Je me retournai en sursaut, le cherchant du regard. Il fendit la foule et se dirigea vers moi, d'un pas alerte.

Mon premier sentiment en l'apercevant fut qu'il n'était pas du tout comme sur sa photo, finalement. Il était pas mal, sans plus. Un peu fade, me dépassant d'une bonne tête (bien plus grand que Jonathan, donc), les joues creuses, de grands yeux limpides et transparents.

Mon frère était manifestement aussi doué pour les portraits-robots, qu'un aveugle pour jouer au Rubik's cube. Je n'osais même pas imaginer comment il avait dû me décrire à son copain.

Laurent était habillé d'un pantalon baggy, ainsi que d'un haut de survêtement parfaitement tendance, bien que plus adapté selon moi à un élève de 3e qu'à un type de son âge. Il me regarda avec une attention teintée de surprise, sourit largement, et me prit dans ses bras en me plantant deux grosses bises sur les joues. Nous éclatâmes de rire, absolument gênés tous les deux.

Nous passâmes une journée merveilleuse dans la reconstitution amusante du petit village qui résistait encore et toujours à l'envahisseur. Dans le Tonnerre de Zeus, une gigantesque montagne russe en bois où il m'obligea à l'accompagner, il en profita pour saisir ma main tremblante et ne la lâcha plus. J'en descendis, très digne, en me retenant de toutes mes forces de vomir. Plus tard, il me donna un baiser dans un des bateaux de la rivière d'Elis, qui fut suivi par beaucoup d'autres, comme si nous nous connaissions depuis des semaines. Ce qui était un peu le cas. Car si je découvrais aujourd'hui son ravissant grain de beauté sur le menton, je n'ignorais rien en revanche de son goût immodéré pour le pop corn, de son accident de vélo lorsqu'il avait onze ans, ni du prénom de ses parents et de ses trois frères et sœurs.

Sortir avec Laurent fut une expérience sympathique, mais je compris rapidement qu'il était nécessaire qu'elle soit limitée dans le temps. Nous restâmes donc ensemble trois mois.

Suffisamment de temps pour faire des provisions de douceur dans ses bras, suffisamment de temps aussi pour qu'il me tape vigoureusement sur le système. Un peu comme dans une station-service : c'était bon d'y faire le plein, mais on ne pouvait pas s'y installer indéfiniment en se nourrissant de chips et de Bounty toute sa vie. Et Laurent était une énorme barre de Bounty bien sucrée et, finalement, très vite écœurante.

Une fois que le vernis des « faisons bonne impression lors des premières rencontres » avait commencé à se fendiller, je découvris graduellement sa vraie personnalité.

Certes, Laurent était un homme doux, gentil, qui me couvrait de mots d'amour jusqu'à plus soif, et souvent même, bien au-delà. Il harcelait mon portable de textos, squattait la messagerie de mon répondeur pour y lire des poèmes composés à ma gloire, et me téléphonait des nuits entières lorsque nous ne nous voyions pas. C'est-à-dire très souvent, car je ne lui avais pas présenté mes filles, et n'avais aucunement l'intention de les mettre tous les trois en présence. Personnellement, je n'envisageais pas un instant de faire assister mes poulettes au ballet des prétendants de leur mère.

Si Jean-Louis les avait mises très (trop) rapidement en

contact avec sa Carole, c'était son problème. De mon côté, je les savais touchées profondément par la séparation de leurs parents. Il m'appartenait de limiter pour elles les loopings émotionnels, en les préservant de s'attacher à un autre homme si je n'étais pas destinée à le garder dans ma vie.

Ainsi, les trois mois que dura notre idylle me permirent de découvrir à quel point notre couple n'était pas viable sur un plus long terme. Même de quelques heures.

C'est vrai qu'à son bras, j'avais l'impression grisante de sortir avec mon garde du corps personnel. Tel un Superman gardant son kimono sous ses vêtements pour se les arracher si je manifestais la moindre contrariété, il pourfendait d'un verbe haut la caissière effrontée qui aurait eu l'audace de ne pas me dire bonjour avant de scanner mes articles. Ou bien remettait physiquement à sa place l'impudent dragueur qui aurait eu l'aplomb de me susurrer un compliment en me croisant.

Tout aurait pu être parfait, si je n'avais pas réalisé rapidement pourquoi il était si ami avec mon frère.

Laurent était fou de jeux vidéo.

Il pouvait passer des heures devant l'écran de son ordinateur, un joystick à la main, à se glisser dans la peau d'un soldat surarmé dont le but était de réduire les forces du mal à néant (au bout de quatre à six heures de lutte féroce contre de vilains gnomes). Parfois, il lui arrivait aussi d'incarner des princesses sexy aux formes outrageusement développées, férues de kung-fu, enlevées par des méchants dragons qui crachaient du feu (trop viril).

Je ne parle même pas de sa conversation qui, loin de s'élever vers les hauteurs où j'aimais que l'on m'entraîne, se plafonnait à une incroyable culture en dessins animés des années 80, en séries américaines à rires enregistrés, et en mangas en tout genre.

Lorsque je posais les yeux sur lui, je voyais un beau garçon, tendre et protecteur. Mais je voyais aussi mon frère avec des yeux bleus, une tête de plus, et une technique de mawashi-geri nettement plus au point. Et cela me faisait frémir d'horreur.

Je tentai bien de me convaincre que si son seul vice était de passer ses moments de loisir dans des univers virtuels, alors ce n'était pas si grave que ça. Que j'étais même chanceuse de pouvoir rivaliser avec des icônes dessinées par des graphistes à peine pubères, ayant puisé leur inspiration dans *Playboy* ou *Alerte à Malibu*.

Mais voilà. En dehors d'un incessant voyage temporel vers l'époque de mes douze ans – que j'étais ravie d'avoir laissée derrière moi, avec mes lunettes, mes dents tordues et mes œufs au plat qui pointaient –, avec lui je m'ennuyais prodigieusement.

Un soir, Laurent m'emmena dîner dans sa pizzeria préférée. Malgré moi, je ne pouvais m'empêcher de penser à ce que Roxane m'avait dit un jour : « Juge un homme à la qualité des restaurants où il t'emmène, ma chérie. »

Cette sentence, énoncée le plus sérieusement du monde, m'avait fait rire au début. Surtout venant de la part d'une fille qui avait été courtisée par les plus riches hommes du pays, prêts à baiser le sol qu'elle foulait (je veux dire, pas seulement ses pieds). Se montrer au bras de Roxane à des tables renommées en remplissait d'orgueil plus d'un.

Puis, j'avais réalisé que ce qu'elle disait n'était pas si invraisemblable que ça, après tout.

Je me rappelais Jean-Louis et les petits restaurants où il m'emmenait lorsque nous sortions ensemble. C'étaient de petits bistrots coquets, pittoresques et économiques lorsqu'il était étudiant, où nous nous fabriquions des souvenirs heureux autour de savoureux plats de lasagnes fumantes. C'étaient des restaurants haut de gamme dès qu'il s'était mis à gagner de l'argent, où il était fier d'y commander le meilleur, célébrant ainsi avec moi sa réussite nouvelle. C'étaient des plats livrés à la maison plus tard, lorsque notre couple avait commencé à battre de l'aile, et que l'on éprouvait plus de plaisir à dîner devant le film du dimanche soir, qu'à nous retrouver en tête à tête.

Je pris la décision de quitter Laurent ce soir-là.

Laurent : (attaquant sa pizza avant même qu'on ait servi la mienne) – Huuum... trop bon, en plus j'avais une de ces dalles...

Moi : (mon ventre gargouillant, regardant alternativement son assiette, puis Laurent) – Je t'en prie, commence sans moi.

Laurent : (tendant sa fourchette vers ma bouche) – T'en veux un bout, ma chérie ?

Moi : (les mains croisées sous le menton, le fixant intensément) – Ecoute, non. J'aime trop te voir manger.

Laurent : (cessant de mâcher, me contemplant d'un air amoureux) – T'es belle, quand même.

Moi : (au serveur qui déposait ma pizza devant moi) – Merci.

Laurent : (finissant de mastiquer sa bouchée) – Bon, alors raconte-moi ! Tu m'as manqué grave, mon petit Tamagotchi... ça fait quoi, une semaine qu'on ne s'est pas vus ?

Moi : (sirotant mon Orangina light) – Oui, une semaine.

Laurent : (me caressant la main) – Alors, alors, quoi de neuf ?

Moi : (la bouche pleine) – Oh... bah... la routine... hum... mon job m'épuise nerveusement, tu sais. Entre les soucis au bureau à gérer, les contrariétés avec la nouvelle maîtresse d'Héloïse – une vraie harpie... Sans compter les problèmes que me crée Jean-Louis, qui a décidé qu'il pouvait bien payer la pension des enfants avec quelques jours de retard, même si quelques jours pour lui ça voulait dire trois semaines... J'en peux plus. Parfois, tu sais, je m'inquiète toute la nuit et je reste des heures les yeux ouverts, sans dormir... Il faut que je trouve des solutions à chacun de ces problèmes, en commençant par coincer la maîtresse d'Héloïse, parce qu'elle a osé lui dire que...

Laurent : (m'interrompant sans s'en rendre compte) – Ma pauvre chérie, je te plains, tu es vachement courageuse... moi aussi, tu sais, j'ai des problèmes au boulot en ce moment.

Moi : (ne me sentant ni écoutée ni comprise) – Ah oui ?

Laurent : (sincèrement exalté) – C'est la merde, je suis dégoûté. M. Rinaldi, tu sais ? Le père de famille dont je t'avais parlé, qui vient prendre des cours toutes les semaines avec ses quatre fils. Il voudrait que je leur donne des cours particuliers le soir, après les séances en groupe.

Moi : (l'œil torve et la bouche mastiquante) – En quoi est-ce une catastrophe ? Tu vas te faire de l'argent en plus... tu dis sans arrêt que tu en manques, et que ton studio te coûte un fric fou, c'est une aubaine, au contraire....

Laurent : (tapant légèrement du poing sur la table) – Attends, mais j'ai une vie privée, moi ! Des cours en plus, ça veux dire du temps en moins... et le soir je vais manquer mes séries sur le câble... *Friends*, *Le Caméléon*, *Roswell*, *Dharma et Greg*, *Sex and the City*... et j'en oublie...

Moi : (consternée) – ... et tu en oublies...

Laurent – Sans compter les petits mots doux que je ne vais plus avoir le temps de t'envoyer par mail...

Moi : (narquoise) – Je ne saurais m'en passer...

Laurent – Sans compter les soirées à jouer en réseau avec mes potes, que je vais devoir annuler... tiens, ton frère va être déçu, il devait prendre sa revanche, vu que je lui ai mis une raclée à Mortal Kombat il y a trois jours... ahahahaha (rire gras).

Moi : (affligée) – ...

Laurent : (inquiet, me prenant la main) – Déborah, ma chérie, tu as l'air un peu tendue... ça va ? Dis-moi...

Moi : (m'efforçant de manger) – Oui, oui, ça va, bien sûr... C'est juste que... bah, je ne sais pas trop. Parfois j'ai l'impression qu'on vit sur deux planètes différentes, toi et moi, et...

Laurent : (le visage éclairé d'un sourire nostalgique) – Tiens, ça me rappelle un épisode d'« Albator »... Ou peut-être était-ce « Ulysse 31 », je ne sais plus. Il y avait une femme étrange, qui avait le pouvoir de faire voler les objets dans les airs. On se demandait qui elle était, si c'était une sorcière ou bien une magicienne. A la fin, on apprenait qu'elle venait d'une autre planète. (Il s'excite.) C'était cool, parce que du coup, tout le scénario devenait cohérent. Non, en fait c'était dans « San Ku Kaï », voilà, c'est ça. Je m'en souviens maintenant. Quoique les scénarios soient assez minces d'habitude, je l'admets, mais là les scénaristes s'étaient en quelque sorte surpassés...

Moi : (repoussant mon assiette) – C'est pas tout ça, mais je crois que je ferais mieux de rentrer. J'ai un mal de crâne, je te raconte pas...

Le lendemain, j'entrepris donc de plaquer Laurent.

Nous perdions notre temps, n'étant clairement pas faits l'un pour l'autre.

Comme je n'avais pas le courage de le lui annoncer en face,

je cherchai la meilleure façon d'y parvenir par écrit. Aussi dégainai-je ma plus belle plume et, des heures durant, enchaînai-je les essais jusqu'à ce que ma corbeille à papier déborde. Sans succès, aucun ne me satisfaisait pleinement.

Généreux :

« Mon tendre Laurent. Nous avons passé des moments fantastiques, si, si. Et tu m'as apporté tellement de bonheur que je me sentirais égoïste d'en priver d'autres filles. Va, sème la joie autour de toi, je te rends ta liberté. Va, va... »

Ouais, jalouse comme je suis, il va vachement me croire.

Administratif :

« Monsieur,

Suite à votre intrusion dans ma vie consécutive aux efforts désespérés de mon frère, votre ami, pour vous caser, j'ai le regret de vous informer que vous ne correspondez pas aux critères demandés. En effet, vous êtes égocentrique, immature, insensible, et ce comportement n'est plus tolérable dans ma vie privée. En conséquence, je vous prie de bien vouloir récupérer vos frusques et votre PlayStation, me rendre mon CD d'Hélène Segara, et déguerpir de mon cœur dans les plus brefs délais.

Veuillez agréer, Monsieur, l'expression de mon mépris le moins déguisé. »

Là, c'est un peu dur, non ?

Mystérieux :

« Tu aimes les énigmes ? Oui, tu aimes les énigmes.

Alors voyons si tu es capable de résoudre celle-là.

Si je te dis que j'ai annulé mon numéro passion vers ton numéro ?

Si je te dis que j'ai configuré ma messagerie pour bloquer tous tes messages ?

Si je te dis un mot qui commence par la première lettre de l'alphabet et qui finit par dieu ?

Tu en déduis quoi ? »

... Aïe... et s'il ne trouvait pas ?

Lyrique :
« Ainsi s'achève, monsieur, cette courte liaison.
Vous fûtes agréable, et de bonne compagnie,
Mais enfin, sachez-le, jamais au diapason.
A défaut d'être amants, restons au moins amis ? »
Il va rien capter.

X-Files :
« Ecoute, j'ai fait un rêve, cette nuit. Ma chambre s'emplissait d'une lumière blanche aveuglante, et une voix surgie de nulle part m'ordonnait : Si aujourd'hui, Laurent ne prononce pas les mots "acide désoxyribonucléique", quitte cet homme immédiatement !
Donc voilà. Tchao. »
Naaan... Il risque de vouloir attendre pour connaître la suite.

Je choisis finalement la méthode qui me correspondait le mieux : un e-mail.
Simple, directe, efficace.

De : Des Beaux Rats
A : Super Laurent
Objet : Rupture

Cher Laurent,
Tu es un chic type, surtout ne change rien. Seulement je crois que nous sommes trop différents pour que notre relation puisse évoluer. Je pense qu'il vaut mieux que nous en restions là. Tu trouveras, j'en suis sûre, celle qu'il te faut : une fille qui soit, comme toi, amoureuse de Bruce Willis, et qui vive elle aussi dans le Village sur les Nuages.
Je t'embrasse,
Déborah.

PS 1 : Au cas où je n'aurais pas été assez claire : je te quitte.
PS 2 : Inutile de m'appeler en miaulant des centaines de

« pourquoi ? pourquoi ? » sur mon répondeur, je ne reviendrai pas sur ma décision.

PS 3 : Si tu envisageais d'exprimer ta douleur ou même carrément de te venger lors du prochain cours de karaté en mettant une tannée à Jonathan, vas-y, je t'en prie, ne te gêne surtout pas pour moi.

Mes copines, immédiatement appelées à la rescousse après l'envoi de ce mail, réagirent toutes avec une belle solidarité. Partout ce n'était qu'un concert réconfortant de « tu vas trouver mieux », « ce type-là n'était pas fait pour toi » et autres « de toute façon, dès que je l'ai vu, j'ai su que vous n'iriez pas ensemble » (ah bon ? et tu ne pouvais pas me le dire avant ?). Elles me consolaient comme si j'étais celle qui venait de se faire larguer, et non l'inverse. Merveilleuse solidarité féminine.

Au fond de moi, j'avais de la peine pour ce pauvre Laurent. C'était un brave garçon, bien que totalement immature. Me sentant un peu coupable, je pris discrètement de ses nouvelles par l'intermédiaire de Jonathan. Prête à foncer l'empêcher de se jeter sous un sumo, ou de se pendre avec sa ceinture noire, si son désespoir se faisait trop insupportable.

Mais Laurent allait bien.

Après quelques semaines où on l'avait vu un peu abattu, il avait vaillamment repris le contrôle de ses émotions. Se consolant dans les bras de la petite chaudasse qui avait tout fait pour l'attirer dans ses filets. Celle dont il n'avait pas voulu au début. Cette garce.

Je fis mine de me réjouir pour lui devant mon frère, soi-disant ravie de le savoir heureux.

En réalité, je pestais qu'il se soit retrouvé quelqu'un avant moi.

Mais je n'eus pas à attendre bien longtemps.

Un mois plus tard, je reçus un faire-part annonçant le mariage prochain de ma cousine Charlotte.

Charlotte était une jolie brune âgée de vingt-quatre ans, qui épousait en grande pompe un producteur de musique techno de cinq ans son aîné.

La réception devait avoir lieu dans une salle immense, et prévoyait un buffet somptueux ainsi qu'un orchestre d'une dizaine de musiciens. Le grand jeu, pour près de deux cents invités.

Avec tout le monde qu'il allait y avoir, je ne pouvais concevoir de ne rencontrer personne.

De là à imaginer qu'il pourrait s'agir de l'homme de ma vie, cela ne faisait qu'un pas, que je franchis d'un bond allègre. Immédiatement, je mis toutes les chances de mon côté afin d'organiser à mon avantage les coulisses de cette soirée.

Pour commencer, je téléphonai à ma tante Ruth, la mère de Charlotte.

Ruth était une femme adorable, âgée d'une cinquantaine d'années, dont le sport favori était de se mêler de la vie des autres. Et les plus beaux trophées ayant couronné sa légendaire ingérence avaient été les mariages réussis de ses quatre fils et de sa fille. Elle avait sournoisement trouvé le moyen de sélectionner à chaque fois le parti idéal parmi leurs différentes fréquentations, éloignant ceux qu'elle jugeait indésirables, avec une discrétion et une efficacité que n'aurait pas reniées un agent du KGB. Puis, usant de manœuvres dignes des plus grands stratèges en temps de guerre, elle avait brillamment réussi à former les couples à sa guise. Je n'eus qu'un coup de fil à lui passer pour qu'elle me promette un remariage avant la fin de l'année. Elle me jura qu'elle allait s'assurer personnellement de ce que je sois placée à une table composée uniquement des plus beaux célibataires. Certifiant, sur le ton professionnel d'une directrice d'agence de rencontres, que je repartirais de la soirée au bras d'un avocat ou d'un médecin, ou bien elle ne s'appelait pas Ruth Tordjmann.

Bien. Cela étant réglé, je me mis en quête d'une baby-sitter pour garder mes filles.

Car si les hommes appréciaient les femmes qui pouvaient endosser plusieurs panoplies suivant les circonstances (épouse, mère, amie, maîtresse ou bonniche), ils n'aimaient pas qu'elles portent toutes leurs panoplies en même temps.

Aussi je me voyais mal interrompre une conversation sur les peintres de la Renaissance avec un prétendant éventuel, tout en gardant un œil sur Héloïse qui courrait entre les danseurs, ou en pestant contre Margot qui empoignerait mon corsage de ses mains poisseuses de sauce béchamel. Non, ce soir-là, je devais être la belle cousine mystérieuse dans sa robe admirable au décolleté prodigieux. Celle vers qui se tourneraient tous les regards (je veux dire, après avoir salué la fille engoncée dans sa grosse meringue blanche). Celle qui ferait naître les plus folles rumeurs sur son passage. Pourquoi cette fille sublime était-elle seule ? Pourquoi gardait-elle cet air mélancolique devant le buffet, en grignotant songeusement son petit canapé au saumon ?

Plus tard dans la soirée, on découvrirait que cette mystérieuse inconnue était la maman de deux petites filles idéales, et l'on apprendrait aussi que cette jeune femme était divorcée. Puis l'on se dirait, après avoir longuement discuté avec elle, qu'il faudrait vite la conquérir, avant qu'un autre ne nous vole son cœur, et profite à notre place du bonheur inouï qu'elle nous apporterait, elle et ses petites filles adorables.

Ma mère refusait de venir à ce mariage, sauf si Ruth lui présentait des excuses.

Elle ne parlait plus à sa belle-sœur depuis des mois, à cause d'une réflexion idiote lancée devant le reste de la famille à propos de la recette de sa dafina (sans vouloir défendre ma mère, si Ruth avait été bonne cuisinière, ça se serait su). Ma mère accepta donc avec joie de s'occuper d'Héloïse et de Margot. Mon père, qui ne savait pas danser, se contenterait seulement d'assister au mariage de sa nièce à la synagogue.

C'étaient Jonathan et son permis de conduire qui allaient me mener au bal.

J'attaquais la suite de mon plan. Je me mis au régime et fondis de presque quatre kilos en trois semaines. Ayant perdu une taille en vêtements, j'empruntai à ma cousine Linda (qui était comédienne) une de ses extravagantes robes du soir, et piquai une paire d'escarpins italiens à ma mère.

Le soir venu, Jonathan, qui avait passé approximativement quatre heures à se doucher, mis deux heures pour se raser, trente minutes pour se curer chaque oreille au coton-tige, trente autres minutes pour mettre ses yeux bleus (c'est-à-dire viser et placer ses lentilles colorées), cinquante minutes pour se plaquer les cheveux au gel, une heure et demie pour enfiler son smoking et s'admirer avec, et encore une heure et demie pour retrouver ses clés de voiture, Jonathan, donc, vint me chercher avec un peu de retard.

Je pestais, fulminais, tempêtais et éructais contre cet empoté qui allait me faire rater le cocktail, tandis que nous roulions au pas, la voiture embourbée dans les embouteillages de fin de week-end.

Nous arrivâmes enfin. Tout en marchant vers la salle de bal, je priais pour que mes chevilles ne cèdent pas, manquant désespérément d'équilibre faute de m'être habituée à courir partout en talons aiguilles. Avec ma démarche exagérément chaloupée, je me sentais dans la peau d'un travelo débutant. Aussi fis-je un gros effort de concentration pour me rappeler que mes seins étaient vrais, et qu'une femme fatale comme Marilyn Monroe n'aurait pas donné son royaume pour une paire de baskets.

La petite salle où était disposé le long buffet de cocktail était un endroit stratégique, désigné d'une croix rouge sur le parchemin où figurait mon plan de bataille comme étant celui où j'allais parader dans mon incroyable robe fourreau en velours noir.

Avec mes cheveux dont le savant décoiffage était fixé à la laque, mes yeux charbonneux, mes faux cils, mes lèvres brillantes, mes faux ongles laqués, j'étais au maximum de mes capacités de séduction. L'homme que tata Ruth allait placer sur mon chemin avait intérêt à bien s'accrocher à ses bretelles.

Nous nous avançâmes au moment précis où les gens se voyaient invités à passer à table.

Evidemment, impossible de les y suivre sans avoir auparavant transité par la case « photo en compagnie des mariés ». Jonathan et moi déclinâmes ensuite l'invitation du photographe, qui proposait à mon frère un portrait en compagnie de son épouse, qu'il croyait être moi. Proposition à laquelle, dans un duo parfait, d'une voix synchrone au timbre légèrement horrifié, nous répondîmes un tonitruant : « Non, c'est pas ma femme/mari, c'est ma sœur/frère ! »

Après avoir suffisamment attiré l'attention sur nous – mais pas de la façon qui était prévue –, nous récupérâmes nos petits cartons nominatifs, et allâmes nous asseoir aux tables qui nous étaient réservées.

Je scannai du regard la salle immense dans laquelle je venais de pénétrer. Cherchant à y débusquer l'homme destiné à m'aimer pour la vie. Tout en avançant et en distribuant des bises à chacun des membres de ma famille que je croisais, je faisais mentalement l'inventaire des nouveaux visages que je distinguais dans la pénombre. Beaucoup appartenaient à de grosses femmes âgées, enrubannées dans des robes du soir à paillettes, à tulle ou à nœuds en taffetas. Certaines étaient élégantes, dans leurs tailleurs imitation haute couture ; d'autres, maigrichonnes, portaient des robes du soir exagérément moulantes, supposées mettre en valeur leurs os qui saillaient.

Une flopée d'enfants couraient en tous sens – ce qui me fit regretter amèrement de ne pas avoir emmené mes deux poulettes – et de nombreux jeunes couples, récemment formés, exposaient à leurs proches leur bonheur de s'aimer.

Je choisis néanmoins de faire confiance à tata Ruth, et me dirigeai d'un pas décidé vers la table qui m'était destinée. La table « Orchidée Sauvage ».

Une fois assise, je constatai effectivement que cette table était bien composée de célibataires. Tata Ruth avait tenu sa promesse.

Pour le reste...

Il y avait là ma cousine Salomé, une grosse fille un peu pataude et timide à l'extrême, qui rougissait dès qu'on lui adressait la parole. Ma cousine Judith, une bombe de vingt-deux ans, des jambes interminables, une crinière d'or qui lui arrivait aux fesses, dotée d'une liste de prétendants aussi longue que le ticket de caisse de mes courses mensuelles. Une brunette menue à petites lunettes d'intello que je ne connaissais pas, les cheveux coupés court et la moue pincée. Mon cousin Noam, le frère de Judith, un beau gosse habillé avec classe et décontraction. Un type inconnu, mince, aux yeux clairs, au sourire charmant mais au front dévoré par une calvitie impressionnante. Un autre homme au regard bleu cerné de lourds cils noirs, avec des cheveux drus, des poils sur les mains et ne devant pas dépasser le mètre soixante-cinq. Et enfin un dernier garçon, de taille moyenne, brun, plutôt banal, si ce n'est qu'il avait le front barré d'un large monosourcil façon batteur cinglé du *Muppet Show*.

Je calculai qu'il y avait seulement trois hommes avec lesquels je ne risquais pas d'union consanguine, sur cette table de huit personnes.

Merci, hein, tata Ruth. Je comprends mieux pourquoi maman ne t'aime pas, finalement.

Au cours du dîner, nous fîmes tous connaissance.

J'appris ainsi que la brunette à lunettes s'appelait Clara, et travaillait à la Bourse de Paris. Le petit mec aux yeux bleus était son frère, ostéopathe de sa personne, il se prénommait Simon. L'homme à peu de cheveux, qui portait le petit nom de Benjamin, exerçait la noble profession de dentiste. Les sourcils de l'espace, enfin, appartenaient à l'arcade d'un dénommé Elie, gérant d'une boutique de location de vidéos et DVD.

La soirée se déroula mollement, rythmée par les accords enfiévrés d'un orchestre déchaîné. Elie (le moins pire des célibataires) ne remarqua même pas mon existence, tout entier dévoué à inviter Judith à danser sans relâche. La belle ne se faisait pas prier, ayant trouvé, sans même avoir eu à lever le petit doigt, un cavalier ardent et zélé pour la soirée.

Connaissant ma cousine, je plaignais le pauvre type lorsqu'elle lui assènerait vers une heure du mat, en refusant de lui donner son numéro de portable : « Attends, c'était sympa, mais bon, on n'a pas exactement le même âge, toi et moi. Sérieux, Jurassic Park, c'est pas vraiment mon trip... Allez, tchao ! »

Judith était une brave fille, belle, rigolote, intelligente mais parfaitement impitoyable avec les hommes. Peut-être était-ce une séquelle du divorce de ses parents, qu'elle avait péniblement vécu lorsqu'elle était petite. Je préférais ne pas trop m'attarder sur la question.

Pensive, je faisais bouger avec ma fourchette le poisson servi dans mon assiette, sans le porter à ma bouche pour ne pas faire exploser mon fourreau emprunté. Absorbée que j'étais par la contemplation des gens se déhanchant sur la piste de danse, au son d'une musique enjouée.

Dans mon coin, comme punie, j'enviais ceux qui s'amusaient.

C'était comme ça. En redevenant célibataire, je prenais conscience ce soir que ma situation avait sensiblement changé. En particulier vis-à-vis de mes cousines mariées, qui s'étaient mises à me tenir poliment à l'écart de leurs époux, gardant jalousement une main sur celle de leur moitié et me jaugeant d'un œil inquiet. Craignant sans doute que leur homme ne se sente irrésistiblement attiré par le parfum de sensualité débridée, d'ardente luxure et peut-être aussi d'abstinence forcée, qui émanait de la divorcée que j'étais. Armée de mon seul décolleté plongeant, voilà que j'étais devenue un danger pour ces jeunes femmes qui n'avaient pas encore perdu tous les kilos de leur dernière grossesse.

A leur décharge, je devais reconnaître qu'entre le mari coiffé avec une raie au milieu, celui qui s'était fait refaire les trous de nez façon boa constrictor, et celui pour qui faire la gueule était tout un art de vivre, on ne savait lequel choisir.

Je ne tardai pas à me sentir incroyablement seule, triste et pathétique dans ma robe glamour et mon maquillage de vamp (irella) que personne dans la salle ne semblait avoir remarqué. Malgré moi, mon attention était fixée sur les couples. Les jeunes qui tourbillonnaient en se dévorant du regard, célébrant dans la danse leur joie de s'être trouvés. Les vieux qui avaient passé toute leur vie à s'aimer, et qui n'avaient pas encore fini de se démontrer leur affection. Les familles qui se trémoussaient conjointement sur la piste, le papa tenant la petite dans ses bras, nichée contre son cou, la maman virevoltant avec son aîné de neuf ans, visiblement fier de faire valser sa mère. Je fus soudain saisie d'une irrépressible envie de fondre en larmes.

Lorsque je vis les nouveaux mariés se mettre à roucouler

tendrement en dansant joue contre joue, je me remémorai toute une partie de ma vie qui était désormais derrière moi.

Jean-Louis ne s'était jamais senti très à l'aise dans ma famille. Toute cette exubérance, ces embrassades bruyantes, ces émotions palpables tranchaient avec l'austérité de l'atmosphère dans laquelle il avait grandi, le rendant distant avec les miens.

Pourtant, j'avais envie de ça. Je voulais un homme qui nous fasse tourbillonner sur la piste en nous prenant dans ses bras, mes filles et moi. Un homme qui les fasse rire. Qui nous aime toutes les trois. Qui n'ait pas honte de ma famille. Car, ainsi, il avait honte de moi.

A ma table, les couples se formaient comme par magie.

Clara et Noam avaient rapproché leurs chaises et semblaient en grande conversation. Exit l'intello à l'air coincé, la brunette transformée irradiait de ravissement, sous le regard avide de mon cousin Nono. Même la ronde Salomé s'était trouvé quelqu'un en la personne de Simon, son voisin de table, qui devait lui raconter la plus désopilante histoire drôle du monde, à en juger par le rire gras dont elle ponctuait la tirade du jeune homme.

Je tournai les yeux vers Benjamin. Quel dommage ! Il aurait pu être mignon, s'il n'avait pas été aussi chauve.

Je me mis à l'imaginer successivement avec des cheveux, avec une casquette, avec un panama, avec une toque de cuisinier, avec une capuche, avec une moumoute – non, pas avec une moumoute, quelle horreur – et il se mit peu à peu à me plaire. Surtout lorsque je l'imaginai la boule à zéro. Voyant mon regard s'attarder sur lui, il me proposa timidement d'aller danser. J'acceptai avec joie.

Je me levai gracieusement, non sans avoir lancé auparavant un coup d'œil méprisant à la ronde, signifiant aux gens que s'ils avaient cru que j'allais faire tapisserie toute la soirée, ils s'étaient mis le doigt dans l'œil gauche jusqu'au poumon droit. Il était bien entendu qu'à aucun moment je n'avais fait tapisserie. J'attendais juste le morceau qui m'inspirerait assez pour me donner envie de conquérir la piste. Nuance.

Benjamin me tint serrée contre lui tandis que nous chaloupions sur un slow démodé, repris par le chanteur de l'orchestre, dont la veste incrustée de strass étincelait sous ses cheveux gominés.

Mon cavalier semblait gentil, courtois, bien élevé quoique légèrement inhibé.

Sa conversation se limitait à son souffle sur mon oreille, et à quelques sourires embarrassés. C'est alors que se produisit un événement pour le moins inattendu.

Le chanteur, qui beuglait les paroles de sa chanson avec un détestable accent anglais, venait de descendre de l'estrade. Se promenant entre les couples de danseurs, il s'arrêta près de moi, me jeta un coup d'œil de haut en bas comme pour m'évaluer, puis me tendit son micro.

Je restai interdite, ne sachant trop quoi en faire. Le chanteur insista d'un méchant haussement de sourcil. Comme les gens commençaient à tourner la tête vers moi, je me mis à fredonner en pouffant de rire ce que je me souvenais des paroles de ce titre classé au Top 50 quand j'avais quatorze ans.

Puis, l'homme vêtu d'une veste sans doute à la mode sur la planète Mars, fit un petit clin d'œil de connivence à mon cavalier, me tira par la main et entama avec moi un duo improvisé. Médusée, je vis Benjamin retourner à notre table tout penaud, sans demander son reste. Pour justifier ma présence désormais solitaire sur la piste, je décidai de jouer le jeu et de collaborer un peu à l'animation du mariage de ma cousine Charlotte.

Après avoir participé à une interprétation sauvage de « Une fille à marier », « On va s'aimer » et « Au bal masqué (ohé ohé) », épuisée et la voix cassée, je retournai m'asseoir à ma table. Benjamin me lançait des coups d'œil découragés, comme si je venais de le quitter pour un autre plus amusant que lui. Ce qui, d'une certaine manière, était effectivement un peu le cas. J'entrepris donc de renouer la conversation, et lui posai toutes sortes de questions, faisant mine de m'intéresser aux différents aspects de son métier.

Comment réagissait-il, lorsqu'il devait travailler au-dessus de la bouche d'un patient à l'haleine fétide ? Quelle sensation lui procurait l'arrachage d'une dent ? Avait-il déjà utilisé sa roulette sur sa propre mâchoire ?

Benjamin répondit très consciencieusement à toutes mes questions, allant même jusqu'à illustrer ses propos de petits schémas griffonnés sur son carton de table.

Mon visage reposant sur ma main, mes yeux se fermèrent à demi, et je me sentis sombrer dans une bienheureuse somnolence. Je réprimai un bâillement en constatant que Noam s'apprêtait à raccompagner Clara et l'aidait à enfiler son manteau, tandis que Salomé et Simon s'échangeaient leurs numéros de téléphone. Elie et Judith, quant à eux, avaient disparu dans la nature depuis longtemps.

Il était temps pour moi aussi de partir. Je cherchais des yeux mon chauffeur personnel, alias Jonathan. Je le repérai près du buffet de desserts, une assiette de petits-fours dans une main, une part de clafoutis dans l'autre, un morceau de millefeuille dans la bouche, et quelques fruits sous le bras.

Mais avant même d'avoir eu le temps de me lever de ma table, je vis le chanteur de l'orchestre se poster près de moi. Il se présenta – il s'appelait Raphaël Montefiore – et me félicita d'avoir si bien su l'accompagner. Je bredouillai que mes seules références en matière de chant étaient d'avoir suivi toute la saison de *Popstars* d'un œil attentif et studieux. Il sourit et, se penchant vers moi, me dit qu'il m'avait trouvée charmante et qu'il aimerait beaucoup me revoir.

Pour toute réponse, je rougis sous mon fond de teint. Il sortit un petit carton de sa poche, et me demanda si j'accepterais de lui donner mon numéro de téléphone. Alors, je levai les yeux et le regardai franchement.

Son costume était exubérant et ridiculement coloré, certes, mais après tout, ce n'était qu'un costume de scène. En dessous, il semblait mince, grand de taille, avec de jolis yeux noisette et une mâchoire carrée. Et, ce qui ne gâtait rien, sa chevelure était aussi fournie que celle d'un adolescent de quinze ans. J'inscrivis mon numéro sur son carton.

Deux jours plus tard, il me téléphonait pour m'inviter à dîner.

Daphné, dès l'annonce par e-mail de cette invitation (quelque cinquante-trois secondes après avoir raccroché avec Raphaël), se mit en devoir d'entreprendre un coaching musclé de ma vie sentimentale, désespérément trop vide à son goût. Incontestablement, comparés au rythme énergique auquel elle enchaînait ses aventures, les huit à dix mois qui séparaient chacune de mes liaisons permettaient légitimement de se demander si j'y mettais vraiment du mien.

Pourtant, maintes fois je lui avais expliqué qu'il me fallait plus qu'une invitation à me faire peloter les fesses pour sentir éclore dans mon cœur un sentiment amoureux à l'égard d'un homme. Peu importe. Daphné me harcelait de conseils, m'enjoignant de me laisser aller, de ne pas être trop exigeante et surtout, de profiter de mon célibat comme la petite folle qu'elle me savait être, au fond de moi.

Elle et moi étions très complices, mais totalement différentes sur ce point de nos personnalités, et ces différences nous amusaient. Telles deux anthropologues mettant le pied en territoire inconnu, elles nous permettaient d'observer chez l'autre ce qui n'existait pas, ou peu, en nous-mêmes. Le côté frivole de sa nature, le côté vieux jeu de la mienne. Aussi, malgré mes hésitations, acceptai-je de réveiller la petite folle qui sommeillait profondément entre les bonnets de mon 95 C, et de revoir Raphaël.

A la minute où je l'aperçus dans le petit restaurant chinois où il m'avait donné rendez-vous, je compris qu'il allait me plaire.

Sans son costume de scène loufoque, visiblement il était un autre homme. Les cheveux un peu en bataille, vêtu d'un jean, d'un pull noir et d'une veste en cuir, Raphaël avait une allure à tomber par terre. Moi par contre, j'étais bien moins spectaculaire sans mon maquillage charbonneux, mes faux ongles et ma robe fourreau. Coiffée d'une queue-de-cheval basse, les lèvres à peine ombrées d'un rose discret, habillée d'une jupe sage et de talons plats, il eut un peu de mal à me reconnaître lorsque le serveur me conduisit à sa table.

Nous passâmes une bonne soirée, ponctuée par les textos

curieux et vanneurs de Daphné, qui faisaient biper mon portable tous les quarts d'heure.

Le dernier litchi avalé, il me reconduisit chez moi, en me demandant quand nous pourrions nous revoir.

Raphaël, dans le civil, était un garçon attachant. Bien loin de l'image kitsch et superficielle que j'avais eue de lui, le soir où nous nous étions rencontrés. Nous nous revîmes donc plusieurs fois, avant que ne se produise ce qui arrivait lorsque deux adultes possédaient des signes zodiacaux compatibles : notre première nuit ensemble.

Ça aurait pu être le commencement d'une belle romance.

Mais non, finalement.

L'explication eut lieu dans un café.

Raphaël : (le lendemain de notre première nuit d'amour) – Au fait, Déborah, je voulais te dire qu'on ne va pas pouvoir se voir pendant les trois prochaines semaines. J'ai décroché quelques contrats pour animer des mariages dans le sud de la France.

Moi : (amoureuse) – C'est pas grave, mon tendre, je t'attendrai, ne t'inquiète pas...

Raphaël : (sur un ton doucereux) – Non, ce n'est pas exactement ce que je voulais dire. Je ne veux pas que tu m'attendes, Déborah. Tu sais, je suis souvent par monts et par vaux, avec mon orchestre, et je n'ai pas de vie fixe et bien établie. Je ne souhaite pas en avoir, même, donc...

Moi : (une sueur glacée me coulant dans le dos) – Ah, heu... Pourtant, il me semblait avoir entendu, lorsque nous dînions l'autre soir, qu'à maintenant trente-cinq ans tu voulais te fixer auprès d'une femme...

Raphaël : (saisissant mon visage et me déposant un baiser sur le bout du nez) – Déborah... oui, mais... pas avec une fille comme toi... ne le prends pas mal...

Moi : (prenant une douche complète de sueur glacée) – Je... que je ne prenne pas mal quoi ? Ça veut dire quoi, « une fille comme toi » ?

Raphaël : (gêné) – Ecoute... nous sommes des adultes après tout. Il ne s'est rien passé de très extraordinaire entre nous, on ne va pas en faire un fromage. J'ai été réglo : nous avons fait l'amour, d'accord, mais je ne t'ai rien promis de plus...

Moi : (congelée dans ma sueur) – J'aimerais juste que tu m'expliques ce que tu entends par « une fille comme toi » ?

Raphaël : (haussant les épaules et faisant un geste impuissant avec ses mains) – Eh bien, tu sais... une femme qui a des enfants. Je ne veux pas m'engager avec une maman et élever les enfants d'un autre homme. Ça, jamais. Je veux avoir mes propres enfants. Ne le prends pas mal, Déborah. Tu es une brave fille et je suis sûr que tu trouveras quelqu'un qui...

Je restais coite, interdite. Je ne l'écoutais plus.

Non, mais depuis quand était-ce un problème d'avoir des enfants ? Je veux dire, on n'était pas en train de parler d'une syphilis, là. Je n'étais pas en train de lui proposer de vivre avec mes poux. Que la lèpre soit un prétexte suffisant pour préférer s'en tenir à des relations sexuelles uniquement par e-mail, à la rigueur, je pouvais le concevoir. Mais... des enfants ?

De quoi avait-il peur, au juste ? Craignait-il que je dise aux petites : « Les filles, je vous présente Raphaël, votre nouveau papa » ? Avait-il la trouille que je veuille emmener mes filles avec nous au théâtre ? Tremblait-il en pensant qu'une femme divorcée était forcément une harpie prête à tout pour mettre le grappin sur un homme, afin qu'il subvienne à ses besoins et à ceux de sa famille ?

Perdue dans mon hébétude, je pensais à ces filles en fin de trentaine, qui s'étaient tout entières consacrées à leur carrière et n'avaient jamais eu d'enfants. Lorsque soudain elles prenaient conscience de l'inéluctable décrépitude de leurs trompes ovariennes, elles entrevoyaient alors en tout homme un géniteur potentiel... Sur un marché où les hommes célibataires exempts de tares flagrantes étaient rares, ces filles-là étaient de vraies mantes religieuses.

Tandis que les femmes dans ma situation n'avaient, elles, aucune urgence. Aucune horloge biologique aux aiguilles affolées. Aucune raison de vouloir se presser. Mais au contraire un besoin impérieux de ne plus se tromper. Quitte à prendre tout leur temps. Etait-ce un défaut de vouloir prendre son temps ? Non. Mais pour le comprendre, encore fallait-il vivre une séparation douloureuse, avec des enfants à préserver, et une culpabilité à leur égard grosse comme une boule de bowling.

Les divorcées étaient juste des femmes plus fragiles, qui avaient besoin, parfois, de ré-endosser leur costume de femme et de laisser au placard leur habit de mère. Juste pour quelques heures. Le temps de poser leur tête sur une épaule plus solide que la leur.

Et lui, pauvre cloche, qui me jetait comme un vieux ballot de linge sale dès le lendemain de notre première nuit d'amour. Sans même trouver nécessaire de faire évoluer notre relation. Estimant ne pas avoir à se justifier plus que ça de sa réaction, somme toute, évidente.

Présomptueuse que j'étais. Dire que j'avais cru mériter une histoire d'amour avec un type qui s'esquintait les cordes vocales sur le répertoire de Jean-Pierre Mader. Non, mais pour qui est-ce que je m'étais prise, à la fin ?

Moi : (sentant monter une coulée de lave en fusion, qui fit se liquéfier le bloc de sueur glacée dans lequel j'étais figée depuis quelques minutes) – Tu n'es qu'un sombre crétin, quoique tu aies bien raison de ne vouloir vivre qu'auprès du fruit de ta semence. Surtout reproduis-toi vite. Il serait criminel de priver plus longtemps l'humanité d'un patrimoine génétique destiné à faire évoluer la race humaine. Vers quoi, ça par contre, je ne sais pas. De toute façon, sache que mes filles sont bien trop exceptionnelles pour que je te les présente un jour. Pauvre andouille. »

Sur ce, les larmes aux yeux, je me levai et ramassai mon sac.

Puis l'idée me vint que je ne pouvais pas partir sans une action d'éclat à la Daphné.

Histoire de venger mon honneur bafoué d'une part, et d'avoir enfin une anecdote marrante à raconter à mes copines lors de nos soirées pyjama d'autre part.

Je saisis le verre d'eau qui se trouvait près de son café, et d'un geste leste, lui en lançais le contenu au visage. Puis, contente, je m'éloignai, le laissant derrière moi, hagard et trempé.

Je vécus très mal cette rupture.

Même si la relation fut, somme toute, de fort courte durée, elle me mettait face à une réalité dont je n'avais pas encore mesuré la portée – ni même la fréquence. Il s'agissait de la terreur qu'inspirait aux mâles célibataires l'idée de se fixer dans une famille déjà établie par un autre. En particulier si eux-mêmes ne s'étaient pas encore dupliqués.

En rentrant chez moi ce soir-là, je regardai mes filles avec encore plus de tendresse que d'habitude. J'avais déjeuné dehors avec Roxane et sa petite Ernestine, qui trottinait autour de la table tandis que je m'épanchais sur l'épaule de sa mère. Roxane m'avait copieusement remonté le moral à coups de « tu n'as rien perdu, ce type-là est né avec une paire d'amygdales à la place du cerveau, qu'on lui a retirées quand il était petit », et autres « ne sois pas triste. Tu t'imaginais avec des moutards habillés de grenouillères en strass, comme leur père ? ».

Le soir, en servant le dîner de mes poulettes, je réalisai violemment à quel point elles m'étaient précieuses, et combien mon existence tournait autour d'elles.

Mon Héloïse, petite princesse aux cheveux chocolat et aux yeux pistache, et ma Margot, petite fée aux cheveux praline et aux yeux caramel. Je les regardais, émue, chipoter dans leurs assiettes de pâtes au beurre trop cuites. Margot me réclama de l'eau, tandis qu'Héloïse voulut que je lui serve du jus de raisin. Je m'exécutai, remplis leurs verres, puis soudain, sans prévenir, je fus saisie d'une brusque envie de couvrir frénétiquement leurs cheveux de baisers passionnés.

Héloïse regarda sa petite sœur et, le doigt vissé sur la tempe, lui fit : « Elle est toc-toc, hein, maman, ce soir ? » Margot prit la même pose qu'elle et acquiesça en hochant la tête : « Cha oui, elle est toc-toc ! »

Au moment du coucher, un peu plus tard, Héloïse m'attira contre elle et déclara :

Héloïse – Moi, tu sais, je t'aime un million de fois.

Moi : (touchée) – Eh bien moi, je t'aime un milliard de fois !

Héloïse – Eh bien, moi, je t'aime... jusqu'au dernier chiffre qui existe au monde !

Moi : (voulant absolument avoir le dernier mot) – Eh bien, moi, je t'aime... jusqu'au dernier chiffre qui existe dans l'univers !

Héloïse : (après quelques secondes de réflexion) – Eh bien, moi, j'invente des planètes et je t'aime encore plus. »

Cet échange me fit monter les larmes aux yeux.

Margot : (déclarant à travers sa tétine) – Et moi auchi, maman, je t'aime chusqu'à l'infini...

Mon ventre se serra. Que valait l'amour d'un homme, à côté de l'amour mille fois plus pur, plus profond et plus sincère de ses enfants ? Etais-je seulement digne de l'amour des miens ?

Les mères se flagellaient lorsqu'elles faisaient des erreurs. Désormais, je ne voulais plus m'accorder le droit d'en faire la moindre. Et si je l'avais toujours su, cette fois-ci j'en pris pleinement conscience : mes filles passeraient toujours avant tout et avant tout le monde, sans exception aucune.

Le substitut d'amertume qui persistait de ma relation avec Raphaël disparut dans la seconde, et je me mis à jubiler de ne surtout pas être restée avec un égoïste incapable de soupçonner les trésors de tendresse qui passaient à sa portée.

Le lendemain était un dimanche.

J'emmenai très tôt Héloïse et Margot passer la journée à Disneyland. Je les couvris de cadeaux, de bonbons, de peluches, et nous fîmes des photos avec Tigrou et Naf-Naf.

Jamais de ma vie entière je n'avais été plus heureuse d'approfondir le découvert de mon compte bancaire. Je mettais un enthousiasme à distribuer mes chèques à la hauteur de la joie que j'avais de voir sourire mes filles.

Peu de temps après, je pris la décision de laisser ma vie sentimentale en friche jusqu'à la majorité de mes bébés. C'était de toute façon trop dur de rencontrer quelqu'un, et, les rares fois où cela arrivait, encore fallait-il exécuter un tri impitoyable entre ceux qui ne nous convenaient pas, et ceux à qui nous ne convenions pas.

Au final, ce n'était toujours que déception.

CHAPITRE 7

L'HOMME DE MES RÊVES

Dans le lait des rêves, il tombe toujours une mouche.

RAMON GOMEZ DE LA SERNA

Quelques mois après l'épisode Raphaël, alors que je rendais visite à ma grand-mère en compagnie des enfants, je croisai Mme Rosenberg, sa voisine du quatrième étage. Surprise de me rencontrer, elle insista pour que je passe prendre le thé avec mes poulettes avant de rentrer chez moi. Me confiant mystérieusement que je n'allais pas être déçue.

Etonnée, j'acceptai.

Mme Rosenberg était une femme douce, parfaitement adorable, mariée avec un homme charmant – un libraire un peu distrait et tête en l'air – et mère de trois garçons.

Mon frère et moi avions, en quelque sorte, grandi avec ses fils, puisque nous avions habité cet immeuble-là pendant des années, avant de déménager dans un appartement plus grand du 19e arrondissement, lorsque j'eus quinze ans et Jonathan onze.

Je passai donc quelques heures délicieuses chez ma mamie, avant de monter découvrir quelle était la surprise que l'on me réservait.

Lorsque Mme Rosenberg m'ouvrit la porte, son visage s'ornait d'un immense sourire. Accueillante, elle nous fit entrer, mes filles et moi, dans le salon.

Assis sur le canapé se tenait Fabien, son fils aîné.

Je mis quelques secondes avant de le reconnaître. La dernière fois que nous nous étions parlé, j'avais dix-sept ans et lui vingt. Il était parti terminer ses études en Angleterre, puis s'y était installé pour y travailler en tant que professeur d'histoire, ou quelque chose dans ce genre. Je l'avais perdu de vue depuis bien longtemps.

Dans mes souvenirs, c'était un adolescent grand, rondouillard, boutonneux, avec des lunettes épaisses comme des culs de bouteilles, et une coupe de cheveux à la Jackson Five.

Aujourd'hui, j'avais devant moi un homme svelte, plein d'allure, dont les yeux verts perçants n'étaient masqués par aucun instrument optique visible. Ses cheveux étaient coupés court, sa peau rasée de près, et je réalisai le souffle coupé combien il était devenu séduisant.

Fabien Rosenberg.

Je fus brusquement replongée une quinzaine d'années en arrière.

Nous nous connaissions depuis que ses parents s'étaient installés dans l'immeuble. A l'époque, j'avais dix ans, et lui treize.

Immédiatement, les gamins Rosenberg et les gosses Assouline s'étaient mutuellement adoptés. Jonathan, âgé de six ans, adorait les jumeaux Lucas et Sébastien, nés par un curieux hasard exactement le même mois et la même année que lui.

Moi je passais mon temps à me chamailler avec Fabien. J'étais la petite emmerdeuse, celle qui l'assommait de ses questions harcelantes, celle qui l'espionnait dans la cage d'escalier pour aller ensuite faire mon rapport à sa mère. Celle qui l'admirait comme un grand frère.

Sa mère, d'ailleurs, m'aimait beaucoup. Comme souvent les mamans de garçons, elle aurait désiré au moins une fille, et s'amusait de mon caractère de chipie. Parfois, elle m'offrait des barrettes ou des petits colliers de perles multicolores, le genre de fanfreluches dont elle ne pouvait pas gâter ses fils.

Puis nous avions grandi.

Fabien, à cause de ses épaisses lunettes laides, avait peu de succès auprès des filles.

Moi je poussais comme une tige. Maigre, frisottée, avec un appareil dentaire à faire pâlir de jalousie l'orthodontiste de Robocop. A douze ans, je faisais la même taille que lui à quinze, tandis qu'il faisait deux fois mon poids.

Aaaah, merveilleuse adolescence... Période de la vie où la philosophie n'est pas une donnée abstraite, mais se pratique au quotidien.

A treize ans, je sortais pour la première fois avec un garçon – Pedro Gomez-Gomez – lors de mes vacances en Espagne. Débordante de fierté, la première chose que je fis à mon retour fut de m'en vanter devant Fabien. Sans s'émouvoir le moins du monde, celui-ci ricana perfidement. Selon lui, ce Pedro devait être fou pour avoir risqué l'intégrité de sa langue à travers les fils coupants de mon appareil dentaire. Vexée comme un pou, je décidai de ne plus jamais lui parler pendant au moins une semaine.

Si Fabien avait des petites amies, lui était, par contre, d'une discrétion exemplaire. Personne dans son entourage ne savait avec qui il sortait, ni même de qui il était amoureux.

Même en soudoyant ses frères avec des sachets de Treets, je ne parvenais jamais à obtenir la moindre information à ce sujet. Tout simplement parce qu'ils n'en possédaient pas.

Dommage pour mon insatiable curiosité, qui demeurait inassouvie.

Lorsque j'avais déménagé, Fabien et moi avions gardé le contact, tout comme mon frère avec les jumeaux. Nous continuions de nous voir, allant parfois au cinéma ensemble, nous téléphonant régulièrement. Et je ne manquais jamais d'aller faire une bise à sa famille lorsque je rendais visite à ma grand-mère. Deux ans plus tard, il quittait le pays de Jeanne Mas pour la contrée d'Elton John, et ne m'écrivit plus que pour m'envoyer une carte de vœux à l'occasion du nouvel an. Après mon mariage avec Jean-Louis, il cessa définitivement de me donner de ses nouvelles, et moi je l'oubliai.

Fabien se leva lentement du canapé en m'apercevant, sidérée, dans l'embrasure du salon.

Il me contempla exactement comme s'il venait de voir une apparition.

Je ne méritais pas une telle réaction, vêtue de ma vieille veste en laine, le vernis à ongles écaillé, et les cheveux réunis en un chignon approximatif qui s'écroulait de partout. Toutefois, je me félicitais intérieurement de m'être mis un peu de gloss et d'avoir acheté des baskets neuves. Il se dirigea vers moi sans me quitter des yeux, m'attrapa par les épaules et me fit la bise avec un immense sourire.

Fabien : (me dévorant du regard) – Déborah, comment vas-tu ? Quel plaisir de te revoir !

Moi : (rouge pivoine) – Fabien !... Quelle surprise !!

Fabien : (s'adressant à mes seins) – Qu'est-ce que tu as changé... quand je t'ai aperçue, j'ai eu un choc, tu es devenue une vraie femme !

J'étais coincée. Je veux dire, physiquement coincée.

Je ne parvenais plus à effacer le sourire débile qui s'était profondément incrusté dans les muscles de mon visage. Les coins de ma bouche ne tardèrent pas à devenir douloureux, tant ils restaient étirés. Des éclats de rire nerveux se réenclenchaient dans ma gorge à un rythme effréné, tandis que je triturais mon chignon en le défaisant et en le refaisant compulsivement.

J'avais l'air d'une dingue atteinte de rigolatite aiguë.

Gravement sexy, dans le genre échappée de l'asile.

Héloïse et Margot, qui étaient parties dans la cuisine suivre Mme Rosenberg, réapparurent les mains pleines de madeleines au chocolat et les poches remplies de bonbons. Elles s'étaient déjà empiffrées chez ma grand-mère, qui leur sortait toujours tout ce que contenaient ses placards lorsque nous lui rendions visite. J'imaginais sans peine qu'elles ne mangeraient rien ce soir.

Fabien : (se levant du canapé où nous venions juste de nous asseoir, pour prendre Margot dans ses bras et tenir Héloïse par la main) – Ce sont tes filles ? Qu'est-ce qu'elles sont mignonnes ! Elles te ressemblent énormément... alors comme ça, tu es mariée ?

Moi : (rougissant de plus belle et essayant de parler nonchalamment, comme si ma réponse à sa dernière question n'avait strictement aucun intérêt) – Je te présente Margot, que tu tiens dans tes bras, et c'est Héloïse qui est en train de mettre du chocolat sur ta veste... et heu... non, en fait, je suis divorcée... c'est dingue comme tu as changé, toi aussi ! Je ne t'aurais jamais reconnu, si je t'avais croisé dans la rue !

Héloïse : (regardant ses doigts) – Mais non, j'ai pas de chocolat sur... ah, si.

Margot : (fière d'elle) – Moi en tout cas, t'as vu, maman, j'ai manché proprement.

Héloïse : (pas contente) – Moi aussi j'ai mangé proprement ! Sale rapporteuse !

Margot : (retirant la tétine de sa bouche pour crier plus fort que sa sœur) – Mamaaaan, Héloïse elle a dit que j'étais une sale rapporteuse !

Héloïse : (triomphante) – La preuve !

Moi : (de ma voix la plus douce et la plus chantante) – Les enfants... ça suffit... allez vous laver les mains...

Fabien : (contemplant mes filles d'un air attendri qui me fait fondre de bonheur) – J'adore les enfants... J'ai toujours rêvé d'en avoir. Tu as vraiment beaucoup de chance (il éclate de rire), ça me fait tout drôle, je me sens si jeune à côté de toi... Tu t'es mariée, tu as fait des bébés, tandis que moi... Moi je suis toujours célibataire.

Moi : (après la crampe aux zygomatiques, je lance la mode de la crampe aux paupières écarquillées. J'appuie sur pause : il a bien dit « célibataire », là ?) – Je... mais non, voyons, pourquoi dis-tu ça ? Tu as fait une brillante carrière de... heu... prof d'histoire, je crois... alors que moi, je viens à peine de recommencer à travailler... c'est moi qui devrais me sentir plus jeune que toi. D'ailleurs, je crois me rappeler que je suis plus jeune que toi.

Fabien : (l'air heureux) – Pour ton information, j'ai effectivement passé une licence d'histoire, mais je n'en ai pas fait mon métier. En fait, je suis dans les affaires. Je possède une chaîne de magasins d'alimentation en Angleterre. Un job sympa. Avec plein d'avantages : comme celui notamment d'avoir plein de fruits et de légumes gratis... D'où ma nouvelle ligne !

Nous éclatâmes de rire (j'avais d'ailleurs l'impression de ne savoir faire que ça).

Sa transformation était stupéfiante. Fabien était passé de petite boulette myope, à une sorte de mélange entre Harrison Ford, Brad Pitt et Gérald de Palmas.

Immédiatement, mue par un violent réflexe pavlovien, je mis en place un kit de survie dans la partie gauche de mon cerveau : je me récitais en boucle, tel un mantra, la phrase suivante : « Il ne faut pas tomber amoureuse surtout Déborah ne tombe pas amoureuse tu ne dois pas tomber amoureuse arrête immédiatement de tomber amoureuse mais stop à la fin tu veux avoir mal ou quoi alors ne tombe pas amoureuse. »

Trop taaard.

La partie droite de mon encéphale, que je croyais désactivée car dévolue à des activités aussi primaires que faire pipi, me faire un shampooing ou penser à Raphaël, était déjà en train de se demander si je choisirais ma robe de mariée en blanc ou bien en blanc cassé. Rapport au fait qu'un blanc trop virginal semblerait un tantinet hypocrite, dans la mesure où je n'étais plus tellement vierge. Le film de mes filles, habillées de petites robes roses en tulle, une couronne de fleurs fraîches sur les cheveux, tenant la traîne de la robe de leur maman, défilait dans ma tête, tandis que Fabien plongeait ses yeux magnifiques dans les miens pour me dire quelque chose que je n'écoutais pas.

Il allait falloir que je l'annonce à Jean-Louis. Et qui c'est qui allait se payer les boulasses si je me remariais avant lui ? Héhéhé... zut... mais j'y pense, je risquais d'avoir un témoin de trop : il me faudrait choisir entre Roxane, Daphné et Jonathan. Bon, allez, Jonathan avait déjà été témoin à mon premier mariage, et on a vu à quel point ça m'avait porté bonheur. Problème réglé, ce serait Daphné et Roxane. Mais une seconde, UNE SECONDE ! On avait un autre problème, bien plus important, là : pourrais-je habituer mes cheveux qui frisent au temps pluvieux de Londres ?

Fabien : (l'air inquiet) – Déborah ? Pourquoi est-ce que tu me regardes comme ça ?

Moi : (sursautant) – Non, je pensais juste à un truc... pourquoi es-tu parti en Angleterre ? Tu n'as jamais eu envie de revenir vivre en France ?

Fabien : (se calant au fond du canapé, le regard perdu dans le vague) – Pourquoi je suis parti ? Bah... c'est une longue histoire... une fille que j'aimais... laisse tomber, c'est sans intérêt...

Juste au moment où j'allais enfin découvrir un pan non négligeable de la vie sentimentale de l'homme le plus discret de la planète, le bruit d'un trousseau de clés tinta dans la serrure.

C'étaient Lucas et Sébastien, les (faux) jumeaux qui revenaient de leur match de rugby.

Lucas était un garçon moyen de taille, aux cheveux châtain clair, à la silhouette trapue, avec de grands yeux bruns qui pétillaient d'intelligence. Sébastien, lui, était plutôt grand, comme Fabien et leur père, qui frôlaient le mètre quatre vingt-cinq. Sa chevelure était foncée et ses lèvres charnues. Sébastien avait toujours eu, je m'en souviens encore, beaucoup de succès auprès des filles. D'ailleurs, on ne lui voyait jamais la même petite amie très longtemps. Lucas, par contre, sortait avec Nicole, une étudiante en lettres classiques d'origine américaine, qu'il connaissait depuis le collège. Comme mon frère Jonathan, les jumeaux vivaient toujours chez leurs parents. Sébastien appréciant le confort et les facilités du cocon familial, Lucas projetant chaque mois de s'installer avec sa belle Nicole, mais ne concrétisant jamais ses dires par une recherche d'appartement.

Par un heureux hasard, les deux frères avaient été préservés de la myopie et de l'embonpoint qui avaient gâché les jeunes années de Fabien. Sportifs ils avaient été, sportifs ils restaient, l'allure svelte et le jarret dynamique. Quant à leur vision, il semblait que les gènes des deux myopies moyennes de leurs parents se soient additionnées uniquement dans la cornée de l'aîné des Rosenberg, la leur étant pratiquement intacte.

Les garçons me saluèrent, embrassèrent les petites et me demandèrent des nouvelles de Jonathan. Puis, après s'être copieusement servis dans le frigo familial, ils partirent s'isoler dans leur chambre.

Je me tournai vers Fabien et le regardai.

Quelque chose me plaisait particulièrement chez lui. Quelque chose qui le rendait différent des autres hommes. Une certaine nostalgie de nous être connus si jeunes, peut-être. L'impression diffuse qu'il ne pourrait jamais me faire de mal, qu'avec lui, j'étais en sécurité.

Nos parents se connaissaient et s'appréciaient, nos frères s'adoraient, et lui m'avait en quelque sorte vue grandir. Si seulement il avait été amoureux de moi lorsque nous étions jeunes, on aurait pu considérer que j'aurais été son premier amour. Et un premier amour, ça ne s'oublie pas. Ça se sublime. Mais tant pis.

Ce qui était étrange, c'est qu'à la façon dont il posait les yeux sur moi, il me semblait que je ne lui étais pas indifférente. A moins que son regard insistant n'exprime qu'une curiosité amusée devant la belle régularité de mes dents redressées. Oui, je devais certainement me faire des illusions. Mieux valait redescendre sur terre, je ne pouvais pas intéresser un homme comme lui. Avec son allure, son charme et sa réussite professionnelle, il devait probablement choisir ses proies sur le territoire des anciennes collègues de Roxane. Le genre blonde anorexique, défilant sur un podium avec une moue si constipée, qu'on hésite entre lui offrir un Big Mac pour la nourrir ou une dragée Fuca pour la soulager.

Fabien et moi nous redécouvrions simplement, après des années passées sans nous être vus. Voilà tout.

Dans le salon, Héloïse et Margot riaient aux éclats avec le chien de la famille, Snoopy, un fox-terrier auquel elles faisaient faire le beau en lui promettant des miettes de leurs madeleines. Fabien se leva du canapé, me tira par la main, et m'entraîna vers le balcon de la cuisine parentale, pour nous mettre à l'écart des autres.

Moi : (curieuse, triturant une mèche de cheveux et l'entortillant autour de mon doigt) – Tu allais me raconter pourquoi tu étais parti en Angleterre...

Fabien : (souriant mystérieusement) (Mais qu'est-ce qu'il est devenu beau, j'en reviens pas comment il a changé !) – Il y avait cette fille, que j'ai aimée en secret pendant des années. Mais elle ne m'aimait pas... Un jour pourtant, nous nous sommes embrassés. Juste une fois. Jamais je n'oublierai ce baiser. Elle m'a donné mon premier baiser...

Moi : (tout excitée) – Ah oui ? Ton premier baiser ? Tu avais quel âge ?

Fabien : (ton neutre) – Dix-sept ans.

Moi : (pachydermique) – Dix-sept ans pour un PREMIER BAISER ? Oooh, purééée !

Fabien : (froissé) – Ouais, bon... Peut-être... Mais je me suis rattrapé depuis, hein ! C'est juste que je n'étais pas très sûr de moi, à l'époque. Et puis j'étais surtout concentré sur mes études... Les filles ne m'intéressaient pas tellement... Enfin, à part elle.

Moi : (honteuse) – Désolée, ce n'est pas ce que je voulais dire ! Il n'y a pas de mal à sortir avec une fille pour la première fois un an avant sa majorité, il faut bien commencer un jour... Tiens, moi-même j'ai eu mon premier flirt à treize ans et... Enfin, non, je ne suis pas un bon exemple, treize ans, c'est très jeune, trop, même... Et puis les filles sont plus précoces que les garçons... Surtout que les garçons, à l'adolescence, sont relativement monstrueux, tu te souviens ?... NON !! Non, je ne voulais pas dire que TOI tu étais monstrueux... D'ailleurs, tu étais même plutôt mignon, quand tu enlevais tes lunettes, et...

Fabien : (amusé) – Tu me trouvais mignon, à l'époque ?

Moi : (essayant de me montrer convaincante) – Oui, oui, oui oui oui, je t'assure... Enfin, tu avais, disons, un certain charme... Bon, alors laisse-moi deviner avec qui tu es sorti. Je suis sûre que je vais trouver. Hum... Delphine Pujol.

Fabien : (faisant une grimace) – Elle ? T'as pas trouvé pire ?

Moi : (pouffant de rire) – Attends... mais je vous voyais souvent comploter ensemble, quand elle te raccompagnait en bas de l'immeuble...

Fabien : (l'air dégoûté) – Oui, elle me faisait mes disserts et moi je faisais ses devoirs de maths en échange... Nos relations étaient strictement professionnelles.

Moi : (pinçouillant l'arête de mon nez, en signe d'intense concentration) – Très bien. Je vais trouver, surtout ne me dis rien... Alexandra Moret.

Fabien – Tu chauffes. Je ne suis pas sorti avec elle, mais Sébastien, si. Essaie encore.

Moi – La petite grosse... là... comment elle s'appelait déjà... Véronique Roblès.

Fabien – Mais où vas-tu les chercher ? T'en as pas une belle, dans le lot ?

Moi – Alors... Audrey Perrot. Elle était jolie, elle, non ?

Fabien – Non.

Moi – Non ?

Fabien – Non, c'était pas elle.

Moi – Alors c'était qui ?

Fabien – C'était toi.

Sa dernière réplique me fit l'effet d'un coup de poing dans l'estomac. Si je ne le savais pas aussi blagueur, j'aurais pu jurer qu'il parlait sérieusement.

Moi : (rire nerveux) – Ahahaha... bon, allez, arrête, c'était qui, en vérité ?

Fabien : (plongeant ses yeux dans les miens, avec une intensité qui me fit violemment frémir jusqu'aux orteils) – C'était toi, Déborah. Rappelle-toi. Ce jour-là, nous étions allés au cinéma ensemble. Ta cousine Helena venait de te poser un lapin, encore une fois. Alors tu m'as appelé pour que je t'accompagne. C'était le 4 juin 1987, il était 13 h 10. La séance commençait vingt minutes plus tard. Je suis venu te rejoindre. Nous avons vu le film *La Folle Journée de Ferris Bueller*, en V.O. sous-titrée, parce que tu adorais les films en V.O. Tu as tellement aimé cette comédie que je t'ai proposé de rester dans la salle, pour la séance suivante. Je suis allé te chercher une glace. C'était un cône chocolat-pistache, ton parfum favori. Nous nous sommes moqués des publicités qui passaient. Puis tu as fermé les yeux parce qu'ils te piquaient, le temps que le film commence. Normal, il fallait que tu attendes que les lumières de la salle s'éteignent, avant de mettre tes lunettes. Tu avais trop peur que l'on te voie avec. Et puis tu t'es endormie. Tu as posé ta tête sur mon épaule, et tu as ronflé doucement. Je n'ai pas osé te réveiller. Je t'ai regardée dormir tout le long du film. Ma main a pris doucement la tienne, et tu me l'as laissée. Je crois même que tu la serrais de temps en temps. A un moment, tu as bougé ton visage contre mon cou et ton nez a frôlé ma joue. Tu as ouvert les yeux. Nous nous sommes regardés, longuement. Puis nous nous sommes embrassés. Juste un baiser. Tu as refermé les yeux, et tu t'es rendormie. C'était mon premier baiser. Avec toi. Toi dont j'étais amoureux depuis si longtemps.

Moi : (émue) – Mais... Fabien... je... je ne m'en souviens absolument pas...

Fabien : (la voix grave) – Tu ne t'en souviens pas, mais moi je m'en rappelle comme si c'était hier.

S'il y avait bien une chose dont je me souvenais, par contre, c'est que j'étais, depuis l'enfance, totalement incontrôlable quand je dormais. Sans aller jusqu'à des épisodes de somnambulisme pur, j'étais capable de soutenir une conversation quelques minutes, les yeux grands ouverts, pendant mon sommeil. Je pouvais aussi me redresser dans mon lit, et réveiller mon mari pour lui demander de m'apporter ma brosse à cheveux ou de brancher le réveil à cinq heures. Ou bien encore poser des questions cohérentes, sans jamais en garder un quelconque souvenir au petit matin. Ainsi, Jean-Louis me rapportait parfois des anecdotes selon lesquelles je l'aurais réveillé vers une heure du matin en secouant son épaule, afin de lui raconter en détail la conversation téléphonique que j'avais eue avec ma mère dans la journée.

Une nuit, il m'avait même vue me redresser sous la couette et commencer à me trémousser en rythme, lui expliquant que j'adorais cet air-là (la maison était parfaitement silencieuse).

Le lendemain, il me narrait, mi-hilare mi-agacé de n'avoir pu dormir, mes extravagantes aventures nocturnes. Et moi je l'écoutais, médusée, en me demandant pourquoi je ne me souvenais de rien.

Désormais, je venais d'apprendre que j'avais ma place dans

le Livre des Records, comme étant la fille capable de donner son premier baiser à un garçon pendant son sommeil.

Moi : (flottant quinze centimètres au-dessus du sol) – Tu veux dire que... que j'ai été ton premier baiser ? Mais c'est super-important, ça, un premier baiser ! Et moi je ne m'en souviens pas ? Attends, mais je n'ai pas pu oublier une chose pareille !! (Me creusant la mémoire au marteau-piqueur.) Je me rappelle le gros bouton qui m'est sorti sous le nez quand j'avais quatorze ans et que j'ai caché en me mettant la main devant la bouche pendant presque une semaine. Je me rappelle la couleur de mon premier soutien-gorge : il était blanc, j'avais douze ans et il me grattait. Je me rappelle même le prénom de ma maîtresse en deuxième année de maternelle, Nancy, parce que pour moi ça faisait « nan, si », et je me demandais pourquoi on ne l'avait pas appelée « si, non ». Alors pourquoi, non mais pourquoi, est-ce que je ne me rappelle pas ce baiser ??

Fabien : (se penchant vers moi et me fixant intensément) – Déborah, crois-moi. La prochaine fois que je t'embrasserai, je ferai en sorte que ce soit inoubliable.

Roses. Je voudrais des dragées roses, pour qu'elles soient assorties aux robes en tulle de mes petites lorsque nous nous marierons.

Au cours de la longue conversation qui suivit, Fabien m'avoua que mon histoire avec Jean-Louis avait un peu précipité son départ outre-Manche, et que c'était bien intentionnellement qu'il ne m'avait plus donné de ses nouvelles lorsque j'étais devenue sa femme.

Fabien me confia aussi qu'il avait suivi ma vie de loin, apprenant mes maternités... Ainsi que mon divorce, car nos frères étaient, eux, restés en contact. Il ajouta à ma stupéfaction en m'expliquant pensivement que j'étais peut-être celle qu'il aurait dû épouser.

Moralité : il faudra que j'apprenne à mes filles à ne jamais mépriser un gentil copain d'amitié avec lequel elles s'entendent bien. L'adolescence étant une très mauvaise période pour juger du devenir d'un homme. Petite boulette myope aujourd'hui, mais peut-être Leonardo Di Caprio demain ? Idem pour Jean-Louis, avec son blouson de cuir, sa guitare sèche et son air rebelle à dix-sept ans. Il avait beaucoup perdu de sa prestance, en prenant du bide et en gagnant du front.

Fabien me fit la cour tout le temps que nous passâmes ensemble cet après-midi-là. Evitant brillamment le style bourrin, mais sans tourner autour du pot non plus. Il était clair que je lui plaisais. Avant de nous quitter, il me proposa son numéro de téléphone, précisa qu'il avait peur que je ne l'appelle pas, et me demanda donc le mien. Il le nota directement dans le répertoire de son portable, et promit de me rappeler le lendemain depuis Londres.

De retour à la maison, je me ruai sur mon ordinateur. Il fallait absolument que je prévienne Daphné et Roxane de commencer à se chercher une nouvelle tenue pour célébrer le jour de mon second mariage. Lors d'une soirée animée, peut-être, qui sait, par l'orchestre de Raphaël Montefiore (et pan, dans sa tronche).

Après la narration écrite de cette journée inoubliable, je reçus une avalanche de petites réponses courtes et surexcitées de leur part, me confirmant que là, non mais alors là, il était clair qu'une histoire sérieuse se profilait à l'horizon (et pas grâce à tata Ruth, hein).

J'étais au bord de la convulsion synaptique générale, tant il paraissait évident que je me trouvais en présence de l'homme de ma vie. Je n'arrivais plus à me calmer. Emotionnellement, je venais de passer en mode cyberespace.

Fabien m'avait aimée lorsque j'étais jeune, et sa nostalgie ferait sans doute qu'il m'aimerait deux fois plus que n'importe qui. Il craquait complètement devant mes filles (et rien que pour ça, j'aurais pu lui offrir ma main, mon bras et même mon épaule pour qu'il y passe une alliance). Enfin, il était si beau qu'il aurait pu sortir avec Inès Sastre et Gisèle Bundchen en même temps s'il l'avait voulu, pourtant c'était MOI (môaa, môôôaaaaa) qu'il avait choisi de revoir, je rêve, je vais m'évanouir, au secours, qu'est-ce qu'il faut que je fasse maintenant, help, à l'aide, ça y est, je suis en transe, allô ? allô ? allô Houston, ici la Lune, répondez ! (Bon, globalement je viens de péter un câble, hein.)

Le dîner de son mari et de ses trois bambins expédié, Roxane, qui s'ennuyait ferme à la maison et vivait ardemment par procuration les aventures de ses copines célibataires, fila s'installer à son poste, devant l'écran de son PC.

Daphné, fascinée par mes histoires d'amour au pays des Bisounours (ces espèces de petits êtres asexués), balança une pâtée à son chat Pichapo, avant d'enfiler sa combinaison d'internaute de l'espace cybernétique, et de prendre place devant son clavier de pilotage.

Après avoir fait craquer les jointures de leurs vingt doigts, mes complices pour le casting de « A la Recherche de la Nouvelle Star de Mon Cœur » entreprirent de répondre, dans un bel élan de solidarité féminine, au récit proche de l'hystérie que je leur avais fait parvenir quelques heures plus tôt.

Surfant entre mes très nombreux points d'exclamation et mes polices taille 58 (destinées à bien souligner le caractère exceptionnel de l'événement qui venait de se produire dans ma vie), elles réussirent à décrypter l'essentiel de mon message, et mon fidèle Outlook me transmit leurs réactions à la vitesse de la lumière.

De : Daphné Schwarz
A : Des Beaux Rats
Cc : Roxy Baby
Objet : Et un abonnement chez l'esthéticienne pour une épilation régulière du maillot, un !

Eh ben tu vois, tout arrive ! Et toi qui croyais que tu finirais vieille fille, avec pour seuls amis les pigeons de ton balcon, essayant d'apprendre à cuisiner pour que tes enfants acceptent de venir te rendre visite de temps en temps...

Bon, alors ma follasse, selon moi toute cette histoire s'annonce très bien. Mais vraiment très !! ! Résumons. Ce mec te plaît physiquement ? (+ 1 point) Il ne s'est pas enfui au pas de course quand il a rencontré le bruyant fruit de tes ovaires ? (+ 1 point) Il ne s'est pas vexé quand tu lui as avoué avoir complètement occulté ses performances labiales ? (il est fort... + 1 point) Il veut te revoir malgré tout ça ? (+ 35 486 points.)

Soyons néanmoins réalistes. Tu me dis qu'il t'a écoutée lui raconter ta vie avec une attention conquise ? Sache, pauvre innocente, que lorsqu'il te disait « ah oui, vraiment ? » en fait il essayait d'imaginer à quoi tu ressemblais toute nue. Et s'il t'a demandé ton numéro, c'est que ce qu'il a imaginé lui a plu. Donc quand vous vous reverrez, tâche d'avoir l'air naturelle et sûre de toi. Je ne veux pas t'entendre lui dire une seule fois : « Meuh non, arrête, je suis horrible » quand il te dira combien il te trouve belle. Contente-toi de lui décocher un petit sourire modeste. NE TE DEVALORISE PAS !!!

Ah ! Et puis fais-moi plaisir : c'est un homme d'affaires. Alors avec moi, tu peux discuter protège-slips, pédicure et meilleur rapport qualité-prix de nos substituts de repas. Mais avec lui, il faudra que tu te trouves d'autres centres d'intérêt si tu veux le passionner. Au besoin, inventes-en. Pas de pitié. Révise les noms de quelques compositeurs de musique classique s'il en écoute, ou bien intéresse-toi à ce qui se joue en ce moment au théâtre, qu'il pense que tu sors tous les soirs. Laisse-le croire que tu ne sais plus où donner de la tête tellement tu es sollicitée par des hommes sublimes. Pas que tu végètes chez toi en mangeant des surgelés devant Star Academy !

Et n'oublie pas, ma louloute : JE VEUX TOUS LES DÉTAILS !!!

PS : En ce qui me concerne, journée de merde au bureau avec Gaétan. Il n'a pas arrêté de me faire la gueule, il était froid, distant, de mauvaise humeur... Il a même osé m'ignorer quand je lui ai demandé d'aller me chercher un jus de pomme. J'ai dû aller me le chercher moi-même !! Pfffff... S'il n'était pas aussi doué, ce petit con, je l'aurais muté au service cafétéria. Tout ça parce que j'ai refusé d'aller prendre un verre avec lui, après le dîner avec notre client marseillais... Je rêve.

Signé : Daphné, celle qui se faisait harceler sexuellement par son stagiaire.

Morte de rire, je lus ensuite avidement le message de Roxane.

De : Roxy Baby
A : Des Beaux Rats
Cc : Daphné Schwarz
Objet : A l'abordage ! Un homme (un vrai) en vue à tribord !

Tout d'abord, il faut que vous sachiez qu'en lisant le mail paniqué de Déborah, j'ai tellement rigolé que mon périnée a lâché. Je vais donc de ce pas aller chercher la serpillière puis, juste après, je m'en irai faire l'acquisition d'un paquet de Libra. Je ne vous dis pas merci, mesdames. Ah, ma Déborah ! Dire que j'ai toujours eu envie de danser sur « Hava Naguila » le jour de ton mariage ! (Et après, c'est moi qui te conseille de ne pas t'emballer...)

Alors je suis d'accord avec tout ce qu'a dit Daphné. Je rajouterai juste un conseil de la plus haute importance : ne lui fais pas l'inventaire de tes défauts pour le prévenir de ce qu'il va découvrir ! Considère-toi comme parfaite, il aura tout le temps de repérer plus tard ce qui cloche chez toi, ne t'inquiète pas.

Personnellement, je sais de quoi je parle ! Moi-même, avant d'épouser mon gros chat, je sortais avec un mannequin sublime qui avait posé pour la pub d'un parfum Christian Dior... vous imaginez le morceau... Eh bien, j'ai cru bon de lui expliquer, de peur sans doute qu'il ne s'en rende compte par lui-même, que mon sein gauche était, quelques jours avant mes règles, légèrement plus gros que mon sein droit. Et devinez quoi ? Ça n'a pas loupé... Quand nous avons fait l'amour, il a observé mes balles de golf avec l'attention d'un mycologue qui découvrirait deux champignons fragiles, rares et un peu bizarres.

Autre chose : la prochaine fois que tu le vois, fais-moi plaisir, attache tes cheveux et oublie-les une bonne fois pour toutes ! Dans la mesure où tu as un tic assez insupportable (pour tout le monde) qui consiste à les balancer de gauche à droite et de droite à gauche toutes les quatorze secondes quand tu es nerveuse (et « nerveuse », ma chérie, c'est ton deuxième prénom), si tu ne veux pas te retrouver avec ton brushing à la mode iroquoise à la fin de votre rendez-vous, fais toi-même des couettes s'il le faut !

Autre truc pour limiter les symptômes apparents de ton émoi : occupe tes mains qui bougent tout le temps !

Version bien : remuer délicatement son café avec sa petite cuillère, placer ses mains sous son menton pour avoir l'air de l'écouter éperdument, croiser ses doigts devant soi sur la table.

Version pas bien : se ronger la cuticule de l'index, triturer fébrilement sa frange, ou se tripoter l'arête du nez sans arrêt (ah bon ? tu te sens visée ? c'est normal).

Il est bien entendu que, dans toute conversation ultérieure, tu t'abstiendras de lui parler de tes ex. « J'ai eu quelques histoires », basta. Reste mystérieuse ! Pire : ne lui pose aucune question sur ses ex à lui ! Ta jalousie de pieuvre se réactiverait illico.

Enfin, n'oublie pas qu'il n'a pas d'enfants. Alors donne-lui le sentiment que rien n'est plus facile que de vivre seule avec deux poupées, au demeurant adorables, qui ne vomissent jamais, ne pleurent jamais pendant la nuit et n'exigent jamais de Barbie en se roulant par terre dans un grand magasin devant un public consterné.

Et comme dirait l'autre sex-symbol des bureaux : tiens-moi au courant de la suite !!!

PS : Au fait, pour moi, c'est le stress du siècle.

J'ai deux semaines de retard.

Je ne m'inquiète évidemment pas, que sont deux semaines de retard dans la vie ovarienne d'une femme ? Peanuts ! Par contre, dans la vie d'une mère de trois enfants en bas âge, c'est autrement plus alarmant... Mais je ne vais pas m'affoler pour quelques Anglais encore à l'heure d'hiver. Qu'est-ce que ça pourrait être d'autre ? Rien !... On a toujours choisi la date exacte de la conception de nos enfants, avec mon mari. Calculée par notre voyante-astrologue en fonction de l'alignement des planètes. Et Madame Aldegonde ne s'est jamais trompée. Elle m'aurait prévenue, si un quatrième bébé devait s'annoncer dans l'année. Heureusement, elle m'a toujours vue mère de trois enfants. Donc, je lui fais confiance. Je ne suis pas enceinte. Et je ne stresse pas.

Signé : Roxane, la femme dont le ventre n'était fécondé que par un peu d'aérophagie.

Nos échanges de mails durèrent toute la soirée.

C'était un vrai bonheur que de pouvoir converser aux moments où l'on était disponible. Internet était la solution idéale pour les femmes débordées que nous étions, jonglant entre trente activités en même temps. Ce n'était pas comme le téléphone, qui nécessitait de garder l'oreille vissée à son combiné.

Là, je pouvais prendre tout le temps de coucher mes filles après leur avoir lu une histoire. Et aller, ensuite, découvrir la suite de notre discussion. Voire même m'octroyer le luxe, une fois les petites endormies, de regarder d'un œil distrait des bribes de « Tout le monde en parle », le temps que retentisse depuis ma chambre le « ding » annonciateur de l'arrivée d'un message.

Dès le lendemain, Fabien m'appela.

Il m'expliqua qu'il avait passé la nuit entière réveillé, à penser à moi et à ce que nous nous étions dit. Il ajouta qu'il avait hâte de me revoir. Répétant qu'il avait été stupéfait de découvrir la vraie femme que j'étais devenue (« Qu'est-ce que tes seins ont grossi », me traduisit Daphné).

Au téléphone, les réactions de mes copines furent dithyrambiques. Quoi ? Un homme qui appelait vraiment quand il avait dit qu'il appellerait ? C'était déjà merveilleux. Mais si en plus il confirmait avec brio la bonne impression qu'il avait déjà produite en l'alimentant de paroles sucrées, c'était tout bonnement du domaine du fantastique.

Je me mis à rêver aux longues balades sur les quais de la Seine, ou aux tendres moments à visiter des jardins en fleurs, que nous ne manquerions pas de nous offrir. Je nous voyais déjà nous confier, autour d'un café à Saint-Germain-des-Prés, toutes les petites histoires qui avaient jalonné notre existence. Bref, nous allions refaire à nouveau connaissance, et j'en piaffais d'impatience. Car pour l'instant, le désir irrésistible que j'avais de le revoir était surtout alimenté par l'illusion de ce que j'imaginais de sa personne, après toutes ces années passées sans nouvelles. Et je savais bien qu'il en était de même le concernant.

Aussi, tout entière appelée vers le sommet de notre histoire débutante, que j'escaladais guillerette en sautillant de bonheur, je préférais ne pas regarder en bas le gouffre sans fond de ce que nous ignorions l'un de l'autre.

Fabien me rappela le lendemain, puis encore le surlendemain, et les jours suivants.

Ses appels avaient toujours lieu dans la soirée, après 21 heures, car il voulait être sûr que j'avais bien pris le temps de coucher mes filles. Délicate attention qui allait droit à mon cœur de mère : même à distance, il prenait déjà soin du confort de mes chéries.

Ses coups de fil, selon un schéma immuable, duraient toujours une vingtaine de minutes. Puis il passait du bavardage à la tendresse, me souhaitait bonne nuit, et raccrochait.

Et moi je restais là, fixant piteusement le combiné de mon téléphone, une petite frustration me tenaillant le creux du ventre. Car de rendez-vous pour nous revoir, il ne m'avait, comme à chaque fois, toujours pas donné.

Ce petit manège dura très exactement deux mois.

Pendant ces huit semaines, Fabien fit monter la pression à un point frôlant la limite du supportable, pour une jeune femme célibataire avide de belle histoire (comme... Allez, au hasard... Moi, par exemple).

Lorsque je tentais timidement de lui demander s'il comptait repasser par Paris un jour, il éludait en me parlant des trois nouvelles succursales dont il devait superviser le lancement, et qui lui prenaient décidément tout son temps.

Jusqu'au jour où, en poussant la porte du hall de l'immeuble de ma grand-mère, je me trouvai nez à nez avec lui.

Dès qu'il me vit, Fabien vira de couleur.

Les taches de rousseur de sa peau laiteuse disparurent comme par magie sous une nuance grise assez prononcée. Personnellement, sa vision me coupa le souffle.

Comment cet homme, qui me téléphonait tous les soirs en me jurant être retenu à Londres, pouvait tout naturellement visiter sa famille à seulement douze stations de métro de chez moi, sans même ressentir le besoin de me revoir ?

Profondément déçue, je décidai de ne pas perdre mon temps à chercher une réponse. Blessée mais digne, je passai à côté de lui en l'ignorant superbement.

J'entrepris de grimper les escaliers au petit trot, mais il me retint par le bras.

Fabien : (gêné) – Déborah... Attends... Tu ne me dis même pas bonjour ?

Moi : (glaciale) – J'ai bien envie de te dire quelque chose, mais « bonjour » n'est pas exactement le premier mot qui me vienne à l'esprit.

Fabien : (toujours sans me lâcher le bras) – Ecoute... Je suis désolé, vraiment, je vais t'expliquer, tu vas vite comprendre, c'est très simple...

Moi : (me tournant vivement vers lui et le fixant d'un œil furieux) – Ah oui ? Eh bien, tu sais quoi ? Vas-y, je t'écoute.

Fabien : (lâchant le fauve, effrayé) – Heu... Viens, d'abord on va prendre un café en face, comme ça tu vas te calmer et...

Moi : (déçue, déçue, déçue) – Laisse tomber, va. Je trouve ton attitude puérile, et immature, et aussi lâche, et complètement...

Fabien : (n'ayant pas franchement l'intention d'écouter la liste complète des qualificatifs que je lui destinais) – Déborah, O.K. Je vais jouer cartes sur table. Voilà, je suis amoureux de toi.

Moi : (scotchée par son entrée en matière) – ...

Fabien : (devant mon trouble, prenant l'avantage) – Et c'est quelque chose qui me fait peur, très peur. Alors la seule solution que j'ai trouvée consiste à différer le moment où nous sortirons ensemble. De cette façon, je continuerai de t'avoir toute à moi, sans risquer de te perdre...

Moi : (commençant à passer fébrilement une, puis deux mèches de cheveux derrière mes oreilles) – ...

Fabien : (se rapprochant) – Mais de te voir là, près de moi, aujourd'hui...

Moi : (« stop, Houdini ! Arrête ton char ! ») – Heu oui, mais non... la réalité, c'est que tu mens sur ton emploi du temps. Tu sembles gérer ce début de relation à ta convenance, pour d'obscures raisons. Je n'ai pas très bien compris si tu voulais ou non qu'il se passe quelque chose entre nous. Je veux dire, autre part que dans ta tête. Alors en ce qui me concerne, je vais décider pour nous deux : on va s'en tenir là.

Fabien : (m'attrapant tendrement par la taille) – Ne dis pas ça, tu ne sais pas ce que tu dis, tu es juste un peu émue...

Moi : (sentant ma résistance faiblir, alors qu'il hypnotise mes yeux clignotants de petite souris amoureuse sous son regard de cobra à lentilles) – Si, je sais ce que je dis. On va rester amis, c'est mieux comme ça.

Fabien : (m'attirant doucement contre lui) – Allez... dis-moi quand est-ce qu'on peut dîner ensemble...

Moi : (résistant un petit peu) – Laisse-moi réfléchir. Nous sommes mardi aujourd'hui ? Hum... Jamais.

Fabien : (penchant son visage vers ma figure écarlate) – Déborah, tu me plais beaucoup, tu sais...

Moi : (figée, mes yeux dans les siens) – O.K., promis, j'en parlerai à mon cheval.

Fabien : (posant ses lèvres sur les miennes) – ...

Moi : (toujours immobile, mais lui rendant son baiser) – Ne fais pas ç...

Après quelques minutes d'échanges bactériologiques par l'intermédiaire d'une soupe de langue aux sucs digestifs, Fabien relâcha son étreinte et me jura que nous allions nous revoir avant peu de temps.

Peu de temps signifiait sans doute pour lui quatre autres mois. C'est le temps que durèrent nos traditionnels échanges téléphoniques, avant que je ne renonce, et décide de mettre un terme définitif à cette pseudo-relation qui n'allait nulle part et me brûlait le cœur.

Car nous ne nous étions toujours pas revus.

Tout au plus avait-il fixé quelques rendez-vous, qu'il avait annulés à la dernière minute. Roxane et Daphné avaient jeté l'éponge. Dans leurs mails, les termes de « prince charmant »,

« type génial » et autres « mec formidable » avaient été remplacés par les mots « loser », « crétin » et autres « laisse tomber ce névrosé ».

Aussi, un soir, demandai-je à Fabien d'oublier mon numéro de téléphone. N'étant pas prête à entendre des mots d'amour murmurés au bout du fil, sans en avoir la concrétisation devant moi, par un type déboutonnant sa chemise et bougeant son corps au rythme d'un disque de Barry White.

Fabien me pria de bien réfléchir à ce que nous allions perdre.

Je ripostai que je n'avais rien gagné dans cette relation, sinon une déprime incoercible et une triste figure que j'offrais quotidiennement à mes filles. Mes petites n'avaient pas à subir les conséquences des peines de cœur de leur maman. Et je trouvais odieux que ce soit lui, mon ami d'enfance, qui me les inflige. Mais un célibataire endurci, qui n'avait jamais eu à se soucier que de sa propre personne et de ses propres émotions, pouvait-il comprendre cela ?

Je lui proposai une dernière fois de sauter dans un Eurostar, et de venir passer le week-end à Londres avec lui. Il bafouilla, trouva une piètre excuse et déclina ma suggestion. Furieuse, je lui raccrochai au nez, non sans avoir auparavant exigé (encore) qu'il ne me rappelle plus jamais. Il me rappela. Je ne décrochai plus. Il insista. Je lui laissai une dernière chance, et le sommai de venir me voir à Paris le jour même pour me prouver son amour. Il accepta. Je l'attendis. Il ne vint pas. Je le haïs. Il n'appela plus.

Deux semaines plus tard, Héloïse et Margot passèrent le week-end chez leur père.

Le samedi matin, lorsque Jean-Louis vint les chercher, nous nous empoignâmes, comme c'était la tradition entre nous, à coups de vacheries verbales.

Ce qui d'habitude n'était pour moi qu'un mauvais moment à passer, ce jour-là me remplit d'une tristesse indicible. J'en avais assez de toute cette tension entre nous. Je culpabilisais d'offrir encore à nos enfants l'image d'un couple qui se déchirait, alors même que nous ne vivions plus ensemble. Je ne voulais plus être actrice de cette comédie. Je n'en avais tout simplement plus la force.

J'attrapai Jean-Louis, le coupant au milieu de sa phrase « tu as encore grossi, on dirait... », et lui collai une bise sonore sur la joue. Puis, je le serrai dans mes bras en murmurant que j'avais besoin d'une trêve. Au moins juste pour aujourd'hui, il fallait que nous cessions de nous quereller.

Pour la première fois depuis très longtemps, Jean-Louis me regarda d'un air sincèrement inquiet. « Déborah... Ça va ? Tu ne vas pas te suicider, au moins ? » « Non, lui répondis-je. Ne t'affole pas. Je suis juste un peu pas bien... mais ça va passer. Ce n'est rien. Et non, ne rêve pas, tu ne me manques pas une seule seconde. » Il maugréa un truc inaudible comme il savait si bien le faire, mais cette fois-ci, cela ne me fit pas sortir de mes gonds car il l'accompagna d'un sourire tendre. J'embrassai nos petites, les serrai fort dans mes bras, et refermai la porte derrière eux.

Dès que j'entendis le bruit de l'ascenseur, je fondis en larmes contre la porte et pleurai tout mon soûl. Peu à peu, ma tension nerveuse se dissipa tandis que s'évacuaient mes sanglots libérateurs. Au bout de quelques longues minutes, je finis par me calmer.

Tant pis pour le régime que je suivais depuis déjà quelques semaines.

Je me traînai jusqu'à la cuisine, me composai un copieux plateau télé et glissai la cassette d'un bon vieux de Funès dans le magnétoscope, avant d'aller m'affaler sur le canapé.

L'interphone sonna.

Je me levai en reniflant toujours, pestant contre ce bougre d'ex-mari qui oubliait systématiquement quelque chose lorsqu'il venait chercher ses filles le week-end.

Qu'est-ce que ça allait être, encore ? Doudou ? Tétine ? Echarpe ?

Je décrochai le combiné de l'interphone, et vociférai un « ouiiiii » exaspéré de ma voix la plus acariâtre.

C'était Fabien.

Il me demanda de lui ouvrir la porte de mon immeuble. Il voulait monter me voir.

Ma main appuya sur la touche d'entrée avant même que mon cerveau ait pu l'en empêcher. A peine avais-je raccroché l'interphone que je me mis à paniquer.

Hou là ! Hou là ! Mais c'était Fabien qui montait, là !

En une fraction de seconde, je pris la mesure de l'ampleur du désastre qui s'annonçait. J'étais en pyjama, pas maquillée, avec sur le dos ma vieille robe de chambre élimée, le salon était en bordel, et il restait très exactement 1 minute 35 secondes avant qu'il ne sonne à ma porte.

A toute allure, je courus dans ma chambre, me débarrassai de mes vêtements, enfilai un jean et un T-shirt noir tout en me brossant les cheveux comme je pouvais, puis saisis ma brosse à dents et l'activai contre mes gencives en jetant de l'autre main tout ce qui traînait dans le salon à l'intérieur de la cuisine, refermai la porte de la cuisine, allai me rincer la bouche et repris mon souffle en deux inspirations avant d'aller lui ouvrir.

Fabien était là, appuyé nonchalamment contre l'embrasure de ma porte.

Dès qu'il me vit, ses yeux se voilèrent d'émotion. Il ne dit rien, me prit dans ses bras, et m'embrassa fougueusement (j'entamai moralement une petite danse du ventre de la victoire pour avoir choisi de sacrifier trente secondes à me brosser les dents plutôt qu'à m'appliquer du mascara).

En même temps, je ne réalisais pas très bien ce qui était en train de se passer. Mais bon, mes lèvres vivaient leur vie sans trop me demander mon opinion, alors je les laissai faire.

Soudain, il décolla sa bouche de la mienne : « Tes filles sont à la maison ? »

J'aspirai une grande goulée d'air et lui répondis : « Non, elles sont avec leur père pour le week-end. » Il plongea alors son visage dans mon cou et me picora férocement la clavicule. Ce faisant, il m'entraîna vers le salon, et nous nous écroulâmes sur le canapé.

En regardant ses cheveux en bataille entre mes doigts, toute une flopée de questions se bousculèrent dans ma tête. Avais-je changé de culotte ce matin ? Non. L'angoisse. A quand remontait ma dernière douche ? Hier soir, un bain moussant. Ça irait. M'étais-je rasé les jambes ? Argh, je ne savais plus, du coup.

Du fond de la nébuleuse où errait ma conscience chloroformée par la surprise d'être dans ses bras, il me semblait comprendre que nous allions faire l'amour.

Le problème était que je n'étais pas certaine d'en avoir envie. Avant d'en arriver à l'union fiévreuse de nos corps, je voulais passer du temps avec lui. Parler, nous découvrir, et faire tout doucement la transition entre l'adolescent dont j'avais gardé le souvenir, et l'homme qu'il était devenu. Histoire de m'assurer que cet homme-là me plaisait toujours.

Au moment où je m'apprêtais à annoncer à Fabien qu'il fallait que l'on arrête, que ça n'allait pas être possible finalement dans la mesure où je ne le désirais pas trop, il stoppa net le suçon qu'il me faisait dans le cou. Plongeant ses yeux émus dans les miens, il me fit, d'une voix grave, la déclaration suivante : « Déborah, ma chérie. Je suis désolé, mais ça ne va pas être possible. Il va falloir qu'on arrête. »

Me redressant, je le fixai, éberluée, et lui demandai : « Pardon ? »

Il se leva : « Il faut que je parte... Je ne pouvais pas rester longtemps, de toute façon... » Je coassai : « Quoi ? » Il me fit : « Ne m'en veux pas, Déborah, je sens bien que tu vas encore m'en vouloir... » Je ne répondis rien. Que pouvais-je bien répondre à cela ?

Dix minutes plus tôt, j'étais tranquillement affalée sur mon canapé, dans ma vieille robe de chambre pelucheuse, en train de sangloter sur notre « histoire » qui n'avait pas démarré, tout en me goinfrant de trucs gras. Et lui débarquait à l'improviste, me jetait sur le canapé pour m'y aspirer délicieusement la carotide sans me laisser le temps de saisir une gousse d'ail, puis finissait par me repousser, me retirant de cette façon toute possibilité de garder un semblant de dignité en l'envoyant bouler la première. Et il aurait aimé que je ne lui en veuille pas. Bon. D'accord. Alors résumons. A partir de quand étais-je censée pouvoir commencer à lui en vouloir ?

Fabien : (vérifiant qu'il n'avait pas fait tomber son portable de sa poche en se levant) – Déborah, écoute. Je crève d'envie de te faire l'amour, mais... pas là, pas comme ça, pas sur un canapé en pleine matinée...

Moi : (reprenant mes esprits) – Ah, mais note que je ne t'avais rien demandé, hein...

Fabien : (remettant sa veste) – La première fois que nous ferons l'amour, je veux que ce soit dans un endroit fabuleux, dans un palais somptueux... Je veux que nous passions un week-end entier ensemble, un week-end inoubliable...

Moi : (recoiffant grosso modo mes cheveux en queue-de-cheval) – T'inquiète, va. On a déjà le côté inoubliable...

Fabien : (me regardant tendrement) – Tu sais... ça ne va pas être très facile. Laisse-moi un peu de temps. Pour moi, tu es toujours la petite fille qui courait dans les escaliers lorsque tu rentrais de l'école. C'est un souvenir que je veux conserver. Je ne veux pas le gâcher avec une relation d'adulte. Je ne m'en sens pas capable. Pas maintenant.

Moi : (abruptement) – Tu vis avec quelqu'un, en Angleterre ?

Fabien : (pâlissant imperceptiblement) – Comment oses-tu me poser cette question ? Tu n'as donc rien compris de ce que j'éprouvais pour toi ?

Moi : (glaciale) – Je plaisantais...

Fabien : (m'embrassant légèrement avant de filer) – Je t'appelle.

Moi : (le regardant s'éloigner et lui faisant un signe de la main) – On fait comme ça.

Une fois la porte claquée, je rajoutai pour moi-même : « Sauf que je ne pourrai pas prendre ton appel, parce que figure-toi que ce jour-là, j'aurai piscine. »

CHAPITRE 8

LANGUE DE BELLE-MÈRE

> La belle-mère et la bru dans une même maison sont comme deux chats dans un sac.
>
> PROVERBE YIDDISH

Moi : (énervée, au téléphone) – Mais maman ! Je t'assure que je vais très bien. Arrête de t'inquiéter comme ça.

Ma mère : (juive) – Comment, Déborah ? Comment peut-on aller bien quand on a un patron qui vous harcèle, pas de mari, que l'on est sans arrêt à découvert, que l'on a deux bouches à nourrir...

Moi : (j'adore quand ma mère me remonte le moral en me donnant une vision positive de ma vie) – Mamaaan... arrête un peu. Mon patron ne m'a embêtée qu'une seule fois, il n'a plus jamais recommencé (mais pourquoi lui ai-je raconté cela ?). Et puis de toute façon, j'envisage de changer de boulot très prochainement. Je vais essayer de trouver un job où je pourrai gagner un peu plus, dans la mesure où ma propre baby-sitter est mieux payée que moi... Quant au fait de ne pas avoir de mari, ce n'est pas du tout mon problème principal, en ce moment.

Ma mère : (paniquée) – Ton problème principal ? C'est quoi alors, ton problème principal, ma fille ? Raconte à maman.

Moi : (agacée) – Mais maman... je n'ai pas de problème principal, ni secondaire, ni aucun problème d'aucun type. Ça va, je t'assure.

Ma mère : (inquiète) – Tout va bien, tu en es sûre ? Tu as de quoi manger ? (Sans attendre ma réponse.) D'ailleurs, je vais venir te faire des courses avant la fin de la semaine.

Moi : (« youhou ! est-ce que quelqu'un m'écoute, là-dedans ? ») – Maman, merci, mais je n'ai pas besoin que tu viennes me faire de courses. De toute façon, tu remplis toujours mon placard de paquets de gâteaux au chocolat « pour les petites ». Vas-tu un jour arriver à comprendre qu'elles ne les mangent pas ? Elles n'aiment pas ça ! Ça a peut-être l'air incroyable, mais elles préfèrent les fruits. Résultat : c'est moi qui passe mes compulsions boulimiques sur tes biscuits, et je prends deux kilos après chacune de tes visites.

Ma mère : (qui m'engueule) – Ecoute, Déborah, c'est de ta faute, aussi. Regarde tes filles, comme elles sont maigres ! Tu ne sais pas les nourrir, apprends un peu à cuisiner ! Ça me fait mal au cœur... toi, par contre, tu devrais franchement te mettre au régime. Je sais que tu n'aimes pas que je te le dise, mais regarde-toi un peu : tu te laisses aller !

Moi : (déprimée) – Oui, maman, je sais, maman... je sais.

Ma mère : (taille 36) – Non, c'est vrai, quoi. Au lieu de te goinfrer égoïstement dans ton coin, cuisine un peu mieux pour tes enfants.

Moi : (dans la peau de la lauréate du Prix de « la mère de famille la plus nulle du monde ») – Bon, et sinon, toi, tout va bien ?

Ma mère – Oui, oui...

Moi : (voix mielleuse) – Justement, à propos des petites, je t'appelais pour te demander si tu pouvais me les garder ce soir. Je passe la soirée chez Daphné, avec Linda.

Ma mère – Quelle Linda, ta cousine ?

Moi – Oui, je lui ai proposé de venir et elle a accepté. Elle adore Daphné.

Ma mère – Bon. A quelle heure il faut que je sois là ?

L'appartement de Daphné était le genre d'appartement que j'aurais rêvé d'avoir.

Je dis ça sans la moindre once de jalousie, hein.

Il s'agissait d'un espace clair, épuré, au décor design et sans la moindre trace de début de commencement de l'idée d'un bordel quelconque.

Ceci étant consécutif à deux facteurs :

1) Daphné employait une femme de ménage, qui venait astiquer son domaine tous les jours. En conséquence de quoi, tout linge jeté négligemment par terre se voyait miraculeusement lavé, repassé (culottes comprises) et rangé par des mains invisibles et bienfaisantes, dans les heures qui suivaient. Toute molécule de poussière déposée ne passait pas la nuit. Et le frigo était toujours rempli de fruits et de légumes frais.

2) Daphné n'avait pas d'enfants. Elle n'avait donc pas besoin de se mouvoir entre quatre-vingt-dix mille petits jouets éparpillés sur le sol, vingt-quatre mille chaussettes sales planquées sous les meubles, et diverses taches de sauce et de chocolat appliquées sur toutes les surfaces en tissu de la maison.

Parfois, je l'enviais de pouvoir rentrer chez elle, dans cet appartement si coquet, de retirer ses chaussures, faire gicler son soutien-gorge, aller s'allonger et pouvoir se détendre. Je veux dire, « réellement » se détendre. C'est-à-dire faire le genre de choses que l'on ne voyait que dans les films.

Après une dure journée de boulot, se faire couler un bain chaud, dans lequel on versera une poignée de paillettes moussantes aux arômes capiteux. Allumer quelques bougies parfumées, que l'on disposera sur le rebord de la baignoire, et mariner dans cette écume onctueuse pendant une bonne heure, en parcourant un magazine féminin, bercée par le timbre feutré de la voix de George Michael. Se doucher légèrement, sortir, et se tamponner doucement la peau avec une serviette tiède. Prendre le temps de s'oindre longuement le corps avec une crème hydratante très chère, avant d'enfiler un pyjama moelleux et confortable. Aller s'installer sur son sofa, parsemé de coussins chatoyants, pour y siroter un verre de vin, le temps que le repas, déjà préparé par une vraie cuisinière, se réchauffe à feu doux. Se vernir les ongles de pied en rouge carmin, tout en picorant des noix de cajou que l'on éliminera facilement en quelques minutes au cours de sa séance de gym du matin. Avoir un bon roman à portée de main, pour s'y plonger avidement tout le reste de la soirée, enivrée par la délicate senteur des fleurs fraîchement coupées qui ornent le vase de notre salon.

Dans le meilleur des cas, ma version à moi, c'était : rentrer crevée du bureau, et lancer immédiatement une machine de linge, pour rattraper les deux lessives en retard. Attaquer la vaisselle qu'on avait laissé tremper la veille au soir (notamment les plats avec du fromage gratiné dedans), tout en demandant à Héloïse d'aller faire ses devoirs. Faire couler le bain des petites. Négocier, parlementer, insister, menacer, supplier Margot pour qu'elle accepte d'y rentrer : « Mais non, l'eau n'est pas trop chaude, je te le jure sur la tête de Winnie l'Ourson !! » Les laisser s'amuser dedans, pendant qu'on décongèle un truc surgelé pour le repas du soir, après avoir rangé les courses. Faire cinquante allers-retours de la cuisine à la salle de bains, pour régler les différents conflits entre Héloïse et Margot, hurlant et pleurant à tour de rôle à propos du « crocrodile » (dixit Margot) en plastique qui est à elle, non à elle (dixit Héloïse), non à elle (dixit Margot), ou parce que l'une ou l'autre a reçu de l'eau sur les cheveux, qu'elle ne voulait pas mouiller tout de suite. Garder son calme. Ne pas y arriver. Confisquer ce purée de « crocrodile ». Menacer de confisquer les onze autres animaux en plastique qui flottent autour d'elles, si elles se mettent à protester. Après avoir lancé le dîner, attaquer directement le repassage dans le salon, debout devant « On a tout essayé ».

Au bout d'un laps de temps largement dépassé, négocier, parlementer, insister, menacer, supplier Héloïse et Margot de bien vouloir sortir du bain. Chacune expliquant : « D'accord, mais c'est pas moi qui sors la première. » Inventer chaque soir une nouvelle façon d'en faire quand même sortir une la première. Ne pas hésiter à les implorer, s'il le faut. L'une ou l'autre ne tardant pas à avoir pitié de nous, et acceptant de se montrer magnanime à condition que l'on n'oublie pas de lui en être reconnaissante (ce qui lui procurera ainsi un petit sentiment de supériorité, par rapport à la sœur qui sort en deuxième).

Les mettre en pyjama, leur sécher les cheveux au séchoir, puis les conduire à table où, là encore, on les suppliera de manger ce qui se trouve dans leur assiette. Surtout si ce ne sont ni des frites, ni des pâtes au beurre. En désespoir de cause (elles ont une volonté, quand elles ont décidé de ne pas manger, qui force l'admiration – surtout la mienne), les nourrir de yaourts et de sandwichs au mini-Babybel. Les envoyer se brosser les dents, les border, leur lire une histoire, croire qu'elles dorment et se faire enfin nous aussi couler un bain pour récupérer de notre harassante journée. Sans mousse (il n'y en a plus, elles ont vidé le flacon en s'amusant). Bain duquel on sortira au minimum quatre fois, pour leur fournir tétine, verre d'eau, et autres peluches perdues dans le noir. Ne pas arriver à se relaxer du tout. Se faire un shampooing à la fraise (elles ont aussi vidé notre 2 en 1 en s'amusant). Sortir, et se sécher avec une serviette rêche datant de l'époque de nos noces (la préhistoire, quoi). Enfiler un pyjama trop étroit (qu'est-ce qu'on a grossi, nous, ces derniers temps) et aller s'asseoir à table où, entre les miettes de pain, on finira, affamée, les deux assiettes froides des petites qu'elles ont à peine touchées, parce que ce serait dommage de tout jeter (ah ben, voilà pourquoi on grossit : on mange double).

N'ayant pas eu le temps, entre le boulot et les courses faites en courant, de flâner à la librairie du coin nous choisir un roman, ne rien avoir à lire d'autre que le programme télé. Allumer ladite télé sur un feuilleton consternant de niaiserie. Ne pas avoir de fleurs fraîches dans le vase du salon, car cela accentue notre déprime de nous les être offertes toute seule.

Pourtant, au fond, je savais bien que c'était Daphné qui m'enviait.

Si elle pouvait s'étirer de toutes ses vertèbres dans son salon immaculé, elle m'avait confié une fois désirer, de toutes les fibres de son corps, une maison remplie d'enfants qui lui videraient ses pots de Nutella en s'en mettant partout autour de la bouche.

La vérité, c'était que le soir, lorsqu'elle rentrait chez elle, elle se sentait terriblement seule. Sa vie lui semblait répétitive, et sans grands bonheurs. L'amour maternel qu'elle avait à donner formait comme une grosse boule de besoin au creux de son ventre. En particulier ces derniers temps. Peut-être parce qu'elle avait appris, par un ami commun, qu'Arnaud venait d'être papa d'un petit garçon.

La vérité aussi, c'était quand je mettais les petites dans leur bain après leur avoir croqué le cou et les épaules, et qu'elles hurlaient de rire des chatouilles que je leur faisais. Quand, en sortant de la baignoire, elles se jetaient sur moi pour m'embrasser, me mouillant complètement avec leurs cheveux ou leurs bras encore humides, tandis que je les frottais avec une serviette-éponge. Quand Héloïse, ma poétesse, me déclamait son amour en inventant des : « mamandarine », « maman cheveux de réglisse », « maman plus belle que les nuages », qui me faisaient frissonner de fierté. Quand Margot, ma rigolote, recréait à sa manière les mots qu'elle entendait : « Porte de Montreuil » devenant pour elle « Porte de mon œil », « l'Attaque des clones » se mutant en « l'attaque des clowns », et qu'elle prenait fièrement la mouche lorsque je rigolais. Quand mes filles, trop nerveuses pour s'endormir, finissaient par s'assoupir dans mes bras, collées contre mon sein, apaisées par l'odeur de mon cou. Quand je découvrais en souriant le flacon de bain moussant vidé par mes chipies, amusée par leurs douces bêtises d'enfants. Je savais, d'une façon certaine, que je n'aurais échangé ma place avec Daphné pour rien au monde.

Ce soir chez elle, nous étions six.

En dehors de ma cousine Linda et de moi-même, Roxane était déjà arrivée, accompagnée de sa copine Edith, une coiffeuse maquilleuse dont elle avait fait la connaissance du temps où elle défilait. Daphné, superbe dans sa petite robe noire près du corps, avait convié à notre soirée entre filles un unique garçon : son frère Régis.

Nous étions toutes un peu gênées, dans la mesure où la présence d'un mâle parmi notre auditoire risquait fort de mettre en péril la belle spontanéité dont nous faisions preuve d'habitude.

Régis était un grand gaillard châtain d'environ vingt-trois ans, aux yeux bleus et au joli sourire à fossettes. Sauf qu'en ce moment même, il ne souriait pas. Il avait même l'air de plutôt faire la gueule. Daphné nous expliqua qu'elle avait invité son frère pour lui changer les idées, au lieu de le laisser croupir, barricadé chez lui, dans la certitude absolue que sa vie était finie.

Le frangin venait tout juste de rompre avec Poison-Ivy (Yvette, de son vrai prénom), une sulfureuse esthéticienne connue sur Internet. Leur idylle avait duré deux mois, puis la belle l'avait plaqué sans prévenir, pour sortir avec un certain Michel, qui s'était affublé du désopilant pseudo de Jonasss, afin de surfer sur le site où il l'avait rencontrée.

Depuis, Régis se terrait sous sa couette, n'en émergeant que pour gémir sur son amour perdu, ou jurer, entre deux sanglots, qu'il allait casser la gueule à ce Michel s'il mettait un jour la main dessus (bonne chance, hein).

Immédiatement, nous fûmes toutes intriguées et voulûmes en savoir plus à propos des rencontres sur le web. Personnellement, la seule expérience que j'en avais était d'avoir suivi de loin la pathétique amourette entre Jonathan et sa Tahitienne.

Aux dernières nouvelles, Alizé28 venait, elle aussi, de « quitter » mon frère, après des mois passés à se déclarer un amour éternel par e-mail. La fin de leur fabuleuse histoire sans sexe avait été consécutive à sa rencontre avec un nouvel employé, dans le bureau de poste où elle travaillait. Sauf qu'à la différence de Régis, Jonathan, qui ne faisait jamais les choses à moitié, avait le cœur brisé par une fille qu'il n'avait jamais physiquement rencontrée.

C'était tout mon frère, ça. Non seulement il avait passionnément adoré un amas de pixels, mais en plus, il n'avait conservé comme souvenir de ce voyage au pays du fantasme qu'un cœur brisé et une perte de cinq kilos (ce qui, entre nous, ne lui faisait vraiment pas de mal, croyez-moi). Concrètement, sa rupture fut donc la seule chose qui n'ait pas été virtuelle.

Il avait eu les inconvénients sans goûter aux avantages. Pov' Jonathan.

Devant l'écran du PC de sa sœur, Régis nous fit une petite démonstration du fonctionnement des sites de rencontres sur lesquels il surfait.

En regardant ce jeune homme plutôt mignon, pas trop dérangé, n'ayant a priori jamais fait de prison, j'en vins à penser que le concept des rencontres sur Internet pouvait être une idée à creuser. Je veux dire, quand on était un boudin moche, timide, un peu simplette et sans aucune vie sociale. Raison pour laquelle je décidai de m'inscrire sur l'un de ces sites plus tard, rassurée par l'idée d'une telle concurrence.

On sonna à la porte. Les pizzas venaient d'arriver.

Daphné distribua des assiettes, et, tandis que nous parlions, chacun se servit. Nous étions affalés un peu n'importe comment sur son canapé en velours beige. Certaines étaient assises sur la moquette aux tons pâles, descendant des litres de Pepsi light et grignotant des chips allégées, entre deux bouchées de pizza trois fromages.

Régis, entouré de toutes ces femmes splendides, avait l'air de retrouver le moral. Il discutait intensément avec Edith, qui lui expliquait que, s'il désépaississait un peu les côtés de sa chevelure et travaillait le dessus au gel, il pourrait obtenir un résultat à peu près comparable à celui de Ricky Martin. Daphné avait viré ses hauts talons (qui lui faisaient laborieusement atteindre le mètre soixante-cinq), et engloutissait sa pizza avec une telle voracité, que l'on aurait dit que c'était la seule qu'elle s'accorderait jusqu'au trimestre prochain. Ce qui était probablement le cas.

Personne ne s'était encore mis à l'aise. Les filles de cette « soirée pyjama entre filles » étant quelque peu embarrassées par la présence du garçon. Aussi lorsque Régis, le plus naturellement du monde, défit son jean et retira son col roulé, triomphant de décontraction dans son T-shirt troué et son caleçon siglé « Batman », l'atmosphère se détendit sensiblement. A tour de rôle, nous allâmes dans la chambre de Daphné revêtir notre uniforme pour la soirée.

Roxane avait apporté, en guise de chemise de nuit, un somptueux caftan brodé, souvenir d'un voyage au Maroc. En le passant, avec ses cheveux blonds et sa peau diaphane, elle eut l'allure d'une princesse des Mille et Une Nuits, dans le genre captive suédoise devenue la favorite du sultan. Celle-là, de toute façon, il fallait toujours qu'elle trouve le moyen de faire sa crâneuse.

Offrant face à elle un saisissant contraste, je portais un certes très ordinaire – mais ô combien confortable – pyjama en coton molletonné bordeaux et gris, orné d'une petite tête d'ours du plus bel effet. Traditionnel, sobre, élégant. La classe, pour passer une nuit de sommeil bercée par une sage abstinence.

Daphné avait enfilé une nuisette blanche en coton, à fines bretelles. Son corps gracile moulé dans cette tenue, démaquillée et ses cheveux courts en pétard, elle ressemblait d'une façon frappante à une adolescente.

Linda avait relevé ses cheveux en un chignon éclaté tenu par une unique barrette. Elle portait un pyjama d'homme, dont seuls les trois premiers boutons de la veste étaient fermés. Le nombril de son ventre plat s'affichait ainsi à la vue de tous, la rendant sexy au possible. Heureusement, son visage désormais délivré de fond de teint camoufleur dévoilait d'inesthétiques cicatrices d'acné qui marquaient ses joues, rendant notre jalousie supportable.

Edith enfin, était vêtue d'un ensemble en coton assez terne, orné de ridicules petits carreaux multicolores. Sans la moindre tête d'un quelconque animal dessus pour rehausser le tout. J'avais échappé de peu au titre de la détentrice du plus moche pyjama de la soirée, et je m'en félicitais.

Moi : (remarquant que Roxane semblait pensive et un peu en retrait) – Qu'est-ce qui se passe, ma poule ? Tu as l'air bizarre...

Roxane : (se mordant les lèvres) – Justement, je voulais vous en parler... Régis, je peux te prendre une cigarette, s'il te plaît ?

Moi : (dans un réflexe, emplissant mes poumons des dernières molécules d'air pur) – Attends... mais depuis quand tu fumes ?

Roxane : (saisissant la cigarette sortie du paquet que Régis lui tend) – J'ai toujours fumé. J'ai arrêté il y a quelques années, avant la naissance des enfants. Mais là, c'est plus fort que moi, j'ai trop besoin d'une clope.

Linda – Je peux en avoir une aussi ? J'ai oublié d'en racheter...

Moi : (pratiquant la méthode Coué, en me répétant dix fois mentalement : « Deux cigarettes, c'est vite fumé ») – Alors, qu'est-ce qui t'arrive ?

Roxane : (tirant une longue bouffée du bâtonnet qu'elle tenait entre deux doigts, exhalant voluptueusement la fumée par ses narines) – Je suis enceinte. J'attends des jumeaux.

Moi : (cessant immédiatement mon apnée) – QUOI ??

Daphné : (hilare) – Ouiii ! Je me souviens quand tu nous avais parlé de ton retard de règles... même que ta voyante t'avait dit de ne pas t'inquiéter !

Régis : (relevant un sourcil, mal à l'aise) – Ah ouais... un retard de règles, quand même. Bon, et sinon, juste pour savoir, vous comptez parler toute la soirée ovulation, tampons et spermicides ? Notez que ça ne me dérange pas, hein. Je vais juste aller jouer dans la chambre sur la console de ma sœur...

Moi : (me tournant vers Daphné) – T'as une console, toi ?

Daphné : (haussant les épaules) – Ça occupe, les soirs où je dors seule. Régis, reste. Et éduque-toi un peu, mon petit. Tu as une chance inouïe de pouvoir entendre ce qui se dit dans le gynécée. Certains hommes tueraient, pour avoir ce privilège.

Régis : (ricanant) – Certains hommes se tueraient, après avoir entendu ça...

Moi : (m'adressant à Roxane) – Comment tu le prends ? Tu voulais t'arrêter à trois, il me semble... Tu n'en veux pas à Mme Aldegonde, ta voyante qui voit que dalle ? Tu aurais vraiment dû faire un test de grossesse...

Roxane : (de mauvaise humeur) – Attends, ne critique pas Mme Aldegonde, s'il te plaît, c'est une femme formidable. Elle a un réel don. Tout ça, c'est à cause de l'esprit de mon arrière-grand-tante qui lui a interdit de me dire que j'étais enceinte. Vous ne vous rendez pas compte, cela aurait pu bouleverser l'ordre du Cosmos, si elle me l'avait annoncé ! La pauvre Aldegonde a dû se taire pour me laisser la surprise, au risque de voir sa réputation compromise. De toutes les façons, tous mes chakras étaient ouverts pour recueillir ces deux petites âmes. Leur destin était de se former dans mon corps. C'est exactement ce qu'elle m'a dit. Seulement... heu... cinq gosses, c'est beaucoup de boulot en perspective. J'en panique d'avance...

Daphné – Et ça va être quoi ? Des filles, ou des garçons ?

Roxane – Strictement aucune idée. C'est trop tôt pour qu'on puisse voir les sexes à l'échographie.

Moi : (me tournant vers Daphné, pour lui parler silencieusement avec mes yeux et ma bouche qui miment « sa voyante est nulle ») – ...

Daphné : (souriant, me lançant un regard entendu) – ...

Edith : (grignotant une chips) – Moi, j'aimerais bien avoir un bébé.

Moi – Qu'est-ce qui t'en empêche ?

Edith : (soupirant) – Ma belle-mère.

Edith, lorsqu'elle n'était pas vêtue de son épouvantable pyjama, était une fille pleine de grâce. De taille moyenne, les cheveux auburn striés de mèches pourpres, elle avait de beaux yeux verts et un visage d'ange, constellé de piquantes taches de rousseur. Il lui manquait juste un certain charisme, une sorte de présence, pour la rendre plus vivante aux yeux de tous. Si elle avait été moins effacée, elle aurait pu éclipser bien des femmes. Mais son tempérament discret et réservé lui avait seulement permis d'être la proie indulgente d'un mari possessif et jaloux. Lequel l'avait déjà appelée sur son portable trois fois depuis le début de la soirée. Docile – pour ne pas dire soumise –, elle n'avait pas éteint son appareil. Expliquant que c'était la condition sine qua non pour qu'il lui permette de passer la nuit avec nous.

Roxane : (soupirant aussi) – Aaah... la belle-mère d'Edith... c'est toute une histoire. Une caricature de belle-mère croisée avec un dogue allemand. Avec des gènes de sorcière. Et une langue de vipère. Et...

Edith : (affichant un faible sourire) – Arrête... Que veux-tu que je fasse... Je ne vais quand même pas quitter Christophe à cause de sa mère...

Roxane : (attrapant Edith par les épaules) – Et pourquoi pas ? Avec tout ce qu'elle vous a fait... Cette femme n'a jamais accepté que son fils s'éloigne d'elle.

Linda : (tirant sur une autre cigarette empruntée à Régis) – Et tu ne peux pas avoir d'enfant à cause d'elle ? Explique-moi ça.

Edith : (gênée, grignotant quelques olives) – Non, c'est pas exactement ça... enfin si, c'est ça. Disons qu'elle ne voulait pas que son fils se marie avec moi. Elle ne voulait même pas qu'on vive ensemble. Mais comme Christophe a hérité du tempérament maladivement jaloux de sa mère, le seul fait d'imaginer que je ne lui appartienne pas totalement l'a poussé à lui désobéir et à m'épouser quand même.

Daphné : (levant un sourcil) – C'est glauque, n'empêche...

Edith : (observant attentivement l'intérieur d'une olive) – Ce n'est pas moi qui dirai le contraire... Elle a très mal pris l'annonce de notre mariage. Il y a eu des crises à n'en plus finir. Elle a finalement exigé, pour consentir à lui pardonner, qu'il ne me fasse pas d'enfant. Christophe a accepté cette condition sans même m'en parler. Il faut dire que ça l'arrangeait bien, de ne pas me partager avec un autre que lui. Fût-ce son propre bébé...

Linda : (assise en tailleur sur la moquette) – Elle agit comme une femme mariée qui prête son homme à une maîtresse, parce qu'elle ne peut pas faire autrement... Daphné a raison, c'est vraiment glauque comme situation.

Moi : (sincèrement touchée par son récit) – Et maintenant ? Comment sont les relations entre vous ?

Edith : (souriant avec fatalisme) – Ça s'arrange, tout doucement. Au début de notre mariage, la mère de Christophe venait à la maison, même tard le soir, en entrant avec le double des clés. Elle s'installait sur le canapé, et monopolisait la conversation des heures durant, exactement comme si elle était chez elle. Même si j'étais crevée, je n'avais pas le droit de protester. Encore moins de lui demander de partir. Son fils lui trouvait toujours des excuses : « elle vit seule », « elle n'a que moi », « c'est une vieille femme, je ne veux pas la blesser »... Alors un jour, j'ai pris toutes mes affaires, et c'est moi qui me suis cassée. Je lui ai envoyé une lettre, lui expliquant que je n'en pouvais plus et que j'allais demander le divorce. Il est venu me voir au salon de coiffure, fou de douleur. Il m'a suivie sur les plateaux où je maquillais en me suppliant de revenir... j'ai fini par accepter de rentrer à la maison. Parce que je l'aime, au fond, et que je sais qu'il a besoin de moi. (Elle marque une pause.) Depuis, il a repris le double des clés à sa mère, et quand elle vient, elle sonne. C'est un début. Je suis sûre qu'un jour, j'arriverai à le réconcilier avec l'idée de me faire un bébé...

Nous échangeons entre nous un regard apitoyé, et pas du tout convaincu.

Linda : (fouillant dans son sac) – Moi j'ai une copine qui a vécu une histoire à peu près similaire à la tienne, et qui s'en est bien tirée... Attends, il me faut un truc, là...

Linda ressortit sa main fermée, qu'elle venait de plonger dans son sac. Regardant attentivement son poing, elle l'ouvrit lentement. Sa paume contenait une petite quantité de poudre blanche.

J'ouvris des yeux grands comme des soucoupes.

Daphné se leva d'un bond, inquiète pour son jeune frère : « Attends, t'es gentille là, mais je ne veux pas de ça chez moi... » Roxane lui lança un coup d'œil dégoûté : « Même moi, j'en ai jamais pris... Pfff... Linda, je crois que tout le monde sera d'accord avec moi : dégage. »

Quant à moi, j'avais tellement le souffle coupé que je n'arrivais même plus à parler. Alors, je me mis à hurler : « Putaaaiiin, Lindaaa ! Pas toooiiii !!! »

Linda était tout simplement tordue de rire, suffoquant sous nos regards consternés.

Elle réussit tant bien que mal à articuler : « Bande de pétaahahahahasses... », avant de sombrer de plus belle dans son fou rire, roulant sur la moquette et se tenant le ventre. Quand finalement elle réussit à se calmer, elle essuya les larmes d'hilarité qui avaient inondé le haut de ses pommettes, et plongea à nouveau la main dans son sac, d'où elle sortit un petit sachet d'aspartam déchiqueté. Devant nos mines déconfites et honteuses, elle repartit dans un gloussement qui cette fois fut communicatif. « Eh, les filles, c'est pas parce que je suis comédienne que je me drogue et que je me prostitue, hein ! »

Une fois les sucrettes de Daphné versées dans le café de Linda, celle-ci reprit son récit.

Régis, intéressé et manifestement sous le charme des grands yeux noirs de ma cousine, vint, l'air de rien, s'asseoir près d'elle, sur la moquette. Il tenait dans ses mains un énorme bol de corn-flakes plein de lait, qu'il était allé se chercher dans la cuisine. Le regarder plonger sa cuillère dedans pour la porter ensuite voracement à sa bouche, malgré toutes les pizzas que nous venions d'engloutir, rouvrit sauvagement notre appétit. Heureusement, Daphné apporta un immense saladier de cookies, qu'elle posa devant nous sur la table basse.

Ce soir, nous avions décidé que nos ventres rentrés feraient relâche. Nous étions trop bien ensemble, le plaisir se devait d'être complet et sans restriction. Du coup, c'était la fête du capiton.

Linda : (sirotant son café) – Nadia était une grosse fille sympa qui travaillait aux décors quelques heures par jour dans un petit théâtre à Nice, où je suis restée plusieurs mois en représentation. Elle était douce, gentille, toujours très à l'écoute. Nadia était mère de quatre enfants. L'essentiel de son temps, elle le passait à la maison, à s'occuper de son mari et de ses gosses. Le mari, un macho de première, ne levait pas une cuillère pour l'aider. Alors forcément, un jour elle a commencé à déprimer sévère, et du coup son mec a accepté de la laisser un peu travailler à l'extérieur. Sortir de son appartement était devenu pour elle une question de survie.

Roxane : (se grattant la cheville de l'un de ses ongles manucurés et peints en grenat) – Ooh, comme je comprends cette femme...

Régis : (fasciné par le nombril de Linda) – Moi je suis tout sauf macho. Jamais je n'empêcherai ma femme de travailler. Jamais. Surtout si elle gagne plus que moi.

Linda : (souriant à Régis) – Nadia s'est tellement épanouie dans sa nouvelle activité, qu'elle s'est mise au régime et a commencé à perdre du poids. Dix, vingt, trente kilos, sa volonté était sans faille... Mais là, son mari a pris peur.

Moi : (retirant prestement ma main du saladier de cookies, vers lequel elle se dirigeait machinalement) – Pourquoi ? Il aurait dû être content, au contraire, d'avoir retrouvé une femme plus jolie qu'avant, non ?

Linda : (allumant une cigarette du paquet que Régis vient de lui offrir) – Ben non. Son mari ne voulait pas qu'elle maigrisse. Il la préférait avant. Avant ? Une grosse dondon obéissante enfermée dans sa cuisine, élevant leurs gosses, ayant déposé carrière et beauté au vestiaire de sa vie, pour lui servir d'esclave consentante. Pas con, le mec ! (Se tournant vers Régis :) Tu veux emprisonner une femme ? Emprisonne-la dans sa propre graisse. Elle ne bougera pas, ne te trompera pas, n'éveillera même pas la convoitise de tes potes, et s'occupera de toi avec ferveur et abnégation, complexée par son apparence, trop reconnaissante que tu acceptes sa misérable personne dans ta vie. Mais laisse-la sortir, voir du monde, rencontrer des gens, comparer, s'éveiller, perdre du poids, redevenir séduisante, et là : gros danger. Elle risque de se rendre compte de ce qu'elle est, de ce qu'elle a à la maison et de ce qu'elle pourrait avoir. Pas forcément un autre mec, mais un truc beaucoup plus simple : la liberté. Pas d'entraves. Pas de comptes à rendre. Pas de culpabilité. Trop flippant pour lui, non ?

Régis : (ne se sentant pas du tout concerné) – Moi, si j'avais une femme comme toi, je ne l'emprisonnerais que dans mes bras.

Moi : (chuchotant fort à Linda) – Ne te retourne pas tout de suite, mais je crois que t'as une touche, là.

Linda : (flattée, s'adressant à Régis) – On en reparlera quand tu auras dix ans de plus, petit.

Régis : (bombant le torse sous son T-shirt troué) – Pourquoi, t'as quel âge ?

Linda : Trente-trois ans.

Régis : (roucoulant) – Maaais je n'ai rien contre les femmes d'expérience...

Linda : (narquoise) – Et j'ai une petite fille aussi. Elle s'appelle Abigaïl, et elle a quatre ans.

Régis : (visiblement refroidi) – Non, mais je déconnais, là... (Puis, mufle :) De toute façon, je pense toujours à Yvette.

Linda : (éclatant de rire en se tournant vers moi) – Tant

mieux, parce que moi je n'aime que les hommes fiables et responsables.

Moi : (complice) – Et ça ne court pas les rues, ma bonne dame.

Daphné : (envoyant un coussin sur la figure de son frère) – Arrête de nous gonfler, avec ton esthéticienne à la con. Linda, qu'est-ce qu'elle est devenue, ta copine, elle a quitté son mec ?

Ma cousine tira une longue bouffée de sa cigarette. Me concernant, peu importait qu'elle fume. Car depuis le début de la soirée, je respirais en alternant l'ouverture d'une narine sur deux, histoire de limiter mon shoot à la nicotine. C'était bon maintenant, j'avais pris le rythme.

Linda : (souriant) – Elle a fait pire que ça. Elle l'a maté. Il avait intérêt à changer et à faire des efforts, s'il voulait la garder... Alors, il a fait des efforts. (Se tournant vers Edith la discrète :) Tu sais, ma belle, si tu n'es pas heureuse, tu devrais peut-être essayer de faire bouger les choses dans ton couple. Il n'y a aucune raison pour que tu acceptes de subir la loi de ton mari sans broncher.

Edith : (les yeux dans le vague) – Je ne sais pas... A dire vrai, c'est surtout sa mère qui nous pourrit la vie, au fond. Je ne suis quand même pas la seule femme au monde à avoir une belle-mère timbrée ?

Roxane : (étendant ses jambes sous la table basse et entamant son huitième cookie – super-prétexte pour s'empiffrer, la grossesse) – Non, je confirme ! Au début de notre mariage, la mère de mon gros chat nous a proposé de venir faire le ménage chez nous de temps en temps. Je n'étais pas démesurément excitée par cette idée, mais enfin... je voyageais pas mal, mon mari était incapable de laver deux assiettes sans en casser une, donc j'ai accepté. Le problème, c'est que je me suis vite rendu compte que ma belle-mère fouillait dans nos affaires. En particulier dans les miennes. Et elle ne s'en cachait pas, puisqu'elle nous demandait ensuite de lui rendre des comptes ! J'ai pété un câble le jour où elle m'a demandé d'un air accusateur, devant mon mari, qui était cet Armand Leblond – mon dentiste, soit dit en passant – avec lequel j'avais rendez-vous vendredi à 15 h 30, pendant que son fils était au bureau. Cette vieille toupie avait carrément mis le nez dans mon agenda !

Pendant que la discussion battait son plein dans le salon, je me levai pour aider Daphné à refaire du café dans la cuisine. Derrière moi, une petite musique de portable retentit. Je n'eus pas besoin de me retourner pour savoir qu'il s'agissait du mari d'Edith.

Tandis que Daphné ouvrait un placard et en sortait le thé que voulait Roxane et le chocolat demandé par Régis, je m'activais autour de la machine à expresso. M'étonnant à voix haute de ce qu'Octavia ne soit pas venue ce soir, collée aux basques de sa copine. Daphné, brusquement émoustillée par ma question, me fit jurer de ne pas répéter ce qu'elle allait me confier. Roxane le lui avait appris quelques heures plus tôt, et lui avait fait promettre de ne surtout pas l'ébruiter. Je jurai solennellement le silence éternel sur la tête de Raphaël, mon ex vêtu de paillettes, qui pouvait bien se prendre un accordéon sur le pied sans que cela me fasse tressaillir la racine d'un cil. J'affichais un sourire avide et des yeux brillants de curiosité contenue. « Octavia... tu sais ? La fille qui ne sort officiellement avec personne. Eh bien, elle sort avec quelqu'un, finalement », ricana Daphné.

« Qui ??? » fut le mot qui résuma le mieux l'intégralité de mes pensées, tout entières dirigées vers ce but ultime de la conversation.

« Tu ne vas jamais me croire », lança Daphné, sadique, prolongeant de quelques secondes le moment de pure jubilation précédant la révélation d'un scoop atomique. « Tu te souviens d'Eric et Ophélie ? On les avait rencontrés au dîner de Noël chez Roxane. Mais siiii, rappelle-toi, Eric, le frère de Roxane... »

Entre filles, quelques mots suffisent. « Non, arrête », fis-je en m'esclaffant. Daphné triompha : « Siii ! » Elle ajouta : « Eric et Octavia couchent ensemble depuis déjà six mois. Le problème, c'est qu'ils s'engueulent sans arrêt, alors il voudrait bien la larguer. Mais il n'y arrive pas. La styliste capillaire préférée des chihuahuas s'accroche à lui comme une tique en furie. Elle le harcèle de coups de fil, l'attend devant son bureau en pleurant, et commence à le menacer de tout balancer à sa femme s'il la quitte. Eric panique grave, et Roxane n'arrive pas à la calmer ! »

Purée, il fallait absolument que je raconte ça à quelqu'un. Bon, je choperais Linda au vol quand elle irait aux toilettes. Elle aussi avait rencontré Octavia lors de ce fameux dîner, et avait peu après demandé sa carte de membre du club de ceux qui auraient payé cher pour lui entarter la tronche dans une fête foraine. Je gloussai, réalisant que c'était toujours plus rigolo quand ce genre de truc arrivait aux autres. Pour une fois.

Je disposai toutes les tasses sur un plateau, que j'apportai au salon.

En pénétrant dans la pièce, je vis que tous les regards étaient tournés vers Linda, laquelle était probablement en train de parler de son métier. Ils avaient tous l'air de croire qu'ils discutaient avec la future Sharon Stone, alors que l'essentiel de la carrière cinématographique de ma cousine se résumait à quelques tournages de spots de pub bas de gamme, à visée exclusivement alimentaire.

A son palmarès, elle avait prêté sa voix à une série de petits films vantant les mérites de plats cuisinés déshydratés. Il y avait eu aussi cette apparition en tant que doublure main – le mannequin, dont on apercevait la croupe parfaite à l'écran, ayant les doigts boudinés – qui se tendait voluptueusement vers un flacon de savon destiné à l'hygiène intime. Sans oublier ce spot mémorable où elle souriait à la caméra (on ne voyait que quatre de ses dents de devant), afin de démontrer les effets blanchissants d'une nouvelle solution contre la plaque dentaire.

Lorsque Linda ne vivait pas de petits boulots, elle apparaissait dans des pièces de théâtre écrites par d'obscurs auteurs prétentieux qui essayaient de se la jouer « brillants auteurs d'avant-garde », mais qui ne convainquaient personne (sauf peut-être leur maman).

J'aimais beaucoup Linda. C'était une fille sincère et honnête, qui, sous ses airs nonchalants, gardait enfouie en elle la blessure de sa séparation d'avec Pascal – dont elle ne parlait jamais –, son ex-compagnon et le père de sa fille. Enfin... jusqu'à ce soir.

Linda : (hilare) – Et il y a eu aussi la fois où la mère de Pascal m'a offert, pour mon anniversaire, une magnifique bougie parfumée ornée d'inscriptions chinoises, en provenance directe de la solderie en bas de chez elle. Elle avait toutefois pris soin, auparavant, de l'emballer dans le papier cadeau d'une marque de luxe – vestige d'un cadeau de Noël hors de prix que nous lui avions fait l'année précédente. Pascal a tiré une de ces gueules...

Edith : (déchaînée) – J'ai mieux ! J'ai mieux ! Un jour, au tout début de notre relation, ma belle-mère m'appelle pour nous inviter à dîner, son fils et moi. Comme je l'ai au bout du fil, j'en profite pour lui préciser que je suis allergique aux fruits de mer. Bon. Arrivés chez elle, nous sommes reçus d'une façon charmante. Elle met les petits plats dans les grands, rien à dire. Mais lorsque nous passons à table, vous ne voyez pas qu'elle nous sert en entrée un velouté aux huîtres, accompagné de beignets de crevettes, suivi d'une tourte au crabe et de coquilles Saint-Jacques sautées aux champignons ? Si c'est pas de la provocation, ça... Evidemment, il n'y a que le dessert auquel j'ai pu toucher. Ce qui ne l'a pas empêchée, le lendemain, de faire un scandale à Christophe, sous prétexte que je n'avais pas fait honneur aux plats qu'elle s'était donné tant de mal à préparer ! Quand il lui a rappelé mon allergie, elle a prétendu que je ne lui en avais jamais parlé. Devant mes protestations outragées, Christophe en a conclu que sa pauvre mère avait des problèmes de mémoire, et que je ne devais évidemment pas lui en tenir rigueur.

Régis : (fasciné) – Nan, sans déconner... vous délirez, là ? Vous parlez de cas pathologiques ?

Moi : (sirotant mon café) – Tu veux une histoire tirée d'un film d'horreur ? Alors écoute la mienne, petit...

Régis : (agacé, rajustant d'un geste vif l'élastique de son caleçon « Batman ») – Mais arrêtez toutes de m'appeler « petit » ! J'ai vingt-trois ans, bordel !

Daphné : (maternelle) – D'accord, mon bébé. Allez, tais-toi et écoute ce que dit la dame. Au fait, tu as appelé maman, pour lui dire que tu passais la soirée chez moi ? Elle va s'inquiéter, si elle ne sait pas où tu es...

Régis : (regard noir et joues rouges) – Fais-moi plaisir, sœurette, occupe-toi de ton string.

Moi : (mutine) – Régis, mon petit, il faut absolument que je te présente mon frère, Jonathan. Vous allez vous adorer.

Edith : (intéressée) – Déborah, une belle-mère pire que la mienne ? Je veux voir !

Moi : (assise en tailleur près d'elle, triturant une mèche de cheveux) – Imagine le tableau. Tu es là, dans ta belle robe blanche, le jour de ton mariage. Les invités sont arrivés, tes parents sont près de toi, ton ventre est un peu tendu, car tu es enceinte, même si ça ne se voit pas encore. C'est donc le plus beau jour de ta vie. Monsieur le maire s'apprête à prononcer son discours, seulement la cérémonie ne peut pas commencer, car il manque une personne essentielle au marié : sa mère. Toi, tu es nerveuse, tu jettes des coups d'œil à droite et à gauche, ce qui fait que tu es la première à la voir arriver. En l'apercevant, tu manques de t'évanouir.

Edith : (qui jubile, s'amusant comme une petite folle) – Héhéhé, pourquoi ?

Moi : (avalant un morceau du cookie dans lequel je viens de mordre) – Hum... c'est simple. Ta belle-mère, alias la femme qui ne voulait pas de toi comme bru, a décidé que si tu devais malgré tout gagner la partie et épouser son fils, ce ne serait pas sans marquer le jour de cette victoire d'une cuisante humiliation. Pour toi.

Edith : (les yeux pétillants) – Qu'est-ce qu'elle a fait ?

Moi : (blasée) – Elle s'est pointée à la mairie accompagnée de Frédérique, l'ex-petite amie de Jean-Louis. Laquelle, ayant appris qu'il m'épousait, est entrée dans une fureur noire. Frédérique est donc apparue en robe de mariée – louée pour l'occasion – pour lui expliquer qu'il s'était trompé de femme.

Régis : (effondré de rire) – Ahahahaha...

Linda : (se levant pour aller aux toilettes) – J'étais là, je peux témoigner. Ton père était tellement furax qu'il a voulu les foutre dehors...

Edith : (consternée) – Comment as-tu réagi ?

Moi : (dégoûtée) – J'étais sous le choc. Frédérique s'est avancée, insolente, et a tout naturellement pris place aux côtés d'un Jean-Louis stupéfait. Elle lui a attrapé le coude, a lancé un sourire angélique au maire, et a déclaré d'un ton joyeux : « Nous sommes prêts, vous pouvez commencer. » Lui a secoué son bras et l'a repoussée, pendant que quelqu'un est allé prévenir les types de la sécurité, qui sont entrés et l'ont mise dehors tandis qu'elle criait avec sa voix de snob : « Ne me tooouchez pas ! C'est môiii qu'il aurait dû épouser ! » La mère de mon fiancé, satisfaite, est sortie avec elle sous les huées des gens présents. J'ai fondu en larmes. Mes proches étaient scandalisés, tout le monde parlait, commentait ce qui venait de se passer, c'était terrible. Jean-Louis, aidé de son grand-père, a calmé ma famille, et crois-moi, ça a été dur. Puis il a insisté pour que l'on continue comme si de rien n'était. Le maire était désolé pour moi, mais il voulait vite conclure car il y avait un autre mariage qui suivait le nôtre, et nous étions déjà en retard. Il a expédié la cérémonie. J'ai dit « oui » d'une voix claire et déterminée, après avoir séché mes larmes. Ma belle-mère ne gagnerait pas. J'étais résolue à ce qu'elle ne parvienne pas à gâcher les premières minutes de ma vie conjugale. Je suis sortie de la mairie une alliance au doigt et un époux au bras. Tout le monde applaudissait, nous, on s'embrassait comme des fous, c'était génial.

Roxane : (qui s'endort, pelotonnée dans son coin) – Quelle plaie, les moches-mères...

La soirée avançait et, à part Roxane qui somnolait, assommée par ses hormones en folie, personne n'avait envie d'aller se coucher. Daphné eut alors une idée brillante.

Daphné : (qui vient de rapporter du café et des glaces) – Et si on faisait un « Action ou Vérité » ?

Régis : (qui a repris du poil de la bête en notre compagnie, et qui a complètement oublié son Yvette) – « Action ou Vérité » ? Je jouais à ça quand j'avais douze ans... Vite, trouve autre chose avant que tes copines ne découvrent ton véritable âge mental !

Moi : (enthousiaste) – Génial !!

Edith : (choisissant un cône à la vanille) – Ah oui, bonne idée !

Linda : (se redressant brusquement) – C'est moi qui commence !

Roxane : (la tête renversée sur l'accoudoir du canapé) – ZZzzzZZzzz... rrrhhh... zzZZZ...

Linda : (se tournant vers Edith) – O.K., alors c'est moi la preum's ! Bon. Action ou vérité ?

Edith : (hésitante) – Hum... vérité.

Linda : (relevant très haut un sourcil) – Oh-oh, je vois que la p'tite dame ne prend pas de risques, hein ? Très bien. Hum... Alors. T'es-tu déjà regardé les fesses avec un miroir ?

Edith : (mi amusée, mi effarouchée) – Quoi ??

Linda : (résolue) – Taratata. Tu as choisi « vérité », alors il faut dire la vérité.

Edith : (bégayante au milieu de nos hurlements de rire) – Heu... les fesses ? Si... Si je me suis déjà regardé les fesses avec un miroir ? Eh bien, heu, oui. Mais c'était pour voir un bouton ! (Re-hurlements de rire, et sifflets de Régis.) Merci, hein, Linda ! Bon, à Déborah maintenant... Déborah, action ou vérité ?

Moi : (croquant dans un esquimau géant) – Peux pas, je mange !

Edith : (excitée) – Ça vaut pas ! Alors, action ou vérité ?

Moi : (même pas peur) – Vérité !

Edith : (se mordant la lèvre) – Bon, alors, Déborah... heu... qu'est-ce que tu détestes le plus chez toi ?

Moi : (flegmatique) – Fastoche. Mes poils. A Daphné maintenant. Action ou vérité ?

Daphné : (sûre d'elle) – Bande de petites joueuses, va. Action !

Moi : (niark-niark) – Pour toi, je vais choisir un truc hard. Chienne comme je te connais, tu ne m'aurais pas épargnée de toute façon. Bon, alors... tu vas téléphoner à Arnaud, et le féliciter pour son nouveau bébé.

Daphné : (moins sûre d'elle) – Quoi, maintenant, à une heure du mat ?

Moi : (sadique) – Non, non, demain, histoire qu'il soit au boulot et que tu puisses congratuler son répondeur... bien sûr, maintenant !

Daphné : (faisant claquer les bretelles de sa nuisette d'un air de défi) – Alors là, ma vieille, si tu crois que je vais me dégonfler... Les filles, faites péter le téléphone.

Pendant que Linda tirait le fil du téléphone jusqu'à elle, Daphné feuilletait les pages blanches de son annuaire, priant sans doute pour que le numéro de son ex-fiancé n'y soit pas. Manque de pot, il y était (j'aurais vérifié, de toute façon).

Dans le salon, c'était l'hystérie. Même Régis semblait trouver l'exploit intéressant. Daphné s'apprêtait à téléphoner à celui qui l'avait abandonnée le jour de leur mariage, et dont elle avait plus tard réduit l'appartement à l'état d'œuvre d'art contemporain. Ils ne s'étaient pas parlé depuis des années.

Daphné : (chuchotant, la main sur le combiné) – Ça sonne...

Elle appuya sur la touche haut-parleur, afin que nous puissions profiter du fabuleux échange qui allait avoir lieu. Nous étions tous les quatre immobiles comme des statues de sel, refoulant tant bien que mal une irrésistible envie de glousser. A part le léger ronflement de Roxane, on aurait pu entendre un cafard roter.

Au bout de la troisième sonnerie, une voix féminine murmura un faible « Allô ? » ensommeillé. Je fus prise d'une bouffée de remords. Avec nos jeux stupides, nous venions de réveiller la femme d'Arnaud, qui plus est jeune maman. Et j'étais bien placée pour savoir combien le sommeil d'une mère, qui venait d'avoir un bébé, était rare et précieux.

C'est alors que Daphné, au lieu de raccrocher, fit une chose qui me permit sérieusement de douter de la qualité de son état mental. Elle respira un grand coup, et déclara, en prenant une voix rauque et sensuelle : « Bonsoir. Vous ne me connaissez pas, mais votre mari et moi entretenons une liaison depuis plusieurs mois. Voilà, je voulais seulement que vous le sachiez », et elle raccrocha en éclatant de rire. Stupéfaite, je criai : « Quelle garce ! tu es immonde d'avoir fait ça ! », mais Daphné ne m'écoutait pas.

Elle s'était mise debout sur le canapé, et avait entamé un petit boogie-woogie de la victoire en chantonnant : « Jamais, je ne lui pardonnerai jaaaamais, jamais, jamais, jamaiiiiis ! »

Lorsque Daphné eut fini de célébrer son triomphe en gigotant comme un vermisseau, je réussis à la convaincre de rappeler la femme d'Arnaud pour lui expliquer qu'il s'agissait d'une blague. Edith et Linda se joignirent à moi en approuvant vigoureusement.

Moi : (« j'ai créé un monstre ») – Tu ne te rends pas compte des conséquences que pourrait avoir ce canular idiot... avec tout ce stress, tu as peut-être tari le lait de cette femme ! Imagine demain, lorsque son pauvre petit bébé cherchera son sein, et qu'elle ne pourra plus produire une seule goutte pour le nourrir... tu affames un enfant !!

Daphné : (l'air contrit) – D'accord, d'accord, calme-toi, je vais la rappeler...

Elle s'exécuta sur-le-champ. Seulement cette fois-ci, c'est Arnaud qui décrocha dès la première sonnerie.

« Allô ? » fit-il, énervé. Daphné prit une voix de basse qu'elle imagina masculine, et déclara : « Bonsoir. Vous ne me connaissez pas, mais votre femme et moi entretenons une liaison depuis... »

Arnaud beugla dans l'appareil : « Daphné, c'est toi ? Oui, c'est toi, je t'ai reconnue, espèce de sale petite morue... », et Daphné raccrocha. Ce coup-ci, nous rîmes à gorge déployée en nous tapant dans la main.

Ce fut à son tour de choisir un gage. Elle se tourna vers son frère : « Action ou vérité ? »

Régis se frappa le torse du poing, se fit mal, et choisit « action ».

Daphné – Donne immédiatement un baiser – sur la bouche, hein – à la personne de ton choix qui se trouve dans cette pièce.

Régis : (nous jaugeant toutes les unes après les autres) – Un animal, c'est considéré comme une personne ? Parce que si oui, je peux embrasser un de mes poux.

Moi : (horrifiée) – Tu as des poux ??

Régis – Non, mais je peux simuler...

Daphné : (impatiente) – Non, tu peux pas ! Alleeez ! Choisis une victime !

Régis : (faisant durer le plaisir de se croire dans un harem) – Bon, alors pas Edith parce que son mari me casserait la gueule, pas Roxane parce qu'elle bave quand elle dort, pas Déborah parce que c'est ta copine et qu'elle te raconterait comment j'embrasse, pas toi parce que plutôt mourir... Il ne reste que Linda.

Linda : (amusée) – Linda, alias « le meilleur pour la fin ».

Régis : (lui lançant un regard de braise) – Approche-toi, poupée, et tu vas enfin connaître le bonheur...

Tout en parlant, ce fut Régis qui s'avança à quatre pattes vers Linda, jusqu'à se placer près d'elle sur la moquette. Puis il passa gauchement un bras autour de ses épaules sous nos rires fusants, et lui donna un baiser, un peu trop long pour n'être que le fruit du jeu. Nous nous mîmes à applaudir en nous moquant de lui. Lorsqu'il lâcha enfin la bouche de Linda, il chuchota : « Heu... ça te dirait qu'on se revoie, pour peaufiner ce bel exercice ? » Linda lui répondit en souriant tendrement : « Bien sûr. Rendez-vous tous les soirs dans tes rêves. »

Nos hurlements de rire se déchaînèrent de plus belle. Régis commençait à regretter amèrement d'être le seul représentant de la gent masculine parmi notre assemblée de femelles en furie.

Nous jouâmes encore un long moment à « Action ou Vérité ». Régis et Linda s'embrassèrent plusieurs fois – nous nous étions toutes discrètement concertées pour leur donner à chaque fois ce même gage. Malgré les vives protestations de Linda, et de Linda seulement. Des confidences d'une intimité absolue furent échangées, pour les pleutres qui avaient choisi « vérité ». Nous apprîmes ainsi que Daphné avait des verrues plantaires, et qu'Edith avait fait chirurgicalement recoller ses oreilles, ayant dû supporter de se faire appeler Cheeta pendant toute son enfance. Et puis je dus aussi leur avouer que je m'étais rasé la partie gauche de ma moustache avec le rasoir de mon père quand j'avais sept ans (la partie droite ayant été épargnée par les hurlements de ma mère lorsqu'elle m'avait découverte, penchée avec l'outil au-dessus du lavabo).

Y a pas à dire, ce fut vraiment une chouette soirée.

Et lorsque tout le monde alla enfin se coucher, dans le salon plongé dans le noir, Roxane bâilla, s'étira et demanda : « Hé, les gars... vous êtes où ? »

CHAPITRE 9

CÉLIBATAIRES EN SOLDE

La plupart des jeunes femmes sont rebutées par des avances trop précises. Sinon, c'est que je manque réellement de chance.

GROUCHO MARX

Pseudo : *Fantômette.*

Nom : *Oui.*

Prénom : *Déborah.*

Sexe : *pas en ce moment, non.*

Ville : *Paris.*

Age : *29 ans. Presque 30. Mais en paraissant 28,5.*

Signe astrologique : *Ça dépend. Occidental, chinois, norvégien ou papou ?*

Profession : *exploitante agricole d'un cheptel de lamas, destiné à l'exportation sous forme de hamburgers en Asie du Sud-Est.*

Statut marital : *Ben, célibataire. Sinon je serais allée sur un site de jeux vidéo (banane).*

Taille : *Variable. Je frôle le mètre soixante-huit quand je suis debout. Le mètre soixante-dix sur la pointe des pieds. Le mètre soixante-seize avec des talons hauts. Le mètre cinquante-cinq quand je me penche.*

Poids : *non, sérieusement. Vous déconnez, là ?*

Yeux : *heu... à vue de nez, deux.*

Cheveux : *démêlés régulièrement avec un après-shampooing, merci.*

Fumeur : *Non, car fumer altère les performances sexuelles et donne une haleine de berger allemand, sachez-le. C'est peut-être pour ça que vous n'avez pas de petite amie ?*

Mes loisirs : *M'épiler les jambes, changer ma frange de côté, regarder le téléachat en prenant des notes, discuter avec ma voisine en faisant semblant que ça m'intéresse.*

Mon caractère : *Ça dépend des jours de mon cycle.*

Mes défauts : *J'en ai plus depuis que j'ai divorcé.*

Mes qualités : *Je sais écrire le prénom Bob à l'endroit et à l'envers. Regardez : Bob.*

Comment j'imagine mon conjoint idéal : *Cherche homme n'importe comment mais qui ne s'appelle pas Jean-Louis et qui ne mesure pas 1,74 m, toiletté, les ongles courts et ayant tous ses vaccins à jour, pour femme pas difficile, pas chiante et qui n'aime pas trop rigoler.*

Je ne pouvais pas. Non, je ne pouvais tout simplement pas. Et pourtant, j'avais essayé plusieurs fois, mais non, je n'y arrivais pas.

Certes, j'avais bien rempli une fiche. Certes, je m'étais même flagellé le dos avec des spaghettis crus pour me forcer à y faire figurer une photo. Mais jamais je n'aurais pu me décrire sérieusement sur un site de rencontres, impossible !

J'aurais eu trop l'impression de me vendre aux enchères.

Même si, en tout état de cause, je n'avais pas besoin d'attendre d'être sur un site web pour le faire. Peut-être faisais-je partie de ces femmes qui ne savaient pas vivre sans homme ? Même si aussi, au fond de moi, je m'interrogeais sur l'absolue nécessité d'attendre le grand amour pour me sentir pleinement épanouie en tant que femme, alors que ma vie de mère me comblait déjà totalement. Même si encore, voyons les choses en face, je ne savais pas du tout ce que je voulais. (Ça, c'était, avais-je lu quelque part, un des effets indésirables de ma production d'œstrogènes.)

Mais qu'étais-je venue faire dans cette galère ? Dans ce lieu virtuel de débauche où, qui sait, se terrait peut-être derrière son écran un serial killer avec son masque de Scream sur la figure, prêt à bondir sur les vulnérables brebis que nous étions. Nous, les célibatrentenaires.

Pour savoir où je mettais les pieds, je jetai un coup d'œil aux fiches des autres filles du site, et je pestai intérieurement.

Soit beaucoup trompaient l'ennemi en cachant leur figure ingrate derrière des photos de mannequins slovaques, soit elles avaient cassé leur PEL pour se payer un photographe professionnel, qui avait su doser juste ce qu'il fallait d'ombre et de lumière pour diminuer leur gros nez, ou donner de la profondeur à leur regard bovin.

Pff. La déception n'en serait que plus grande en les rencontrant.

En parcourant les fiches des garçons, par contre, je ne pus m'empêcher de jubiler.

Un léger sentiment d'excitation me parcourut l'échine. Je me sentais comme une enfant lâchée dans un magasin de jouets, à qui l'on aurait permis de choisir à peu près tout ce qu'elle désirait. Les jouets en question s'offrant là, gratuitement, devant elle. Une armée de célibataires tous inscrits dans le même but : se rencontrer et peut-être... s'aimeeeer.

Pour la plupart, les inscrits de mon âge étaient divorcés ou bien séparés. Et, devrais-je ajouter non sans une certaine lucidité, parfois, on comprenait limite pourquoi.

Le niveau intellectuel de certaines fiches frôlait celui d'une bonne blague de Jean Roucas. Quant aux photos... certains types auraient sans doute fait plus de touches en prétextant ne pas avoir eu le temps d'en scanner.

Il y avait des hommes qui se tenaient rigides et pétrifiés devant le flash du Photomaton.

Chez d'autres, le visage maladroitement cadré était pris en très gros plan, occasionnant par là un sursaut d'horreur chez l'infortunée qui visitait leur fiche.

D'autres encore avaient trouvé sexy de mettre en ligne une

photo d'eux floue ou carrément obscure, quand elle n'était pas sombrement inquiétante.

Il y avait des hommes arborant des chemises qui permettaient légitimement de se demander s'ils souhaitaient réellement rencontrer quelqu'un.

Des gars posaient enlacés avec une fille (sœur ? belle-sœur ? coup manqué ?), sûrement pour bien montrer comment ça ferait, quand on aurait remplacé la fausse blonde dans leurs bras.

Il y avait des spécimens posant torse nu (et fraîchement épilé).

Certains avaient choisi un pseudo qui laissait rêveuse : « Jevaistaimer » (heu... franchement ? non merci, sans façon) ; « Sexmachine4 » (trois autres petits futés ayant déjà fait montre de cette même créativité éloquente) ; « Pleurote75 » (ce type avait-il entendu parler de la symbolique des pseudos ?) ; « Beaumec92 » (heureusement qu'il avait fourni un cliché de lui, permettant de constater combien il se surestimait).

Certains phénomènes avaient rempli leur fiche avec des perles telles que :

Mes loisirs : *J'aime beaucoup faire le ménage, et je considère que ce n'est pas seulement aux femmes de s'en charger. J'aime aussi me lancer dans la préparation de bons petits plats mijotés pour ma chérie, dès que je rentre du boulot. La regarder s'en délecter me ravit.* (Ouais, c'est ça, on y croit. Et malgré tout, genre, t'es toujours célibataire ?)

Mon caractère : *Je suis un dur, faut pas m'emmerder. Mais en même temps, je peux aussi être très sensuel, très charnel, toujours sous une certaine violence. J'aime le contact. J'aime l'affrontement des corps. J'aime la brutalité de la rencontre.* (Et sinon, laisse-moi deviner, ton ex-femme t'a quitté juste après avoir déposé plainte pour coups et blessures ?)

Comment j'imagine mon conjoint idéal : *Il faudra qu'elle soit belle, jeune (entre dix-huit et vingt-cinq ans), élégante, raffinée et surtout très mince. Je la voudrais aussi grande, mais pas trop. Avec beaucoup de classe, d'intelligence (études supérieures recommandées), pourvue d'une bonne éducation et de bonnes manières. Evidemment, ce sera une femme fidèle, et suffisamment perspicace, lorsque je l'aurai rencontrée, pour ne* *pas me laisser m'échapper.* (Cette femme-là existe sûrement. Mais à mon avis, si tu veux la séduire, achète-toi une autre personnalité.)

Mon signe astrologique : *Je suis Gémeaux ascendant Capricorne. Mais avec la Lune en Lion au moment de ma naissance. C'est très important, la Lune en Lion : ça illumine tout mon thème astral d'un dynamisme et d'une force, je peux le dire, quasi surnaturels. A l'heure à laquelle j'ai poussé mon premier cri, Vénus était en opposition avec Uranus. Ce qui signifie que j'ai hérité des astres une sexualité débordante – seriez-vous prête à le vérifier dans mes bras ? Bien sûr, Pluton n'était pas très loin. Visiblement, il a boosté mon intellect, et m'a fait don d'une certaine sensibilité créatrice – je joue de la guitare. J'ai d'ailleurs commencé dans le cabaret où s'est produit Francis Lalanne à ses débuts.* (Oh, mon Dieu, mais qu'est-ce que je fous là ??)

Sans doute ces hommes n'étaient-ils que de grands timides quittés par leur compagne.

Des hommes qui n'avaient plus l'habitude de draguer, et encore moins de se mettre en valeur. Peut-être même étaient-ils simplement de chic types qui ne savaient pas sourire à l'objectif, qui manquaient de goût pour s'habiller, ou qui n'étaient pas très photogéniques. Les pauvres.

Personnellement, ce n'était absolument pas mon problème.

N'ayant que très modérément une vocation d'assistante sociale, je laissai à d'autres que moi le soin de secourir ces malheureux, et me concentrai uniquement sur les fiches des garçons ayant une coupe de cheveux normale, un regard franc, une allure naturelle et aucun nœud papillon autour du cou.

Je me promenais de fiche en fiche comme à travers les rayonnages d'un supermarché aux étagères remplies de centaines de produits différents. Sans idée préconçue, sinon celle de me faire des « amis d'amitié » dans un premier temps, quoi qu'en dise cette sale persifleuse de Daphné, qui rigolait bien de mon initiative.

De toute façon, quel soutien aurais-je pu attendre de la part d'une fille, pour qui l'idée d'une discussion sur le Net consistait à se connecter sur un chat de musique techno et à y défendre corps et âme des artistes tels Charlie Oleg, Frédéric François ou les Forbans en expliquant avec ferveur la spécificité de leur musique ?

Mon but à moi était juste de prendre le temps de faire la connaissance de mes quelques correspondants, et ainsi éviter l'erreur de rentrer en contact avec un détenu en cavale, ou avec un gosse de treize ans qui se donnerait des frissons en draguant une vieille de trente.

Bien sûr, l'objectif ultime de mon existence n'était pas de rencontrer un homme.

Ma vie ne se résumait pas à ça. J'avais mûri, depuis mon divorce. Je me débrouillais désormais toute seule, et avec brio ! La petite gourde timide et complexée avait fait place à une jeune femme aguerrie et sûre d'elle – même si elle avait toujours peur des cafards, bon ça, d'accord.

J'avais trouvé un vrai travail, expression de ma toute nouvelle indépendance. Je gérais brillamment l'éducation de mes minettes, malgré un Jean-Louis de plus en plus absent sauf pour me pourrir la vie lorsque l'on se voyait (par vengeance, car il digérait mal de constater combien j'arrivais à m'en sortir sans lui). Mes centres d'intérêt s'étaient multipliés de façon exponentielle. Surtout lorsque, après avoir étouffé cette culpabilité qui tenaillait les femmes consacrant leur temps à s'occuper du confort des autres, j'avais réalisé combien il existait de choses qui me captivaient, moi aussi, dans la vie.

Avec mes filles, j'étais inquiète, protectrice, à l'écoute, angoissée.

Mais lorsqu'elles passaient le week-end chez leur père, soit deux fois par mois, je m'offrais alors le luxe de quelques heures de totale insouciance. Je me permettais une légèreté teintée du sentiment vertigineux d'être seule au monde, une enivrante exaltation de n'avoir à penser qu'à moi-même. Je me vautrais dans une sensation de pur égoïsme connue seulement des enfants, petits êtres heureux, dénués de toute responsabilité.

Je flânais dans les ruelles des vieux quartiers, et m'attardais devant les boutiques touristiques de gadgets, par exemple. Ou bien je passais un après-midi entier avec une copine dans un salon de thé, à nous confier, devant une part de brownie qu'on savourait en la faisant durer, les détails les plus secrets de nos existences. Je décorais mon appartement, dénichant de jolis cadres pour y insérer les dessins de mes filles, telles de magnifiques œuvres d'art moderne colorées. Si l'envie m'en prenait, je m'arrêtais pour écouter longuement un musicien de rue, sans être contrainte par le temps. Je m'accordais des heures entières dans les librairies, en état de relaxation intense, jouissant du bonheur de n'avoir personne pour me dire « Allez, magne-toi ! »...

Et encore, toutes ces nouveautés n'étaient rien à côté de ma sécurisante vie sentimentale, en hibernation depuis des années, que j'avais dû totalement redécouvrir à vingt-huit ans. Telle une lycéenne malhabile, qui explore les affres des rapports amoureux avec dix ans de retard. Tentant prioritairement de répondre à certaines questions cruciales et obsédantes, comme par exemple : comment faisait-on pour se déshabiller devant un autre homme que son mari sans avoir honte ? A quelles positions une honnête femme devait-elle se cantonner lors de sa première nuit d'amour ? Devait-on attaquer par de la lingerie sexy directement, ou bien la réservait-on à la troisième, voire quatrième nuit ensemble, sous peine de passer pour une petite évaporée ? Et autres « qui va bien pouvoir me garder les enfants, si je pars en week-end avec Fabien ? » (notez que la dernière question ne se posait plus, désormais).

Une fois que l'on avait plus ou moins trouvé les réponses à ces questions d'une pertinence rare, l'affaire se corsait. Avec qui appliquer ces merveilleuses théories ?

Maintenant que mon divorce avait été prononcé, malgré les années passées en état de catalepsie auprès de Jean-Louis, je réalisais que la vie était tout de même plus facile lorsqu'on la partageait avec quelqu'un. Certes, j'avais écourté ma crise d'adolescence à dix-sept ans, en rencontrant le père de mes enfants. Mais la reprendre aujourd'hui, alors que j'étais deux fois maman, ne me semblait pas être d'une impérieuse utilité.

Pour les délires, j'avais les soirées pyjama mensuelles avec mes copines.

Les récits de nos aventures étaient si passionnants, si édifiants et si mortellement drôles, que nous aurions pu en condenser les moments forts dans un ouvrage intitulé : « Spécial vécu : le best of de la misère humaine », qui aurait fait un carton en librairie.

Au sujet des hommes, d'ailleurs, mon emploi du temps avait été ces derniers mois hautement sollicité par la quasi-totalité de mon réseau de connaissances, dans le but affiché de venir au secours de mon désert sentimental.

On pouvait pourtant, à juste titre, se demander si l'objectif non avoué de ces manœuvres ne consistait pas en réalité à solder tous les invendus et les hors service à la divorcée du coin, dans l'espoir narcissique d'avoir la satisfaction d'être à l'origine de la formation d'un nouveau couple.

Réseau d'amis qui, lorsqu'il tentait de créer une paire d'amoureux, se fichait bien de prendre en compte certains facteurs aussi élémentaires que : points communs, possibilité d'attirance physique réciproque, et autres probabilités de complicité intellectuelle.

Non, l'important, c'était juste d'essayer.

On prenait deux célibataires. On les mettait en présence l'un de l'autre sur une petite plaquette de verre. Puis le marieur improvisé (et souvent lourd) observait consciencieusement la scène d'un microscope indiscret. Attendant de voir si les deux étranges substances solitaires allaient finir par se mélanger.

Et tant pis si l'on se retrouvait être au centre de manipulations génétiques farfelues, pour ne pas dire grotesques, au résultat pourtant prévisible si l'apprenti sorcier avait été, lui aussi, dans la situation de ces curieux organismes unicellulaires avec lesquels il s'amusait.

Peu importait, au fond.

Car les amibes mariées, elles, se marraient bien.

Voyez plutôt.

En février, Vladimir :

Pourquoi, je ne sais pas, mais Roxane s'était un jour mis en tête de me présenter Vladimir.

Trente et un ans, soi-disant beau à tomber par terre, il était l'heureux gérant de deux laveries automatiques. Elle pouvait parler de lui en toute connaissance de cause, et surtout me le recommander chaudement, car ils étaient sortis ensemble quelques mois avant qu'elle ne rencontre son homme d'affaires de mari.

Au début, je refusai farouchement.

D'abord parce que, quand même, elle avait mis sa langue dans la bouche de ce Vladimir, et toutes amies que nous étions, j'avais très modérément envie de retrouver, dans nos éventuels futurs baisers, des molécules de la salive de ma copine.

Mais bon. La chair est faible (ou grasse, ça dépend de qui on parle), et j'aurais pu me laisser convaincre par un argument tel que : « Mais-euh ! On est les meilleurs amis du monde, aujourd'hui ! », si elle n'avait pas ressenti l'impérieux besoin de préciser un détail absolument terrifiant : l'homme avait le plus énorme sexe qu'elle ait jamais connu (et elle en avait connu quelques-uns, cette délurée de Roxane). Mais alors un outil à faire pâlir d'envie un dinosaure. Une sorte d'Elephant Man du bassin. Le genre à avoir grandi près d'une centrale nucléaire.

Ça va, hein.

Je faisais partie de ces femmes qui avaient connu les joies des forceps, et qui en conséquence ne fanfaronnaient pas trop sur l'élasticité de leur périnée. Elle pouvait aller se faire voir si elle avait cru que j'allais faire courir le moindre risque à ma cicatrice d'épisiotomie.

Finalement, pour faire plaisir à ma lourdasse de copine – et accessoirement mettre un terme au harcèlement dont j'étais l'objet de sa part depuis des semaines –, j'acceptai de rencontrer Godzilla. Rendez-vous fut pris à l'occasion de l'anniversaire de la belle, qui était, à l'époque, à quelques mois de la nuit de luxure débridée qui verrait la conception de ses jumeaux.

Roxane, sautillante d'excitation à l'idée du merveilleux couple qu'elle allait réunir, demanda à Vladimir – récemment séparé – de passer me chercher en voiture pour me conduire chez elle le jour dit.

Vladimir.

Déjà, rien que son prénom me faisait frémir. Ça ressemblait à Vlad l'Empaleur. Brrr. Je préférais ne pas savoir si ses parents l'avaient baptisé ainsi avant ou après sa naissance. Si c'était après, j'aurais annulé ce rendez-vous dans la minute.

Nous nous retrouvâmes donc le jour dit en bas de chez moi.

Roxane n'avait pas menti sur un point : il était plutôt beau garçon. Si on aimait, bien sûr, les créatures au look androgyne, portant des bagues à tous les doigts, un catogan et un pantalon moulant. Ce qui n'était pas mon cas. Dans un couple, j'aimais autant être celle qui ressemblait à la fille.

Après nous être reconnus et salués, Vladimir et moi nous engouffrâmes dans sa voiture en débitant des banalités sur la pluie et le beau temps. Puis il se pencha, choisit un CD et l'inséra dans le lecteur réglé, je ne tardai pas à le réaliser, à plein volume.

Des bruits de guitare électrique, aussi agréables à entendre que ceux d'une craie rayant un tableau noir trop sec, se mirent à résonner dans l'habitacle.

Assourdie, je me contentai de hocher bêtement la tête à ce qu'il me disait, essayant en vain de lire sur ses lèvres, avant de renoncer à faire semblant de l'écouter et lui faire des signes de mes index en direction de la chaîne.

Vladimir, un peu contrarié, se résigna à baisser sa musique préférée.

Nous n'eumes pas d'autre choix que d'entamer une petite conversation insipide, qui révéla bien vite combien nous n'avions aucun point commun.

Heureusement, le trajet jusque chez Roxane ne fut pas long.

Lorsque nous fûmes sur son palier, Vladimir sonna chez les Leroy, tandis que je me tenais sagement près de lui. Vu de l'extérieur, nous donnions l'illusion de former un gentil petit couple. En réalité, plus nous nous découvrions, et plus cette perspective semblait invraisemblable, tant il était évident que nous ne nous plaisions pas.

Une Roxane sculpturale et provocante vint nous ouvrir, vêtue d'une robe vaporeuse en mousseline légère, insolemment décolletée et retenue par de fines bretelles sur un dos nu. Ses cheveux étaient savamment noués sur la nuque, elle arborait un maquillage ravageur, et ses pieds étaient chaussés de mules à talons aiguilles. Pour la définir en un seul mot : c'était une bombasse.

Poussant une exclamation ravie, je me félicitai intérieurement de ne pas avoir été attirée par son ex-petit ami. Car il était manifeste que j'aurais gaspillé mon temps à essayer de détourner son regard d'elle (sympa, les copines mariées qui avaient des problèmes d'ego).

Roxane nous présenta aux gens de sa famille déjà installés dans le salon. Le plus jeune devait avoir soixante ans. Cette soirée s'annonçait longue et soporifique, et, effectivement, je ne fus pas déçue. Heureusement, très vite arriva le moment d'ouvrir les cadeaux. On allait un peu s'amuser. Que pouvait donc recevoir une femme qui avait déjà tout ? Des trucs inutiles. Et dans cette catégorie, ce fut mon cavalier qui lui offrit le plus monstrueux de tous.

Il s'agissait d'une longue chaussette rose fuchsia, avec une fleur turquoise en papier crépon collée dessus. Etrange. Interloquée, Roxane finit par comprendre, et plongea sa main dans cet insolite emballage cadeau. Elle en ressortit une sorte d'escargot violet en tissu, avec deux perles cousues pour faire les yeux, un coquillage peint en rouge vif en guise de maison, le tout monté en broche. Devant son sourire déconcerté, Vladimir se hâta de préciser que ce bijou venait de chez un créateur (de farces et attrapes ?).

La pauvre Roxane, pour ne pas vexer son invité, dut passer le reste de la soirée avec cette horreur pesante épinglée sur son sein, qui déformait le corsage de sa jolie robe en le tirant vers le bas.

Cherchant à meubler tant bien que mal les heures qui suivirent, Vladimir et moi échangeâmes quelques mots. Il fallait bien s'occuper.

Moi : (pas motivée) – Et sinon, tu lis quoi, en ce moment ?

Lui : (pas motivé non plus) – Je ne lis rien. Je n'aime pas tellement lire. A part des bandes dessinées, parfois. Genre Tintin, Astérix, Boule et Bill... des classiques, quoi.

Moi : (encore plus amoureuse. Non, je déconne) – Ah. Tu aimes le cinéma, peut-être ? Ou bien le théâtre ?

Lui : (engloutissant une poignée de cacahouètes) – Pas trop, en fait... à part quelques films d'horreur de temps en temps, et encore. Je m'endors toujours dans mon fauteuil devant toutes ces conneries.

Moi : (mais qu'ai-je bien pu faire à Roxane pour qu'elle se venge en me présentant ce mollusque ?) – Ah. (Je tousse.) Bien. Bien, bien bien... hum... tu regardes la télé, peut-être ?

Lui : (matant les plantureuses fesses de notre hôtesse, qui sert ses invités en virevoltant comme si elle avait seize ans – mais qu'est-ce qui lui prend, à celle-là ? Faut vraiment qu'elle arrête les tisanes au gingembre...) – Non, je n'ai pas de télé chez moi. Par contre, je possède une table de billard. (Petit regard lubrique dans ma direction, au cas où je serais intéressée.) On peut faire pas mal de choses, sur une table de billard, tu sais...

Moi : (« arrête, ton encéphale de plancton m'excite trop ») – Comme quoi, par exemple ? Jouer au billard ?

Sourires forcés. Une pause. Nous en profitâmes pour avaler une gorgée de nos verres en regardant chacun derrière nos épaules respectives. Cherchant sans doute quelque moyen de fuir. Mais il n'y en avait pas.

Lui : (poli) – Et toi, tu aimes quoi dans la vie ?

Moi : (radicale) – Mes filles.

Lui : (comme si ça pouvait m'intéresser) – Ma copine m'a quitté il y a à peine quelques mois. Je crois que je ne pourrai plus jamais aimer une autre femme avec la même intensité. Pourtant, je voudrais bien avoir un enfant...

Moi : (avenante) – Moi, je n'ai pas envie de me remarier, ni de refaire des enfants. En fait, ces temps-ci, je n'ai même pas envie de tomber amoureuse.

Le vieil oncle de Roxane à moitié sourd : (levant un doigt arthritique pour intervenir dans cette passionnante conversation)

– Moi, j'ai déjà goûté du boa constrictor. J'ai aussi mangé de l'antilope une fois, en Afrique.

Lui : (qui a décidé ce soir de nous raconter sa vie) – Un pote à moi a goûté de la tortue de mer bouillie, un soir, sur une île. Il paraît que c'était délicieux.

Moi : (horrifiée) – Tu rigoles ? C'est une espèce protégée ! Ton copain est un criminel !

Lui : (étonné) – Ben non, y a pas de quoi en faire toute une histoire... moi-même, j'ai d'ailleurs mangé du chien, lors d'un voyage en Thaïlande. Et aussi du chat, et même du rat... Il faut tout essayer dans la vie.

Moi : (souhaitant qu'il se soit chopé une solide tourista) – Ben tiens. Et sinon, question découvertes, tu as déjà essayé le saut à l'élastique sans élastique ? Hahaha ! (Rire faux.)

Lui : (soudain inspiré) – Ça, ce n'est pas drôle. Par contre, si tu veux entendre quelque chose de marrant, écoute plutôt ça : un lion et une lionne sont dans la jungle. La lionne dit au lion : « Que tu es beau, aujourd'hui ! », et le lion répond : « Arrête un peu, tu vas me faire rugir ! » Ahahahaha...

Moi : (affligée par sa conception très personnelle de l'humour) – Hou là...

Bref, tout portait à croire que nous étions faits l'un pour l'autre.

Plus exactement, faits pour nous fuir l'un et l'autre en hurlant. Ce type-là, c'était plus fort que moi : je ne le sentais pas, mais alors pas du tout (et ça, on n'avait pas dû le lui dire souvent).

Après trois millions d'années essentiellement passées à bâiller en faisant semblant de nous écouter mutuellement, la soirée s'acheva enfin (c'est-à-dire qu'il n'y eut plus rien à manger).

Voilà. Je m'étais bien amusée à élaborer mentalement toutes sortes de probabilités en tenant compte de la longueur de ses doigts couplée à la taille de son nez, pour comprendre, sans voir le monstre en caleçon, ce qui avait tant pu impressionner Roxane. Mes calculs étaient sans doute faussés car il avait un tout petit nez, mais peu importait. C'était très drôle, j'avais bien rigolé, mais là, il était vraiment temps de rentrer chacun dans sa maison.

Vladimir proposa de me raccompagner. J'acceptai, c'était toujours un taxi d'économisé (histoire qu'il me serve au moins à quelque chose).

Dans sa voiture, en double file devant chez moi, pour la toute première fois depuis notre rencontre, nous fûmes enfin sur la même longueur d'onde. Il ne me demanda pas mon numéro de téléphone, celui-là même que je n'avais pas l'intention de lui donner.

Nos deux bises furent parfaitement synchrones, nous nous fîmes coucou à travers la vitre, et nous oubliâmes respectivement dès que la portière claqua.

En mai, Francis :

Elle me l'avait pourtant montré en photo, son fils, Chantal.

Je l'avais vu ! Et il m'avait plu ! Avec sa frimousse adorable, ses petites boucles claires et ses grands yeux malicieux. Sauf qu'il avait dix ans, sur cette photo-là. Et aujourd'hui, je venais d'accepter un blind date avec un inconnu de trente-deux ans, qui avait souhaité que nous nous retrouvions dans un endroit branché. Il m'avait donc tout naturellement donné rendez-vous dans un karaoké.

Tout ça, c'était pour faire plaisir à ma collègue Chantal, qui jurait qu'elle m'aimait bien et voulait faire mon bonheur. Moi, la Chantal, j'aurais préféré qu'elle m'offre un truc que j'aurais pu échanger. Mais pourquoi n'avais-je pas osé lui dire non ?

Tout simplement parce que j'avais une collègue de bureau qui aurait pu remplacer Séguéla au pied levé, tant elle avait bien su me vendre son fils.

Depuis des semaines, j'avais eu droit, en boucle, à des : « Allez, quoi, une rencontre, ça n'engage à rien ! » (certes, sauf quand le type vous laisse cent cinquante messages étouffants sur votre répondeur pour vous demander très exactement pourquoi vous ne voulez plus le revoir.) Des : « Si tu veux gagner au loto, ma fille, il faut d'abord jouer ! » (le gros lot du loto était-il symboliquement représenté par son fils chômeur ?) Et autres : « Fais-moi confiance, je suis sûre qu'il te plaira ! » (l'avenir m'apprendrait que les autres et moi-même n'avions pas forcément les mêmes goûts.)

Assise à une petite table, devant mon petit cocktail à 15 € (conso obligatoire) où flottait un ridicule petit parapluie rose, je surveillais la porte d'entrée. Non sans un certain fatalisme, teinté d'une solide dose de sixième sens. Lequel de ces merveilleux mélomanes ici présents allait-il venir s'asseoir à ma table, téléguidé par sa bienveillante petite maman chérie ?

Celui-ci, avec son pull gris ? Bof... pas mal... ah, non, il était accompagné.

Bon, alors celui-là peut-être, avec son gros blouson en cuir ? Non, il se dirigeait vers ses potes assis à une table de dix.

Celui-là ? Non, quelle horreur, pas celui-là, il était trop minable avec son blouson des années quatre-vingt, ses mocassins et ses chaussettes blanches, façon total look craignos. Ouuuf, il parlait avec une fille, donc ce n'était pas le mien.

Mais... mais pourquoi la fille pointait-elle son doigt vers moi ? Mais pourquoi le type moche souriait-il dans ma direction ? Mais... mais... vite, FUIR !!

Trop tard, il m'avait vue, j'étais faite comme un rat.

« Bonsoiiir ! Non, ça va, aucun problème, je viens juste d'arriver ! » Je me levai, et nous échangeâmes bruyamment deux bises. Ah non, quatre. Parce que chez lui, c'était quatre.

A peine nos fesses se furent-elles posées dans une parfaite chorégraphie sur nos chaises respectives, que se déclencha en moi le bruit d'un compte à rebours. Celui des minutes qui allaient s'égrener jusqu'au terme de cette soirée. Soirée malencontreusement raccourcie par, ooh, j'en serai désolée, ma babysitter, qui m'enverra un texto m'expliquant qu'elle avait oublié de sortir son chien, et devait donc rentrer chez elle de toute urgence.

Je redressai la tête et regardai Francis, qui me dévisageait sans la moindre trace de retenue, un petit sourire de contentement aux lèvres.

Qu'il était agréable de se sentir ainsi convoitée par un homme qui, d'après la forme de son visage, avait dû être un cheval dans une vie antérieure.

Il leva la main, et commanda royalement un cocktail obligatoire. Puis, désignant le mien, il remarqua : « Tiens, tu en as déjà pris un ? Dommage, mes parents m'avaient filé un peu de fric pour que je passe une bonne soirée. J'aurais pu t'inviter. » Suivit un rire qui ressemblait plus à un grincement de porte, qu'à un son susceptible de provenir d'une gorge humaine. Je sentis monter en moi un désir fou. Celui de demander à Chantal, dès demain, de m'indemniser grassement pour la soirée que je m'apprêtais à passer en compagnie de son fils.

J'obligeai mes yeux à se poser sur ma montre, pour ne pas fixer de façon trop ostentatoire son T-shirt siglé fièrement PSG. Ni sa petite queue de rat derrière la nuque. Ni la large gourmette en argent qui ornait son poignet, frappée de son prénom, souvenir sans doute œdipien de son bracelet de naissance. Ou bien aide-mémoire, afin qu'il puisse s'identifier lorsqu'il sortait bourré, je ne savais pas.

Francis, lui, ne remarquait rien. Nous n'avions pas échangé quatre mots qu'il était déjà en train de sélectionner la chanson qu'il comptait interpréter ce soir, sur le cahier plastifié où figuraient des dizaines de titres en guise de menu.

Francis : (sans quitter le cahier des yeux) – Tu as déjà choisi, toi ?

Moi : (interrompant ma rêverie éveillée pour réintégrer la réalité de mon cauchemar) – Heu... choisi quoi ?

Francis : (levant les yeux au ciel avec un petit ricanement condescendant) – Ben, une chanson à interpréter, tête d'œuf !

Moi : (raccourcissant de moitié le temps consacré à cette entrevue) – Non, moi c'est Déborah. Et heu... merci, vraiment, mais je crois que je vais m'abstenir de chanter. Je souffre, depuis ma naissance, d'une atrophie des cordes vocales me permettant tout juste de parler. Si je chante, elles pourraient se rompre. Je préfère ne pas courir ce risque.

Francis : (me montrant ses gencives, ce que je traduisis comme étant l'ébauche d'un sourire) – Tu nous fais ta timide, hein ? Bon. C'est dommage, on aurait pu faire un duo.

Moi : (frémissant d'horreur à cette idée) – Ah ben, une autre fois, peut-être.

Francis : (les jambes écartées en grand sur sa chaise, se grattant distraitement les poils du torse) – Et sinon, ma mère m'a dit que tu n'avais personne avec qui sortir ? Tu sais, tu peux m'appeler les soirs où tu as besoin d'un cavalier, hein. Je suis toujours partant pour rendre service à une copine.

Moi : (restons calme) – Merci, j'en prends bonne note.

Un quart d'heure plus tard, ce fut au tour de Francis de monter sur scène.

Ça tombait bien, car nous avions épuisé tous les sujets de discussion possibles qui se rapportaient à lui, à sa passion des voitures rapides et aussi à lui.

Une espèce de disc-jockey en costume lamé or présenta ce qui allait être l'interprétation d'un titre de Johnny Hallyday par Francis. Lequel, tel un lion à la démarche féline, monta d'un coup les trois petites marches menant au plateau.

Puis il prit la pose, tête baissée, abîmé dans une concentration sans doute nécessaire avant de s'offrir corps et âme au public. Dès qu'il se mit à entonner les premières mesures d' « Allumer le feu », le regard sombre, les mains serrant le micro, les jambes écartées avec un genou battant la mesure, je me recroquevillai sur ma chaise. Des ondes d'humiliation glacées déferlaient le long de mon corps, par vagues successives, faisant éclore sur mes bras une chair de poule piquante et dure.

Francis chantait faux. Francis criait faux. Francis était ridicule, mais Francis s'en foutait. Pas moi. Je psalmodiais à voix haute, remuant les lèvres sans que personne m'entende, couverte que j'étais par les rugissements éraillés de mon rendez-vous surprise empoisonné : « Plus jamais je n'accepterai un plan pareil, plus jamais, jamais, jamais, mais alors plus jamais de ma vie de chez jamais. »

Une fois sa prestation terminée, Francis descendit les marches de la scène où il venait de se donner en spectacle, au sens péjoratif du terme. Il me désigna de la main, en criant dans le micro qu'il n'avait pas lâché : « Cette chanson, c'était pour toi, Déborah... ce soir, bébé, toi et moi on va allumer le feeeuuuuu ! » Tonnerre d'applaudissements dans la salle (et de rires, aussi ? avais-je bien entendu ?). Accoudée sur ma petite table, je cachais mon visage derrière les cinq doigts de ma main gauche. La droite servant à soutenir mon front assommé par la honte.

Dès qu'il revint s'asseoir, je lui racontai le texto paniqué que je venais tout juste de recevoir de ma baby-sitter. Il fallait que je parte sur-le-champ. Il comprit l'urgence de la chose, insista pour me raccompagner (en métro), mais je l'assurai que j'irais plus vite en taxi.

Francis me demanda alors s'il pouvait m'appeler.

Précisant que cela pourrait être chouette de nous revoir pour le faire enfin vraiment, ce duo.

Ne pouvant pas lui donner un faux numéro parce que sa mère avait le bon, je préférai lui dire la vérité : cette soirée avait été délicieuse, mais il me semblait plus sage qu'elle reste pour nous un magnifique et surtout unique souvenir.

J'étais sûre qu'il me saurait gré de ma franchise. Tant de femmes s'amusaient avec le cœur des hommes ; forcément, il me serait reconnaissant de ne pas l'avoir fait mariner dans une espérance stérile qui se serait révélée, à terme, insupportable.

Il n'en fut rien.

Outrageusement atteint dans sa virilité, Francis me tourna le dos et s'éloigna sur le trottoir d'un pas haineux, en maugréant à voix haute : « Je rêve ! Non mais pour qui qu'elle se prend, celle-là ? Divorcée avec deux gosses, et avec ça, elle fait la fine bouche... »

En septembre, Tony :

J'avais dit que je ne voulais plus de rendez-vous avec un homme sélectionné par quelqu'un d'autre que moi-même. Je l'avais dit.

D'ailleurs, pour être tout à fait honnête, je ne voulais plus de rendez-vous avec aucun être humain susceptible de me laisser croire que nous pourrions avoir des relations sexuelles ensemble. Surtout si c'était pour réaliser, dans les minutes qui suivaient notre rencontre, que je préférais plutôt m'inoculer le bacille de la peste.

Je l'avais dit, répété, répété encore pour être bien sûre que l'information avait été transmise sans erreur à la totalité de mon entourage. Tout le monde l'avait entendue et comprise.

Sauf ma mère.

Cette femme qui m'avait enfantée dans les cris et la douleur, après dix-huit heures de travail sans péridurale et une ventouse qu'on m'avait appliquée sur le front pour m'extirper de son ventre parce que bon, quand même, on n'allait pas y passer la semaine.

Cette femme à qui je devais la vie (et, accessoirement, mon abondante pilosité, si, si, puisqu'on faisait les comptes). Cette femme qui m'avait élevée. Qui m'avait donné tout son amour en sacrifiant de nombreuses nuits à se lever quand je pleurais, au lieu de rêver tranquillement à Julio Iglesias au milieu des ronflements de mon père.

Cette femme-là me martelait depuis l'enfance qu'elle savait de façon certaine ce qui était bon pour moi. Non, pire, elle le savait même mieux que moi.

Le problème avec une mère juive quand on était son enfant, c'est que pour réussir à vivre sa vie comme on l'entendait, il fallait être particulièrement doué dans l'art du dialogue, de la persuasion, voire du chantage. Et je croyais l'être, pourtant. Enfin, jusqu'à ce jour.

Ma mère s'était mis en tête de me présenter le fils avocat de sa voisine ? Elle me présenta donc le fils avocat de sa voisine. Ou, plus exactement, je me trouvai nez à nez avec lui dans son salon, un jour qu'elle me demanda de passer chercher une bricole qu'elle avait achetée aux petites. J'aurais dû me méfier. J'aurais dû. Pauvre de moi. Que je monte et que je descende, que je le veuille ou non, j'avais donc fait la connaissance de ce type.

Fort beau, au demeurant. Elégant de sa personne. Plutôt jeune. Divorcé, sans enfants. J'acceptai de m'asseoir – « juste une minute, je suis pressée » – sur le canapé à ses côtés.

Il avait des yeux d'un bleu magnifique. Je lui souris. Sa politesse était exquise, inattendue chez un homme aussi jeune, ce qui lui donnait un petit côté suranné, tempéré par l'autorité muette qu'imposait sa carrure puissante. Mon ventre était noué, et pas seulement du fait que je le rentrais au maximum. Les mains de Tony étaient grandes, robustes, striées de veines dont le relief, que l'on devinait doux, appelait la caresse. Ma respiration s'accéléra imperceptiblement. N'est-il pas dit dans les Dix Commandements : « Tu sortiras avec le garçon choisi par ta mère » ? Bon, alors dans ce cas, d'accord.

Ma mère nous servit le café avec des petits gâteaux. Puis elle prétexta un coup de fil urgent à passer pour aller s'isoler dans sa chambre. Non sans m'avoir auparavant gratifiée de moult clins d'œil, à la discrétion légère comme un cétacé. Et allez. Bon. Tony éclata de rire et changea instantanément d'attitude sitôt que ma mère eut quitté la pièce.

Le coup de fil de l'auteur de mes jours dura (soi-disant) une bonne heure.

Exactement le temps qu'il nous fallut, à Tony et à moi, pour développer une forte envie de nous revoir, et décider d'échanger nos numéros de portable. Manque de pot, sa sympathie à mon égard n'était pas feinte. Nous nous plaisions réellement. Mais, et je ne tardais pas à l'apprendre, pas exactement de la même façon.

Tony était homosexuel, et il avait besoin d'une couverture.

Aîné d'une famille de neuf enfants, dont la moitié étaient déjà mariés, il n'avait aucunement l'intention de se couper d'une famille qui, il en était certain, ne pourrait supporter le choc d'une telle révélation. Aussi avait-il à son tour succombé aux joies du mariage, essayant d'être heureux avec une femme qu'il ne désirait pas physiquement. Laquelle, au courant de son secret et très amoureuse de lui, ne s'en employa pas moins à le faire changer de bord, avec application et dévouement. Ils divorcèrent deux ans plus tard.

Me sachant maman de deux enfants, Tony s'en serait voulu de me faire manquer une opportunité en l'attendant inutilement, m'expliqua-t-il peu après notre rencontre. Il m'invita dans un somptueux restaurant, où il me raconta son histoire, entre deux bouchées de langouste. Je fus touchée, et comme vraiment nous nous entendions très bien, je rangeai ma frustration dans ma poche et acceptai de faire éclore entre nous une belle amitié.

Officiellement, nous annonçâmes à nos mamans respectives que je n'avais pas voulu de Tony. Moi, jeter un avocat ? Ma mère affolée avait failli appeler un médecin. Elle ne l'avait pas fait, parce que le seul qu'elle connaissait était vieux et moche, mais il s'en était fallu de peu.

Tony, lui, était content. Sa mère venait d'avoir la preuve qu'il se cherchait bien une femme, mais que le pauvre, tout beau, grand, riche et célibataire qu'il était, personne ne voulait de lui.

Raison suffisante pour qu'il prétexte préférer se plonger dans son travail, au lieu de perdre son temps à draguer. Quant à moi, je m'étais fait un copain au goût sûr avec lequel faire les boutiques. J'adorais lorsqu'il m'inondait de conseils sur les vêtements que j'essayais, étant le seul homme au monde que j'autorisais à apercevoir ce que reflétaient les glaces des cabines d'essayage. Cette espèce d'image déformée qui me faisait trembler d'horreur car, et c'était connu de longue date, les miroirs des cabines d'essayage étaient sponsorisés par les fabricants de cacao. Comble de bonheur, la patience attendrie dont cet homme magnifique faisait preuve, en me voyant me débattre avec la fermeture Eclair d'une robe qui me boudinait, rendait les vendeuses vertes de jalousie. Tout n'était pas si mal que ça, finalement.

Quelques mois après ma dernière expérience catastrophique dans le monde des « gens qui voulaient faire mon bonheur », je retrouvai Daphné dans la brasserie près de son bureau, où nous avions l'habitude d'aller parfois déjeuner.

Elle apparut toute pimpante, avec une nouvelle couleur de cheveux qui lui allait à ravir.

A peine étions-nous installées qu'elle m'annonçait la grande nouvelle.

Daphné et sa nouvelle coiffure : (des étoiles dans les yeux) – Déborah, ma chérie, je suis folle amoureuse.

Moi : (blasée, grignotant un morceau de pain) – Ah bon ? Et de qui cette fois ? Hum... Laisse-moi deviner. Denis, le mécanicien ? Roman, le policier ?...

Daphné : (faisant signe au serveur) – ... non, Roman, je l'ai renvoyé chez sa femme...

Moi : (faisant travailler ma mémoire de bonne copine)

– … Mouss, le comptable ? Jérôme, le courtier en assurances ? Mickaël, le vétérinaire ?...

Daphné : (après avoir commandé deux whisky-coca, dont un pour moi sans whisky) – Non, non, pas lui. Je l'ai largué parce qu'il a dit que mon chat était con...

Moi : (infatigable) – ... Emmanuel, l'interne en chirurgie ? Bruno, le peintre ? Georges, le saxophoniste ?...

Daphné : (souriante et pleinement épanouie, la garce) – Laisse tomber, va, tu ne trouveras jamais. Voilà. Je ne voulais pas t'en parler, parce que... tu comprends... je pensais que ça allait être juste un coup d'une nuit. Mais c'est devenu beaucoup plus sérieux que ça. Nous allons bientôt emménager ensemble. Je crois... tu vas rire... mais je crois que je me suis remise à croire de nouveau en l'amour, Déborah, je crois que...

Moi : (dévorée de curiosité) – C'est qui ? Allez-heu, dis !

Daphné : (regard timide en biais) – C'est Gaétan.

Moi : (caustique) – Quoi ? Ton stagiaire pot de colle ? Mais quel âge il a, ce type ? Attends, si tu voulais adopter un enfant, tu aurais mieux fait de rendre heureux un petit Ethiopien, plutôt qu'un gros plein de soupe de quatre-vingts kilos...

Daphné : (qui s'attendait visiblement à ma réaction) – Allez, allez, vas-y, fais-moi ta Nelly Olson... c'est bon, tu as fini ? Alors écoute-moi. Gaétan est effectivement un peu plus jeune que moi, mais...

Moi : (compatissante) – ... beaucoup, Daphné, beaucoup. Quel âge a-t-il ? Vingt-deux, vingt-trois ans ?

Daphné : (désinvolte) – Il fêtera ses vingt et un ans le mois prochain.

Moi : (braillant) – Non, mais tu te rends compte ? Ça fait presque dix ans de différence entre vous, c'est énorme ! Il est trop jeune, Daphné. Si tu t'attaches, tu risques de souffrir.

Daphné : (déterminée) – Déborah, essaie de comprendre. Il est tout ce que j'attendais d'un homme, absolument tout. Il est attentionné, spirituel, on se marre sans arrêt ensemble, on a les mêmes goûts sur tout, et, last but not least (elle remue rapidement les sourcils), il fait l'amour comme un dieu...

Moi – Mais...

Daphné – ... J'ai mis du temps à apprendre à le connaître. Pour moi, Gaétan n'était qu'un stagiaire à la noix quasi invisible. Il n'y avait aucun rapport de séduction entre nous. Même si lui m'a avoué s'être dit, en me rencontrant, que j'étais sans doute la femme de sa vie (petit rire flatté). Sans que je m'en rende compte, nous nous sommes rapprochés. Il me couvrait d'attentions, prenait soin de moi tout au long de la journée, par petites touches constantes et sécurisantes, de mes désirs, de mes envies. Personne ne s'était comporté comme ça avec moi avant lui, Déborah, personne. Notre histoire s'est transformée en évidence : nous nous étions trouvés. Cela fait trois mois que nous sortons ensemble, et jamais de ma vie je n'ai été si heureuse.

Moi : (émue) – Je ne sais pas quoi te dire... en tout cas, ça me fait plaisir de te voir dans cet état-là. Tu es resplendissante. Tu le mérites, ma Daphné, tu mérites d'être heureuse.

Daphné : (les larmes aux yeux) – Il voudrait avoir un enfant de moi. Je pense que je ne vais pas tarder à arrêter la pilule.

Moi : (horrifiée) – Génial !

Alors forcément, en rentrant chez moi, j'avais un peu le blues. Pour ne pas dire les boules.

Bien sûr que non, je n'étais pas jalouse ! De quoi, ou plutôt de qui l'aurais-je été ? Aurais-je envié la compagnie d'un homme qui avait le même âge mental que Laurent, l'ami de Jonathan avec qui j'étais sortie ? Dans la mesure où les hommes avaient une puberté tardive, il n'était même pas certain que la voix de ce Gaétan ait mué. Pff. Si l'envie m'avait pris d'ensorceler un gosse, moi aussi j'aurais pu (bon, là d'accord, je faisais un peu ma jalouse). Et puis, je n'étais pas dupe. Sexuellement, elle avait dû tout lui apprendre. Cette fille était si chaude que, même dans le coma, il aurait suffi qu'un type se pointe dans sa chambre d'hôpital pour qu'elle se lève d'un bond se raser les jambes.

Peut-être même, qui sait, Gaétan était-il puceau avant de la connaître ? C'est comme ça qu'après on devenait un mythe.

... Mais qu'est-ce qui m'arrivait ??

Voilà que j'étais en train de commérer toute seule.

Même pas en compagnie d'une copine qui ricanerait avec moi autour d'un café sans sucre, non. Carrément toute seule. Et mes commérages perfides avaient pour cible l'une de mes amies préférées.

Je tournais vieille aigrie. Ça devenait grave.

Ce fut ce soir-là que je franchis le pas en m'inscrivant sur le site de rencontres.

Tarzaan75 ? Moui, belle bête... Peut-être juste un chouïa trop musclé, sous son T-shirt moulant. Personnellement, je n'étais pas attirée par les hommes qui prenaient démesurément soin de leur corps. Selon moi, il ne leur restait plus ensuite le temps de cultiver l'essentiel : leur intellect. Et puis bon, qui disait homme au corps d'athlète disait aussi partenaire au corps de sylphide. Et si, sous mes huit kilos en trop, j'avais bien un corps de sylphide, aujourd'hui on avait un peu de mal à l'apercevoir du premier coup d'œil.

Leodevinci ? Sympathique, avec sa bonne bouille. Oui, même assez mignon.

Mais pourquoi me contenter d'un type « assez mignon », quand d'autres fiches appartenaient à des types « gravement canon » ?

Surfer sur ce site tous les soirs devint rapidement pour moi une drogue.

Je ne tardais pas à m'y faire une petite cour de prétendants, attirés par le ton insolite de ma fiche et par mon allure de brune méditerranéenne, qui captivait certains autant qu'elle en faisait fuir d'autres. Les hommes ayant des goûts très arrêtés en matière de stéréotypes féminins : les blondes bimbos ou les brunettes ténébreuses servant souvent de générateurs à fantasmes.

A ce sujet, je partais du principe que si l'homme de ma vie ressemblait forcément à un stéréotype idiot – genre mec bronzé et protéiné du biceps, par exemple –, alors je n'allais pas être la seule à reconnaître en lui l'homme idéal. Normal. Le gars qui sortait draguer, après avoir travaillé sa coiffure pendant des heures, qui choisissait au millimètre près les vêtements qui le mettraient le mieux en valeur, qui connaissait un dictionnaire de petites phrases qui faisaient mouche, ce type-là, aux succès innombrables, n'était rien d'autre qu'un professionnel de la séduction. Or, manipuler à outrance l'image que l'on donnait de soi, servait simplement à mieux pouvoir subjuguer l'autre par des outils factices. Comment, passé quatorze ans, pouvait-on encore tomber dans le panneau ?

Personnellement, je préférais me laisser approcher par un homme dont les belles qualités se révéleraient au fil de notre relation. Ainsi, ses atouts ne seraient pas simulés et simplement destinés à me conquérir, mais réels. J'aimais bien l'idée d'être dans la peau d'une chercheuse d'or. Pas le genre à dégainer son chéquier pour s'offrir une gourmette ordinaire dans sa bijouterie de quartier, non. Plutôt celle qui, en creusant un peu, tomberait sur une pépite, la première d'une mine qui en recèlerait des centaines d'autres.

Je parle des hommes, mais les femmes non plus n'étaient pas exemptes de travers au premier abord. Trop timides, trop agressives, trop gloussantes, lorsque la relation débutait, elles manquaient pareillement de naturel. J'étais bien placée pour le savoir. Pourtant me plaisait l'idée qu'un homme, peut-être plus perspicace que les autres, arrive à déceler ma beauté intérieure, malgré la façade ridicule que je lui opposais en guise de vitrine.

Ça ne m'empêchait pas de me méfier des types immédiatement démonstratifs, qui prétendaient avoir découvert du premier coup d'œil mes précieuses spécificités cachées.

Il était plus amusant de ne pas être le corbeau de la fable. Ou le dindon de la farce.

Ça, c'était dans la « vie réelle ».

Dans le cyberespace, la frontière devenait beaucoup plus ténue entre rêve et réalité.

A vrai dire, il en fallait peu pour que je ne commence à me prendre au sérieux. D'ailleurs, pour m'en convaincre, je n'avais qu'à jeter un coup d'œil à la boursouflure qui avait fait tripler mes chevilles de volume.

Car tous ces hommes, désinhibés par la distance procurée par le Net, harcelaient ma « bal » de messages empressés et flatteurs. Mon photomaton, qui n'avait pourtant rien d'exceptionnel, déchaînait les passions. Niveau bain de jouvence, mon ego était en pleine cure de thalasso. J'étais devenue cette femelle corbeau, flattée par des dizaines de renards, que je pouvais snober tous autant que je le voulais, bien à l'abri sur ma branche. Selon les cas, certains m'envoyaient directement leur numéro de téléphone dès le premier message. D'autres me draguaient comme on drague dans le métro. Des lourds, des détraqués ou des soporifiques, il y en avait quand même un bon tas. Heureusement, ils se reconnaissaient facilement. Le mec était fiché dès qu'il commençait son message par : « je suis quasiment divorcé », ou bien « j'ai besoin d'amour fou », ou encore « je gagne très bien ma vie, vous savez », « je suis un grand amateur de philatélie », « ma petite amie m'a quitté et je cherche à l'oublier », « je m'appelle Gérard » ou « si je devais vous offrir de la lingerie, en quelle taille devrais-je la choisir ? ».

A côté de ces chtarbés, certains hommes semblaient encore normaux. C'étaient ceux qui usaient de courtoisie, de délicatesse et d'humour dans leurs missives.

Et que pouvait-on trouver de plus grisant, pour meubler une soirée ennuyeuse, que d'échanger des messages avec un bataillon de graines potentielles d'homme de votre vie ?

Aaaaah, les joies du Net lorsqu'on y goûtait pour la première fois. Cette douce dépendance qui s'insinuait dans nos veines virtuelles. Une chose en tout cas était sûre, c'est que je m'amusais comme une petite folle, et que ma confiance en moi remontait en flèche.

Je percevais bien confusément qu'il y avait là-dedans quelque chose que je ne contrôlais pas, mais peu importait. La drogue était trop exquise, trop euphorisante et, croyais-je naïvement, sans risque puisque anonyme.

Aussi tombai-je de haut lorsqu'une copine me prouva exactement le contraire en me racontant le harcèlement dont elle avait été victime de la part d'un internaute transi d'amour rencontré six mois plus tôt.

Je me promis de redoubler de prudence et, submergée un soir par une petite crise de parano, envisageai même de faire virer directement une partie de mon salaire sur le compte de

Bruce/Alexis, afin de m'abonner chez lui à un gardiennage de mon corps.

Curieuse de mieux cerner la population féminine des surfeuses (dont je faisais partie), je me promenais souvent sur les fiches des filles.

La plupart étaient tout aussi cocasses que celles de leurs homologues masculins. Certaines reflétaient des personnalités blessées ou émouvantes. D'autres, des tempéraments vindicatifs ou acariâtres envers les hommes. Il y avait des descriptions poétiques, d'autres très sobres. Beaucoup proposaient une simple amitié, énormément faisaient mention d'une copine bienveillante qui les avait inscrites sur le site contre leur gré. Bonnes joueuses, maintenant que leur description était en ligne, elles avaient accepté d'y rester. Drôle de façon de séduire, que d'expliquer aux pauvres hères qui s'égaraient à venir lire leur fiche qu'elles n'avaient jamais eu l'intention de mêler leur précieuse compagnie à la solitude de ces misérables, avant qu'une copine ne les y oblige d'un méchant coup de talon aux fesses.

D'ailleurs, si elles étaient depuis aussi souvent connectées (comme en attestaient la date et l'heure affichées de leur dernier passage), c'était par pure charité chrétienne. L'animation bénévole de sites de rencontres, c'était leur deuxième nature.

Un soir, par hasard, je tombai sur la fiche de Maria Galante, une ancienne copine de lycée. A part ses cheveux coupés au carré, ses sourcils tracés au crayon, et ses lèvres trop maquillées, elle n'avait pas du tout changé. En l'identifiant, un petit frisson d'émotion me parcourut l'échine, exactement comme lorsqu'on rencontrait un visage connu au beau milieu d'une foule. Après avoir échangé quelques messages avec elle, j'appris qu'elle travaillait comme styliste de papiers peints, qu'elle s'était séparée de son compagnon deux ans plus tôt, et qu'elle élevait seule son petit garçon.

Cela me donna une idée : celle de transformer ce site de rencontres en vivier de copines potentielles, en ciblant essentiellement les femmes seules avec des enfants.

En l'espace de quelques mois, j'avais considérablement élargi mon cercle de copines.

Ma messagerie croulait sous des mails de papotages virtuels, de confidences sur nos vies passées, de conseils pour l'éducation des enfants et de bons plans pour faire des économies.

Quant à la solitude que l'on pouvait éprouver en gérant seule une famille, elle reculait pour nous toutes à pas de géant. Nous étions toute une bande à avoir optimisé notre vie sociale, sinon en y incorporant des hommes formidables, du moins en y intégrant de chouettes nanas qui rafraîchissaient notre cercle de relations, souvent figé depuis des années.

Car les hommes formidables ne couraient pas les rues. Ni même les sites, d'ailleurs.

Certes, j'échangeais bien des messages avec certains d'entre eux. Mais c'était essentiellement pour m'amuser de leur crétinerie. Parfois, il arrivait que le ton de leurs missives soit suffisamment intéressant pour que j'accepte un contact téléphonique – en masquant mon numéro de portable, évidemment. Il me fallait dans ce cas attendre que les petites s'endorment. Mon dernier interlocuteur ayant pu profiter, en fond sonore, de la scène suivante :

Héloïse : (hurlant depuis sa chambre) – MARGOOT ! OÙ EST-CE QUE JE TE POSE TON FEUTRE NOIR ?

Margot : (hurlant depuis les toilettes) – POSE-LE SUR LA TABLE, LE TEMPS QUE JE TERMINE DE FAIRE CACA ET PIPI ! »

Y a pas à dire, ça casse l'ambiance.

Allez essayer, après ça, de continuer votre conversation d'une voix sensuelle et mystérieuse.

Plus rarement, il pouvait m'arriver de passer à l'étape supérieure en acceptant une invitation à déjeuner ou à prendre un café.

A partir de là, plusieurs cas de figure s'offraient à moi.

Soit mon correspondant et moi-même avions solidement fantasmé l'un sur l'autre, et alors la déception était forcément inévitable.

Soit la rencontre était placée sous le signe de l'humour, de la désinvolture et d'une franche camaraderie, et alors elle se passait tout aussi mal, car les hommes célibataires, sous couvert de copinage, espéraient quand même pouvoir vous toucher un sein avant la fin du déjeuner.

Parfois, je tombais amoureuse. Mais l'autre en face, non.

Alors nous restions amis. Et j'en profitais pour participer moi aussi au recyclage de mon carnet d'adresses en présentant mon nouvel « ami d'amitié » à l'une de mes copines célibataires. Au jour d'aujourd'hui, j'en étais à 0 % de réussite de formation d'un nouveau couple. Les célibataires modernes étant de grands capricieux exigeants vachement difficiles à réunir – et passant souvent à côté du bonheur, il fallait le souligner.

D'autres fois, le pseudo que je devais m'astreindre à appeler par son vrai prénom maintenant que nous étions face à face tombait amoureux. Mais moi, non.

Le problème était que l'imaginaire décuplait le désir. Surtout lorsque l'individu en question sortait à peine d'un divorce ou d'une séparation, et se trouvait en pleine période de manque affectif grave. Car les gens seuls n'étaient pas tous des cas sociaux (je veux dire, à part ceux que l'on m'avait présentés). Beaucoup étaient des âmes perdues, sans repères depuis que leur femme les avait largués (plus de 80 % des divorces étaient demandés par les épouses, plus lucides et sans doute plus courageuses que leurs conjoints). Ces types-là n'avaient alors de cesse de vous inonder de leur adoration éperdue, espérant obtenir la réciproque en retour.

Les hommes n'étaient-ils pas après tout que de grands enfants ?

Seulement rien n'était pire, niveau adhésif, qu'un célibataire en manque d'amour qui s'imaginait que vous étiez la femme de sa vie, simplement parce que votre photo ne dévoilait pas combien vous alliez détester sa mère, ou que vos mails ne parlaient pas de, au choix : vos tendances à la boulimie, votre désintérêt total pour son sport favori, ou encore votre goût pour les chansons de Zazie.

Heureusement, parfois, il arrivait tout de même que l'attirance fonctionne dans les deux sens.

Ce fut le cas avec Hippolyte Le Bihan (dont c'était malheureusement le vrai prénom, et non le pseudo), un directeur financier âgé de trente-six ans, père de deux garçons, en instance de divorce.

Rencontré sur le site, nous avions bavardé pendant de longues semaines, en pianotant sur nos claviers avec fougue jusque très tard dans la nuit. Là où un simple coup de fil nous aurait permis de gagner un temps précieux. Mais l'écriture, avions-nous remarqué, permettait de nous livrer en plongeant beaucoup plus vite et beaucoup plus loin dans la confidence.

Lorsque la tentation devint trop grande d'entendre le son de nos voix respectives, il me téléphona, et je fus déçue : sa voix était grave, chaude, absolument troublante.

Or, l'expérience m'avait prouvé que les hommes au physique ingrat possédaient souvent un timbre dont la beauté était inversement proportionnelle à celle de leur silhouette inesthétique. Une sorte de compensation permettant de ménager l'effet de surprise, en quelque sorte. Et Hippolyte n'avait mis, sur sa fiche, qu'une photo floue de lui.

Pourtant, le jour où nous décidâmes de nous rencontrer, et malgré la certitude de la désillusion qui m'attendait, je me mis sur mon trente et un. Exactement comme pour chacune de mes rencontres précédentes, le parcours de la combattante, devenu traditionnel et sans surprise, fut le même.

Vouloir séduire sans artifices était comme de vouloir se battre avec pour toutes munitions un filet à papillons au milieu des canons.

Ma stratégie devait comporter, au minimum, plusieurs peintures de guerre sur le visage pour subjuguer l'adversaire, ainsi qu'un uniforme de camouflage de défauts. Sans oublier quelques gouttes au creux du cou d'une arme bactériochimique odorante, destinée à booster mes phéromones et à faire succomber l'assaillant dans un nuage de volupté. En cas d'attaque offensive prônant l'usage d'une robe du soir, je pouvais aller jusqu'au revêtement d'une gaine, en guise d'armure protectrice anti-bourrelets. Mais c'était un cas extrême, et l'information restait classée top secrète. La gaine en question s'autodétruisait automatiquement à la lumière par un rapide mais efficace lancer sous le lit. Personne n'avait pu, à ce jour, prouver son existence.

Notre première rencontre eut lieu dans un café, proche des Champs-Elysées.

J'étais arrivée sur le lieu de notre rendez-vous en avance, volontairement, tellement j'étais sûre qu'il ne me plairait pas. Notre complicité était trop lisse, notre entente trop cordiale. C'était comme de gagner tous les numéros au loto : tout bonnement impossible. Il y en avait toujours un, puis deux, puis un troisième et ensuite un quatrième qui ne correspondaient pas.

Planquée derrière un immense journal, assise tout au fond de la salle, je l'attendis.

Comment, je l'ignore, mais il me repéra immédiatement et se glissa à ma table avec un sourire amusé. Lorsque je baissai mon quotidien, je le trouvai là, devant moi.

Surprise ! Hippolyte était un très bel homme.

Grand, légèrement dégarni, il avait un visage à l'expression énergique doté d'une mâchoire carrée, qui lui conférait le charisme des mannequins pour les publicités de parfum. Son nez droit soutenait une paire de petites lunettes, laquelle cachait de pétillants yeux bleus au sourire permanent. Sa carrure athlétique, pour ne pas dire musclée, forgée par des heures de natation, donnait à ses mouvements nonchalants un air de force tranquille.

Pourtant, et je le savais, l'homme qui se tenait en face de moi était un homme blessé.

Brusquement quitté par sa femme quelques mois auparavant, il avait dû réorganiser précipitamment le planning de sa vie pour s'occuper des deux fils qu'elle lui avait laissés.

Non contente d'avoir brutalement déserté le foyer, son épouse, la blonde Eva, était partie avec Martin, son meilleur ami. Double trahison. Il n'avait rien vu venir. Quelques jours plus tard, elle lui avait fait parvenir une lettre, expliquant que Martin et elle venaient de découvrir qu'ils s'aimaient, précisant toutefois qu'il n'était pas la cause de leur rupture. Il n'avait été qu'un prétexte. C'était essentiellement sa faute à lui si elle l'avait quitté, elle qui l'avait maintes fois prévenu sans que jamais il ne la prenne au sérieux. Elle disait aussi que s'il avait été un mari moins négligent envers sa famille et moins débordé par son métier, elle aurait sans doute pu se contenter de la vie terne et monotone qu'il lui offrait. Mais là, elle en avait eu assez et, saisissant l'opportunité de cette liaison qu'elle n'avait pas voulu vivre clandestinement, elle avait sauté le pas pour vivre pleinement sa vie de femme. Eva lui annonça aussi qu'elle comptait reprendre son activité de représentante en cosmétiques, et qu'elle récupérerait les enfants dès son retour de vacances. Il n'avait qu'à s'en occuper un peu, pour changer.

Quinze jours plus tard, revenue de sa croisière en tête à tête au large des îles grecques, elle passa embrasser ses garçons, âgés de cinq et sept ans, déposa une demande de divorce, et promit de les prendre chez elle sitôt qu'elle se serait trouvé un nouvel appartement. Car pour le moment, leur avait-elle expliqué, elle habitait chez tonton Martin.

Aujourd'hui, les mois avaient passé, et leur divorce était sur le point d'être prononcé. Eva n'avait plus jamais manifesté l'intention de récupérer ses fils. Hippolyte s'était donc résigné à essayer de refaire sa vie. Sur les conseils d'un collègue, lui qui n'avait jamais le temps de sortir avait trouvé amusante l'idée de chercher quelqu'un sur Internet.

Je savais tout cela, car Hippolyte me l'avait longuement raconté. Sa détresse avait éveillé en moi une farouche envie de lui montrer que les femmes n'étaient pas toutes pareilles.

En le découvrant ce soir-là, un peu gauche, s'efforçant de se donner une contenance, et en même temps si séduisant, je sentis mon cœur s'attendrir, et fondre comme un Mister Freeze au soleil.

Le dîner fut délicieux.

Hippolyte était juste un peu trop sérieux, voire même coincé, dans les sujets de conversation qu'il aimait aborder. Son sens de l'humour se limitait à quelques répliques tirées du film *Les*

Bronzés, et les compliments qu'il me faisait étaient maladroits, mais enfin, il était tout de même craquant.

Après le restaurant, il ne voulut pas me quitter et m'emmena prendre un verre, avant de me raccompagner, bien plus tard, jusqu'à une station de taxis. Nous nous quittâmes en nous faisant la bise, riant nerveusement sans oser nous regarder.

Je venais de passer un moment agréable dans ma panoplie de « femme », j'étais prête à réintégrer celle de « maman » avec sérénité et bonne humeur.

Hippolyte me demanda si j'accepterais de le revoir. Je lui dis « oui, pourquoi pas » avec un petit rire un peu bête, alors il me fixa rendez-vous pour le mardi suivant. Avant de se souvenir qu'il avait déjà un dîner d'affaires prévu ce soir-là. Etais-je libre jeudi prochain ? Oui ? Ah zut, lui non. Bon, sa secrétaire m'appellerait pour convenir d'un rendez-vous, avec son agenda sous les yeux.

Il m'embrassa timidement sur le coin des lèvres, et comme je ne le giflai pas, il prit de l'assurance et réitéra son baiser. Mes yeux étaient perdus dans ses prunelles rieuses, lorsqu'il me serra contre lui et m'embrassa plus tendrement. Heureusement qu'il faisait nuit, car mes pommettes s'empourprèrent jusqu'à atteindre une gamme chromatique difficilement supportable à l'œil nu.

Notre idylle dura trois mois.

Trois mois d'enfer, à me battre contre une tigresse possessive et jalouse qui, lorsqu'elle apprit par ses fils que leur père avait une liaison, se souvint brusquement qu'elle était encore amoureuse de lui. Exit sa sulfureuse romance avec Martin. Si l'ex meilleur ami de son mari la comblait en lui faisant revivre les émois de ses jeunes années, au quotidien c'était un homme tout aussi pressé, occupé et stressé que le père de ses enfants.

Qui plus est, elle s'était rendu compte que son mari lui manquait.

Tous les petits détails si particuliers de son corps ou de son caractère, qui l'avaient émue lorsqu'elle l'avait rencontré et qui l'insupportaient quand elle l'avait quitté, elle voulait les retrouver aujourd'hui. Et surtout pas qu'une autre en profite à sa place.

Hippolyte, lui, était tiraillé.

D'un côté, il avait réalisé qu'il m'aimait, et me l'avait d'ailleurs avoué.

Nous avions même, à sa demande, fait une folie en franchissant un cap inédit chez moi, qui fut de nous présenter nos enfants.

D'un autre côté, Hippolyte s'interrogeait, un peu trop fréquemment, sur les sentiments qu'il éprouvait encore vis-à-vis de sa future ex-femme. Certes, il lui en voulait énormément de l'avoir ainsi quitté, et jurait ne plus jamais pouvoir lui faire confiance. Mais il se remettait aussi un peu trop souvent en question à mon goût.

L'absence sublimait les gens. L'éloignement atténuait l'impact des mauvais souvenirs, idéalisant tous les autres. Et cela me faisait mal.

Ainsi, après une succession de stratagèmes et de complots dignes d'une Alexis Carrington dans *Dynastie*, Eva réussit à entraîner Hippolyte pour une ultime nuit d'adieu dans son lit. La libido reboostée par son histoire avec Martin, elle y déploya une fougue et une énergie qu'elle avait épargnées à son mari depuis de nombreuses années. Au petit matin, alors que leur divorce devait être prononcé à la fin du mois, l'intrigante essaya de convaincre son mari de la laisser revenir à la maison. Car elle avait changé, lui expliqua-t-elle. Elle avait quitté Martin. Lui restait le père de ses enfants, qu'elle n'avait jamais pu oublier. Il n'avait qu'un seul mot à dire pour que tout redevienne comme avant. Ohh... elle s'en voulait tellement (coup des larmes). Il n'avait pas le droit de ne pas donner une seconde chance à leur couple. Au nom des enfants qui avaient aussi besoin de leur mère. Patati patata blablabla...

Hippolyte la laissa parler, supplier, implorer son pardon, jurer, sangloter : il avait déjà fait son choix.

Le lendemain de sa nuit de luxure, il me donna rendez-vous dans un délicieux restaurant de poissons. Assis face à moi, devant son assiette de sole grillée, il saisit ma main, la pressa entre les siennes, et m'expliqua qu'il m'aimait passionnément, qu'il n'aurait jamais imaginé pouvoir être aussi heureux à nouveau quand sa femme l'avait quitté, que j'étais une femme exceptionnelle, belle, et des tonnes de compliments tous plus délirants les uns que les autres.

Bon. J'avais compris.

Il allait dégainer la bague.

Oh non, pas ça...

Ben non, c'était pas ça.

Hippolyte m'annonça s'être réconcilié la veille avec Eva, et vouloir redonner une seconde chance à leur couple. Au moins pour les enfants.

Je pris la nouvelle avec beaucoup de classe.

Passé le premier instant de stupeur, je me levai d'un bond stylé, attrapai mon sac avec élégance, émis un reniflement plein d'allure, le repoussai avec distinction alors qu'il tentait de me retenir dans ses bras, et quittai le restaurant la tête haute (mais les yeux brouillés de larmes).

Hippolyte laissa sur mon répondeur un long message, quelques jours plus tard, pour m'apprendre que la procédure de divorce avait été annulée, et qu'il ne m'oublierait jamais, jamais (il le répéta deux fois, la seconde fois dans un souffle). (Personnellement, il aurait même pu me le dire quinze fois, ça me faisait toujours une jambe époustouflante.)

La bonne nouvelle, c'est que je fis des heureux, dans cette histoire.

Ses fils d'abord, qui ne me remercieront jamais assez d'avoir permis à leurs parents de se remettre ensemble. Et puis le chocolatier en bas de chez moi, qui doubla largement son chiffre d'affaires grâce à ma dépression.

CHAPITRE 10

PÉTAGE DE PLOMBS

> Quand je mange des glaces, cela me fait réfléchir.
>
> LOUIS AUGUSTE COMMERSON

J'ouvris mon placard.

A l'intérieur se trouvaient quelques paquets de gâteaux, destinés au goûter des enfants.

Je défis l'un d'eux, et je pris un cookie. Rien qu'un.

Debout dans la cuisine, je croquai dedans avec volupté. Je n'eus même pas le temps de sentir pleinement son goût exalter mes papilles que, déjà, la main qui le tenait était vide.

Je m'éloignai dans le salon.

Héloïse et Margot étaient chez leur père. J'étais seule aujourd'hui.

Je revins dans la cuisine, j'ouvris le frigo et m'abîmai dans la contemplation hypnotique de son contenu.

Je ne pensais à rien. Mon esprit était vide lorsque je saisis une des crèmes à la vanille que j'avais achetées pour les petites, avec des bonbons au chocolat multicolores à verser dessus.

J'ouvris l'opercule, plongeai une petite cuillère dedans, et savourai la chose en fermant les yeux. Je soupirai. C'était bon. Je culpabilisai. Zut. Maintenant, il n'en restait plus que trois sur le paquet de quatre. Un chiffre impair, et j'avais deux filles. Il fallait donc sacrifier une autre crème à la vanille, avec ses petits bonbons qui croquaient sous la dent, à mon appétit justicier. Je m'y attelai.

Je retournai dans le salon. J'allumai la télé. Il restait deux crèmes dans le frigo. Elles étaient là, elles me narguaient. Je savais que si je ne les mangeais pas tout de suite, je risquais de craquer plus tard. Autant en finir une bonne fois pour toutes, et reprendre mon régime dès ce soir.

Je dévorai les deux dernières, qui n'avaient plus autant de goût que les premières. Je les avalai sans y penser, avec goinfrerie, me jurant que c'était le dernier écart de ma vie.

Oui. Mais d'un autre côté, au point où j'en étais, autant aller jusqu'au bout.

Je me relevai de la chaise sur laquelle je m'étais affalée avec, en fond sonore, un défilé de clips vidéo insipides. J'allai ouvrir le placard, et j'en contemplai l'intérieur sans envie. Une partie de moi me disait de m'éloigner et d'arrêter ma crise pendant qu'il en était encore temps. Une autre partie de moi me soufflait : « Allez, quitte à craquer, autant craquer complètement. »

J'attrapai le paquet de cookies au chocolat. De toute façon, pourquoi faire un régime ?

Qui allait me voir nue, ces vingt prochaines années ? Absolument personne, je l'avais fermement décidé après mon histoire avec Hippolyte. Je resterais célibataire jusqu'à ma ménopause. Non, plutôt jusqu'à ma retraite. A ce moment-là, j'essaierais de me dégotter un gentil petit vieux qui voudrait bien partager avec moi sa grille de mots croisés. Et nous coulerions des jours heureux ensemble, tâchant de trouver les bonnes réponses à « Questions pour un champion » entre deux bols de potage.

Tout compte fait, j'attrapai aussi trois brioches aux pépites de chocolat et une boîte de Mikado. A quoi bon souffrir pour être belle ? Fabien continuait de m'appeler, sans que je sache exactement ce qu'il voulait. « Pour garder le contact », m'expliquait-il. Quel contact ? Toujours pas l'ombre du début de la promesse de retrouvailles concrètes. Juste une sorte d'agitation de carotte, devant la bourricote que j'étais. Qui persistait d'ailleurs à avancer dans sa direction puisque, malgré ses bonnes résolutions, elle prenait encore ses appels et l'écoutait lui dire combien il tenait à elle. Voyez à quoi en étaient réduites les célibataires en manque de grands sentiments, ma bonne dame. Leur conversation coûtait moins cher qu'un appel vers une messagerie rose, et meublait aussi efficacement les moments d'oisiveté de ceux qui savaient en profiter.

Je cassai net une demi-tablette de chocolat au riz soufflé, que j'engloutis sur-le-champ.

Mon ventre s'arrondit sensiblement sous le poids du premier kilo que je venais de prendre. Selon Daphné, mon « docteur ès psychologie masculine » préférée, mon absence de fermeté n'était due qu'à un solide manque d'expérience. Si j'avais connu plus d'hommes, j'aurais mieux su m'affirmer et n'aurais jamais laissé un Fabien continuer à badiner avec mes sentiments. Mais je ne voulais pas « plus d'hommes », je n'en voulais qu'un seul ! Je ne savais pas exactement qui, puisque je ne l'avais sans doute pas encore rencontré, voilà où se situait le problème.

Ces gaufres au goût de caoutchouc feraient l'affaire, noyées sous un litre de sirop d'érable. Je déchirai le sachet, en pris deux et les inondai de sève brune. De toute façon, les hommes étaient tous des cons.

Je refermai l'armoire. Je rouvris le frigo. Je saisis la bouteille entamée d'Orangina light que j'emportai dans le salon. Pas besoin de verre, j'allais me la finir au goulot. J'avais besoin de manger. C'était plus fort que moi, il fallait que je me punisse d'être si idiote. Ma vie n'était qu'une sombre merde. Mon job était nul. Les mecs que je rencontrais étaient nuls. Et moi, j'étais la plus nulle de toutes, car je rendais tristes mes filles adorées.

Récemment, je leur avais annoncé ma rupture avec le père de leurs deux copains.

Contre toute attente, Héloïse avait fait preuve d'une inquiétude à mon égard qui m'avait bouleversée : « Oh non, maman ! Alors tu vas rester seule pour nous élever ? » Je ne savais pas si je devais rire ou pleurer devant sa réaction. « Mais non, ma chérie ! Je t'assure, je n'ai besoin de personne... Ce n'est pas grave du tout. » Elle m'avait alors lancé un déchirant regard, qui signifiait « je ne suis pas dupe ».

Du coup, je n'avais rien osé dire à Margot. Par lâcheté. Elle aimait beaucoup Hippolyte, qui avait incarné pour elle la présence masculine dont nos vies étaient dépourvues depuis mon divorce. Sans doute aurait-il mieux valu que mes filles ne le rencontrent jamais.

Mais comment réussir à reconstruire un couple tout en préservant ses enfants ? Si une séparation était un traumatisme pour moi, je prenais brutalement conscience que cela équivalait à un séisme pour elles. Tous ces bouleversements dans leurs jeunes vies, à l'heure où un couple uni représentait une base solide pour leur épanouissement futur... Mes filles avaient besoin de repères stables, et je les faisais vivre sur le radeau de mes incertitudes. Exposées aux bourrasques et aux tourmentes de mes émotions, sans défense face à la mère agitée que j'étais.

Déjà, quelques jours plus tôt, elles avaient eu à gérer un autre tsunami : Jean-Louis nous avait annoncé que Carole attendait un bébé. Leur père reconstruisait sa vie, pendant que leur mère écopait misérablement l'eau qui s'insinuait de toutes parts dans l'embarcation vermoulue qui constituait la sienne.

Mais je les conduirais à bon port. Même si je devais pour cela les porter sur mon dos et nager non-stop jusqu'à la prochaine île. Je choisirais pour les y faire grandir la plus belle de toutes. Ma vie ne serait pas un Titanic. Oh non. Ma vie serait l'Ile Fantastique. L'Ile au Trésor. Et même l'Ile aux Enfants. Où je n'allais pas tarder à jouer le rôle de Casimir, si je n'arrêtais pas immédiatement de m'empiffrer comme ça.

Promis, demain je cesse la bouffe. Mais avant, il me fallait encore avaler en deux grosses bouchées cette brioche ronde tout entière. J'avais besoin de sa douceur pour m'y réfugier.

Je sentis le haut de mes cuisses se rejoindre en une inéluctable formation de cellulite.

Mais comment faisaient donc tous ces couples pour réussir à être heureux ensemble, se choisir sans se tromper, supporter l'autre même lorsque ça n'allait pas ? Il fallait bien que cela soit possible d'une manière ou d'une autre, puisque de nombreux ménages tenaient bon, malgré tout.

Il me vint à l'esprit que certaines personnes avaient à leur disposition une palette de centaines de couleurs, et ne savaient en utiliser que trois ou quatre, pour faire des tags ou des gribouillis dans leur vie. Et que d'autres, qui n'avaient qu'une moche terre glaise sous leurs pieds, savaient la transformer de leurs doigts talentueux en une œuvre d'art sublime, digne de figurer dans les plus grands musées.

Je voulais rencontrer ce Rodin qui saurait utiliser la matière ordinaire dont j'étais faite pour en tirer la quintessence. Je voulais trouver cet homme qui ne voudrait pas cantonner sa parade amoureuse aux premiers mois de notre relation, mais la faire durer toujours. Cet être idéal qui ambitionnerait de cultiver notre couple avec la patience et le soin que l'on accordait à l'entretien d'une plante verte. Pour en faire plus tard un bel arbre. Un grand chêne qui nous servirait d'abri, de repère, qui nous nourrirait et nous protégerait, lui, mes petites et moi.

Mais les hommes, plutôt que de retrousser leurs manches et se mettre patiemment à l'ouvrage, préféraient bêcher de bêtes laitues. Rapides à cultiver, rapides à consommer.

Je vidai d'un grignotage frénétique la totalité de ma boîte de Mikado. Puis je me levai et, après quelques secondes d'hésitation, j'allai chercher le pot de Nutella posé sur le micro-ondes, et le sachet de pain de mie. Je me ravisai, reposai le pain de mie, et saisis à la place une large cuillère à soupe. J'attaquai le pot de pâte à tartiner en soupirant.

Je me rappelais notre dernière soirée pyjama, organisée cette fois chez Linda, à laquelle j'avais convié mon nouvel ami Tony. Beau comme un astre, la peau bosselée de muscles partout, son ventre tressé d'abdos, il nous avait toutes fait saliver lorsqu'il avait enfilé son pyjama (juste le bas, car il avait eu chaud aux pectoraux et préféré les laisser à l'air libre).

Toutes les filles avaient ainsi pu faire provision de fantasmes visuels créés à partir de ce mâle sublime, leur permettant d'améliorer l'ordinaire de leurs rêves érotiques. C'était d'ailleurs la seule chose que nous ayons pu faire avec lui.

Régis, le frère de Daphné (désormais un inconditionnel de nos pyjama's parties), vert de jalousie et tout maigrelet dans son T-shirt Star Wars, avait fait la gueule toute la soirée.

Je me souvenais que Tony avait tenté de défendre mollement le point de vue des mecs, lors d'une discussion où nous étions toutes déchaînées contre eux (et un peu bourrées, aussi).

Et puis il y avait eu toutes ces confidences que nous avions échangées, lorsque tout le monde était allé se coucher et que nous étions restés seuls à bavarder jusqu'à 2 heures du matin en grignotant des Pépitos. Déjà le découragement s'abattait sur moi. Je flagellais mon incurable faiblesse face à la bouffe, et surtout les erreurs que j'avais accumulées dans la gestion de mon existence de jeune divorcée.

Tony, compatissant, m'avait confirmé la justesse de l'inventaire que je dressais de ma vie. J'étais effectivement une pauvre fille divorcée, avec un job médiocre, deux enfants à charge, pas d'homme en vue, et une silhouette qui perdait trois kilos et en reprenait quatre.

Mais il m'avait rappelé aussi que trois ans plus tôt, j'avais déjà les mêmes bourrelets, j'étais tributaire des revenus de mon mari, et si je renvoyais à la société l'image d'une brave femme au foyer, en réalité je me nécrosais sur place, asphyxiée par les milliers de concessions que je devais faire pour conserver ce statut, parodiant ma vie.

Depuis, comme il me l'avait expliqué, j'avais assumé mon incapacité à m'épanouir auprès de Jean-Louis, et je m'en étais délivrée. Ce n'était pas une chose facile, il n'y avait qu'à voir combien de femmes restaient auprès d'un mari qu'elles n'aimaient plus, par lâcheté ou par paresse.

J'étais sortie de ma cuisine, j'avais vu le monde, aimé des hommes, souffert, fait le tri parmi mes découvertes, choisi mes propres chemins. J'étais née une seconde fois, et j'avais dû tout réapprendre. Mais l'enfant qui commence à marcher tombe encore et encore avant de se tenir droit sur ses jambes. Il se fait mal. Et c'est normal.

Il avait conclu par cette superbe sentence : « Tu t'es peut-être arrondie, et c'est tout ce que tu regardes, mais tu as surtout grandi. Voilà le plus important. »

Brave Tony. Ses paroles réconfortantes avaient eu l'effet d'un baume apaisant sur mon petit cœur meurtri.

Mais là, maintenant tout de suite, plus rien d'autre ne comptait que le réconfort hallucinogène que me procuraient les friandises que j'avalais. Je planais dans un état second, proche de l'overdose de sucre. Rien ne pouvait m'arrêter, pas même de sentir le double menton qui se formait entre mon visage et mon cou. Je n'étais plus à quelques kilos près, de toute façon.

Hippolyte me manquait.

L'odeur de tabac froid sur sa peau me manquait. Ses yeux qui souriaient tout le temps me manquaient. Et ce manque, bien sûr, me faisait oublier les innombrables sujets de polémique qui nous opposaient, ses manies qui m'agaçaient. Ce n'était pas vraiment que j'avais besoin de lui. C'était plutôt que j'avais commencé à m'habituer à lui et à ses fils, à enchevêtrer nos vies dans celles de ce père célibataire et de ses enfants. M'endormir contre lui, en caressant le pavillon de ses oreilles soyeuses, était l'une des choses que je ne ferais jamais plus. Cette mélancolie me passerait, bien sûr. Tout comme m'était passée la nostalgie de mes jambes emmêlées dans celles de Jean-Louis, lorsque nous voguions ensemble dans les bras de Morphée.

Alors, dans un sursaut de découragement, je commis un acte insensé. Inimaginable. Un geste désespéré. Je saisis le combiné du téléphone, et composais fébrilement un numéro. Sans plus pouvoir me maîtriser. J'étais folle. Pourtant je savais que si je ne l'appelais pas, j'irais jusqu'à la dernière extrémité où pourrait me conduire ma boulimie destructrice : aller refaire les courses.

J'attendis quelques secondes, puis une voix répondit : « Allô ? »

« Allô, Roxane ? Salut, c'est Déborah. Dis, est-ce que tu pourrais me filer les coordonnées de ta voyante, Mme Aldegonde ? Sois gentille, pas de commentaires. »

Mme Aldegonde ayant eu un désistement, elle put me prendre pour une consultation une heure plus tard.

Ni une ni deux, j'abandonnai mes paquets de gâteaux vides, j'enfilai un imperméable sur un bas de jogging, chaussai une paire de baskets, attrapai une barrette grossière pour y entortiller mes cheveux et me rendis en courant à son cabinet.

Assise dans sa salle d'attente, je contemplai la décoration kitsch qui ornait les murs, évoquant un fastueux boudoir orientalisé. C'était, à bien y regarder, un amas de bric et de broc recouvert de dorures. Il y avait des tentures moirées sur les murs, de grosses boules de cristal posées sur des guéridons d'allure ancienne, plusieurs grands miroirs incrustés de pierreries, des hiboux sculptés dans de la roche, et des coussins multicolores jetés çà et là sur des tapis à longues franges. Aïe. J'imaginais sans peine que ses tarifs allaient être à la hauteur des parures théâtrales qu'elle affichait en ces lieux. Et pas moyen de compter sur la Sécurité sociale pour me faire rembourser une partie de ses honoraires, la médecine parallèle n'étant pas encore reconnue dans la dimension où nous vivions.

Mme Aldegonde fit son apparition en soulevant un bruyant rideau de perles. Je la suivis. Sans un mot, elle me fit signe de m'asseoir sur la chaise posée devant son bureau.

C'était une femme âgée d'une soixantaine d'années, aux ongles longs, et à la mine sévère.

A peine m'étais-je installée qu'elle attaqua.

Mme Aldegonde : (écarquillant ses grands yeux bleus globuleux et pointant un doigt noueux vers moi) – Vous, vous êtes venue me voir parce que vous avez des problèmes avec un homme.

Moi : (tout intimidée) – Heeu... oui, enfin pas vraiment avec un homme, mais heu... avec tous les hommes, je dirais. En fait, je voulais savoir si...

Mme Aldegonde : (ne m'écoutant pas et commençant à battre son jeu de cartes) – Je vois un homme qui vous a quittée récemment. Une force négative est venue s'interposer entre vous.

Moi : (voulant être plus précise) – En fait, non, pas tout à fait.

A moins qu'on ne considère Eva comme une force négative, mais sinon...

Mme Aldegonde : (me coupant la parole, absorbée par son étalage de cartes devant elle) – Qui est cette Eva ?

Moi : (avide d'en savoir plus, lui livrant donc quelques éléments de ma vie afin qu'elle puisse jongler avec) – C'est son ex-femme.

Mme Aldegonde : (retournant la première carte qui se trouve face à elle) – Oui, c'est bien ça, je vois une ex-femme.

Moi : (fascinée, contemplant les cartes qui s'apprêtaient à révéler mon avenir) – Que voyez-vous d'autre pour moi ?

Mme Aldegonde : (étudiant les cartes en les effleurant du bout des doigts) – Je vois que vous avez traversé un épisode difficile de votre vie.

Moi : (hypnotisée par ses gestes lents et son air inspiré) – Oui, oui, ça doit être mon divorce.

Mme Aldegonde : (égrainant les perles de son collier d'une main distraite, toujours penchée au-dessus de ses cartes) – Vous avez des enfants ?

Moi : (captivée) – Oui, deux.

Mme Aldegonde : (l'air de rien) – Filles ou garçons ?

Moi : (attendant la révélation) – Deux petites filles.

Mme Aldegonde : (retournant quelques cartes supplémentaires) – Vos filles aiment beaucoup leur père, vous savez ? Ce sont de braves petites. Elles vous donnent beaucoup de bonheur. Beaucoup.

Moi : (émue) – C'est vrai.

Mme Aldegonde : (concentrée) – Les deux vont réussir, plus tard. Je vois bien la grande occuper un emploi où elle sera en contact avec plein de monde. Quant à la petite, elle a la fibre artistique, comme sa mère, n'est-ce pas ?

Moi : (qui chante comme une casserole et dessine comme une enfant de trois ans) – Wow... Mes filles vont faire de grandes carrières !

Mme Aldegonde : (retournant encore d'autres cartes et les étudiant attentivement) – Grandes carrières ! Beaucoup d'argent, beaucoup ! Mais dites-moi... attendez... qui est cette Valérie ? Connaissez-vous une certaine Valérie ?

Moi : (me creusant la tête) – Heu... non, non... je ne crois pas...

Mme Aldegonde : (insistant) – Mais si ! Vous en connaissez forcément une... « On » me parle d'une Valérie... réfléchissez !

Moi : (sursautant) – Ah, si ! Valérie, mais oui ! Une fille qui était dans la classe de mon frère, en 3e. Ça me revient, maintenant... elle venait parfois faire ses devoirs à la maison.

Mme Aldegonde : (fière d'elle) – Voilà. Eh bien, cette Valérie-là va se manifester très bientôt, soyez-en sûre.

Moi : (pensive) – Tiens... il n'était pas amoureux d'elle, d'ailleurs, Jonathan ? Si elle lui donne de ses nouvelles, ça veut dire qu'ils vont peut-être sortir ensemble. Ah, ben je vais le lui dire, il sera content ! (elle est forte, cette Mme Aldegonde !)

Mme Aldegonde : (appuyant ses doigts contre ses tempes, l'air las) – Grand amour, oui, oui...

Moi : (inquiète) – Et... heu... pour moi, vous voyez quoi ?

Mme Aldegonde : (plongeant ses yeux dans les miens) – Pour vous, je vois aussi un grand amour si vous décidez de vous habiller un peu mieux et de faire quelque chose avec vos cheveux.

Moi : (estomaquée) – Hein ?

Mme Aldegonde : (regardant à nouveau ses cartes) – Désolée, ma petite amie. C'est la fin de la journée, et Mme Aldegonde est fatiguée. Vous avez beaucoup de courage. Beaucoup. Vous élevez seule vos enfants. Vous allez réussir aussi. Avant vos filles. Vous allez connaître l'amour bientôt, avec un homme plus grand et plus âgé que vous. Il aura aussi des enfants, oui, oui. Vous allez être très très heureuse. Mais pour cela, il faudra être attentive et savoir reconnaître l'amour quand il frappera à votre porte. D'accord ?

Moi : (ravie) – D'accord !

Mme Aldegonde – Très bien. Ça fera cent euros.

« Gloups », fit la salive qui resta coincée en travers de ma trachée. J'en connaissais une qui allait garder ses racines blanches deux mois d'affilée, faute de pouvoir se payer le coiffeur.

Je dégainai mon chéquier, et entrepris d'y inscrire la somme demandée. Elle sembla déçue de ne pas me voir sortir de liquide, précisant toutefois : « Vous mettrez votre chèque à l'ordre de Mme Andrée Lefebvre, s'il vous plaît. »

En quittant l'antre de la pythie, je me sentis légère et en pleine forme. Beaucoup moins triste qu'avant. Pleine d'espoir en l'avenir.

Arrivée chez moi, à peine avais-je enfoncé la clé dans la serrure de ma porte que mon enthousiasme retomba comme un soufflé qui s'effondre.

Sans que je parvienne à définir exactement pourquoi, j'eus le sentiment que je venais de franchir un pas décisif dans le gouffre que pouvait atteindre l'invraisemblable profondeur de ma crédulité.

Quelques semaines plus tard, je fêtais l'anniversaire d'Héloïse en invitant à la maison une bonne dizaine de ses copains de classe.

J'aurais préféré le fêter comme celui de Margot quelques mois plus tôt : en triple tête-à-tête. N'inviter que les personnes les plus importantes de la terre, pour célébrer l'événement le plus important de la terre : le jour qui a entendu le premier cri de la femme qui sera élue plus tard présidente de la République. Ou première astronaute qui posera le pied sur Mars. Ou future prix Nobel de médecine, mention « Très Bien », pour ses travaux déterminants sur l'éradication du poil féminin par manipulation génétique. De toutes les façons, mes filles choisiraient elles-mêmes le métier qu'elles exerceraient plus tard. Je ne chercherais pas (trop) à les influencer.

Mais Héloïse était grande maintenant, elle venait d'avoir six ans, et voulait décider qui inviter pour fêter en musique son soufflage de bougies. La première boum de ma fille !

Sur la table, recouverte d'une nappe en papier, des litres de boissons côtoyaient d'énormes saladiers remplis de bonbons multicolores, de gâteaux et de biscuits apéritif. Sur la bibliothèque du salon étaient posés de petits chapeaux de clowns, des cotillons, ainsi qu'une pile de CD de Lorie, des L5 et autres Billy Crawford. Que du bon.

Héloïse était surexcitée, Margot était surexcitée de voir sa sœur surexcitée, et moi j'attendais les petits monstres de pied ferme.

Quatre heures plus tard, je ne souriais plus. Je râlais. Sévèrement.

Les bras croisés sur ma poitrine, je contemplais d'un œil las le carnage que ces mini-vandales venaient d'accomplir sous mon toit. Rien ne m'avait été épargné. J'avais pensé innocemment avoir invité des enfants à célébrer l'anniversaire de mon Héloïse. Que nenni. En réalité, j'avais laissé pénétrer chez moi toute une horde de ninjas nains en mission spéciale pour la destruction de toute trace de décoration dans mon appartement.

Le carnage était à la hauteur des efforts qu'il m'avait fallu déployer pour rendre mon intérieur aussi accueillant que possible. Miettes de chips incrustées profondément dans le canapé, traces de chocolat bien visqueuses sur les rideaux, divers fracassages de bibelots sur le sol, et autres bonbons éparpillés jusque dans le tiroir à petites culottes de ma chambre.

Je ne parlais même pas des jouets qu'Héloïse avait reçus en cadeau : uniquement des coffrets de pâte à modeler, de perles à enfiler, quand ce n'était pas de la peinture liquide.

Avais-je fait quelque chose à ces mères pour leur donner envie de se venger de moi en choisissant ces présents-là, plutôt que des poupées ou des livres, par exemple ? A priori, non. Au contraire, je leur avais permis de profiter de tout un samedi après-midi, qu'elles avaient pu consacrer à faire exulter bruyamment leur corps entre les bras de leur mari (ou de leur amant) (ou des deux), sans craindre d'être entendues par les enfants.

D'un autre côté, était-il bien raisonnable de laisser à des femmes, dont les rejetons n'avaient pas appris à viser correctement la cuvette des toilettes, la possibilité de se reproduire encore ? Je n'eus pas le loisir de me pencher davantage sur la question, car on sonnait à ma porte.

C'était le papa du petit Archibald, venu chercher dans cette cohue bruissante et rieuse le fruit de ses entrailles. Lequel était consciencieusement en train de déchirer une à une les pages de mon programme télé, s'apprêtant à confectionner un avion en papier avec la tête de Jean-Pierre Foucault.

Archibald ressemblait à un infâme petit insecte blond, au nez retroussé et aux babines lippues. Tout le portrait de son géniteur. Lequel d'ailleurs entreprit, plutôt que d'aider son fiston à nouer ses lacets pour partir, de me faire la conversation. Après tout, pourquoi pas, vu que je connaissais peu les parents des amis de ma fille.

Sur le seuil du salon, nous nous mîmes à papoter à propos de nos enfants, de leurs résultats scolaires, et du caractère de leurs maîtresses. Au bout de quelques minutes, quand même, je tentai de m'échapper. Sans succès, car il ne cessait pas de parler. Ce n'était pas qu'il m'ennuyait, c'était plutôt que je ne savais plus où donner de la tête entre les autres parents qui commençaient à arriver, et mon salon qui prenait à vue d'œil l'allure d'une décharge publique.

Le papa d'Archibald proposa de me téléphoner, si je n'y voyais pas d'inconvénient, pour m'inviter un jour à prendre un verre. Occupée que j'étais à surveiller mon vase blanc qui vacillait sous le chahut de trois excitées, je lui répondis sans y penser que oui, pourquoi pas, tandis que la mère de la petite Dolorès poussait la porte d'entrée.

La femme qui venait d'arriver, et qui avait entendu la fin de notre conversation, me jaugea d'un air hautain, avant de lâcher au père d'Archibald : « Tiens, bonjour, Grégory. Tu vas bien ? Et ta femme, elle va bien ? » Je les regardai l'un et l'autre sans comprendre.

Je vis le Grégory en question rougir, détourner le regard et demander à son fils de se presser, tout en marmonnant : « Oui, oui, ma femme va bien, Carmen. Merci. »

Carmen était la mère de Dolorès – la gamine responsable de l'anéantissement de ma collection de mini-cactus, qui gisaient à présent déracinés, suite à leur chute consécutive à ce qui semblait être une chorégraphie de Britney Spears.

C'était une femme élégante, à la beauté latine, joliment plantureuse et, pour l'heure, passablement énervée. Ses yeux ourlés de noir toisaient le père d'Archibald avec un dédain à peine dissimulé, tandis qu'elle appelait sa fille d'un ton rude.

« Elle doit être fatiguée, ta pauvre femme, avec l'accouchement qu'elle a eu... » continua-t-elle sans le quitter des yeux.

« Oui... hum... Archibald vient d'avoir une petite sœur », lâcha Grégory en se tournant vers moi, visiblement mal à l'aise. Puis il nous salua et sortit en poussant doucement son fils par les épaules.

Dolorès était repartie en courant dans la chambre avec Héloïse et Margot pour préparer un plan contre Maxence et Kevin. Aussi j'offris à sa mère de nous asseoir quelques minutes entre deux ballons, pour prendre une part de ce qu'il restait du gâteau d'anniversaire.

Radoucie, elle accepta.

Installée avec moi sur le canapé, une assiette en carton dans une main, une fourchette en plastique dans l'autre, elle me félicita pour la parfaite organisation de cette petite fête. Je contemplais l'étendue des papiers déchirés, des kilos de miettes poisseuses et des jouets éparpillés par terre, et me demandais de quoi elle voulait parler.

Carmen : (sur le ton de la confidence) – Moi, vous savez, pour l'anniversaire de Dolorès, j'invite tous les enfants à une journée au cirque, nous soufflons les bougies au retour et le tour est joué ! En plus, je peux avoir des places pour trois fois rien, grâce à mon comité d'entreprise...

Moi : (dont la fille n'a jamais été conviée à aucun des anniversaires de cette Dolorès) – Ooh, quelle bonne idée... personnellement, je travaille dans une boîte trop petite pour avoir un comité d'entreprise.

Carmen : (intéressée) – Vraiment ? Et votre mari ?

Moi : (souriante, avec le sentiment d'énoncer mon nom de famille) – Je suis divorcée.

Carmen : (levant un sourcil du genre « je comprends mieux maintenant ») – Ah.

On entendit un cri depuis la chambre des petites. Je n'eus pas le temps de me lever que Margot apparut en pleurant et en boitillant. Je la fis monter sur mes genoux, et la consolai en lui faisant de petits bisous à la racine des cheveux.

Moi : (inquiète) – Qu'est-ce qu'il y a, mon bébé, tu es tombée ? (J'attrapai son pied.)

Margot : (avec une grimace) – Aïïïe ! Oui, ze me suis fait mal à ma lampe !

Moi : (lui saisissant délicatement le genou) – Où ça ? A ta jambe ? Montre-moi...

Margot – Non, à ma lampe...

Moi – Ta quoi ?

Margot – A ma lampe, regarde...

Et du doigt, elle me désigna une petite ampoule, à l'arrière de son talon.

Je rigolai. Je fis mine d'attraper son bobo dans la paume de ma main et, selon la méthode inventée par Jean-Louis pour Héloïse lorsqu'elle était petite, je cognai sur ce bobo invisible en vociférant : « Vilain bobo ! tiens ! et tiens ! prends ça ! aaaah, tu embêtes ma fille ? Ça ne va pas se passer comme ça ! tiens encore ! » Puis, triomphante, je jetai le bobo par terre et l'écrabouillai du pied comme un vieux mégot.

Margot, satisfaite que justice soit faite, repartit toute guillerette jouer dans sa chambre.

Carmen : (avalant une gorgée de limonade) – Hum... ce ne doit pas être très facile d'élever toute seule des enfants, n'est-ce pas ?

Moi : (souriante) – Non, ça va. Je crois que je ne m'en sors pas trop mal.

Carmen : (lissant une mèche de cheveux qu'elle ramène derrière son oreille) – Bah... on a toujours plus ou moins besoin d'un homme, j'imagine. Quitte à piquer celui des autres.

Moi : (surprise) – Pardon ?

Carmen : (éclatant d'un rire clair) – Je plaisantais, voyons ! Notez que le papa d'Archibald avait l'air de vous trouver à son goût.

Moi : (glaciale) – Grand bien lui fasse.

Carmen : (plongée dans ses pensées) – Dommage qu'il soit

marié... si j'avais été à votre place, je n'aurais peut-être pas dit non...

Moi : (la regardant sans comprendre) – Ah. Je croyais que vous étiez une amie de sa femme ?

Carmen : (secouant vigoureusement la tête) – Je plaisantais encore. Ce doit être toutes ces années de mariage qui commencent à me peser. Qui sait, peut-être devrais-je faire comme vous et profiter de ma jeunesse pendant qu'il en est encore temps...

Moi : (agacée) – Le divorce n'a rien d'un jeu.

Carmen : (méprisante) – Voyons, vous n'allez pas me faire croire qu'il n'y a pas quelques avantages à son célibat retrouvé. La liberté, les hommes à foison...

Moi : (irritée) – Lorsqu'on a des enfants, la donne n'est plus la même. On ne peut plus vivre égoïstement pour soi. Les mettre au monde implique d'être responsable, de se soucier d'eux, de leurs émotions, de leurs sentiments et...

Carmen : (gonflante) – Alors pourquoi avoir divorcé, dans ce cas ?

Moi : (excédée) – Parce que figurez-vous que mon ex-mari sentait fort des aisselles. Maintenant, si vous voulez bien m'excuser, je dois aller accueillir les autres parents qui arrivent.

Je fus prise d'un brusque ras-le-bol de toutes ces manifestations ouvertes de jalousie, d'hostilité, de drague éhontée ou de méfiance qu'inspirait mon statut de divorcée.

Marre d'avoir à rendre des comptes au premier crétin venu, à me justifier ou à devoir m'expliquer, alors que j'essayais juste de faire de mon mieux pour ne faire souffrir personne. Non, je n'étais pas plus une piqueuse de mari que ne l'était, par exemple, une femme mariée en quête d'émotions fortes dans les bras d'un autre homme. Je n'étais ni un produit périmé, ni une marchandise en solde qui cherchait à se placer coûte que coûte. Quoi qu'en pense cette snobinarde, qui pouvait bien ruiner ma réputation auprès des autres mamans de l'école, je m'en fichais complètement.

Une vingtaine de minutes plus tard, l'appartement était vide. Aussi vide que pouvait l'être un grand magasin en période de soldes, retrouvé pillé à la fin de la journée. Le ménage titanesque qui s'annonçait promettait d'occuper l'intégralité de mes deux prochaines semaines de vacances. Les petites occupées dans leur chambre à se disputer la primeur de l'utilisation des nouveaux joujoux, je pus retrousser mes manches, et attaquer le chantier de rénovation qui m'attendait.

J'eus la chance de pouvoir commencer à apercevoir le fond de mon évier en début de soirée.

Ce fut le moment que choisit Daphné pour m'appeler. Complètement hystérique. Elle pleurait et riait tout à la fois. Comme je la questionnais sur le pourquoi de cette hilarité émotive, elle m'annonça qu'elle venait d'épouser civilement Gaétan à la mairie du XVIe arrondissement. Elle avait voulu que leur mariage soit tenu secret, car elle avait craint une nouvelle humiliation devant ses proches si le promis n'était pas apparu le jour dit.

En fait, Gaétan était arrivé à la mairie avec deux heures d'avance, priant de son côté pour qu'elle ne change pas d'avis. Le mariage religieux allait être célébré le mois prochain, et cette fois-ci, j'y serais invitée. Je la félicitai chaleureusement, échangeant quelques sanglots d'émotion avec elle. Lorsque je raccrochai, la fatigue aidant, les vannes s'ouvrirent complètement et je me mis à pleurer d'épuisement et de mélancolie.

Quelques jours plus tôt, j'avais appris que Jean-Louis aussi s'apprêtait à épouser Carole, afin de créer un foyer autour de leur bébé à venir. Il avait l'air sérieusement mordu de cette petite, et j'en étais, au fond, sincèrement contente pour lui. Si nous n'avions pas pu être heureux ensemble, au moins que nous arrivions à être heureux séparément. Et puis il restait le père de mes enfants. En même temps, je me demandais quelles sortes de relations allait entretenir sa future épouse avec mon ex-belle-mère. J'aurais donné cher pour le savoir...

Me voilà désormais la seule célibataire de la bande.

Linda venait de rencontrer un homme. Régis, à qui nous l'avions annoncé en raillant, avait surmonté vaillamment cette épreuve. A présent, il sortait avec une étudiante de sa fac, qui l'avait aimé en secret pendant des mois avant qu'il ne la remarque. Même Jonathan (... même Jonathan !) s'était trouvé quelqu'un qui avait bien voulu de lui. En la personne de Myriam, une ravissante serveuse rencontrée dans sa pizzeria préférée, qu'il avait manifestement pu séduire en bâfrant devant elle, tout en sauce tomate sur le menton et gros rire gras avec ses potes.

L'amour est parfois une bien mystérieuse énigme.

En m'apercevant dans le salon, Margot retira la tétine de sa bouche, et chuchota en direction de sa sœur : « Regarde, elle est triste, maman... »

Puis elle s'approcha de moi, l'air grave et soucieux, saisit mon visage de ses petites mains et m'embrassa tendrement la joue droite. Puis la joue gauche. Ensuite, toujours en tenant ma figure, elle m'embrassa le front, puis le menton, et encore le bout du nez. Alors que j'allais m'écarter, elle me retint et m'embrassa délicatement juste sous l'œil droit, puis sous l'œil gauche. Je fondis définitivement en larmes devant cet élan de tendresse, remarquable chez une petite fée de quatre ans.

Je me sentis obligée de m'excuser de ce moment public de faiblesse.

Moi : (en reniflant) – Ne m'en veuillez pas si je craque, les poulettes. Mais parfois, c'est trop dur. Vous savez, je suis toute seule pour m'occuper de tout, je dois gérer les problèmes de sous, les problèmes au travail, votre éducation, être responsable sans jamais me tromper, et parfois c'est vraiment pas facile d'y arriver toute seule.

Aïe. Peut-être en avais-je trop dit. Mes filles étaient petites, et sans doute encore incapables d'entendre cela. Mon rôle était de les protéger, pas de les utiliser comme confidentes à mes problèmes. Chacun sa place : à elles d'être des enfants, à moi d'être l'adulte. Au nom de quoi les aurais-je privées de l'insouciance due à leur jeune âge ?

D'un autre côté, ce n'était pas armer ses enfants pour la vie que de leur laisser croire que le monde était constitué d'un camaïeu de couleurs rose tendre. C'était même les préparer à de grandes déconvenues. Je pensais qu'il valait mieux les coacher soi-même avec tendresse et amour, plutôt que de laisser les autres s'en charger. Ainsi, leur expliquer sincèrement ce qui se déroulait dans leur environnement proche semblait pour moi la solution la plus sage.

La réponse de l'aînée de mes deux mini-consciences ne se fit pas attendre.

Héloïse : (m'enlaçant affectueusement comme si elle avait quinze ans de plus) – Mais non, maman, tu n'es pas seule ! Tu es la seule adulte, c'est tout. Mais nous on est là, avec toi !

La pertinence d'une telle réflexion brouilla ma vue à nouveau. Il était bon, parfois, de laisser couler un peu de la pluie de ses yeux sur son visage, pour se rappeler combien notre figure vivait, somme toute, sous un climat tempéré.

Moi : (reniflant de plus belle) – Oooh, ma chérie...

Héloïse : (doctement) – Et puis tu sais, tu n'as qu'à faire comme moi. A l'école, j'ai un amoureux principal. Bon. Et puis j'ai aussi d'autres amoureux, que je garde en réserve, pour le jour où mon amoureux principal et moi, on se sépare. Comme ça, je ne serai jamais sans amoureux ! Tu vois, c'est facile !

Moi : (éclatant d'un rire mouillé) – Mais pourquoi n'y avais-je pas pensé plus tôt ? (Puis, craignant que ma fille ne développe une névrose qui la pousse à se jeter dans les bras du premier bêta venu pour ne pas rester seule :) Chérie, tu sais, tu n'as pas besoin de faire tout ça... ce n'est pas grave du tout d'être célibataire, au contraire, ça a souvent des tas d'avantages. La vie peut nous rendre heureuse de mille manières différentes... je te jure. Mais bon, votre maman est un être humain, pas un robot, et parfois, il arrive qu'elle pleure pour rien. Juste parce qu'elle est fatiguée. Ou parce que c'est la mauvaise période du mois... mais ça, je vous l'expliquerai dans quelques années.

Margot : (retirant sa tétine pour parler) – Quand j'étais petite, je me souviens que tu avais un amoureux qui s'appelait Hippolyte. Est-ce qu'il va revenir à la maison, avec ses enfants ?

Moi : (qui fonds lorsque Margot emploie l'expression « quand j'étais petite » pour parler d'événements qui se sont déroulés il y a quelques semaines, voire quelques jours) – Non, ma chérie, et j'en suis désolée. Je n'ai pas l'intention de revoir Hippolyte.

Héloïse – Pourquoi, tu n'es plus amoureuse de lui ?

Moi : (ne pas esquiver) – Eh bien... tout simplement parce que je n'ai pas divorcé de votre papa avec qui je ne m'entendais plus pour me remettre avec quelqu'un avec qui je ne m'entends pas non plus. Sinon, tant qu'à faire, je serais restée avec votre papa.

Margot : (tristounette) – Moi, je voudrais bien que papa et maman soient encore ensemble.

Héloïse : (tristounette aussi) – Est-ce que tu vas te remettre avec papa, un jour ?

Moi : (la vérité fait mille fois moins mal que le mensonge, même si d'avoir à la dire me tord les boyaux) – Non, ma chérie. Cela n'arrivera jamais, parce que ni lui ni moi n'en avons envie. D'ailleurs, je vous rappelle que votre papa va se remarier avec Carole. Et je crois savoir que vous serez ses demoiselles d'honneur. C'est chouette, non ?

Margot : (lumineuse) – Et si papa revenait vivre à la maison ? Mais vous seriez pas des amoureux, hein.

Moi : (peinée) – C'est impossible, ma douce, on se disputerait sans arrêt, ce ne serait agréable pour personne. Et puis Carole ne serait pas contente.

Margot : (qui a réponse à tout) – Mais c'est pas grave ! Carole, elle pourrait venir aussi !

Héloïse : (songeuse) – Maman, est-ce que tous les gens qui se marient divorcent ensuite ?

Moi : (culpabilité 2000) – Non ! Non, certainement pas... Souvent, ils ne divorcent jamais et restent mariés toute leur vie, au contraire !

Je ne savais pas si je devais être soulagée des nombreuses questions que me posaient mes filles, ou si je devais m'en inquiéter. Il était clair que ce mode de vie monoparental faisait naître quantité d'interrogations dans leurs petites têtes. Ainsi qu'une maturité et une certaine gravité, que ne possédaient pas les enfants de leur âge. Mais mieux valait qu'elles formulent leurs doutes et me les transmettent, afin que je puisse pleinement les rassurer, plutôt qu'elles se fabriquent leurs propres réponses, angoissantes et éloignées de la réalité, dans leur petit imaginaire de bébés.

Avant de s'endormir, tandis que je la bordais, ma douce Héloïse me fit la plus belle déclaration d'amour du monde :

« Maman, je suis contente d'avoir choisi ton ventre pour que tu sois ma maman. »

Son tendre aveu sortait d'une adorable bouche à laquelle il manquait une dent de devant, échangée récemment contre un billet de cinq euros par la petite souris qui n'avait pas de monnaie sur elle. En l'entendant, je me dis que mon banquier allait devoir se montrer compréhensif (il n'avait pas le choix), car je sentis monter en moi une brusque envie d'aller dévaliser un rayon de jouets.

Le lendemain, alors que je feuilletais un magazine allongée sur mon lit, Margot vint me rejoindre et se blottir contre moi.

Ce fut le signal de départ pour une séance de chatouilles, de guilis, de croquage de petits bras et de bisous dans le cou. Puis elle grimpa à califourchon sur mon ventre, et se mit en devoir de sautiller gaiement à l'endroit où auraient dû se trouver mes abdos, si j'en avais eu.

Margot : (à travers sa tétine) – Mamaaan, est-che qu'on est tes sexenfants, Héloïse et moi ?

Moi : (croyant avoir mal entendu) – Hein ? Qu'est-ce que tu dis, ma chérie ? Mes quoi ?

Margot – Est-che qu'on est tes sexenfants ?

Moi : (non vraiment, j'ai dû mal entendre) – Mes quoi ??

Margot : (criant) – Tes sexenfants !!

Moi : (non, c'est pas vrai, j'y crois pas) – Mes sexe enfants ??

Margot : (contente) – Ouii, tes sexenfants !

Moi : (paniquant, prête à tuer n'importe qui à mains nues si je comprends bien ce qu'elle est en train de me dire) – Comment ça, mes sexe enfants ? Qu'est-ce que tu veux dire, Margot ? Est-ce que quelqu'un t'a touché le tato ? Le sexe ? C'est ça que tu veux me dire ? Qui ?? DIS-MOI QUI ???

Margot : (s'énervant) – Mais non, maman ! Je veux chuste savoir si on est tes sexenfants ?

Moi : (frisant l'hystérie) – Ça veut dire quoi, « mes sexenfants » ? Explique-moi, trouve un autre mot, je comprends pas celui-là !!

Margot : (l'air impuissant) – Mais maman, che connais pas d'autre mot ! Tes sexenfants, comme ton sexemari, quoi...

Moi : (une petite ampoule s'allumant au-dessus de ma tête) – AAAAAHHH !!! Tu veux dire mes EX-enfants, c'est ça ???

Margot : (soulagée que son idiote de mère comprenne enfin) – Ben oui, c'est ça, tes sexenfants !

Moi – Ahahahahahahahahahahahahaha !

Margot : (fronçant ses petits sourcils) – Mais arrête, maman, de te moquer de moi !

Moi : (essayant d'arrêter de pouffer, mais c'est pas facile devant sa frimousse sévère) – Mais retire donc ta tétine de ta bouche !! Bon, alors ma chérie. Héloïse et toi, vous ne serez JAMAIS mes ex-enfants. Ça n'existe pas, des ex-enfants. Un ex-mari, ça peut arriver, mais des enfants, on n'en divorce jamais, on les aime toute notre vie.

Margot : (soulagée) – Bon, cha va, alors.

Et, toute fière, elle descendit du lit et alla porter la bonne nouvelle à sa grande sœur, qui calligraphiait de ses doigts colorés sur les murs de sa chambre, grâce à sa toute nouvelle boîte de peinture liquide. Merci encore, hein, les mamans des petits morpions que j'avais invités.

A l'anniversaire des vôtres, sachez qu'il y aura distribution de mignons petits hamsters qui crottent partout, ou d'irrésistibles petites tortues d'eau douce carnivores, qui vous mordront les doigts quand vous voudrez les nourrir de crevettes déshydratées puantes.

Car j'ai bien l'intention de me venger.

CHAPITRE 11

LA VIE EN ROSE

> Former un couple, c'est n'être qu'un.
> Mais lequel ?
>
> PROVERBE ANGLAIS

« Ho-oh, ho-oh, Freedooom, ho-oh... »

La gamine criait plus qu'elle ne chantait.

Dans ses yeux, on pouvait lire la souffrance, l'ultime espoir, la rage de les convaincre.

Elle était belle, elle était émouvante. Elle me fit frissonner.

Héloïse me demanda : « Dis, maman, pourquoi elle chante comme ça, la fille ? Elle a perdu le concours, non ? » « Non, mon bébé, répondis-je sans quitter la télé des yeux, elle n'a pas encore perdu, le jury lui a laissé une seconde chance. »

Je me tournai vers ma poupée et lui caressai les cheveux, tandis qu'elle grignotait ses frites avec les doigts, après les avoir noyées dans une flaque de mayonnaise allégée.

« Tu vois, ma poulette, dans la vie, il faut toujours se battre, ne jamais renoncer. Essayer, essayer encore, jusqu'à ce que ça marche. Toujours ! Et c'est exactement ce que cette fille est en train de faire. »

Je rêve. J'étais là, assise aux côtés de mes minouches qui

dînaient de ma mauvaise cuisine, avec, en guise de support d'éducation pour leur expliquer combien la persévérance payait (implicitement, j'espérais qu'elles comprendraient « dans les études »), l'émission *Popstars*, sur M6.

Héloïse et Margot filèrent se brosser les dents, puis se mirent au lit.

J'allai les border, les embrassai et revins dans le salon, magnétiquement attirée par cette émission, et par les destinées de ces Castafiore en herbe, résolues à tout faire pour être remarquées par un jury amorphe. Y compris à s'égosiller sur « All by myself » en quinze secondes chrono.

Et dire qu'au départ, moi je m'étais juste trompée de chaîne... mais ce genre de programme, c'était comme les fast-foods. Au début on disait « Non, merci, je ne mange pas de ce pain-là », et après, si on nous posait devant le nez un double hamburger et un sundae au chocolat, ben, on les dévorait quand même.

Bon, certes, tenter sa chance pour former avec d'autres structurés du cheveu un boys-girls band destiné à animer les boums des gamins de neuf ans, c'était moins grave que de participer au *Bachelor*, dont je ne ratais pourtant aucun épisode. Délicieusement horrifiée de constater jusqu'où étaient capables de descendre certaines jolies filles un peu vides de la boîte crânienne, juste pour passer à la télé.

Toutes ces gonzesses qui avaient sué sang et eau pour conserver la silhouette que j'avais eue avant mon mariage, à présent maquillées comme des drag-queens, méchées de toutes parts, perchées sur des talons aiguilles avec la robe fendue jusqu'au sternum, acceptant de se faire cocufier en public, tout ça pour séduire un type qui ressemblait à l'une d'entre elles.

Un détail me chiffonnait, pourtant.

Pourquoi la plus grosse de ces séductrices faisait-elle une taille 36 ? Etait-on considérée comme moche dès que l'on atteignait le 40 ?

Les hommes que j'avais connus étaient pourtant unanimes à louer les poitrines opulentes, les fesses rebondies, les mollets charnus et les ventres moelleux. Toutes ces courbes qui distinguaient un vrai corps de femme de la silhouette androgyne censée représenter la « femme actuelle » (ahahah... pas après deux grossesses, en tout cas). Pourquoi alors voyait-on si peu de femmes pulpeuses dans ce genre de programme ? me demandais-je en sirotant ma soupe de régime.

Tout en regardant l'émission, je me mis à fredonner : « ... gimme gimme gimme a maaan after midnight... »

Je chantais bien, n'empêche.

La prof de danse me souffla : « Oui, oui... Donne tout ce que tu as en toi... C'est bien, ouiii ! », tandis que je lançais des œillades allumeuses aux membres masculins du jury, qui souriaient en hochant la tête, l'air convaincu.

« Maman, tais-toi, on peut pas dormiiir ! » cria Margot depuis son lit.

J'allai fermer la porte de leur chambre.

Pfff ! Elles étaient bien contentes d'avoir une mère qui avait le sens du rythme, quand il s'agissait de les endormir au son de mes berceuses.

On annonça aux perdantes que bon, elles étaient gentilles, surtout qu'elles ne changent rien, mais elles n'avaient pas le niveau 2 be 3. Et les pauvres filles repartirent en pleurant vers leurs destinées de téléopératrices ou d'hôtesses d'accueil.

« C'est bon, Déborah, on vous garde ! Vous êtes sélectionnée pour passer l'audition de danse. Bonne chance pour la suite ! »

Je courus me mettre dans la file des gagnantes, cherchant à débusquer celles qui formeraient le groupe avec moi.

Non... pas celle-là, elle était trop moche, la pauvre.

Celle-là ? Bah, faut pas rêver. Avec une culotte de cheval pareille, il aurait mieux valu qu'elle aille directement tenter sa chance sur l'hippodrome de Longchamp.

Celle-là était pas mal... mouais... un peu trop pas mal, même. Grognasse.

L'heure de l'audition arriva, et nous voilà sur la scène du grand théâtre où elle se déroulait.

Les quatre premières filles s'avancèrent et se mirent à danser. Il y avait parmi elles une demoiselle très ronde qui bougeait en rythme avec fluidité, par rapport aux crevettes qui gigotaient tant qu'elles pouvaient avec des mouvements mécaniques. La charnue, malgré une voix magnifique, fut évidemment éliminée au profit des bimbos à petit cul cambré. Dure loi du show-business. Qui tenait de moins en moins du show et de plus en plus du business, d'ailleurs (pour ceux qui ne l'avaient pas encore compris).

Je montai à mon tour sur la scène, accompagnée de trois autres candidates.

Avec mon petit short en satin, mes chaussons de cuir noir, mes jambières et ma brassière courte, j'avais l'allure d'une déesse. Sans mon brushing, le frisottis en folie, j'aurais pu doubler Jennifer Beals dans *Flashdance* les doigts dans le nez.

J'étais prête. Face au jury. Je respirai un bon coup. Je pris la pose.

« Et 5 et 6 et 7 et 8 ! » hurla la prof de danse en nous donnant le départ d'un signe bref.

La musique retentit, c'était « Lady marmelade ».

Génial.

« ... voulez-vous coucher avec moi, ce soir, voulez-vous coucher avec moi ?... »

J'ondulais de la hanche, tout en lançant des regards provocants aux membres du jury.

Tendue, je jetai un rapide coup d'œil sur mes concurrentes, ce qui eut pour effet de me rassurer immédiatement. L'une bougeait ses bras, mimant la pêche d'un saumon façon ours brun des montagnes. L'autre regardait attentivement où se posaient ses pieds, au cas j'imagine où elle aurait croisé une crotte de chien. La dernière se pelotait le nombril en se croyant sensuelle, alors qu'elle avait l'air d'une strip-teaseuse en surdosage de vitamine C.

De mon côté, par contre, les pas de la chorégraphie s'enchaînaient avec science, rythme et efficacité. Geste blasé de la main, mouvement de cheveux élégant, quelques regards de bêcheuse pour bien affirmer ma supériorité technique, tandis que je pirouettais sur la pointe des pieds et me réceptionnais avec un grand écart.

J'entendis les membres du jury chuchoter : « Elle est douée, positivement douée... » (Hop ! encore les cheveux qui fouettent l'air.) « Cette fille-là, c'est une révélation !... comment elle s'appelle déjà ? Déborah ? Nan, mais t'as vu ce groove ?? » (Sensuelle ondulation de la fesse.) « Les gars, laissez tomber toutes les autres, on ne forme plus de groupe, c'est ELLE que je veux !! » (mouvement vif des épaules, avec seins qui ne s'entrechoquent pas grâce à un soutien-gorge en titane).

Mon visage était en sueur, les joues rosies par l'émotion, je me sentais si bien, je...

« ... hihihi... ! »

« LES FILLES !!! Vous allez au lit, oui ??? »

Les deux petites souris qui m'observaient me balancer devant mon poste de télé en dégustant ma soupe, cachées derrière un coin du mur, repartirent en courant se plonger sous leurs couvertures.

J'entendis un léger : « Oh ! là, là ! elle est folle, maman, hein ! », suivi d'un petit : « Oui, hihihi ! », tandis que j'allais m'affaler sur mon canapé regarder la suite de l'émission. Avec mon bol habituel, mon voisin d'en face avait dû assister au spectacle de moi en pyjama, échevelée, avec mes gros chaussons à tête de Bart Simpson, gigotant sur place sans quitter l'écran des yeux.

Ah ! là, là ! voilà quel aurait été le rêve de ma vie : devenir une star de la danse. Si seulement je n'avais pas été aussi souple qu'une porte... Accessoirement, j'aurais aussi adoré être médecin. A condition, bien sûr, que l'on ait pu me permettre de ne soigner que les affections ne nécessitant aucun contact avec du sang, du pus, du vomi ou un patient hurlant qui menace de vous casser la gueule si vous ne faites pas vite quelque chose pour son gros orteil écrasé.

A la place, je me contentais de vivre ces émotions par procuration devant mes séries télé préférées, notamment celles suintantes d'hémoglobine et truffées de termes techniques barbares. Ou bien figée devant les clips vidéo d'une Beyoncé ondulante, tandis qu'une zone de mon cortex, suractivée, superposait mon image à la sienne, et me voyait faire, à sa place, ces mouvements lascifs et superbes.

Popstars terminé, je n'avais pas assez sommeil pour aller me coucher.

J'allai alors me connecter sur le Net, ma merveilleuse petite fenêtre magique, ouverture sur le monde qui me permettait de ne pas avoir besoin de sortir de chez moi. M'épargnant ainsi d'ennuyeux et coûteux problèmes de baby-sitting, grâce à cette fabuleuse ubiquité qui me laissait la possibilité d'être ailleurs tout en restant ici. L'esprit occupé à discuter par e-mail des démêlés sentimentaux de mes copines allumées, pendant que les petites jouaient au Dr Maboul dans leur chambre, par exemple. Ou bien surfant sur le site d'une librairie en ligne pour me faire expédier le dernier Stephen King – qui me tiendrait éveillée les deux prochaines semaines, terrifiée sous ma couette – après avoir couché les poulettes et fini le ménage.

Je m'installai devant mon Outlook, et entrepris de répondre aux nombreux messages que m'avaient fait parvenir mes copines, « virtuelles » ou non. Nos vies de femmes actives n'étaient qu'une longue conversation téléphonique manuelle (grâce au clavier), qui pouvait durer des jours, entrecoupée seulement par l'insertion de notre quotidien.

Depuis quelque temps, je discutais avec Pénélope, une internaute dont j'avais fait la connaissance sur mon fameux site de rencontres. Elle élevait seule sa petite fille d'un an.

Par un drôle de hasard, nous avions découvert avoir fréquenté le même collège, elle et moi. Ceci expliquant pourquoi son visage ne m'était pas tout à fait inconnu. Un soir elle me proposa de dîner avec elle pour nous rencontrer enfin, et j'acceptai avec joie.

C'est autour d'une assiette fumante de spaghettis bolognaise que nous nous racontâmes nos vies, en échangeant bien évidemment les photos de nos enfants. Pénélope était en instance de divorce. Son mari l'avait quittée après la naissance de leur fille Chloé, se découvrant incapable de partager sa femme, devenue mère, avec ce petit bébé hurleur. Aussi depuis six mois, voyant la procédure bien engagée, elle s'était remise à sortir et à rencontrer du monde. C'était une femme fascinante, qui restait optimiste face à l'avenir, et ne manquait pas une occasion de positiver en toutes circonstances.

Entre deux gorgées de chianti, je remarquai ses jolies boucles d'oreilles, et lui en fis le compliment. Elle m'expliqua aussitôt où elle les avait achetées. Nous nous mîmes à parler de nos derniers achats respectifs, et je lui racontai combien j'avais aimé le dernier album de Patrick Fiori. Elle éclata de rire et m'apprit que justement, elle connaissait un des paroliers de la star, qui s'était d'ailleurs inscrit sur le site de célibataires où nous nous étions connues. Avant que je n'aie pu dire quoi que ce soit, elle avait sorti un stylo, et m'avait griffonné son nom et son pseudo sur une serviette en papier, en me donnant l'ordre de rentrer en contact avec lui.

Je la remerciai, et lui rétorquai que je n'avais nulle envie d'écrire à cet... (je lus son nom sur la serviette) « Henri Boublil », ne me sentant pas d'humeur séductrice en ce moment.

Ce qui était vrai. Je n'avais tout simplement plus le courage de m'exposer à une nouvelle déception. Les histoires qui commençaient, les envies, les espoirs qui s'éveillaient, les attentes, et puis les désillusions qui s'accumulaient, les défauts qui se révélaient, la découverte de personnalités tordues, tout ça, basta.

Depuis mon divorce, ma vie sentimentale n'était qu'un trampoline émotionnel en mouvement perpétuel. Et cette fois-ci, j'étais bien décidée à souffler un peu.

Pénélope m'expliqua qu'elle avait déjà rencontré cet Henri, qu'il lui avait bien plu, mais que la réciproque n'avait pas semblé être vraie. Mais tant pis. Depuis, ils continuaient à s'écrire amicalement de temps en temps, pour se donner des nouvelles, et elle n'en gardait aucune amertume.

En regardant cette fille mignonne et pétillante, je me dis que s'il était difficile au point de n'avoir pas voulu d'elle, c'est que ça devait être un emmerdeur prétentieux cherchant Elle Macpherson ou rien. Et moi, j'étais plutôt dans la catégorie « rien », donc inutile de perdre mon temps.

Mais Pénélope insistait. Elle semblait si sûre que nous nous entendrions à merveille, lui et moi, que ma détermination chancela. Je lui promis d'y réfléchir, pliai la serviette, la fourrai dans mon sac, et changeai de sujet.

J'oubliai le carré de papier, et ne le retrouvai que deux jours plus tard, en plongeant le nez dans mon sac pour y dénicher un stylo.

Curieuse de savoir quand même à quoi cet Henri pouvait ressembler (on ne se refait pas), je pianotai sur mon ordinateur le pseudo du bonhomme, et attendis de pouvoir cliquer sur sa fiche.

Le lien apparut. Je cliquai.

Bon.

Ce n'était pas à proprement parler mon type d'homme : il était très grand, plutôt rondouillard et brun comme la nuit. Mais le portrait qu'il avait fait de lui était bien rédigé, plein d'esprit, et semblait authentique. C'est vrai que l'idée de rencontrer des gens venus d'horizons professionnels aussi différents du mien aurait pu me séduire, moi, la mère de famille casanière qui ne voyageait pas plus loin qu'à la lisière de son arrondissement. Mais moi, qu'avais-je à lui apporter ? Ma recette de lasagnes au thon ? Allez...

Je souris en refermant le site d'un clic de souris, et allai préparer le dîner.

Quelques jours plus tard, ce fut au tour de ma cousine Linda de m'inciter à écrire à cet Henri, au lieu de vouloir m'isoler dans un célibat de vieille fille désabusée. Elle n'ignorait pas combien il était difficile d'être coincée à la maison avec des enfants, et de n'avoir que peu de temps à consacrer à la culture d'une vie sentimentale. Tandis que nous sirotions notre café, Linda m'avoua avoir entamé une liaison avec quelqu'un. Il s'agissait d'un homme qu'elle avait rencontré par speed dating, à la soirée même où, malgré son insistance, je n'avais pas voulu aller. De toute façon, j'imaginais sans mal ce qui aurait résulté de ce genre d'exercice. Des minutes entières passées à tripoter l'arête de mon nez, à regarder ailleurs et à toucher mes cheveux nerveusement, sans pouvoir n'émettre rien d'autre que des gloussements embarrassés. Après ça, aucun doute que les participants se seraient battus pour obtenir mon numéro de téléphone (pff !).

Linda, venue avec une bande de copines, avait craqué sur un beau professeur de dessin qui avait souhaité la revoir, après leurs quelques minutes d'échanges verbaux réglementaires.

Cela faisait maintenant deux mois qu'ils sortaient ensemble, et il semblait de plus en plus amoureux, mais Linda, prudente, préférait ne pas s'emballer. Sa confiance en la face testostéronée de l'humanité en avait pris un sale coup depuis que Pascal, son compagnon, l'avait quittée brusquement en apprenant qu'elle était enceinte. S'étant cru stérile, alors qu'en réalité il ne l'était pas complètement. Il aurait dû savoir qu'il n'y avait pas qu'au loto que l'on pouvait gagner le pactole. Le problème étant juste que Pascal était certain de n'avoir rien misé. L'infidélité de Linda, et peut-être son désir trop ardent de porter un enfant n'avaient fait pour lui aucun doute.

Décidément, dire que les hommes ne pensaient qu'avec leur pénis n'était pas un lieu commun. Lorsqu'il ne s'agissait pas de taille ou de largeur, il s'agissait de contenu.

Ne voulant pas être la seule à risquer son intégrité affective dans une relation qui débutait et dont je savais, malgré ses dénégations, qu'elle attendait beaucoup, elle me pressa de faire confiance à Pénélope. Vaincue, je lui promis d'envoyer un mail à Henri, et de la tenir au courant de la suite.

Le soir même, je me rendis sur le site et cliquai sur la fiche du garçon de trente-deux ans, dont je scrutai attentivement l'image en tentant d'imaginer de quelle façon l'aborder. Après m'être torturé les méninges pendant dix bonnes minutes, je me jetai à l'eau avec un petit mot banalement bête, absolument certaine qu'il ne me répondrait pas. « Bonjour ! » fut le « sésame ouvre-toi » de ma caverne d'Ali Baba. Mais à cet instant, je l'ignorais encore.

Le lendemain, surprise, ma messagerie clignotait : il m'avait écrit.

Très vite, il proposa de m'inviter à prendre un verre, au lieu de pianoter des heures durant derrière nos ordinateurs respectifs, et d'être déçus le jour d'une éventuelle rencontre (comme cela arrivait trop souvent).

Pénélope, qu'il avait emmenée voir une exposition, m'avait raconté combien il était adorable. Je n'arrivais vraiment pas à comprendre pourquoi, puisqu'il semblait si formidable et qu'elle était si jolie, ils n'étaient pas ensemble aujourd'hui. Mais bon, puisque à aucun moment il n'avait tenté de la violer, j'acceptai à mon tour son invitation. Rendez-vous fut pris le samedi suivant à 12 heures, devant l'hôtel Crillon.

Je ne voulais plus tomber amoureuse.

Certes, c'était un peu comme de se dire « demain, j'arrête les trucs sucrés », mais enfin, je n'avais pas la tête à flirter vainement. De son côté, Henri m'avait confié sortir d'une histoire un peu glauque, et être également d'une humeur de célibataire endurci.

Ainsi, les choses étaient claires et, de ce fait, rassurantes.

Pour la première fois depuis des temps immémoriaux, je laissai de côté ma traditionnelle « Cérémonie de la Transformation », destinée à activer un processus qui métamorphoserait en trois tours sur elle-même la terne Diana Carter en pétillante Wonder Woman, tout en couleurs flashy et brushing rebondissant.

Ce samedi-là, je pris une douche, enfilai un jean, une paire de baskets, un pull en V et un gilet que je nouai négligemment sur mes hanches. Puis je relevai mes cheveux en chignon, et me maquillai à peine. Juste quelques touches de fard pour cacher mes boutons et faire briller mes yeux cernés. Plus cool aurait été impossible. Ou alors il m'aurait fallu mettre un jogging, et on a dit « plus cool » et pas « plus moche ».

Je m'en fus vers notre lieu de rendez-vous, rencontrer ce fameux Henri avec lequel j'avais échangé quelques messages et passé un long moment au téléphone (très sympathique, comme garçon). Arrivée à quelques mètres du palace devant lequel nous devions nous retrouver, je fus prise d'une brusque angoisse. Nous nous connaissions à peine, allions-nous avoir suffisamment de choses à nous dire ?

Mes pas me rapprochaient de lui.

Je traversai un carrefour, tentai d'apercevoir sa haute silhouette, mais il y avait trop de monde sur le trottoir et la rue était en travaux. Alors je dégainai mon portable, et composai son numéro.

Moi – Allô, Henri ? Salut, c'est Déborah...

Henri – Salut, Déborah... Tu m'appelles sûrement pour me dire que tu es en retard. Pas de problème ! Je viens juste d'arriver.

Moi – Heeu... non. En fait, c'est un peu plus embêtant que ça. Voilà. Ma copine Roxane vient d'accoucher de ses jumeaux, et je dois immédiatement filer la voir à la maternité. Alors heu... est-ce que ça te dérangerait si on se voyait un plus tard dans l'après-midi ?

Henri : (cachant fièrement sa déception) – Ah ? Eh bien... hum... Je sais pas trop... Je vais sûrement avoir des choses à faire cet après-midi... tant pis.

Moi : (naturelle) – Sympa, ton costume.

Henri : (étonné) – Pardon ?

Moi : (décontractée) – Tu vois la fille qui s'avance vers toi en rigolant sur son portable ? Eh ben, c'est moi.

L'homme très grand qui se tenait devant le Crillon, un téléphone collé contre l'oreille, les cheveux bruns et bouclés, se retourna vivement à la fin de ma phrase. Lorsqu'il m'aperçut, un sourire radieux illumina son visage. Je souriais aussi, bien que réalisant de plus près que c'était de lui que provenait ce parfum tenace d'Azzaro pour homme qui embaumait la rue.

Impossible de dire au premier coup d'œil s'il me plaisait ou pas (a priori pas, car je n'aimais pas les hommes en costume ; j'appris plus tard que lui n'aimait pas les femmes en jeans, ça faisait 15 partout), mais il avait l'air charmant.

Nous nous fîmes la bise et je faillis suffoquer. Il semblait avoir pris un bain dans son after-shave.

Henri : (souriant) – Voyons, où veux-tu aller... Tu connais bien Paris ?

Moi : (qui ai été guide touristique de la capitale dans une vie antérieure) – Tu rigoles, je connais cette ville comme ma poche !

Henri – Ça te dirait de déjeuner chez Ladurée ?

Moi : (levant un sourcil) – Qui ça ?

Henri : (regardant autour de lui) – Hum... ou bien, on pourrait aussi aller au Buddha bar ? C'est pas très loin d'ici.

Moi : (hésitante) – Avec ma cousine Linda, on s'est déjà fait un restaurant chinois, hier soir...

Henri : (me regardant bizarrement) – Bon. J'ai une idée. Tu connais Montmartre ?

Moi : (fière) – Non. Par contre, je connais super bien Montparnasse.

Henri : (réprimant un sourire) – Il y a un petit restaurant super, sur la Butte. Tu as faim ?

C'est en me nourrissant qu'Henri commença notre histoire.

Remarquez, ce n'était pas plus mal : certaines filles s'étaient fait avoir par des types qui les avaient soûlées. Quoique, d'une certaine façon, ce fût aussi la méthode qu'employa Henri. Il me soûla. Car Henri était un bavard. Un très, très grand bavard. Je ne tardai pas à comprendre qu'il cachait une légère timidité sous un déluge verbal. Heureusement pour moi, il était passionnant.

Rien des anecdotes qu'il racontait n'était inintéressant ou, pire, soporifique. Ça changeait des garçons aux propos insipides que l'on rencontrait d'habitude. Ces innombrables petits joueurs qui essayaient d'en mettre plein les yeux à la demeurée qu'ils croyaient avoir en face d'eux, en lui répétant ce qu'ils avaient retenu d'un documentaire passé sur Arte.

Arrivés au sommet de la butte Montmartre, où il me fit emprunter le funiculaire parce que je ne l'avais jamais pris, il me narra avec une précision inouïe l'histoire des rues, des monuments et des établissements devant lesquels nous passâmes. Henri me touchait par sa façon de s'émerveiller pour un détail, une vieille pierre, sa manière enthousiaste de retracer son histoire et d'arriver à la faire revivre devant moi, comme s'il me transmettait télépathiquement la vision d'un hologramme surgi du passé qui se superposerait à la vue de ce pan de mur abîmé. En réalité, sa culture couvrait de vastes domaines, et j'écoutais sans broncher ses commentaires passionnés, assommée par l'étendue de ses connaissances. En voilà un que j'allais avoir du mal à battre au Trivial Pursuit.

C'était très agréable. Pour la première fois de ma vie, je n'avais même pas envie de parler, tellement il était délicieux de simplement l'écouter et de me laisser porter, bercée par le timbre de sa voix franche, jeune et un peu grave.

Sans doute était-ce cette impression qui ce jour-là prévalut chez moi. Le bonheur de me laisser totalement guider par un homme qui savait exactement où nous allions et quels chemins il fallait emprunter. Je n'avais aucune décision à prendre, nous étions tellement en phase que nous nous baladions là où, justement, je désirais aller. Ce jour-là, je me sentis bien plus légère que je ne l'avais été depuis très, très longtemps.

Henri m'emmena déjeuner dans un charmant restaurant près de la place du Tertre où, effectivement, je ne m'étais pas souvent promenée. Non pas que je ne sorte pas. C'était plutôt que je fréquentais trop souvent les mêmes endroits, mon sens de l'orientation dans Paris avoisinant celui d'une gamine de quatre ans perdue dans un grand magasin.

Henri, entre deux bouchées de coq au vin, me posa de nombreuses questions sur ma vie, ce que j'aimais, ce que je faisais, écoutant mes réponses avec une attention non feinte.

Lui était divorcé depuis quatre ans. Il était papa d'une grande fille de onze ans qu'il adorait, prénommée Diane. Tout en m'en parlant, il me montra fièrement une photo d'elle.

Curieuse car le trouvant de plus en plus épatant, je ne pus me retenir de lui demander pourquoi il ne s'était rien passé entre Pénélope et lui. Il me répondit en haussant les épaules : « Je n'aurais jamais pu. Pénélope est le sosie exact de ma tante Cécile. Si j'étais sorti avec elle, j'aurais eu l'impression de tenir dans mes bras la sœur de ma mère ! »

Nos confidences et nos éclats de rire s'enchaînaient à un rythme si régulier et si évident, que nous oubliions de ne pas être naturels. Forcément, je tenais comme certain de ne pas tarder à découvrir ses vices cachés, ses zones d'ombre ou ses fêlures – pour ne pas dire ses brèches. Aussi les attendais-je de pied ferme, un peu sur la défensive, persuadée de ne pas avoir à patienter bien longtemps avant d'apercevoir la première lézarde se profiler sur cette belle façade.

La journée passa à une vitesse étourdissante.

Henri me fit découvrir, plus tard dans l'après-midi, le studio de répétition où il allait travailler la musique des chansons qu'il composait. Assis devant un piano, il me fit écouter ses créations récentes. Je trouvai que pour un chef d'entreprise sérieux et responsable, il avait quand même gardé une âme d'enfant. J'avais sous les yeux un petit garçon qui me montrait fièrement ses jouets, et me faisait partager sa passion de la musique.

Aussi le laissai-je m'entraîner avec bonheur dans son univers merveilleux, que je n'avais jamais exploré autrement qu'en tant que consommatrice lambda de tubes radiophoniques.

La journée s'achevant, il proposa de m'emmener dîner.

J'hésitai.

D'un côté, je n'avais pas encore envie de le quitter.

Mais de l'autre, rester aurait signifié ne pas avoir d'amis à voir un samedi soir, et pouvoir en conséquence chambouler ma vie sociale à l'improviste, puisqu'elle était inexistante. Or, j'avais des amis à voir, puisque mes copines m'attendaient chez Daphné pour notre soirée pyjama mensuelle (on avait la vie sociale qu'on pouvait, hein).

Sans compter qu'il était aussi nécessaire que je me fasse un peu désirer (me soufflait ma maman planquée dans un coin de mon cerveau).

Aussi déclinai-je son invitation.

Il insista, sans être lourd, ce qui était agréable. Comme j'avais vraiment envie de rester avec lui, je décrétai en moi-même que la troisième fois qu'il me demanderait : « Tu es sûre de ne pas pouvoir annuler, avec tes amies ? », j'accepterais sa proposition.

Manque de pot, comme justement il n'était pas lourd, il s'arrêta à deux fois. Argh.

C'est le moment que choisit Tony pour m'appeler.

En décrochant, je minaudais bien fort dans mon portable : « Oooh, Tonyyy ! Comment vas-tu ? », avec autant d'empressement que si j'avais reçu le coup de fil inespéré d'un amant mémorable.

Subtile ruse niveau 6e B pour rendre Henri jaloux.

Lequel demeura imperturbable.

Devant son absence totale de réaction, je continuai : « Ah boon ? tu viens ce soir ? gé-nial. Bon, ben on se voit tout à l'heure. Tchao-tchao, mon grand ! »

Tony, à l'autre bout du fil, m'avait sans doute prise pour une folle. D'autant que je n'avais pas répondu à la question qui constituait l'objet de son appel, à savoir combien de personnes il y aurait à cette pyjama party, afin qu'il apporte un dessert en conséquence.

Je remarquai qu'Henri avait l'air sombre.

Ah, quand même.

Il me parla quelques minutes de la pluie et du beau temps, avant de lâcher une dernière fois, un peu dépité : « Dommage, j'aurais bien aimé qu'on dîne ensemble ce soir. »

Cette fois-ci, je ne me le fis pas répéter.

Avec le plus grand naturel du monde, je soupirais : « Vraiment ?... Bon, alors tu sais quoi ? Je vais annuler ma soirée chez Daphné ... »

Faisant preuve d'une imagination qui surpassait de très loin celle de mes cavaliers précédents, il m'emmena dîner dans un endroit à l'exotisme torride.

Il s'agissait d'un restaurant japonais de teppanyaki. C'est-à-dire (pour les pauvres filles qui ne sortent jamais de chez elles, dont je faisais partie, certes) un jeune chef japonais faisant virevolter avec dextérité sur notre table, constituée d'une plaque chauffante, quantité de morceaux d'aliments qu'il découpait avec un art et une précision extrêmes. Lesquels y rissolaient, avant d'atterrir miraculeusement, en quelques rebondissements prodigieux, dans nos assiettes.

Je restai ébahie devant ce show, auquel je n'avais assisté qu'en voyant le film *L'Aile ou la cuisse* de Claude Zidi. Justement, m'expliqua-t-il, nous étions dans le restaurant même où cette scène du film avait été tournée. Je jubilais comme une gamine émerveillée.

Henri, de son côté, me posait négligemment des questions, tirées sans doute de quelques tests psychologiques destinés à dévoiler les personnalités psychotiques. Questions auxquelles je répondais ingénument, sans montrer que je l'avais démasqué.

Ce garçon me paraissait bien parano, pour un géant d'un mètre quatre-vingt-onze.

C'était une bonne chose. Nous avions de plus en plus de points communs.

Après le repas, nous nous promenâmes dans les rues de Saint-Germain-des-Prés. La nuit était douce, et nous, toujours en train de deviser passionnément. Il ne m'avait pas pris la main, et j'étais heureuse qu'il ne se soit pas encore permis ce geste. Quel bonheur : mon nouvel ami semblait aussi vieux jeu que moi.

N'ayant toujours pas envie de rentrer, j'acceptai sa proposition d'aller prendre un dernier verre au Grand Café, ouvert toute la nuit, dans le quartier de l'Opéra.

A peine nous étions-nous assis – dans ce lieu mythique où les frères Lumière avaient projeté leur premier film, me raconta Henri (où était donc le bouton « stop » sur ce type ?) – que nos comportements changèrent imperceptiblement.

Ma barrette ayant glissé, je défis nonchalamment mon chignon, laissant mes cheveux se répandre sensuellement dans mon dos, tandis que son œil noir se teintait d'une lueur animale.

La parade nuptiale avait commencé.

Il ne fut pas prononcé un mot ambigu. Il ne fut pas esquissé un geste annonciateur.

Nous continuâmes à bavarder et à rire avec autant d'ardeur que les heures précédentes. Seuls nos yeux, qui s'attardaient un peu plus longtemps sur le visage de l'autre, laissaient pressentir le trouble qui venait de s'installer. Du grand art de l'approche.

Gourmands, nous commandâmes deux « la vie en rose », énormes coupes de glace aux fruits rouges. Puis Henri regarda sa montre, éclata de rire, et s'écria : « Yes ! »

« Yes quoi ? » m'enquis-je, intéressée. Alors il m'expliqua sa théorie selon laquelle, s'il restait douze heures d'affilée avec une fille sans s'ennuyer, il avait de fortes chances de s'entendre avec elle. Je trouvais sa théorie fumeuse, mais je fis un effort pour me rappeler que ce n'était qu'un homme. Aussi lui accordai-je des circonstances atténuantes, et reconsidérai-je sa thèse en la jugeant simplement grotesque.

Lorsque Henri me raccompagna chez moi, il était quatre heures du matin. Garés devant le trottoir, assis côte à côte, nous étions un peu gênés, car il ne s'était toujours rien passé entre nous. Ah si ! Il s'était passé une journée et une soirée comme je n'en avais pas vécu depuis bien trop longtemps. Et juste ça, c'était déjà énorme.

Alors que je m'apprêtais à lui dire au revoir en attrapant mon sac, il murmura timidement : « J'ai très envie de t'embrasser. »

Ah.

C'est-à-dire que la dernière fois qu'on m'avait demandé la permission avant de m'embrasser, je devais être en 4e, et il s'agissait de Xavier Touitou.

Bien entendu, j'avais dit non (si vous aviez vu à quoi ressemblait Xavier Touitou, haut d'1,35 m, avec son visage vérolé par une acné digne de figurer en photo dans un dictionnaire médical, vous non plus vous n'auriez pas voulu).

Mais enfin là nous n'étions plus en 4e, et, bon, globalement, je ne savais pas trop quoi lui répondre. Je me voyais mal lui dire « allez, d'accord », tendre mes lèvres vers lui et le laisser s'approcher. Ou bien, pire encore, lui sauter dessus comme un Alien qui lui goberait le visage d'un baiser arachnéen.

Mais il fallait agir. Dire quelque chose. N'importe quoi.

En état de rougissement maximal, j'esquissai une sorte de ridicule petit sourire crispé, accompagné d'un regard en biais, qu'il dut interpréter comme une permission mutine, puisqu'il effleura ma main. Voyant que je ne m'enfuyais pas en hurlant, il m'attira doucement contre lui, colla son front contre mon front, et scella lentement ses lèvres aux miennes.

Mon cœur battait très exactement sur le tempo d'un air de hard rock.

Le souffle court, nous nous regardâmes, aussi troublés l'un que l'autre. Comme étonné, il me dit : « Toi, je crois que je vais t'aimer très fort... », mots qui se voulaient sans doute romantiques, mais qui eurent pour effet de me ramener brutalement sur terre.

Je réalisais avec effroi que j'avais failli à ma décision de ne plus jamais tomber amoureuse.

Notre histoire démarra avec une évidence qui nous submergea.

Nous naviguions entre l'émerveillement de nous découvrir si semblables, et la découverte quotidienne de nouvelles raisons de nous émerveiller.

Mon impression du début s'était confirmée. Dans la vie de tous les jours, Henri était mû par un besoin naturel et impérieux de diriger. Il ne comptait que sur lui-même, faisant confiance à un bon sens aiguisé, mûr et réfléchi. Ce garçon autonome n'était pas du genre à attendre d'une femme qu'elle le serve, mais plutôt qu'elle l'épaule. Aussi découvrais-je un homme qui, chez lui, cuisinait, repassait, et accomplissait ces mille et une petites corvées que Jean-Louis avait toujours cru normal de m'imposer. Comme si la faculté de passer l'aspirateur n'avait pas été codée sur son chromosome Y, apportant une légitimité génétique à ce que ce soit moi qui m'en charge.

Cette impression avérée de maturité, à laquelle je n'étais pas habituée chez un homme, m'influença tant que cela se ressentit jusque dans mes nuits.

Depuis la naissance de mes filles, j'avais appris à dormir d'un sommeil léger et superficiel, afin de pouvoir me réveiller au moindre bruit.

Aujourd'hui, aux côtés d'Henri, je tombais comme une masse.

Impossible de résister. Il suffisait que je m'allonge près de lui, pour que je sombre immédiatement dans un gouffre à la profondeur abyssale. Comme si une intuition, sans doute inconsciente, me libérait de mes craintes. Quel meilleur somnifère pouvait-on trouver qu'un homme fiable à ses côtés pour se délivrer de ses angoisses ?

Deux mois plus tard, nous officialisâmes notre relation en nous présentant mutuellement nos filles. Qui s'adorèrent, chacune trouvant en l'autre la grande sœur ou les petites sœurs qu'elles n'avaient pas eues.

Encore un mois après, comme nous étions en juillet, nous franchîmes un pas supplémentaire dans notre histoire en partant tous ensemble en vacances. Henri loua une grande maison à Biarritz, qui fut ainsi notre première expérience de vie en commun.

Nous brûlions les étapes, mais nous avions les mêmes ambitions de stabilité et les mêmes envies de reconstruire une famille.

Le résultat de ces vacances avec les enfants se révéla mitigé.

Ici, en bermuda-paréo toute la journée, les bourrelets au vent et le cheveu fou (et méchamment frisé, en ce qui me concernait), nous ne pouvions plus rien nous cacher.

D'avoir à nous occuper de nos filles devant l'autre ne nous permettait pas de conserver ce charme mystérieux, qui avait fait toute la saveur de nos rapports.

Pendant les dix jours que dura notre séjour, à traquer un foutu soleil qui n'apparut que le jour de notre départ, il ne nous fut pas possible de distiller nos défauts au compte-gouttes afin de ne pas effrayer l'objet de nos désirs. Nous étions comme deux naturistes qui auraient voulu se cacher derrière leurs mains, en pensant bêtement ne pas se dévoiler complètement.

Ainsi, tandis qu'Henri faisait plus ample connaissance avec certains traits de mon caractère dont je n'avais, jusqu'alors, pas eu l'usage devant lui (cris, impatience, bordel), je découvris, moi aussi, l'homme qui se dissimulait derrière ses manières éduquées, galantes et mesurées.

Chaque médaille possédant son revers, quand je louais son indépendance, je devais aussi supporter sa facette renfermée. J'admirais sa vive intelligence et son sens critique ? Il me fallait également tolérer son côté ironique et ses avis tranchés.

Je chérissais son tempérament généreux, protecteur et intègre ? Je devais me farcir son caractère exigeant, soupe au lait et têtu.

Son analyse me concernant était très fine. Elle se résumait en une seule phrase, énoncée de mille façons, attendrie, moqueuse, énervée ou contemplative : « T'es une VRAIE femme, toi », que je mettais un point d'honneur à recevoir comme un compliment.

Après notre retour de vacances, j'avais largement avancé dans la compréhension de mes attentes de l'autre sexe. En réalisant notamment que j'étais capable d'aimer quelqu'un avec ses défauts, si ses qualités en valaient la peine. Et le concernant, elles en valaient la peine.

Il ne servait à rien de contempler rêveusement, chez l'homme avec lequel je n'étais pas, les traits de caractère qui me plaisaient et que ne possédait pas mon chéri. Il m'était bien plus utile de me rappeler, surtout lorsque nous nous engueulions, les facettes de lui qui me faisaient l'aimer et le trouver, bien souvent, exceptionnel.

On ne pouvait pas tout avoir chez un seul homme. Mes velléités de perfection absolue s'étaient évanouies, en même temps que je comprenais qu'être exigeante à outrance, par peur panique de me tromper encore, était illusoire.

Arrivés à nos âges, nous étions tous, moi y compris, lardés des blessures du passé, des névroses de l'enfance et de diverses expériences ayant façonné notre personnalité. L'idée n'était pas de rencontrer un homme intact (et chimérique), mais plutôt de vivre avec un compagnon le moins écorché possible, qui avait pu soigner ses écorchures et surtout cicatriser proprement.

Ces vacances en commun nous permirent d'avancer plus clairement dans notre relation. Nous nous étions découvert les mêmes peurs : notamment celle de ne pas maîtriser la situation, en particulier de l'histoire que nous vivions.

Chacun voulait marquer son territoire.

Aussi, tels deux lions, pissions-nous partout pour fermement le délimiter.

Nos quelques engueulades, et les longues discussions qui en

avaient résulté, furent pour nous hautement constructives. Elles nous permirent d'éclaircir notre nébuleuse compréhension des réactions de l'autre.

Je compris qu'Henri raisonnait avec un esprit purement logique et mathématique.

Des faits, rien que des faits, avec une analyse pointue et circonscrite au quart d'heure précédant la dispute.

Je réalisai que je fonctionnais bien plus avec mes émotions, génératrices d'un halo d'impressions qui me faisaient exploser pour des broutilles. Malgré moi, je faisais une synthèse avec des situations similaires vécues dans mon ancien couple, craignant de laisser surgir de la chicane actuelle les conséquences fâcheuses de mon manque de fermeté de jadis, tout cela formant un inextricable gloubiboulga qui ne manquait pas de le laisser perplexe.

Dans ce nouveau couple, il semblait que chacun mettait un point d'honneur à conserver jalousement les défauts qui faisaient tout le sel de son caractère. En particulier ceux que l'on traînait depuis des années, un peu comme s'ils avaient été la marque de fabrique de notre personnalité. Depuis le temps, ils faisaient partie de nous. Changer ? Oui, bien sûr (au début, en tout cas). Mais jusqu'à quel point pouvait-on changer sans se soumettre aux désirs de l'autre, vieilles têtes de mules que nous étions, lui et moi ?

Car après tout, ils avaient une histoire, ces défauts-là. Si on avait développé ce sale caractère, c'était pour résister, pour nous imposer face au monde extérieur.

Notre phase d'adaptation exigeait de surmonter le sentiment angoissant de nous renier, de nous diluer en faisant confiance à l'autre. Lequel aurait pu en abuser, réclamant de nous toujours plus d'efforts, jusqu'à nous modeler à sa guise.

Il fallait savoir s'arrêter à temps, trouver le juste milieu pour ne pas nous perdre, mais aussi pour ne pas perdre l'autre. Car si nos mauvaises manies étaient de petits insectes nécessaires à la salubrité de notre écosystème, mettre tout en œuvre pour ne cultiver qu'eux, sous couvert d'authenticité, revenait à s'enfermer dans un placard grouillant de cafards dégoûtants, dont personne ne voudrait (tu m'étonnes !) s'approcher.

Après examen minutieux des causes de nos chamailleries mutuelles, nous choisîmes donc de mettre de côté nos egos démesurés, et d'entreprendre chacun efforts et concessions.

Il fut décrété qu'Henri cesserait définitivement de faire la gueule pendant des heures, et me dirait immédiatement ce qui n'allait pas, au lieu de me laisser platement m'excuser d'avoir osé critiquer son copain Sacha. Alors qu'en réalité, il m'en voulait parce que je lui avais fait remarquer qu'il chantait avec une voix de fille (n'est pas Polnareff qui veut).

Il fut également décrété que je modérerais mes réactions quelque peu excessives, et que je réfléchirais à deux fois avant de m'emporter dans un tourbillon de raisonnements exagérés, de répliques dramatiques et de larmes torrentielles, car il détestait ça. Ce fut dur, mais j'y parvins (globalement). A la place, lorsque nous nous disputions, je partais me jeter sur mon lit pour y bouder silencieusement. Vêtue d'une nuisette vaporeuse, maquillée, les cheveux sensuellement relevés, je prenais des poses en attendant qu'il entre dans la chambre me demander, d'un ton faussement bourru, si j'avais enfin fini d'être chiante.

Peu à peu, mûrie par l'âge et par l'expérience, je développais une facette plus docile de moi, que je n'avais pas eu l'habitude de faire jouer dans mes précédentes relations. La bonne marche de notre nouveau couple exigeait bien quelques sacrifices. Après tout, pour avoir la paix, c'était souvent aux femmes (plus raisonnables et moins belliqueuses que leurs homologues à prostate) d'accepter de fermer les yeux sur les petits détails de la vie quotidienne, évitant ainsi un pinaillage stérile.

Je découvris donc avec délices l'art subtil de la manipulation féminine.

Ou comment, par exemple, le regarder s'escrimer tout seul à détacher les rideaux pour les nettoyer, ranger de lourdes boîtes de conserve tout en haut du placard, ou encore réajuster péniblement la housse du canapé après l'avoir lavée, pendant que je gardais les bras croisés, sirotant un thé glacé et feuilletant discrètement un magazine.

Si je levais de temps en temps vers lui de grands yeux éperdus d'admiration, en murmurant d'une voix tremblante de reconnaissance : « Qu'est-ce que j'aurais fait sans toi ? », il se serait battu contre moi plutôt que de me laisser l'aider. Cette phrase magique justifiait, à elle seule, toute la peine qu'il venait de se donner.

C'était encore plus facile que de téléguider un homme en lui montrant la naissance de nos seins dans un joli décolleté. Et au moins, c'était à la portée de toutes.

Bien sûr, lorsque la situation m'échappait totalement, il me restait toujours le coup des larmes. L'argument absolu qui renvoyait à l'homme – même s'il n'était pas dans son tort, mais ça, on s'en foutait (pas de quartier) – le sentiment de sa brûlante culpabilité.

Ces quelques gouttes d'eau salée, qui coupaient court à toute polémique, déroutaient les mâles en brouillant le radar de leur logique implacable. Même si leur raison indiquait pourtant que rien ne légitimait une telle perte de contrôle lacrymale, les faits étaient là : ils avaient devant eux un petit visage chiffonné et ruisselant de mucus, signe visible (et incontestable) de la blessure qu'ils venaient d'infliger.

Donc à eux d'éponger l'inondation qu'ils venaient de provoquer, d'une moelleuse paume-serpillière. Et tant qu'à faire, quoi de mieux qu'une épaule rassurante pour apaiser une femme meurtrie – et si fragile – en faisant preuve d'une soudaine bonne volonté pour désamorcer le conflit : « Allez, viens, ma chérie. Ne te mets pas dans des états pareils pour si peu. O.K., on fera comme tu voudras. Maintenant, souris-moi... »

Alors seulement, on pouvait tenter une petite grimace timide ressemblant à un sourire, pour confirmer à notre grand fauve combien on lui était reconnaissante d'avoir enterré si vite la hache de la guerre que nous lui avions déclarée. La culpabilité de l'autre, quand on savait s'en servir, c'était vraiment trop bon.

Attention, Henri n'était pas en reste.

N'allez pas croire que je vous parle d'un pauvre guignol que je manipulais à ma guise avec deux reniflements. Non. De nous deux, c'était lui le plus fort.

Et si nos parties de bras de fer verbal étaient épuisantes, elles étaient aussi essentiellement savoureuses. Nous ne pouvions pas nous en vouloir. L'autre reflétait nos propres traits de caractère, que nous découvrions ainsi, horrifiés.

Diane, la fille d'Henri, semblait m'avoir adoptée.

C'était une jolie gamine de onze ans, rieuse, moqueuse et incroyablement mature pour son âge. Je marchais sur des œufs avec elle, de peur de faire la moindre bourde. J'étais la première petite amie que son père lui présentait depuis son divorce, et je voulais me montrer digne de ce privilège. Aussi l'inondais-je de petits cadeaux, achetant son affection le temps qu'elle découvre ma brillante personnalité (ou avant, plutôt), espérant sincèrement qu'elle m'accepterait dans sa vie.

Henri avait craint la réaction de sa fille, lorsqu'il lui apprit mon existence.

Mais étonnamment, les choses avaient été bien plus faciles qu'il ne l'avait cru.

Henri : (assis dans un café avec sa fille, devant une grenadine) – Diane, il faut que je te dise quelque chose.

Diane : (triturant sa paille) – Quoi ?

Henri : (nerveux) – Voilà. J'ai quelqu'un dans ma vie.

Diane : (ouvrant de grands yeux) – Ooh, mais c'est génial, ça ! Comment elle s'appelle ?

Henri : (surpris et soulagé) – Elle s'appelle Déborah, et...

Diane : (paniquée) – HAAN ! Est-ce qu'elle est brune ??

Henri : (paniqué aussi) – Oui, pourquoi ?

Diane : (encore plus paniquée) – Est-ce qu'elle a les cheveux courts ??

Henri – Non, mais...

Diane : (dans un large sourire) – OOOUUF, ça va alors. J'ai cru un moment que tu sortais avec ma prof d'anglais.

Passé ce léger instant de suspens, Diane s'enthousiasma à

l'idée que son papa ait enfin une petite amie pour prendre soin de lui.

Héloïse et Margot, quant à elles, avaient été plus réservées. La peur sans doute de s'attacher à quelqu'un qu'elles côtoieraient d'une façon temporaire.

Je m'étais torturée des nuits entières, à me demander si je n'avais pas commis une erreur en acceptant d'aller si vite. Et j'étais parvenue à la conclusion que la vie était une succession de risques à prendre, de pas qu'il fallait sauter pour atteindre l'autre rive et pouvoir avancer. Je me fiais à mon instinct, et celui-ci me disait qu'Henri était la meilleure chose qui nous soit arrivée depuis bien longtemps. Les risques étaient calculés : si je m'étais trompée encore une fois, alors nous vivrions en autarcie des hommes jusqu'à leur majorité. Je me le promettais.

Pour moi, ce n'était plus un problème : j'avais appris à nager depuis mon divorce, et ne craignais plus de me noyer dans un verre d'eau, sans une bouée aux poignées d'amour pour me retenir.

Rapidement, Henri conquit leurs petits cœurs, par ses pitreries, ses blagues et sa gentillesse.

Sans compter que de grimper sur ses épaules gigantesques équivalait pour elles à la vertigineuse ascension du mont Blanc.

Au mois d'août, ce fut au tour de Jean-Louis de prendre ses filles. Elles partirent avec Carole et lui en vacances en Espagne.

Henri me proposa alors de vivre avec lui.

Comme il me l'expliquait lui-même, c'était un homme d'affaires, et il n'aimait pas perdre son temps lorsqu'il était sûr de lui. J'étais ravie d'être comparée à un budget susceptible de filer chez le concurrent. Grand romantique, va.

Au fond de moi, j'avais envie d'accepter. Même si c'était pure folie : nous n'étions ensemble que depuis presque cinq mois.

Pour en avoir le cœur net, je demandai fébrilement l'avis des gens qui m'entouraient.

Daphné me conseillait de foncer. Roxane me recommandait de ne pas me presser. Linda me disait d'écouter mon cœur. Mes parents souhaitaient le rencontrer. Henri voulait me présenter les siens. Ça devenait sérieux, et je ne savais toujours pas quoi faire.

J'hésitais à poser la question à mes nioutes. Je ne leur avais pas demandé la permission de quitter leur père. Et si elles me disaient qu'elles ne voulaient pas d'Henri, par solidarité envers leur papa ? Aussi décidai-je de temporiser. Nous allions tenter d'abord une vie commune en tête à tête au mois d'août, ensuite nous aviserions.

L'idée lui parut excellente.

Les concessions reprirent de plus belle, à un rythme effréné.

Cette fois-ci, il ne s'agissait plus de polir nos caractères pour les imbriquer l'un dans l'autre, mais de modifier nos façons de vivre pour qu'elles s'accordent ensemble.

Je me remis à faire un ménage nickel. Alors qu'avant nous vivions, avec mes poulettes, dans la jungle d'un bordel sans nom, cultivé par une mélancolie chronique, source d'un laisser-aller général de ma part.

Le repassage soigneux de ses chemises devint pour moi une seconde nature.

Au grand étonnement de ma mère, qui se rappelait que je n'avais pas tenu un fer plus loin que les deux premières semaines de mon mariage. Après un certain nombre de chemises – intentionnellement – brûlées, il parut évident, pour ne pas dire vital, à Jean-Louis de me délester de cette charge.

J'ouvris à nouveau des livres de cuisine.

Pour y concocter de telles horreurs, qu'Henri ne tarda pas à me les arracher et à s'en servir lui-même. En échange, je lui fis découvrir Picard. Il adora.

Je jetai tous mes pyjamas hideux, mes immenses chemises de nuit de grossesse super-confortables (que je portais encore) et mes dessous aux couleurs délavées. Je courus en racheter d'autres. Il y avait désormais quelqu'un qui allait dormir avec, tout contre, et l'émotion visuelle que cette lingerie pouvait procurer était loin d'être aussi agréable que son confort tactile. Il fallait bien le reconnaître.

Je cessai de passer des heures au téléphone avec mes copines.

Du moins en sa présence : c'est-à-dire tout le temps. Par

contre, il y eut recrudescence de textos. Et aussi d'e-mails géants, afin de nous tenir au courant de l'avancée de nos relations respectives.

Quant aux soirées pyjama mensuelles, nous mîmes toutes un point d'honneur à n'en manquer aucune. Elles se déroulèrent désormais dans l'appartement de Tony, le seul de notre bande à ne pas vivre en couple. Se réserver des moments à soi, loin du chéri et des enfants, pour se retrouver seule ou entre copines, était une des leçons que nous avions toutes retenues de nos expériences de célibataires.

Henri, qui avait coutume de se lever plus tôt que moi – la fille debout tous les jours à six heures – prit l'habitude de m'apporter le petit déjeuner au lit.

La première fois que je le vis arriver en portant son plateau, je me retins de composer le numéro des Men In Black, afin qu'ils viennent récupérer l'extraterrestre qui s'était camouflé sous l'apparence de mon chéri. Le petit déjeuner au lit, en amour, c'était une position que je n'avais encore jamais essayée.

Enchaînant les surprises à un rythme effréné, mon concubin du mois d'août m'avoua un jour un terrible secret : il avait cessé de fumer peu après notre rencontre, pour entrer avec moi dans une dynamique de gens à l'haleine fraîche et au teint lumineux, et ainsi ne pas m'imposer sa clope, trouvant là l'occasion idéale de s'en débarrasser.

Epoustouflée par cette formidable marque d'amour lorsqu'il me la révéla, je lui sautai dessus et caressai la fourrure dorsale de celui que j'avais surnommé « ma peluche géante ».

Car il faut savoir qu'Henri était deux fois plus poilu que moi.

Je sais, c'est difficile à croire. Surtout pour un être humain.

Quelquefois, je me disais que, si nous avions un enfant ensemble, il faudrait forcément que ce soit un garçon. Je n'osais imaginer ce qu'un mélange de la pilosité d'Henri avec la mienne (à part un effet velcro, je veux dire) pourrait donner sur le patrimoine génétique d'une petite fille. Il était si velu que j'aurais pu l'attraper par le dos, comme les chats, s'il n'avait pas pesé cent dix kilos pour son mètre quatre-vingt-onze. Et je découvris, amusée, que j'adorais ça.

Parfois, je nous imaginais perdus au fond d'une jungle après, disons, la visite guidée d'un temple inca où nous aurions égaré notre guide et le reste du groupe. Errant des semaines entières dans la forêt inhospitalière, à nous nourrir de baies en nous tenant par la main, tels deux bonobos amoureux. Moi : plus de brushing. Plus de moustache soigneusement arrachée à la cire. Plus de favoris méticuleusement décolorés. Plus de sourcils consciencieusement épilés selon un arc parfait. Le poil des jambes poussant dru sur mes mollets, celui de mes aisselles me chatouillant les biceps. Lui : les cheveux formant une boule afro, la chemise déchirée laissant entrevoir une moquette digne des plus épais tissages de chez Saint-Maclou. Un scientifique nous aurait-il trouvés dans cet état qu'il aurait crié à la découverte du chaînon manquant. Ou du Yéti.

Par un bel après-midi d'été, accompagnée de mes filles rentrées de chez leur père, Henri me présenta à sa famille.

« Terreur » est le mot qui définit le mieux mon état d'esprit à ce moment-là, notamment à l'idée de faire connaissance avec la première femme de la vie de mon homme.

Car qu'est-ce qu'une belle-mère, sinon la Créatrice qu'il aimera toute sa vie d'un amour aussi ardent que platonique ? L'être parfait pour lequel il aura, toujours, toutes les indulgences. Le guide spirituel qui restera invariablement à ses côtés. Eclairant, des lueurs bienfaisantes de ses avertissements, les ténébreux méandres de sa vie de débauche avec de pauvres filles qui ne le méritaient pas. Bref, une rivale jalouse et possessive contre laquelle il était vain de chercher à lutter.

Merci, j'avais déjà donné. Et cette fois, je n'avais plus envie de partager.

Mais ce fut une femme accueillante qui nous reçut chez elle, nous invitant, mes follettes et moi, à partager un délicieux repas, me faisant un gentil brin de conversation, bref, semblant tout à fait disposée à me prêter son fils.

Le reste de sa famille fut tout aussi avenant. Henri avait deux frères, une sœur, des neveux qui gambadaient partout et un papa qui vint me saluer avant de retourner bricoler dans son garage.

Je passai un agréable moment en leur compagnie, feuilletant avec ravissement quantité d'albums photo de mon chéri enfant. Henri et son sourire édenté à six mois, Henri et ses pulls à col roulé bariolés à la mode des années 70 à trois ans, Henri posant sérieusement pour sa photo de classe à cinq ans, en faisant discrètement les oreilles d'âne à son petit camarade de devant.

Puis je saisis avidement les albums photo de mon chéri pendant sa puberté – ceux-là mêmes qu'il avait traîtreusement tenté de faire disparaître, en les faisant glisser d'un coup de pied peu discret sous le canapé. C'était un régal de photos. Notamment celles avec la figure envahie de bubons blancs et rouges, l'air niais, la coupe ridicule et trop longue, et surtout l'abominable petit duvet sombre, préfigurant la future moustache qu'il ne laissa, heureusement, jamais pousser.

Quelques jours plus tard, ce fut à mon tour d'organiser une rencontre entre mon poulet, mes géniteurs et mon camembert des pieds de frère. Rencontre qui se passa tout aussi sereinement.

Henri et ma mère discutèrent avec passion d'astrologie – cet homme ne cessait de me surprendre –, puis il papota jazz avec mon père, féru de cette musique, et « filles » avec Jonathan. Lui donnant, je crois, comme conseil de toujours leur apporter le petit déjeuner au lit. Garantissant un succès infaillible, et une reconnaissance sans bornes chez l'heureuse élue. Je serais bien allée lui demander de me répéter en face ce qu'il venait de dire, mais je n'étais pas sûre d'avoir correctement entendu. Car ma mère me tirait en même temps par le bras, pour me chuchoter à l'oreille qu'Henri avait l'air d'un garçon très bien.

Peu de temps après, j'annonçai à mes filles qu'Henri allait venir vivre chez nous. Lui voulait que nous louions un grand appartement, ne souhaitant pas demeurer sous le toit qui avait abrité mon mariage, mais prudente, j'avais décliné son offre.

Je préférais rester ici, au moins le temps de fortifier notre couple, pour ne pas avoir, en milieu d'année, à changer mes filles d'école si notre histoire capotait.

Lorsque j'expliquai à Héloïse et à Margot qu'Henri avait quitté son appartement pour le nôtre, elles réagirent avec enthousiasme et l'accueillirent chaleureusement.

Il y eut bien sûr quelques petits conflits de loyauté au début. L'une ou l'autre réclamant soudainement Jean-Louis, prise du remords de s'être un peu trop amusée avec son nouveau quasi-beau-père.

Ma grande chérie, dont l'appétit d'oiseau m'avait longtemps inquiétée, s'était remise à manger. Certes, la cuisine d'Henri (comparée à la mienne) y était sans doute aussi pour quelque chose.

Le caractère bagarreur de ma petite poupée s'était radouci. Se voyant sans doute, avec un homme à la maison, déchargée de la responsabilité de jouer les « Spiterman » pour protéger les siens.

Héloïse, ma trop douce, et Margot ma trop fière.

Elles avaient l'air de plutôt bien l'aimer, leur nouvelle peluche de deux mètres.

ÉPILOGUE

HÉ HO ! C'EST PAS UN PEU FINI, CE DIVORCE ?

> Il n'y a que deux façons de vivre sa vie : l'une en faisant comme si rien n'était un miracle, l'autre en faisant comme si tout était un miracle.
>
> ALBERT EINSTEIN

Les mois ont passé.

Henri et moi avons reconstruit ce qui ressemble de plus en plus à un foyer.

Nous n'y sommes pas encore, car comme tous les blessés de la guerre du divorce, nous sommes moins insouciants que des amoureux basiques. Mais enfin, ça embellit de jour en jour.

Bien sûr, nous gardons encore quelques secrets l'un pour l'autre – après m'être fait sauvagement vanner parce que je regardais *Bachelor*, je n'ai jamais osé lui avouer que je regardais *Le Maillon Faible* pour épater mes filles avec l'étendue de ma culture – mais nous nous sommes mutuellement offert le principal : notre confiance.

Héloïse et Margot parsèment souvent leurs phrases du mot « famille », et je les sens plus épanouies que jamais. Je les découvre plus souriantes, moins angoissées.

Cela s'appelle « l'essentiel ».

Quant à moi, j'ai une épaisse couverture (à savoir le dos velu d'Henri) contre laquelle me pelotonner lorsque les nuits sont froides, et un homme chez qui je ne me lasse pas d'inventorier les choses qui me plaisent. Sa façon de lever les yeux au ciel vers la gauche lorsqu'il goûte un plat. Sa démarche un peu raide façon Terminator. Sa voix qui devient toute douce, presque enfantine, lorsqu'il me dit qu'il m'aime. Sa manière de faire bouger ses narines indépendamment l'une de l'autre (fascinant). Et surtout, surtout, ses immenses pieds en forme de palmes (taille 47) aux longs orteils remuants, comme des fougères balayées par le souffle du vent. Sublimement effrayants. Ou l'inverse. J'en suis folle.

Après cette longue traversée du désert, j'ai enfin trouvé l'homme de ma vie.

Mais alors que vais-je faire désormais de toute cette belle indépendance si chèrement acquise, si je dois quitter mon appartement pour en intégrer un plus vaste, laisser mes meubles, mes souvenirs, reformer un couple, reconstruire une famille, devoir composer avec une belle-mère, une belle-fille, une ex-femme... Quelle angoisse !

(... Mais on va pas se plaindre, hein !)

Achevé d'imprimer sur les presses de

BUSSIÈRE
GROUPE CPI

à Saint-Amand-Montrond (Cher)
en janvier 2005

FLEUVE NOIR
12, avenue d'Italie
75627 Paris Cedex 13
Tél. : 01-44-16-05-00

— N° d'imp. : 044269/1. —
Dépôt légal : janvier 2005.

Imprimé en France